AS AREIAS DO TEMPO

OBRAS DO AUTOR PUBLICADAS PELA EDITORA RECORD

As areias do tempo
Um capricho dos deuses
O céu está caindo
Escrito nas estrelas
Um estranho no espelho
A herdeira
A ira dos anjos
Juízo final
Lembranças da meia-noite
Manhã, tarde & noite
Nada dura para sempre
A outra face
O outro lado da meia-noite
O plano perfeito
Quem tem medo de escuro?
O reverso da medalha
Se houver amanhã

Infantojuvenis
Conte-me seus sonhos
Corrida pela herança
O ditador
Os doze mandamentos
O estrangulador
O fantasma da meia-noite
A perseguição

Memórias
O outro lado de mim

Com Tilly Bagshawe
Um amanhã de vingança (sequência de
Em busca de um novo amanhã)
Anjo da escuridão
Depois da escuridão
Em busca de um novo amanhã (sequência de Se houver amanhã)
Sombras de um verão
A senhora do jogo (sequência de O reverso da medalha)
A viúva silenciosa
A fênix

Sidney Sheldon
AS AREIAS DO TEMPO

47ª EDIÇÃO

tradução de **A.B. PINHEIRO DE LEMOS**

EDITORA RECORD
RIO DE JANEIRO • SÃO PAULO
2025

CIP-BRASIL. CATALOGAÇÃO NA FONTE
SINDICATO NACIONAL DOS EDITORES DE LIVROS, RJ

Sheldon, Sidney, 1917-2007
S548a   As areias do tempo / Sidney Sheldon; tradução de A. B. Pinheiro
47ª ed. de Lemos. – 47ª ed. – Rio de Janeiro: Record, 2025.

Tradução de: The sands of time
ISBN 978-85-01-09505-3

1. Romance americano. I. Lemos, A. B. Pinheiro de (Alfredo Barcellos Pinheiro de), 1938-. II. Título.

11-1716

CDD: 813
CDU: 821.111(73)-3

Título original em inglês:
The sands of time

Copyright © 1988 by Sidney Sheldon Family Limited Partnership

Texto revisado segundo o novo Acordo Ortográfico da Língua Portuguesa.

Todos os direitos reservados. Proibida a reprodução, no todo ou em parte, através de quaisquer meios. Os direitos morais do autor foram preservados.

Direitos exclusivos de publicação em língua portuguesa somente para o Brasil adquiridos pela
EDITORA RECORD LTDA.
Rua Argentina, 171 – Rio de Janeiro, RJ – 20921-380 – Tel.: 2585-2000, que se reserva a propriedade literária desta tradução.

Impresso no Brasil

ISBN: 978-85-01-09505-3

Seja um leitor preferencial Record.
Cadastre-se no site www.record.com.br e receba informações sobre nossos lançamentos e nossas promoções.

Atendimento e venda direta ao leitor:
sac@record.com.br

Para Frances Gordon, com amor

*Meus agradecimentos especiais a
Alice Fisher, cuja ajuda na pesquisa para
este romance foi inestimável.*

"As vidas de todos os grandes homens lembram
Que podemos tornar nossas vidas sublimes,
E, ao partirmos, deixar para trás
Pegadas nas Areias do Tempo."

> Henry Wadsworth Longfellow
> *Um salmo da vida*

"Os mortos não precisam levantar.
São uma parte da terra agora, e a terra nunca pode ser conquistada, sobreviverá a todos os sistemas de tirania. Aqueles que nela entraram de maneira honrada — e não houve homens que entraram mais honrosamente do que os que morreram na Espanha — já alcançaram a imortalidade."

> Ernest Hemingway

A Espanha dilacerou a terra com as unhas,
Quando Paris era mais bela.
A Espanha projetou sua vasta árvore de sangue,
Quando Londres cuidava de seu jardim e seu lago dos cisnes.

> Pablo Neruda

Nota do Autor

Esta é uma obra de ficção. E, no entanto...

A terra romântica do flamenco e de Dom Quixote, de *señoritas* de aparências exóticas, com travessas de casco de tartaruga nos cabelos, é também a terra de Torquemada, da Inquisição espanhola e de uma das mais sangrentas guerras civis da História. Mais de meio milhão de pessoas morreram nas batalhas pelo poder entre os republicanos e os rebeldes nacionalistas na Espanha. Em 1936, entre fevereiro e junho, foram cometidos 269 assassinatos políticos, e os nacionalistas executaram, em média, mil republicanos por mês, sem permissão para o lamento. Foram incendiadas e destruídas 160 igrejas, e freiras foram arrancadas à força de conventos, "como se fossem prostitutas num bordel", escreveu o duque de Saint-Simon, a respeito de um conflito anterior entre o governo espanhol e a Igreja. Sedes de jornais foram saqueadas, e greves e motins tornaram-se endêmicos por todo o país. A guerra civil terminou com a vitória dos nacionalistas, sob o comando de Franco; depois de sua morte, a Espanha tornou-se uma monarquia.

A guerra civil, que se prolongou de 1936 a 1939, pode estar oficialmente encerrada, mas as duas Espanhas que lutaram nunca se reconciliaram. Hoje, outra guerra continua a assolar a Espanha, a guerra de guerrilha travada pelos bascos para recuperarem a autonomia que tinham sob a República e perderam com o regime de Franco. A guerra está sendo travada com atentados a bomba, assaltos a banco para financiá-los, assassinatos e distúrbios.

Quando um membro do ETA, grupo separatista basco clandestino, morreu num hospital de Madri após ser torturado pela polícia, os distúrbios subsequentes em todo o país levaram à demissão do diretor-geral da polícia espanhola, de cinco chefes de segurança e duzentos altos funcionários policiais.

Em 1986, em Barcelona, os bascos queimaram a bandeira espanhola em público; em Pamplona, milhares de pessoas fugiram apavoradas quando nacionalistas bascos entraram em conflito com a polícia, numa sucessão de motins que se espalharam por todo o país e ameaçaram a estabilidade do governo. A polícia paramilitar retaliou com a maior violência, disparando a esmo contra casas e lojas de bascos. O terrorismo continua, e é mais violento que nunca.

Esta é uma obra de ficção. E, no entanto...

Capítulo 1

PAMPLONA, ESPANHA, 1976

SE O PLANO FALHAR, *todos nós morreremos.* Ele repassou-o mentalmente pela última vez, sondando, avaliando, à procura de defeitos. Não encontrou nenhum. O plano era ousado e exigia um cálculo de tempo cuidadoso. Se desse certo, seria um feito espetacular, digno do grande El Cid. Se falhasse...

Bom, o tempo de se preocupar já passou, pensou Jaime Miró. *É tempo de ação.*

Jaime Miró era um mito, um herói para o povo basco, e anátema para o governo espanhol. Tinha mais de 1,80 metro de altura, rosto forte e inteligente, corpo musculoso e olhos escuros taciturnos. Testemunhas tendiam a descrevê-lo como mais alto do que era, mais moreno do que era, mais impetuoso do que era. Tratava-se de um homem complexo, um realista que compreendia as enormes desigualdades entre os homens, um romântico disposto a morrer por aquilo em que acreditava.

A cidade de Pamplona estava tensa. Era a última manhã da corrida dos touros, a Fiesta de San Fermín, a celebração anual realizada de 7 a 14 de julho. Trinta mil visitantes andavam pela cidade, vindos do mundo inteiro. Alguns estavam ali apenas para observar o perigoso espetáculo da corrida dos touros, outros queriam provar sua coragem, correndo na frente dos animais em disparada. Os hotéis estavam todos ocupados, e universitários de Navarra dormiam em vãos de portas, saguões de bancos, automóveis, na praça central, e até mesmo nas ruas e calçadas da cidade.

Os turistas lotavam os cafés e hotéis, assistindo aos ruidosos e pitorescos desfiles de gigantes de *papier-mâché* e escutando a música das bandas que desfilavam. Os participantes do desfile usavam mantos violeta, com capuzes verdes, vermelhos ou dourados. Fluindo pelas ruas, as procissões pareciam rios de arco-íris. A explosão de fogos de artifício pelos postes e fios dos bondes aumentava o barulho e a confusão geral.

A multidão comparecia à tourada no final da tarde, mas o evento mais espetacular era o *encierro* — a corrida matutina dos touros que lutariam mais tarde, naquele mesmo dia.

Dez minutos antes da meia-noite, na véspera, os touros eram levados dos *corrales de gas*, pelas ruas escuras da parte inferior da cidade, atravessando o rio por uma ponte, até o curral na base da *calle* Santo Domingo, onde permaneceriam durante o resto da noite. De manhã seriam soltos para correrem pela estreita *calle* Santo Domingo, fechada por barricadas de madeira em cada esquina, até alcançarem os currais na *plaza* de Hemingway, onde ficariam até a tourada à tarde.

Da meia-noite às 6 horas os visitantes permaneciam acordados, bebendo, cantando e fazendo amor, animados demais para dormirem. Os que participariam da corrida de touros usavam o lenço vermelho de San Fermín em volta do pescoço.

Às 5h45 as bandas começavam a circular pelas ruas, tocando a música vibrante de Navarra. Às 7 horas em ponto um rojão voava pelo ar, anunciando a abertura dos portões do curral. A multidão era dominada por uma expectativa febril. Momentos depois um segundo rojão era disparado, um aviso à cidade de que os touros já estavam correndo.

O que se seguia era um espetáculo inesquecível. Primeiro vinha o som. Começava como um tênue e distante sussurro no vento, quase imperceptível, depois ficava cada vez mais alto, até se transformar numa explosão de cascos batendo, e subitamente seis bois e seis touros apareciam. Cada um pesando cerca de 700 quilos, avançavam pela *calle* Santo Domingo como expressos mortíferos. Por dentro das barricadas de madeira instaladas em cada esquina, para manter os touros confinados a uma única rua, havia centenas de jovens ansiosos e nervosos, decididos a provar sua bravura enfrentando os animais enfurecidos.

Os touros corriam da extremidade da rua, passavam pela *calle* Laestrafeta e a *calle* de Javier, passavam por farmácias e lojas de roupas, pelo mercado de frutas, a caminho da *plaza* de Hemingway, e soavam gritos de *olé* da multidão frenética. Com a chegada dos animais, começava uma debandada desesperada para escapar dos chifres afiados e cascos letais. A repentina realidade da morte se aproximando fazia com que alguns participantes corressem para a segurança dos vãos de portas e saídas de incêndio. Eram acompanhados por escárnios de *cobardon*. Os poucos que tropeçavam e caíam no caminho dos touros eram logo puxados para um lugar seguro.

Um menino e o avô escondiam-se atrás de uma barricada, ofegantes com a emoção do espetáculo que acontecia tão perto dali.

— Olhe só para eles! — exclamou o velho. — Magnífico!

O menino estremeceu.

— *Tengo miedo, abuelo.*

O velho passou o braço por seus ombros.

— *Sí,* Manuelo. É assustador, mas também maravilhoso. Já corri com os touros uma vez. Não há nada igual. Você testa a si mesmo contra a morte, e isso faz com que se sinta um homem.

Em geral, levava dois minutos para os animais galoparem pelos 900 metros da *calle* Santo Domingo até a arena; no momento em que os touros entravam no curral, um terceiro rojão devia surgir no céu. Naquele dia, o terceiro rojão não explodiu, pois houve um incidente que nunca antes, nos quatrocentos anos de história da corrida de touros de Pamplona, ocorrera.

Enquanto os animais avançavam pela rua estreita, meia dúzia de homens, vestidos nos trajes pitorescos da *feria,* mudou as posições das barricadas. Os touros foram obrigados a deixar a rua exclusiva e ficaram à solta no coração da cidade. O que, um momento antes, fora uma comemoração feliz se transformou no mesmo instante num pesadelo. Os animais frenéticos atacaram os espectadores atordoados. O menino e o avô foram os primeiros a morrer, derrubados e pisoteados pelos touros. Violentas chifradas atingiram um carrinho de bebê e mataram a criança indefesa, derrubando a mãe para ser esmagada. A morte pairava no ar por toda parte. Os animais colidiam com espectadores desprotegidos, derrubando mulheres e crianças, enfiando os chifres compridos e fatais nas pessoas, barracas de comida e estátuas, arrasando tudo o que tinha o azar de estar em seu caminho. Todos gritavam desesperados, na tentativa de escapar da frente dos animais enfurecidos.

Um furgão vermelho brilhante apareceu de repente à frente dos touros, que se viraram para atacá-lo, seguindo pela *calle* de Estrella, a rua que levava ao *cárcel,* a prisão de Pamplona.

O *CÁRCEL É UM PRÉDIO* de pedra, de dois andares, janelas gradeadas, aparência assustadora. Há guaritas nos quatro cantos, e a bandeira espanhola, vermelha e amarela, tremula acima da porta. Um portão se abre para um pequeno pátio. O segundo andar do prédio consiste em celas, em que estão os presos condenados à morte.

No interior da prisão, um corpulento guarda, com o uniforme da Policía Armada, conduzia um sacerdote de hábito preto pelo corredor do segundo andar. O guarda carregava uma submetralhadora. Ao perceber a expressão inquisitiva nos olhos do sacerdote à visão da arma, o guarda explicou:

— O cuidado nunca é demais aqui, padre. Temos a escória da Terra neste andar.

O guarda pediu ao padre que passasse por um detector de metais, muito parecido com os usados nos aeroportos.

— Desculpe, padre, mas os regulamentos...

— Não tem problema, meu filho.

No momento em que o padre passou, uma sirene estridente soou no corredor. Instintivamente, o guarda contraiu a mão que empunhava a submetralhadora.

O padre virou-se e sorriu para o guarda, murmurando:

— A culpa é minha. — Removeu uma pesada cruz de metal que pendia do pescoço numa corrente de prata e entregou-a ao guarda. Quando tornou a passar, o detector permaneceu em silêncio. O guarda devolveu a cruz e os dois continuaram a jornada pelas profundezas da prisão.

O mau cheiro no corredor, perto das celas, era opressivo.

— Está perdendo seu tempo aqui, padre. Estes animais não têm almas para serem salvas.

— Ainda assim, meu filho, devemos tentar.

O guarda balançou a cabeça.

— Posso lhe garantir que os portões do inferno estão à espera para acolher os dois.

O padre olhou surpreso para o guarda.

— Dois? Fui informado de que havia três que precisavam de confissão.

O guarda deu de ombros.

— Poupamos um pouco do seu tempo. Zamora morreu na enfermaria essa manhã. Infarto.

Eles alcançaram as celas mais distantes.

— Chegamos, padre.

O guarda destrancou a porta de uma cela, depois recuou, cauteloso, enquanto o padre entrava. Tornou a trancar a porta e ficou parado no corredor, alerta a qualquer sinal de problema.

O padre aproximou-se do vulto estendido no imundo catre da prisão.

— Seu nome, meu filho?

— Ricardo Mellado.

O padre fitou-o atentamente. Era difícil dizer com o que o homem parecia. O rosto estava inchado e esfolado, os olhos quase fechados.

— Fico contente que tenha podido vir, padre.

— Sua salvação é o dever da Igreja, meu filho.

— Eles vão me enforcar esta manhã?

O padre afagou-lhe o ombro, gentilmente.

— Foi condenado a morrer pelo garrote.

Ricardo Mellado levantou os olhos, atordoado.

— Não!

— Lamento muito. As ordens foram dadas pelo primeiro-ministro em pessoa. — O padre pôs a mão na cabeça do preso e entoou: — *Dime tus pecados...*

— Pequei muito em pensamento, palavra e ação, padre, e arrependo-me de todos os pecados com toda a força do coração.

— *Ruego a nuestro Padre celestial para la salvación de tu alma. En el nombre del Padre, del Hijo y del Espíritu Santo...*

O guarda, escutando do lado de fora da cela, pensou: *Uma perda de tempo estúpida. Deus cuspirá no olho desse aí.*

O padre acabou.

— *Adiós,* meu filho. Que Deus receba sua alma em paz.

Encaminhou-se para a porta da cela. O guarda abriu-a, depois recuou, a arma apontada para o preso. Depois de trancar a porta, o guarda deslocou-se para a cela seguinte. Abriu a grade e disse:

— Ele é todo seu, padre.

O sacerdote entrou na segunda cela. O homem também fora brutalmente espancado. O padre fitou-o em silêncio por um longo momento.

— Qual é o seu nome, meu filho?

— Felix Carpio. — Era um homem corpulento e barbudo, com uma cicatriz recente e lívida na face, que a barba não conseguia esconder. — Não tenho medo de morrer, padre.

— Isso é ótimo, meu filho. Ao final, nenhum de nós é poupado.

Enquanto o padre ouvia a confissão de Carpio, ondas de som distantes, a princípio abafadas, depois se tornando mais altas, começaram a reverberar pelo prédio. Era a trovoada de cascos e os gritos da multidão em fuga. O guarda prestou atenção ao barulho, sobressaltado. Os sons aproximavam-se depressa.

— É melhor se apressar, padre. Alguma coisa estranha está acontecendo lá fora.

— Já acabei.

O guarda abriu a porta da cela, o padre saiu para o corredor. A porta foi trancada de novo. Havia um estrépito rumoroso na frente da prisão. O guarda virou-se para espiar pela janela estreita e gradeada:

— Que barulho será esse?

— Parece que alguém deseja uma audiência conosco — disse o padre. — Pode me emprestar isso?

— Emprestar o quê?

— Sua arma, por favor.

Enquanto falava, o padre aproximou-se do guarda. Em silêncio, removeu o topo da cruz que pendia do pescoço, revelando um estilete comprido. Num movimento rápido, mergulhou o estilete no peito do guarda.

— Saiba, meu filho — murmurou, enquanto tirava a submetralhadora das mãos do guarda agonizante —, que Deus e eu decidimos que você não precisa mais desta arma. — Fazendo devotamente o sinal da cruz, Jaime Miró acrescentou: — *In Nomine Patris...*

O guarda caiu no chão de cimento. Jaime Miró tirou-lhe as chaves e abriu rapidamente as portas das duas celas. Os sons na rua tornavam-se mais intensos.

— Vamos embora — ordenou Jaime.

Ricardo Mellado pegou a submetralhadora.

— Você dá um padre e tanto. Quase me convenceu.

Ele tentou sorrir, com a boca inchada.

— Eles pegaram vocês de jeito, não é mesmo? Mas não se preocupe. Todos pagarão por isso. O que aconteceu com Zamora?

— Jaime Miró passou os braços pelos dois homens e ajudou-os a avançar pelo corredor.

— Os guardas espancaram-no até a morte. Pudemos ouvir os gritos. Levaram-no depois para a enfermaria e disseram que morreu de infarto.

Havia uma porta de ferro trancada à frente.

— Esperem aqui — disse Jaime Miró. Aproximou-se da porta e informou ao guarda no outro lado: — Já acabei aqui.

O guarda abriu a porta.

— É melhor se apressar, padre. Há algum distúrbio ocorrendo lá fora... — Não concluiu a frase.

Enquanto o estilete de Jaime penetrava no corpo do guarda, o sangue esguichava pela boca. Jaime fez sinal para os dois homens.

— Vamos.

Felix Carpio pegou a arma do guarda e começaram a descer. A cena lá fora era um caos. A polícia corria de um lado para outro, freneticamente, na tentativa de descobrir o que acontecia e controlar as pessoas que, aos berros, no pátio, se debatiam para fugir dos touros enfurecidos. Um dos animais investira contra o prédio, esmagando a entrada de pedra. Outro dilacerava o corpo de um guarda uniformizado no chão.

O furgão vermelho encontrava-se no pátio, o motor ligado. Na confusão, os três homens passaram quase despercebidos e aqueles que os viram escapar estavam ocupados demais em salvar as próprias vidas para tomar alguma providência. Em silêncio, Jaime e seus companheiros embarcaram na traseira do furgão, que logo partiu acelerado, dispersando os pedestres desesperados pelas ruas apinhadas.

A guarda civil, a polícia rural paramilitar, em uniforme verde e quepe preto de couro envernizado, tentava em vão controlar a multidão histérica. A Polícia Armada, guarnecendo as capitais provinciais, também era impotente diante da confusão generalizada. As pessoas procuravam fugir em todas as direções, numa tentativa desesperada de escapar dos touros enfurecidos. Os animais representavam menos perigo que as próprias pessoas, que se pisoteavam e eram derrubadas no meio da multidão desabalada.

Jaime olhou consternado para o espetáculo atordoante.

— Não foi planejado para acontecer assim! O furgão deveria estar à espera nas barricadas para controlar os touros! — Olhava desolado para a carnificina, mas não podia fazer nada para detê-la. Fechou os olhos para não ver.

O FURGÃO CHEGOU aos arredores de Pamplona e seguiu para o sul, deixando para trás o clamor e a confusão da multidão em pânico.

— Para onde estamos indo, Jaime? — perguntou Ricardo Mellado.

— Há uma casa segura perto de Torre. Ficaremos lá até escurecer e depois seguiremos em frente.

Felix Carpio estremecia de dor.

Jaime Miró observou-o, com uma expressão compadecida.

— Chegaremos num instante, amigo — murmurou, gentilmente.

Não conseguia tirar da cabeça a terrível cena de Pamplona.

MEIA HORA DEPOIS, eles se aproximaram da pequena aldeia de Torre e contornaram-na, seguindo para uma casa isolada nas montanhas. Jaime ajudou os dois homens a saltar da traseira do furgão.

— Vocês serão apanhados à meia-noite — informou o motorista.

— Avise a eles para trazerem um médico — disse Jaime. — E livre-se desse furgão.

Os três entraram na casa. Era uma casa de fazenda, simples e confortável, com uma lareira na sala de estar e vigas no teto. Havia um bilhete na mesa. Jaime Miró leu-o e sorriu para a frase de recepção: *Mi casa es su casa.* Encontrou garrafas de vinho no bar e serviu bebida para os três.

— Não há palavras para agradecer-lhe, amigo. A você — brindou Ricardo Mellado.

Jaime levantou o copo.

— À liberdade.

Um canário cantou de repente numa gaiola. Jaime foi até lá e observou sua agitação por um momento. Depois, abriu a gaiola, tirou o passarinho gentilmente e levou-o para uma janela aberta.

— Voe para longe, *pajarito* — murmurou. — Todas as criaturas vivas devem ser livres.

Capítulo 2

MADRI

O PRIMEIRO-MINISTRO Leopoldo Martínez estava possesso. Era um homem pequeno, de óculos, todo o corpo tremia enquanto falava.

— Jaime Miró deve ser detido! — gritou, a voz alta e estridente. — Estão me entendendo? — Olhou furioso para a meia dúzia de homens reunida na sala. — Estamos à procura de um único terrorista, e todo o exército e a polícia são incapazes de encontrá-lo.

A reunião estava ocorrendo no Palácio Moncloa, residência e local de trabalho do primeiro-ministro, a cinco quilômetros do centro de Madri, na Carretera de Galicia, uma estrada sem placas de identificação. O prédio era de alvenaria, verde, com sacadas de ferro batido, janelas verdes e guaritas em cada canto.

Era um dia quente e seco, e através das janelas, até onde a vista podia alcançar, colunas de ondas de calor elevavam-se como batalhões de soldados fantasmas.

— Ontem Miró converteu Pamplona num campo de batalha.
— Martínez bateu com o punho na mesa. — Assassinou dois

guardas e tirou dois dos seus assassinos da prisão. Muitos inocentes foram mortos pelos touros que ele soltou nas ruas.

Por um momento, ninguém disse nada. Ao assumir o cargo, o primeiro-ministro declarara, presunçoso:

"Meu primeiro ato será acabar com esses grupos separatistas. Madri é a grande unificadora. Transforma andaluzes, bascos, catalães e galegos em espanhóis."

Fora excessivamente otimista. Os bascos, fervorosos em sua independência, tinham outras ideias, e a onda de atentados a bomba, assaltos a bancos e manifestações de terroristas do ETA continuara sem cessar.

O homem à direita de Martínez na reunião disse calmamente:
— Eu o encontrarei.

Era o coronel Ramón Acoca, o chefe do GOE, Grupo de Operaciones Especiales, criado para perseguir os terroristas bascos. Acoca era um gigante, de 60 e poucos anos, rosto marcado por cicatriz, olhos frios e implacáveis. Fora um jovem oficial sob o comando de Francisco Franco durante a guerra civil e ainda era fanaticamente devotado à filosofia de Franco: "Somos responsáveis apenas perante Deus e a história."

Agora era um oficial brilhante e fora um dos assessores em que Franco mais confiara. O coronel sentia saudade da disciplina de punho de ferro, a punição rápida daqueles que questionavam ou desobedeciam à lei. Passara pelo turbilhão da guerra civil, com sua aliança nacionalista de monarquistas, generais rebeldes, latifundiários, a alta hierarquia da Igreja e os falangistas fascistas de um lado, e as forças do governo republicano, incluindo socialistas, comunistas, liberais e separatistas bascos e catalães, do outro. Fora um terrível período de destruição e morte, uma loucura que atraíra homens e material bélico de uma dúzia de países, deixando um saldo de mortos assustador. E agora os bascos voltavam a lutar e matar.

O coronel Acoca comandava um grupo eficiente e implacável de antiterroristas. Seus homens trabalhavam em operações clandestinas, usavam disfarces e não eram divulgados ou fotografados, por medo de retaliação.

Se alguém pode deter Jaime Miró, é o coronel Acoca, pensou o primeiro-ministro. Mas havia um problema: *Quem vai deter o coronel Acoca?*

A entrega do comando ao coronel não fora ideia do primeiro-ministro. Ele recebera um telefonema no meio da noite em sua linha particular. Reconhecera a voz no mesmo instante.

— Estamos muito preocupados com as atividades de Jaime Miró e seus terroristas. Sugerimos que ponha o coronel Ramón Acoca no comando do GOE. Entendido?

— Entendido, senhor. Será imediatamente providenciado.

A ligação fora cortada.

A voz pertencia a um membro do OPUS MUNDO. A organização era uma cabala secreta que incluía banqueiros, advogados, dirigentes de poderosas corporações e ministros do governo. Corriam rumores de que tinha enormes recursos à sua disposição, mas a origem do dinheiro ou como era usado e manipulado eram um mistério. Não era considerado saudável fazer muitas perguntas sobre isso.

O primeiro-ministro pusera o coronel Acoca no comando, de acordo com as instruções, mas o gigante mostrara-se um fanático incontrolável. Seu GOE criara um reinado de terror. O primeiro-ministro pensou nos terroristas bascos que os homens de Acoca haviam capturado perto de Pamplona. Foram julgados culpados e condenados à morte. O coronel Acoca insistira que fossem executados pelo bárbaro garrote, a gargantilha de ferro com um espigão que era apertada aos poucos, até que partia a vértebra e cortava a medula espinhal das vítimas.

Jaime Miró tornara-se uma obsessão para o coronel Acoca.

— Quero sua cabeça — disse o coronel Acoca. — Cortamos sua cabeça, e o movimento basco morre.

Um exagero, refletiu o primeiro-ministro, embora devesse admitir que havia um fundo de verdade. Jaime Miró era um líder carismático, fanático em relação à sua causa, e, por isso, perigoso.

Mas à sua maneira, concluiu o primeiro-ministro, *o coronel Acoca é igualmente perigoso.*

Primo Casado, o diretor-geral de Segurança Pública, estava falando:

— Excelência, ninguém podia prever o que aconteceu em Pamplona. Jaime Miró é...

— *Sei* o que ele é — interrompeu o primeiro-ministro, bruscamente. — Quero saber *onde* ele está. — Virou-se para o coronel Acoca.

— Estou em seu rastro — disse o coronel Acoca, a voz provocando um calafrio pela sala. — Gostaria de lembrar a Vossa Excelência que não estamos lutando contra um homem apenas, mas contra todo o povo basco. Eles fornecem alimentos, armas e abrigo a Jaime Miró e a seus terroristas. O homem é um herói para eles. Mas não se preocupe. Muito em breve ele será um herói enforcado. Depois que eu lhe oferecer um julgamento justo, é claro.

Não nós. Eu. O primeiro-ministro especulou se os outros haviam notado. *Sem dúvida,* pensou nervosamente, *alguma coisa precisará ser feita em relação ao coronel muito em breve.*

O primeiro-ministro levantou-se.

— Isso é tudo por enquanto, senhores.

Todos levantaram-se para sair. À exceção do coronel Acoca, que ficou. Leopoldo Martínez começou a andar de um lado para outro.

— Malditos bascos. Por que não podem ficar satisfeitos em ser apenas espanhóis? O que mais querem?

— São ávidos por poder — disse Acoca. — Querem autonomia, sua própria língua e bandeira...

— Não enquanto eu ocupar este cargo. Não permitirei que destruam a Espanha. O governo lhes dirá o que podem e o que não podem fazer. Não passam de uma ralé que...

Um assessor entrou na sala.

— Com licença, Excelência. O bispo Ibáñez chegou.

— Mande-o entrar.

Os olhos do coronel contraíram-se.

— Pode estar certo de que a Igreja se encontra por trás de tudo isso. É tempo de lhes darmos uma lição.

A Igreja é uma das grandes ironias de nossa história, pensou o coronel Acoca, amargurado.

No começo da guerra civil, a Igreja Católica ficara do lado das forças nacionalistas. O papa apoiara o generalíssimo Franco, e com isso lhe permitira proclamar que lutava no lado de Deus. Mas quando as igrejas, mosteiros e padres bascos foram atacados, a Igreja retirara seu apoio.

"Deve conceder mais liberdade aos bascos e catalães", exigira a Igreja. "E deve suspender as execuções de padres bascos."

O generalíssimo Franco ficara furioso. Como a Igreja ousava fazer exigências ao governo?

Iniciara-se então uma guerra de atritos. Mais igrejas e mosteiros foram atacados pelas forças de Franco. Freiras e padres foram assassinados. Bispos foram postos sob prisão domiciliar, e sacerdotes por toda a Espanha foram multados por fazerem sermões que o governo considerava sediciosos. Só quando a Igreja o ameaçou de excomunhão é que Franco interrompeu os ataques.

A maldita Igreja!, pensou Acoca. Voltara a interferir após a morte de Franco. Ele virou-se para o primeiro-ministro.

— É tempo de o bispo ser informado sobre quem manda na Espanha.

O bispo Calvo Ibáñez era magro, de aparência frágil, uma nuvem de cabelos brancos turbilhonando em torno da cabeça. Olhou os dois homens através do pincenê.

— *Buenas tardes.*

O coronel Acoca sentiu a bílis subir pela garganta. A mera visão de clérigos deixava-o doente. Eram traidores levando seus estúpidos cordeiros para o matadouro.

O bispo ficou parado, à espera de um convite para se sentar. O que não aconteceu. E também não foi apresentado ao coronel. Era uma desfeita deliberada.

O primeiro-ministro olhou para Acoca, em busca de orientação.

O coronel disse, bruscamente:

— Recebemos algumas informações desagradáveis. Dizem que rebeldes bascos estão realizando reuniões em mosteiros católicos. Também há informações de que a Igreja está permitindo que mosteiros e conventos guardem armas para os rebeldes. — Havia ódio em sua voz. — Ao ajudarem os inimigos da Espanha, vocês também se tornam inimigos da Espanha.

O bispo Ibáñez fitou-o em silêncio por um momento, depois virou-se para o primeiro-ministro Martínez.

— Com todo respeito, Excelência, somos todos filhos da Espanha. Os bascos não são seus inimigos. Tudo o que pedem é liberdade para...

— Eles não pedem! — bradou Acoca. — Exigem! Circulam pelo país saqueando, assaltando bancos e matando policiais... e ainda ousa dizer que não são nossos inimigos?

— Reconheço que houve excessos imperdoáveis. Mas às vezes, quando se luta por aquilo em que se acredita...

— Eles não acreditam em coisa alguma, a não ser em si mesmos. Não se importam com a Espanha. É como disse um dos nossos grandes escritores: "Ninguém na Espanha se preocupa com o bem comum. Cada grupo se interessa apenas por si mesmo. A Igreja, os bascos, os catalães. Cada um diz que se fodam os outros."

O bispo sabia que o coronel Acoca citara errado Ortega y Gasset. A citação inteira incluía o Exército e o governo; mas, sabiamente, não disse nada. Tornou a se virar para o primeiro-ministro, à espera de uma discussão mais racional.

— Excelência, a Igreja Católica...

O primeiro-ministro achou que Acoca já fora longe demais.

— Não nos interprete mal, bispo. Em princípio, é claro, este governo está dando total apoio à Igreja Católica.

O coronel Acoca interveio outra vez:

— Mas não podemos admitir que suas igrejas, mosteiros e conventos sejam usados contra nós. Se continuarem a permitir que os bascos guardem armas e realizem reuniões neles, terão de arcar com as consequências.

— Tenho certeza de que as informações que recebeu estão equivocadas — declarou o bispo, suavemente. — Mas pode estar certo de que ordenarei uma investigação imediata.

O primeiro-ministro murmurou:

— Obrigado, bispo. Isso é tudo que pedimos.

Martínez e Acoca ficaram observando o bispo se retirar. Depois o primeiro-ministro perguntou:

— O que acha?

— Ele sabe o que está acontecendo.

O primeiro-ministro suspirou. *Já tenho problemas suficientes neste momento sem criar uma crise com a Igreja.*

— Se a Igreja é a favor dos bascos, então está contra nós. — A voz do coronel Acoca era mais enérgica agora. — Eu gostaria que me desse permissão para dar uma lição ao bispo.

O primeiro-ministro foi contido pela expressão de fanatismo nos olhos do coronel. Tornou-se cauteloso.

— Tem mesmo informações de que as igrejas estão ajudando os rebeldes?

— Claro, Excelência.

Não havia como determinar se o homem falava mesmo a verdade. O primeiro-ministro sabia o quanto Acoca odiava a Igreja. Mas talvez fosse bom deixar que a Igreja sentisse o gosto do açoite, desde que o coronel Acoca não fosse longe demais. O primeiro-ministro Martínez ficou imóvel por um instante, pensativo.

Foi Acoca quem rompeu o silêncio:

— Se as igrejas estão abrigando terroristas, então devem ser punidas.

Relutante, o primeiro-ministro concordou com a cabeça.

— Por onde vai começar?

— Jaime Miró e seus homens foram vistos em Ávila ontem. Provavelmente estão escondidos no convento local.

O primeiro-ministro se decidiu.

— Reviste-o.

Essa decisão desencadeou uma sucessão de acontecimentos que sacudiu toda a Espanha e abalou o mundo.

Capítulo 3

ÁVILA

O SILÊNCIO ERA COMO uma nevasca amena, suave e aconchegante, tão tranquilizante quanto o sussurro de um vento de verão. O convento Cisterciense da Estrita Observância ficava nos arredores da cidade murada de Ávila, a mais alta cidade da Espanha, 112 quilômetros a noroeste de Madri. O convento fora construído para o silêncio. As regras haviam sido adotadas em 1601, e permaneceram inalteradas ao longo dos séculos: liturgia, exercício espiritual, reclusão rigorosa, penitência e silêncio. Sempre o silêncio.

O convento era um conjunto simples de prédios de pedra, em torno de um claustro, dominado pela igreja. Ao redor do pátio central as arcadas abertas permitiam que a claridade se espalhasse pelos largos blocos de pedra do chão, onde as freiras deslizavam sem fazer barulho. Havia quarenta freiras no convento, rezando na igreja e vivendo no claustro. O convento de Ávila era um dos sete que restavam na Espanha, um sobrevivente das centenas que haviam sido destruídos na guerra civil, num dos periódicos movimentos anti-Igreja que dominaram o país ao longo dos séculos.

O convento Cisterciense da Estrita Observância era devotado exclusivamente a uma vida de orações. Era um lugar sem estações ou tempo, e aquelas que ali ingressavam se tornavam para sempre isoladas do mundo exterior. A vida cisterciense era contemplativa e penitencial; o ofício divino era recitado todos os dias, e a clausura era completa e permanente.

Todas as irmãs vestiam-se de forma idêntica, e seus trajes, como tudo o mais no convento, eram caracterizados pelo simbolismo de séculos. O *capuche,* o manto e capuz, simbolizava inocência e simplicidade, a túnica de linho representava a renúncia às coisas do mundo e mortificação; o escapulário, pequenos quadrados de lã usados sobre os ombros, indicava a disposição para o trabalho árduo. Uma touca, uma cobertura de linho disposta em dobras por cima da cabeça e em volta do queixo, lados do rosto e pescoço, completava o uniforme.

Dentro dos muros do convento havia um sistema de escadas e passagens internas ligando o refeitório, sala comunitária, celas e a capela, predominando por toda parte um ambiente de amplitude fria e limpa. Janelas de treliça com um vidro grosso davam para um jardim murado. Cada janela era guarnecida com barras de ferro e ficava acima da linha de visão, a fim de que não houvesse distrações externas. O refeitório era amplo e austero, as janelas tinham persianas e cortinas. As velas nos castiçais antigos projetavam sombras evocativas nos tetos e paredes.

Em quatrocentos anos, nada mudara dentro dos muros do convento, exceto os rostos. As irmãs não tinham pertences pessoais, pois desejavam ser pobres, emulando a pobreza de Cristo. A própria igreja era desprovida de ornamentos, salvo por uma cruz de ouro maciço, de valor inestimável, antigo presente de uma rica postulante. Por estar tão em desacordo com a austeridade da ordem, era mantida num armário no refeitório. Uma cruz de madeira simples pendia no altar.

As mulheres que partilhavam suas vidas com o Senhor viviam juntas, trabalhavam juntas, comiam juntas e rezavam juntas, mas nunca se tocavam ou se falavam. As únicas exceções permitidas eram quando ouviam a missa ou quando a reverenda madre superiora Betina lhes falava na privacidade de sua sala. Mesmo então, uma antiga linguagem de sinais era usada o máximo possível.

A reverenda madre era uma religiosa com cerca de 70 anos, expressão inteligente, jovial e dinâmica, glorificada na paz e alegria da vida no convento, uma vida consagrada a Deus. Protetora irredutível de suas freiras, sentia muita angústia quando era necessário impor a disciplina.

As freiras circulavam pelos claustros e corredores de olhos baixos, mãos cruzadas dentro das mangas, na altura do peito, passando e repassando por suas irmãs sem qualquer palavra ou sinal de reconhecimento. A única voz do convento era a dos sinos — os sinos que Victor Hugo chamou de "A Ópera dos Campanários".

AS IRMÃS VINHAM de antecedentes díspares e de muitos países diferentes. Pertenciam a famílias de aristocratas, camponeses, soldados... Chegaram ao convento como ricas e pobres, instruídas e ignorantes, miseráveis e exaltadas, mas ali eram todas iguais aos olhos de Deus, unidas em seu desejo de casamento eterno com Jesus.

As condições de vida no convento eram espartanas. No inverno o frio era cortante, e uma luz pálida filtrava-se pelas janelas gradeadas. As freiras dormiam plenamente vestidas em enxergas de palha, cobertas por mantas ásperas de lã, cada uma em sua pequena cela, mobiliada apenas com uma cadeira de pau, de encosto reto. Não havia lavatório. Um pequeno jarro de barro e uma bacia ficavam no chão, no canto da cela. Nenhuma freira tinha permissão para entrar na cela da outra, à exceção da reverenda madre Betina. Não havia nenhum tipo de recreação, apenas trabalho e orações. Havia áreas de trabalho para tricotar, encadernar livros, fiar e fazer pão. Havia oito horas de oração diárias: matinas, laudes, primas, terças, sextas, nonas, vésperas e completas. Havia ainda outras devoções: bênçãos, hinos e litanias.

Matinas era a oração que se fazia quando metade do mundo estava dormindo e a outra metade absorvida no pecado.

Laudes, o ofício do amanhecer, seguia-se ao nascer do sol, aclamado como a figura de Cristo, triunfante e glorificado.

Primas era a oração matutina da igreja, pedindo as bênçãos para as obras do dia.

Terças acontecia às 9 horas, consagrada por santo Agostinho ao Espírito Santo.

Sextas era às 11h30, evocada para extinguir o calor das paixões humanas.

Nonas era recitada em silêncio às 15 horas, a hora da morte de Cristo.

Vésperas era o serviço vespertino da igreja, como laudes fora a oração do amanhecer.

Completas eram as últimas horas canônicas dos ofícios divinos. Uma forma de orações noturnas, um preparativo para a morte e também para o sono, encerrando o dia com uma declaração de submissão amorosa: *Manus tuas, domine, commendo spiritum meum. Redemisti nos, domine, deus, veritatis.*

Em alguma das outras ordens a flagelação fora abolida, mas sobrevivia nos conventos e mosteiros Cistercienses de clausura. Pelo menos uma vez por semana, e às vezes todos os dias, as freiras puniam seus corpos com a Disciplina, um açoite de 30 centímetros de comprimento, de corda fina, encerado, com seis pontas nodosas que provocavam uma dor angustiante; era usado para espancar as costas, pernas e nádegas. Bernard de Clairvaux, o ascético abade dos Cistercienses, advertira: "O corpo de Cristo está aniquilado... nossos corpos devem se conformar à semelhança do corpo ferido de Nosso Senhor."

Era uma vida mais austera do que em qualquer prisão, mas as irmãs viviam em êxtase, como jamais ocorrera no mundo exterior. Haviam renunciado ao amor físico, aos bens pessoais e à liberdade de opção, mas, ao abrirem mão dessas coisas, também renunciaram à ganância e à competição, ao ódio e à inveja, a todas as pressões e tentações que o mundo exterior impunha. No interior do convento reinava uma paz absoluta e o inefável sentimento de alegria pela união com Deus. Havia uma serenidade indescritível dentro dos muros e nos corações das mulheres que ali viviam. Se o convento era uma prisão, tratava-se de uma prisão no Éden de Deus, com o conhecimento de uma eternidade feliz para as que escolheram livremente ingressar e permanecer ali.

IRMÃ LUCIA FOI despertada pelo repicar do sino do convento. Abriu os olhos, surpresa e desorientada por um momento. A pequena cela em que dormia ainda estava escura, uma escuridão desoladora. O som do sino avisava-lhe que eram 3 horas da manhã, quando o ofício das vigílias começava, enquanto o mundo ainda se encontrava mergulhado nas trevas.

Droga! Esta rotina vai me matar, pensou irmã Lucia.

Recostou-se no catre pequeno e desconfortável, desesperada por um cigarro. Relutante, saiu da cama. O pesado hábito que usava até para dormir roçava como lixa contra sua pele sensível. Pensou em todas as lindas roupas de estilistas penduradas em seu apartamento em Roma e no chalé em Gstaad.

Irmã Lucia podia ouvir o movimento suave e farfalhante das freiras, reunindo-se no corredor. Negligente, arrumou a cama e também saiu para o extenso corredor, onde as freiras entravam em fila, olhos abaixados. Lentamente, todas começaram a se encaminhar para a capela.

Parecem um bando de pinguins idiotas, pensou irmã Lucia. Não conseguia entender por que aquelas mulheres haviam deliberadamente renunciado às suas vidas, desistindo de sexo, belas roupas e boa comida. *Sem essas coisas, que motivo existe para continuar a viver? E as malditas regras!*

Quando irmã Lucia entrara no convento, a reverenda madre avisara-lhe:

— Deve andar com a cabeça baixa. Mantenha as mãos cruzadas por dentro do hábito. Dê passos curtos. Ande devagar. Nunca deve fazer contato visual com qualquer uma das outras irmãs ou sequer olhar para elas. Não pode falar. Seus ouvidos são para escutar apenas as palavras de Deus.

— Está bem, reverenda madre.

Durante o mês seguinte Lucia recebera as instruções.

— As que vieram para cá não tinham a intenção de se juntarem às outras, mas sim habitar a sós com Deus. A solidão do espírito é essencial para uma união com Deus. É salvaguardada pelas regras do silêncio.

— Está bem, reverenda madre.

— Deve sempre obedecer ao silêncio dos olhos. Fitar as outras nos olhos a distrairia com imagens inúteis.

— Está bem, reverenda madre.

— A primeira lição que aprenderá aqui será retificar o passado, expurgar os velhos hábitos e inclinações seculares, apagar todas as imagens do passado. Fará penitência de purificação e mortificação para se despojar da vontade e amor próprios. Não basta se arrepender das ofensas passadas. Quando se descobre a beleza infinita e a santidade de Deus, quer se compensar não apenas por seus pecados, mas também por todos os pecados que já foram cometidos.

— Está bem, santa madre.

— Deve lutar contra a sensualidade, o que João da Cruz chamou de "a noite dos sentidos".

— Está bem, santa madre.

— Cada freira vive em silêncio e solidão, como se já estivesse no céu. Nesse silêncio puro e precioso, pelo qual tanto anseia, ela é capaz de escutar o silêncio infinito e possuir Deus.

NO FIM DO PRIMEIRO mês, Lucia recebera os votos iniciais. Tivera de cortar os cabelos no dia da cerimônia. Fora uma experiência traumática. A reverenda madre cuidara disso pessoalmente. Convocara Lucia à sua sala e fizera um sinal para que ela se sentasse. Postara-se às suas costas e, antes que Lucia percebesse o que estava acontecendo, ouvira o barulho da tesoura e sentira alguma coisa puxando-lhe os cabelos. Começara a protestar, mas compreendera subitamente que aquilo só podia melhorar o seu disfarce. *Poderei deixá-lo crescer de novo mais tarde,* pensara. *Enquanto isso, ficarei parecendo uma galinha depenada.*

Ao voltar para o cubículo lúgubre que lhe fora designado, Lucia pensara: *Este lugar é um ninho de serpentes.* O chão consistia em tábuas soltas. A enxerga e a cadeira de encosto reto ocupavam a maior parte do espaço. Sentira-se ansiosa por ler um jornal. *Não há a menor possibilidade,* refletira. Naquele lugar nunca tomavam conhecimento dos jornais, muito menos escutavam rádio ou viam televisão. Não havia ligação alguma com o mundo exterior.

Contudo, o que mais incomodava Lucia era o silêncio desolador. A única comunicação era feita através de sinais com as mãos, e aprendê-los a levara à loucura. Quando precisava de uma vassoura, devia deslocar a mão direita estendida da direita para a esquerda, como se estivesse varrendo. Quando a reverenda madre estava insatisfeita, unia os dedos mínimos três vezes, na frente do corpo, os outros dedos comprimidos contra as palmas.

Quando Lucia se mostrava lenta na execução do seu trabalho, a reverenda madre comprimia a palma da mão direita contra o ombro esquerdo. Para censurar Lucia, ela coçava a própria face, perto do ouvido direito, com todos os dedos da mão direita, num movimento para baixo.

Pelo amor de Deus, pensava Lucia, *parece que ela está coçando uma mordida de pulga.*

ELAS CHEGARAM à capela. As freiras rezaram silenciosamente; contudo, os pensamentos de irmã Lucia se concentravam em coisas mais importantes do que Deus.

Mais um ou dois meses, quando a polícia parar de me procurar, sairei deste hospício.

Depois das orações matutinas, irmã Lucia marchou com as outras para o refeitório, violando furtivamente os regulamentos, como fazia todos os dias, ao estudar os rostos das companheiras. Era sua única diversão. Ela achava incrível pensar que nenhuma das irmãs sabia como as outras pareciam.

Sentia-se fascinada pelos rostos das freiras. Algumas eram jovens, outras velhas, algumas bonitas, outras feias. Não podia compreender por que todas pareciam tão felizes. Havia três rostos que Lucia achava particularmente interessantes. Um era o da irmã Teresa, que parecia ter cerca de 60 anos. Estava longe de ser bonita, mas possuía uma espiritualidade que lhe proporcionava um encanto quase sublime. Parecia estar sempre sorrindo interiormente, como se conhecesse algum segredo maravilhoso.

Outra freira que Lucia considerava fascinante era a irmã Graciela, uma mulher de beleza extraordinária, com 30 e poucos anos. Tinha a pele azeitonada, feições refinadas, olhos que pareciam poços negros luminosos.

Ela poderia ter sido uma estrela de cinema, pensou Lucia. *Qual é a sua história? Por que se enterraria num lugar como este?*

A terceira freira que lhe atraía o interesse era irmã Megan. Olhos azuis, sobrancelhas e pestanas louras. Tinha 20 e poucos anos, rosto viçoso e franco.

O que ela está fazendo aqui? O que todas essas mulheres estão fazendo aqui? Ficam trancafiadas por trás desses muros, dormindo numa cela mínima, uma comida horrível, oito horas de orações, trabalho árduo e muito pouco sono. Devem ser loucas... todas elas.

Estava em situação melhor do que as outras, porque teriam de ficar ali pelo resto de suas vidas, enquanto ela sairia em um ou dois meses. *Talvez três,* pensou. *Este é um esconderijo perfeito. Eu seria uma tola se fosse embora de forma precipitada. Em poucos meses a polícia vai pensar que morri. Quando sair daqui e pegar meu dinheiro na Suíça, talvez escreva um livro a respeito deste hospício.*

POUCOS DIAS ANTES, A reverenda madre pedira à irmã Lucia que fosse ao escritório para buscar um papel; enquanto estava ali, ela aproveitara para começar a revistar os arquivos. Infelizmente, fora surpreendida no ato de bisbilhotar.

— Fará penitência com a Disciplina — decidira a reverenda madre Betina.

Irmã Lucia baixara a cabeça humildemente e sinalizara:

— Sim, reverenda madre.

Lucia voltara à sua cela, e minutos depois as freiras passando pelo corredor puderam ouvir o som terrível do açoite assoviando pelo ar e caindo várias vezes. O que não podiam saber era que irmã Lucia estava açoitando a cama.

Essas malucas podem ser sadomasoquistas, mas eu não vou entrar nessa.

ELAS ESTAVAM SENTADAS no refeitório, quarenta freiras, em duas mesas compridas. A dieta Cisterciense era rigorosamente vegetariana. Como o corpo ansiava por carne, o seu consumo era proibido. Muito antes do amanhecer, era servida uma xícara de chá ou café e um pedaço de pão seco. A refeição principal era feita às 11 horas e consistia em uma sopa rala, uns poucos legumes, e de vez em quando um pedaço de fruta.

A reverenda madre tinha instruído Lucia:

— Não estamos aqui para agradar a nossos corpos, mas sim para agradar a Deus.

Eu não serviria este desjejum a meu gato, pensou irmã Lucia. *Estou aqui há dois meses, e aposto que já perdi uns 4 ou 5 quilos. É a versão divina de uma dieta rigorosa.*

Quando o desjejum terminou, duas freiras levaram bacias de lavar louça para as extremidades das mesas. As irmãs em cada mesa levaram seus pratos para a irmã com a bacia, que lavou cada um, enxugou com uma toalha e devolveu à outra irmã. A água foi ficando cada vez mais escura e gordurosa.

E elas vão viver assim pelo resto de suas vidas, pensou irmã Lucia, repugnada. *Mas não posso me queixar. Ainda é melhor do que uma sentença de prisão perpétua...*

Ela seria capaz de trocar sua alma imortal por um cigarro.

A MEIO QUILÔMETRO dali, pela estrada, o coronel Ramón Acoca e duas dezenas de homens cuidadosamente escolhidos do GOE, o Grupo de Operaciones Especiales, preparavam-se para atacar o convento.

Capítulo 4

O coronel Ramón Acoca possuía instintos de caçador. Adorava a perseguição, mas era o ato de matar que lhe proporcionava uma satisfação visceral. Confidenciara certa vez a um amigo: "Tenho um orgasmo quando mato. Não faz diferença se é um cervo, um coelho ou um homem... há alguma coisa em tirar uma vida que faz com que a pessoa se sinta como Deus."

Acoca trabalhara no serviço de informações militar e alcançara uma excelente reputação rapidamente. Era destemido, implacável e inteligente, uma combinação que atraíra a atenção de um dos auxiliares diretos do general Franco.

Ingressara no Estado-Maior de Franco como tenente, e em menos de três anos alcançara o posto de coronel, uma façanha sem precedentes. Recebera o comando dos falangistas, o grupo especial usado para aterrorizar os opositores a Franco.

Fora durante a guerra que Acoca recebera a visita de um emissário do OPUS MUNDO.

— Quero que compreenda que estamos lhe falando com a permissão do general Franco.

— Claro, senhor.

— Estamos observando-o há algum tempo, coronel. E estamos satisfeitos com o que vemos.

— Obrigado, senhor.

— De vez em quando, temos certas missões que são... digamos assim... confidenciais. E muito perigosas.

— Eu compreendo, senhor.

— Temos muitos inimigos. Pessoas que não compreendem a importância do trabalho que realizamos.

— Posso imaginar, senhor.

— Às vezes elas interferem em nossos planos. Não podemos permitir que isso aconteça.

— Claro que não, senhor.

— Creio que poderíamos usar um homem como você, coronel. Acho que nos entendemos.

— Claro, senhor. Eu me sentiria honrado em prestar qualquer serviço.

— Gostaríamos que permanecesse no Exército. Isso será valioso para nós. Mas de vez em quando vamos designá-lo para atuar em nossos projetos especiais.

— Obrigado, senhor.

— Nunca deve falar sobre isso com ninguém.

— Nunca, senhor.

O homem deixara Acoca nervoso. Havia alguma coisa nele que era extremamente assustadora.

COM O TEMPO, o coronel Acoca fora convocado a realizar algumas missões para o OPUS MUNDO. Como fora avisado, todas eram perigosas. E absolutamente confidenciais.

Numa dessas missões, Acoca conhecera uma linda moça, de excelente família. Até aquele momento, todas as suas mulheres haviam sido prostitutas ou vivandeiras. Acoca sempre as tratara com um desdém brutal. Algumas chegaram a se apaixonar por ele, atraídas por sua força. Essas recebiam o pior tratamento.

Mas Susana Cerredilla pertencia a um mundo diferente. O pai era professor na Universidade de Madri, e a mãe, uma advogada. Susana tinha 17 anos, corpo de mulher e o rosto angelical de uma Madona. Ramón Acoca jamais conhecera ninguém como aquela menina-mulher. Sua vulnerabilidade despertara-lhe uma ternura que jamais imaginara ser capaz de sentir. Apaixonara-se loucamente por ela, e o sentimento fora recíproco, por razões que nem os pais dela nem Acoca compreendiam.

A lua de mel fora como se Acoca jamais tivesse conhecido outra mulher. Conhecera o desejo, mas a combinação de amor e paixão era algo que nunca experimentara antes.

Três meses depois do casamento, Susana informara-lhe que estava grávida. Acoca sentira a maior emoção. Para aumentar sua alegria, fora destacado para um posto na linda aldeia de Castilblanco, no País Basco. Era o outono de 1936, quando a luta entre republicanos e nacionalistas se tornava mais ferrenha.

Numa tranquila manhã de domingo, Ramón Acoca e a esposa tomavam café na plaza da aldeia quando subitamente surgiram vários manifestantes bascos.

— Quero que vá para casa — dissera Acoca à esposa. — Vai haver problemas.

— E você?

— Vá logo, por favor. Ficarei bem.

Os manifestantes estavam começando a escapar ao controle.

Com alívio, Ramón Acoca observara Susana afastar-se da multidão, a caminho de um convento na outra extremidade da praça. E no momento em que ela chegava, a porta do convento se abrira de repente e bascos armados, escondidos lá dentro, saíram com as armas disparando. Acoca vira, impotente, a esposa cair sob uma saraivada de balas. Fora nesse dia que jurara vingança contra os bascos. A Igreja também fora responsável.

E agora ele estava em Ávila, diante de outro convento. *Dessa vez eles morrerão.*

Dentro do convento, na escuridão antes do amanhecer, irmã Teresa segurava a Disciplina com a mão direita e açoitava o próprio corpo com violência, sentindo as pontas nodosas cortarem-na, enquanto recitava em silêncio o *Miserere*. Quase soltou um grito alto, mas o barulho não era permitido, e por isso ela reprimiu os gritos. *Perdoa-me, Jesus, por meus pecados. Sê testemunha que puni a mim mesma, como tu foste punido, e que me infligi ferimentos, como ferimentos te foram infligidos. Deixa-me sofrer, como tu sofreste.*

Ela estava quase desmaiando de dor. Flagelou-se por mais três vezes e depois arriou, agoniada, sobre o catre. Não arrancara sangue. Isso era proibido. Estremecendo contra a agonia que cada movimento provocava, irmã Teresa guardou o açoite na caixa preta e largou-a num canto. Estava sempre ali, uma lembrança constante de que o menor pecado devia ser pago com a dor.

A transgressão de irmã Teresa ocorrera naquela manhã, quando virava uma esquina do corredor, olhos baixos, e esbarrara em irmã Graciela. Sobressaltada, fitara o rosto da irmã Graciela. Irmã Teresa imediatamente comunicara a infração, e a reverenda madre Betina franzira o rosto em desaprovação, fizera o sinal da Disciplina, deslocando a mão direita de ombro para ombro, três vezes, a mão fechada, como se empunhasse o açoite, o polegar sob o indicador.

Deitada em seu catre, irmã Teresa não conseguira tirar da cabeça o rosto de extraordinária beleza da jovem que contemplara. Ela sabia que, enquanto vivesse, nunca se falariam e nunca mais tornaria a fitá-la, pois o menor indício de intimidade entre as freiras era punido com rigor. Num clima de rígida austeridade moral e física, não era permitido qualquer tipo de relacionamento. Se duas irmãs trabalhavam lado a lado e pareciam desfrutar da companhia silenciosa uma da outra, a reverenda madre logo as separava. As irmãs também não tinham permissão para sentar ao lado da mesma pessoa à mesa por duas vezes consecutivas. A Igreja delicadamente chamava a atração de uma freira por outra de "uma amizade particular", e a penalidade era rápida e severa. Irmã Teresa assumira a punição por violar a regra.

Agora o repique do sino chegou aos ouvidos de irmã Teresa como se soasse muito longe. Era a voz de Deus, repreendendo-a.

NA CELA DO LADO o som do sino ressoou pelos corredores dos sonhos de irmã Graciela, misturando-se com os rangidos lúbricos das molas da cama. O mouro avançava em sua direção, nu, a virilidade intumescida, as mãos se estendendo para agarrá-la. Irmã Graciela abriu os olhos, instantaneamente desperta, o coração disparado num frenesi. Olhou à volta, apavorada, mas estava sozinha na pequena cela e ouvia-se apenas o repicar tranquilizador do sino.

Irmã Graciela ajoelhou-se ao lado da cama. *Jesus, agradeço por me livrar do passado. Agradeço pela alegria que sinto por estar aqui, à Sua luz. Deixe-me experimentar apenas a felicidade do Seu ser. Ajude-me, meu Amado, a ser sincera ao Seu chamado. Ajude-me a aliviar o pesar do Seu sagrado coração.*

Ela levantou-se e arrumou a cama com cuidado, depois juntou-se à procissão de freiras que se encaminhavam em silêncio para as matinas na capela. Podia sentir o cheiro familiar de velas acesas e as pedras gastas sob os pés metidos em sandálias.

No início, assim que entrara para o convento, irmã Graciela não compreendera quando a reverenda madre lhe dissera que uma freira era uma mulher que renunciava a tudo, a fim de possuir tudo. Tinha 14 anos na ocasião. Agora, 17 anos depois, aquilo era evidente para ela. Na contemplação, possuía tudo, pois a contemplação era a mente respondendo à alma, as águas que corriam em silêncio. Seus dias eram preenchidos por uma paz maravilhosa.

Obrigada por me deixares esquecer, Pai. Obrigada por ficares ao meu lado. Eu não poderia enfrentar o terrível passado sem Ti. Obrigada... Obrigada... Obrigada...

Quando as matinas acabaram, as freiras voltaram às suas celas para dormir até os laudes, o nascer do sol.

LÁ FORA, O CORONEL Ramón Acoca e seus homens avançaram rapidamente pela escuridão. Ao chegarem ao convento, o coronel disse:

— Jaime Miró e seus homens estarão armados. Não corram riscos. — Olhou para a fachada do convento, e por um instante viu o outro convento, com os guerrilheiros bascos saindo, e Susana tombando sob uma saraivada de balas. E acrescentou: — Não se preocupem em capturar Miró vivo.

IRMÃ MEGAN FOI despertada pelo silêncio. Era um silêncio diferente, comovente, um ímpeto apressado de ar, um sussurro de corpos. Havia sons que ela nunca ouvira antes, em seus 15 anos no convento. Foi subitamente invadida por uma premonição de que havia algo muito errado.

Levantou-se sem fazer barulho na escuridão e abriu a porta de sua cela. Era inacreditável, mas o longo corredor de pedra estava cheio de homens. Um gigante com uma cicatriz no rosto saía da cela da reverenda madre, puxando-a pelo braço. Megan ficou chocada. *Estou tendo um pesadelo,* pensou. *Estes homens não podem estar aqui.*

— Onde o estão escondendo? — perguntou o coronel Acoca.

A reverenda madre Betina tinha uma expressão de horror atordoado.

— Silêncio! Este é um templo de Deus. Está profanando-o. — Sua voz era trêmula. — Devem se retirar já.

O coronel apertou-lhe o braço com mais força e sacudiu-a.

— Quero Miró, irmã.

O pesadelo era real.

Outras portas de celas começaram a ser abertas e mais freiras apareceram, com expressões de total confusão. Nunca houvera coisa alguma em sua experiência que as preparasse para aquele acontecimento extraordinário.

O coronel Acoca empurrou a reverenda madre para longe e virou-se para Patrício Arrieta, um dos seus ajudantes principais:

— Revistem tudo. De alto a baixo.

Os homens de Acoca começaram a se espalhar, invadindo a capela, o refeitório e as celas, acordando as freiras que ainda dormiam e forçando-as rudemente a se levantarem e seguirem pelos corredores até a capela. As freiras obedeciam sem dizer nada, mantendo mesmo nessa hora o voto de silêncio. Para Megan, a cena era como um filme sem som.

Os homens de Acoca estavam imbuídos de um senso de vingança. Todos eram falangistas e lembravam muito bem que a Igreja se virara contra eles durante a guerra civil e apoiara os legalistas contra seu amado líder, o generalíssimo Franco. Aquela era a oportunidade de uma desforra. A força e o silêncio das freiras deixavam os homens ainda mais furiosos.

Ao passar por uma das celas, Acoca ouviu um grito lá dentro. Olhou e viu um dos seus homens arrancando o hábito de uma freira. Ele seguiu em frente.

IRMÃ LUCIA FOI despertada por gritos de homens. Sentou-se em pânico. *A polícia me descobriu*, foi seu primeiro pensamento. *Preciso sair daqui imediatamente*. Mas não havia meio de sair do convento, a não ser pela porta da frente.

Levantou-se apressada e espiou pelo corredor. A visão com que seus olhos se defrontaram era espantosa. O corredor não estava cheio de guardas, mas sim de homens em trajes civis, armas em punho, destruindo lampiões e mesas. A confusão era total, enquanto eles corriam de um lado para outro.

A reverenda madre Betina estava parada no centro do caos rezando em silêncio, enquanto contemplava a profanação de seu amado convento. Irmã Megan foi para seu lado e Lucia se apressou em ir para junto das duas.

— O que está acontecendo? — perguntou Lucia. — Quem são eles? — Eram as primeiras palavras que pronunciava em voz alta desde que ingressara no convento.

A reverenda madre pôs a mão direita sob sua axila esquerda, três vezes, o sinal para *esconder*. Lucia fitou-a, incrédula.

— Pode falar agora! Vamos sair daqui, pelo amor de Deus! E é mesmo pelo amor de Deus!

Patrício Arrieta aproximou-se de Acoca.

— Já procuramos por toda parte, coronel. Não há sinal de Jaime Miró ou de seus homens.

— Procurem de novo — insistiu Acoca, obstinado.

Foi nesse momento que a reverenda madre lembrou-se do único tesouro que o convento possuía. Dirigiu-se à irmã Teresa e sussurrou:

— Tenho uma missão para você. Pegue a cruz de ouro na capela e leve-a para o convento em Mendavia. Precisa tirá-la daqui. Depressa!

Irmã Teresa tremia tanto que sua touca adejava em ondas. Olhava fixamente para a reverenda madre, paralisada. Passara os últimos trinta anos de sua vida no convento. A perspectiva de sair dali estava além da imaginação e fez o sinal de *não posso*. A reverenda madre estava frenética.

— A cruz não deve cair nas mãos desses homens de Satã. Faça isso por Jesus.

Uma luz surgiu nos olhos de irmã Teresa. Ela empertigou-se, fez o sinal de *por Jesus*. Virou-se e seguiu apressada para a capela.

IRMÃ GRACIELA aproximou-se do grupo, olhando atordoada para a confusão desvairada do lugar.

Os homens estavam se tornando cada vez mais violentos, quebrando tudo pela frente. O coronel Acoca observava-os com uma expressão de aprovação. Lucia virou-se para Megan e Graciela.

— Não sei o que vocês duas estão pensando, mas eu vou sair daqui. Vocês vêm comigo?

Elas fitaram-na, aturdidas demais para responderem. Irmã Teresa aproximou-se delas, apressada, carregando alguma coisa envolta por uma lona. Alguns homens conduziam mais freiras para o refeitório.

— Vamos logo — insistiu Lucia.

As irmãs Teresa, Megan e Graciela hesitaram por um momento, depois seguiram Lucia para a porta da frente. Ao virarem a extremidade do comprido corredor, perceberam que a enorme porta fora arrombada. Um homem surgiu de repente na frente delas.

— Estão indo a algum lugar? Podem voltar. Meus amigos têm planos para vocês.

Lucia disse:

— Temos um presente para você.

Ela pegou um dos pesados castiçais de metal que ficavam nas mesas do vestíbulo e sorriu. O homem ficou perplexo.

— O que pode fazer com esse castiçal?

— Isto! — Lucia bateu o castiçal na cabeça do homem, que caiu no chão, inconsciente.

As três freiras ficaram horrorizadas.

— Depressa! — disse Lucia.

Um instante depois, Lucia, Megan, Graciela e Teresa estavam no pátio da frente, correndo para o portão, sob a noite estrelada. Lucia parou.

— Vou me separar de vocês. Eles vão procurá-las, e por isso é melhor saírem daqui o mais depressa possível. — Virou-se e começou a seguir para as montanhas, que se elevavam ao longe, muito acima do convento. *Eu me esconderei lá em cima até a busca esfriar e depois irei para a Suíça. É muito azar. Aqueles filhos da mãe destruíram um disfarce perfeito.*

Enquanto subia pela encosta, Lucia olhou para baixo. Lá de cima, podia avistar as três irmãs. Por mais incrível que pudesse parecer, continuavam paradas na frente do portão do convento, como três estátuas vestidas de preto. *Pelo amor de Deus!*, pensou. *Saiam logo daí, antes que eles as peguem! Depressa!*

ELAS NÃO PODIAM SE mexer. Era como se todos os seus sentidos tivessem permanecido paralisados por tanto tempo que agora se encontravam incapazes de absorver o que lhes acontecia. As freiras olhavam para os pés. Tão atordoadas que não podiam pensar. Haviam passado tanto tempo enclausuradas por trás dos portões de Deus, apartadas do mundo, que agora, fora dos portões protetores, viam-se dominadas por sentimentos de confusão e pânico. Não tinham a menor ideia de que rumo seguir ou o que fazer. Lá dentro, a vida toda era organizada para elas. Haviam sido alimentadas, vestidas, instruídas sobre o que fazer e quando. Viviam de acordo com as regras. Agora, subitamente, não havia mais regras. O que Deus queria delas? Qual seria o Seu plano? Ficaram paradas, juntas, com medo de falar, com medo de olhar uma para a outra.

Hesitante, irmã Teresa apontou para as luzes de Ávila, ao longe, e fez sinal de *por ali*. Indecisas, elas começaram a se dirigir à cidade.

Observando-as do alto da colina, Lucia pensou: *Não, suas idiotas! Este será o primeiro lugar em que eles vão procurá-las. Ora, o problema é de vocês. Já tenho os meus.* Ficou parada por um instante, observando as freiras se encaminharem para a perdição, direto para o matadouro. *Merda.*

Lucia desceu a encosta, tropeçando em pedras soltas, correu atrás das irmãs, o hábito incômodo diminuindo a velocidade.

— Esperem um instante! — gritou. — Parem!

As irmãs pararam e se viraram. Lucia aproximou-se correndo, a respiração ofegante.

— Estão indo pelo caminho errado. O primeiro lugar em que irão procurar vocês será na cidade. Devem se esconder em algum outro lugar.

As três irmãs fitaram-na em silêncio. Lucia acrescentou, impaciente:

— As montanhas. Subam para as montanhas. Sigam-me. — Virou-se e começou a voltar para as montanhas. As outras ficaram olhando e depois de um momento partiram em seu encalço, uma a uma.

De vez em quando Lucia olhava para trás, a fim de se certificar de que as outras a seguiam. *Por que não posso cuidar apenas da minha própria vida?*, pensou. *Elas não são uma responsabilidade minha. E é mais perigoso se ficarmos juntas.* Continuou a subir, cuidando para que as outras não a perdessem de vista.

As irmãs encontravam maior dificuldade na escalada, e cada vez que ficavam mais lentas, Lucia parava e esperava. *Vou me livrar delas amanhã.*

— Precisamos andar mais depressa — exortou Lucia.

NO CONVENTO, a batida chegara ao fim. As freiras atordoadas, os hábitos amarrotados e manchados de sangue, estavam sendo embarcadas em caminhões fechados, anônimos.

— Leve-as de volta para o quartel-general em Madri — exortou o coronel Acoca. — E mantenha todas no isolamento.

— Sob que acusação?

— Esconder terroristas.

— Pois não, coronel. — Patrício Arrieta hesitou por um instante. — Quatro freiras estão desaparecidas.

Os olhos do coronel Acoca tornaram-se frios.
— Encontre-as.

O CORONEL ACOCA retornou a Madri e foi se reportar ao primeiro-ministro.

— Jaime Miró escapou antes de chegarmos ao convento. Martínez balançou a cabeça.

— Eu já soube. — Não pôde deixar de especular se Jaime Miró alguma vez estivera no convento. De uma coisa estava certo. O coronel Acoca estava perigosamente escapando ao controle. Houvera violentos protestos pelo brutal ataque ao convento. O primeiro-ministro escolheu as palavras com todo cuidado: — Os jornais estão me criticando pelo acontecido.

— Os jornais estão transformando esse terrorista num herói — retrucou Acoca, impassível. — Não podemos permitir que nos pressionem.

— Ele está causando muito embaraço ao governo, coronel. E aquelas quatro freiras... se elas falarem...

— Não se preocupe. Não podem ir longe. Eu as pegarei, e encontrarei Miró.

O primeiro-ministro já decidira que não podia mais correr riscos.

— Coronel, quero que providencie para que as 36 freiras sejam bem-tratadas, e estou ordenando que o Exército participe da busca a Miró e aos outros. Vai trabalhar com o coronel Sostelo.

Houve uma pausa longa e perigosa.

— Qual de nós estará no comando da operação?

Os olhos de Acoca eram frios. O primeiro-ministro engoliu em seco.

— Você, é claro.

Lucia e as três irmãs viajaram pelo início da manhã, seguindo para o norte, na direção das montanhas, afastando-se de Ávila e do convento. As freiras, acostumadas a se movimentarem em silêncio, quase não faziam barulho. Os únicos sons eram o farfalhar dos hábitos, o retinir dos rosários, o estalido ocasional de um graveto quebrado e as respirações ofegantes, enquanto subiam cada vez mais.

Chegaram a um platô na montanha Guadarrama e avançaram por uma estrada esburacada, margeada por muretas de pedra. Passaram por campos com ovelhas e cabras. Ao nascer do sol, já haviam percorrido vários quilômetros e se encontravam num bosque, nos arredores da pequena aldeia de Villacastín.

Vou deixá-las aqui, decidiu Lucia. *Seu Deus pode cuidar delas agora. Sem dúvida, Ele cuidou muito bem de mim*, pensou, amargurada. *A Suíça está mais longe do que nunca. Não tenho dinheiro nem passaporte, estou vestida como um agente funerário. A essa altura, aqueles homens já sabem que escapamos. Ficarão à nossa procura até nos encontrarem. Quanto mais cedo eu sair daqui sozinha, melhor.*

Mas nesse instante aconteceu uma coisa que a levou a mudar os planos.

Irmã Teresa avançava entre as árvores quando tropeçou e o embrulho que guardava com tanto cuidado caiu na terra. A lona se abriu, e Lucia se viu diante de uma cruz de ouro, grande, lavrada com requinte, faiscando aos raios do sol nascente.

É ouro de verdade, pensou. *Alguém lá em cima está mesmo cuidando de mim. Aquela cruz é um maná. Um autêntico maná. A minha passagem para a Suíça.*

Lucia observou irmã Teresa pegar a cruz e tornar a enrolar a lona, com todo o cuidado. Sorriu satisfeita. Seria fácil tomá-la. As freiras fariam qualquer coisa que ela mandasse.

A CIDADE DE ÁVILA estava em alvoroço. As notícias do ataque ao convento haviam se espalhado depressa, e o padre Berrendo foi escolhido para uma confrontação com o coronel Acoca. O padre tinha mais de 70 anos, com uma fragilidade exterior que não condizia com a força interior. Era um pastor afetuoso e compreensivo para com seus paroquianos. Naquele momento, porém, sentia uma fúria incontrolável.

O coronel Acoca deixou-o à espera por uma hora, depois permitiu que o levassem até sua sala.

Padre Berrendo foi logo dizendo, sem qualquer preâmbulo:

— Você e seus homens atacaram um convento sem a menor provocação. Foi um ato de loucura.

— Procurávamos apenas cumprir o nosso dever — retrucou o coronel, em tom ríspido. — O convento abrigava Jaime Miró e seu bando de assassinos. Com isso, as próprias irmãs foram responsáveis pelo que aconteceu. Estão detidas para interrogatório.

— O senhor encontrou Jaime Miró no convento? — perguntou o padre, irritado.

O coronel Acoca respondeu suavemente:

— Não. Ele e seus homens escaparam antes da nossa chegada. Mas vamos encontrá-lo, e se fará justiça.

A minha justiça, pensou o coronel Acoca, com selvageria.

Capítulo 5

As freiras avançavam devagar, com seus trajes inadequados para o terreno acidentado. As sandálias eram finas demais para proteger-lhes os pés contra o terreno pedregoso, e os hábitos ficavam presos em tudo. Irmã Teresa descobriu que não podia sequer recitar seu rosário. Precisava das duas mãos para evitar que os galhos batessem em seu rosto.

À luz do dia, a liberdade parecia ainda mais aterradora do que antes. Deus expulsara as irmãs do Éden para um mundo estranho e assustador, retirando Sua orientação, em que elas haviam se apoiado por tanto tempo. Descobriram-se num território inexplorado, sem mapa e sem bússola. Os muros que as protegeram do mal por tantos anos haviam desaparecido, e sentiam-se desprotegidas e expostas. O perigo rondava por toda parte, e não mais dispunham de um refúgio. Eram alienígenas. As vistas e sons eram fascinantes. Havia o zumbido dos insetos e o canto dos pássaros, o céu muito azul, tudo investindo contra seus sentidos. E havia algo mais que era desconcertante.

Ao fugirem do convento, Teresa, Graciela e Megan evitaram com todo cuidado olhar uma para a outra, atendo-se instintivamente às regras. Agora, no entanto, cada uma se descobria a estudar avidamente os rostos das outras. Além disso, após tantos anos de silêncio, encontravam dificuldade para falar; e, quando falavam, as palavras eram hesitantes, como se isso lhes fosse novo e desconhecido. Suas vozes soavam estranhas aos próprios ouvidos. Apenas Lucia parecia desinibida e segura, e as outras se submeteram automaticamente à sua liderança.

— É melhor nos apresentarmos. Sou a irmã Lucia — disse.

Houve uma pausa constrangida, e depois Graciela disse, timidamente:

— Sou a irmã Graciela.

A de cabelos escuros, beleza excepcional.

— Sou a irmã Megan.

A jovem loura, com olhos azuis deslumbrantes.

— Sou a irmã Teresa.

A mais velha do grupo. Cinquenta anos? Sessenta?

Enquanto paravam no bosque para descansar, perto da aldeia, Lucia pensou: *Elas são como aves recém-nascidas, caídas dos ninhos. Não durariam cinco minutos sozinhas. Ora, azar delas. Vou partir para a Suíça com a cruz.*

Lucia foi até a beira da clareira em que se encontravam e olhou através das árvores para a pequena aldeia lá embaixo. Poucas pessoas andavam pela rua, mas não havia sinal dos homens que invadiram o convento. *Agora,* pensou Lucia. *Esta é a minha oportunidade.* Ela virou-se para as outras.

— Vou descer até a aldeia para tentar arrumar comida. Esperem aqui. — Acenou com a cabeça para irmã Teresa. — Venha comigo.

Irmã Teresa ficou confusa. Durante trinta anos obedecera apenas às ordens da reverenda madre Betina, e agora, subitamente, aquela irmã assumira o comando. *Mas o que está acontecendo é a vontade de Deus,* pensou. *Ele escolheu-a para nos guiar e, assim, ela fala com Sua voz.*

— Devo levar esta cruz para o convento em Mendavia o mais depressa possível.

— Está bem. Quando chegarmos lá embaixo, pediremos para nos informarem o caminho.

As duas começaram a descer a encosta para a aldeia, Lucia atenta a qualquer perspectiva de problema. Não havia nenhuma.

Vai ser muito fácil, pensou.

Chegaram aos arredores da aldeia. Uma placa informava: VILLACASTÍN. À frente ficava a rua principal. À esquerda, uma rua pequena e deserta.

Ótimo, pensou Lucia. Não haveria ninguém para testemunhar o que estava prestes a acontecer. Ela entrou pela rua secundária.

— Vamos por aqui. Haverá menos possibilidade de alguém nos ver.

Irmã Teresa balançou a cabeça e seguiu-a, obediente. A questão agora era como lhe tirar a cruz.

Eu poderia agarrar a cruz e correr, pensou Lucia, *mas ela provavelmente gritaria e chamaria muita atenção. É melhor dar um jeito para que fique quieta.*

Um pequeno galho de uma árvore estava caído no chão, à sua frente. Lucia parou, inclinou-se para pegá-lo. Era pesado. *Perfeito*. Esperou que irmã Teresa a alcançasse.

— Irmã Teresa...

A freira virou-se para fitá-la. No momento em que Lucia começava a levantar o porrete, uma voz de homem disse, surgindo do nada:

— Deus esteja com vocês, irmãs.

Lucia virou-se, pronta para correr. Um homem se encontrava parado ali, usando o hábito marrom comprido e capuz de frade. Era alto e magro, rosto aquilino, a expressão mais santa que Lucia já vira. Os olhos pareciam luzir com uma quente luz interior, a voz era suave e gentil.

— Sou o frei Miguel Carrillo.

A mente de Lucia estava em disparada. Seu primeiro plano fora interrompido. Mas agora, subitamente, tinha outro melhor.

— Graças a Deus que nos encontrou — murmurou. Aquele homem seria a sua garantia de fuga. Saberia o meio mais fácil de deixar a Espanha. — Viemos do convento Cisterciense perto de Ávila. Ontem à noite ele foi invadido por alguns homens. As freiras foram levadas. Mas nós e outras duas conseguimos escapar.

Quando o frade respondeu, a voz estava impregnada de raiva:

— Venho do mosteiro em San Generro, onde estive durante os últimos vinte anos. Fomos atacados anteontem — suspirou. — Sei que Deus tem algum desígnio para todos os seus filhos, mas devo confessar que no momento não compreendo qual possa ser.

— Esses homens estão à nossa procura — disse Lucia. — É importante que saiamos da Espanha tão depressa quanto possível. Sabe como fazer isso?

Frei Carrillo sorriu gentilmente.

— Acho que posso ajudá-las, irmã. Deus nos reuniu. Leve-me para o lugar em que estão as outras.

Em poucos minutos Lucia levou o frade para o bosque e anunciou:

— Este é frei Carrillo. Ele passou os últimos vinte anos num mosteiro. Veio para nos ajudar.

As reações ao frade foram diferentes. Graciela não ousou fitá-lo diretamente. Megan estudou-o com olhares rápidos e interessados, e irmã Teresa considerou-o como um mensageiro enviado por Deus para levá-las ao convento em Mendavia.

Frei Carrillo disse:

— Os homens que atacaram o convento estão sem dúvida à procura de vocês. Ficarão atentos a quatro freiras. A primeira coisa que devem fazer é trocar de roupa.

— Não temos outras roupas — lembrou Megan.

Frei Carrillo deu-lhe um sorriso beatífico.

— Nosso Senhor tem um vasto guarda-roupa. Não se preocupe, minha criança. Ele nos proverá. Vamos para a aldeia.

Eram 14 horas, o momento da sesta, e frei Carrillo e as quatro freiras desceram pela rua principal da aldeia, alertas a qualquer sinal dos perseguidores. As lojas estavam fechadas, mas os restaurantes e bares se encontravam abertos, e deles saía uma música estranha, estridente e dissonante. Frei Carrillo percebeu a expressão espantada no rosto de irmã Teresa e explicou:

— Isso é *rock and roll*! Uma música bem popular entre os jovens hoje em dia.

Duas moças estavam paradas na frente de um bar e ficaram olhando para as freiras, que também olharam, aturdidas com suas estranhas roupas. Uma delas usava uma saia tão curta que mal cobria as coxas, a outra estava com uma saia mais comprida, só que aberta nos lados. As duas usavam blusas de tricô muito justas sem mangas.

É como se estivessem quase nuas, pensou irmã Teresa, horrorizada.

Um homem estava na porta, com um suéter de gola rulê, um casaco de aparência estranha, sem gola, e um pendente de brilhante no pescoço.

Cheiros estranhos receberam as freiras quando passaram por uma *bodega*. Nicotina e uísque.

Megan olhava fixamente para alguma coisa no outro lado da rua. Ela parou.

— O que houve? Qual é o problema? — perguntou frei Carrillo.

Ele virou-se para olhar. Megan observava uma mulher carregando um bebê. Quantos anos haviam passado desde a última vez em que vira um bebê ou mesmo uma criança pequena? Desde o orfanato, há 14 anos. O choque súbito fez com que Megan compreendesse o quanto sua vida estivera distante do mundo exterior.

Irmã Teresa também olhava para o bebê, mas pensava em outra coisa. *É o bebê de Monique. A criança no outro lado da rua começou a gritar. Está chorando porque eu o abandonei. Mas não, isso é impossível. Aconteceu há trinta anos.* Irmã Teresa virou-se, os gritos do bebê ressoando-lhe nos ouvidos. Eles seguiram em frente.

Passaram por um cinema. O cartaz na marquise anunciava: *Três amantes,* e as fotografias mostravam mulheres sumariamente vestidas, abraçando um homem com o peito nu.

— Ora, elas estão... estão quase nuas! — exclamou irmã Teresa.

Frei Carrillo franziu o rosto.

— Tem razão. É vergonhoso o que o cinema tem permissão para mostrar hoje em dia. Esse filme é pura pornografia. Os atos mais pessoais e íntimos são apresentados, para todos verem. Transformam os filhos de Deus em animais.

Passaram por uma loja de ferragens, um salão de beleza, uma floricultura e uma loja de doces, todas fechadas para a sesta. As irmãs pararam diante de cada loja e olharam aturdidas as vitrines, cheias de objetos outrora familiares, agora mera recordação.

Ao se aproximarem de uma loja de roupas femininas, frei Carrillo disse:

— Parem.

As cortinas nas vitrines estavam arriadas, e um cartaz na porta avisava: FECHADA.

— Esperem aqui, por favor.

As quatro mulheres observaram, enquanto ele dobrava a esquina e desaparecia. Trocaram olhares, aturdidas. O que ele ia fazer? E se não voltasse?

Poucos minutos depois elas ouviram o barulho da porta da frente sendo aberta. Frei Carrillo ali estava, com uma expressão radiante. Gesticulou para que entrassem.

— Depressa!

Depois que todas estavam dentro da loja, ele trancara a porta, Lucia perguntou:

— Como pôde...?

— Deus provê uma porta dos fundos, assim como a porta da frente — respondeu, solenemente.

Mas havia uma insinuação maliciosa em sua voz que fez Megan sorrir.

As irmãs correram os olhos pela loja, assustadas. Era uma cornucópia multicolorida de vestidos e suéteres, sutiãs e meias, sapatos de saltos altos e chapéus. Artigos que não viam havia anos. E os estilos pareciam muito estranhos. Havia bolsas e echarpes, estojos de maquilagem e blusas. Era coisa demais para absorver. As freiras ficaram imóveis, atordoadas.

— Devemos nos apressar antes que a sesta acabe e a loja seja reaberta — advertiu frei Carrillo. — Sirvam-se. Escolham o que acharem melhor.

Lucia pensou: *Graças a Deus posso me vestir como uma mulher outra vez.* Ela encaminhou-se para uma arara com vestidos e começou a examiná-los. Encontrou uma saia bege com uma blusa de seda castanho-amarelada para acompanhá-la. *Não é Balenciaga, mas servirá por enquanto.* Apanhou também uma calcinha, um sutiã e um par de botas confortáveis. Foi para trás de uma arara, despiu-se e em poucos minutos estava pronta para partir.

As outras demoraram a escolher suas roupas.

Graciela pegou um vestido branco de algodão que ressaltava os cabelos escuros e a pele morena, além de um par de sandálias.

Megan pegou um vestido de algodão estampado que descia abaixo dos joelhos e sandálias de saltos baixos.

Irmã Teresa teve a maior dificuldade para escolher um traje. A variedade de opções era desconcertante. Havia sedas e flanelas, tweeds e couro... algodão, sarja e veludo... vestidos axadrezados e listrados de todas as cores. E todos pareciam... *sumários*, foi a palavra que lhe veio à mente. Durante os últimos trinta anos cobrira-se decentemente com os hábitos pesados de sua vocação. E agora lhe pediam que os removesse e pusesse aquelas criações indecentes. Acabou escolhendo a saia mais comprida que pôde encontrar e uma blusa de algodão, de mangas compridas e gola alta.

Frei Carrillo exortou-as:

— Depressa, irmãs. Troquem logo de roupa.

Elas se entreolharam, embaraçadas. Ele sorriu.

— Ficarei à espera de vocês no escritório, é claro. — Foi para os fundos da loja e entrou no escritório. As irmãs começaram a se despir, terrivelmente inibidas pela presença das outras.

No escritório, frei Carrillo puxara uma cadeira para a porta, subira nela, e olhava pela bandeira da porta, enquanto as irmãs se despiam. Estava pensando: *Qual delas vou comer primeiro?*

MIGUEL CARRILLO iniciara sua carreira como ladrão quando tinha apenas 10 anos. Nascera com cabelos louros encaracolados e um rosto angelical, o que se tornou de valor inestimável na carreira que escolheu. Começou de baixo, furtando bolsas e pequenos objetos em lojas. À medida que se tornou mais velho, expandiu sua carreira e começou a roubar bêbados e a explorar mulheres ricas. Como era muito atraente, teve um enorme sucesso. Inventou vários golpes originais, cada um mais engenhoso do que o anterior. Infelizmente, o último golpe foi sua desgraça.

Apresentando-se como frei de um mosteiro distante, Carrillo viajou de igreja em igreja, solicitando abrigo para a noite. Era sempre atendido e, pela manhã, quando abria a porta da igreja, o padre descobria que todos os artefatos valiosos haviam desaparecido, junto com o bom frei.

Infelizmente, o destino o traíra. Duas noites antes, em Béjar, uma pequena cidade perto de Ávila, o padre voltou inesperadamente, e Miguel Carrillo foi surpreendido no ato de roubar o tesouro da igreja. O padre era corpulento e forte, derrubou Carrillo no chão e anunciou que ia entregá-lo à polícia. Um pesado cálice de prata caíra no chão, Carrillo pegou-o e golpeou o padre. Ou o cálice era muito pesado ou o crânio do padre muito frágil, pois o homem morreu. Miguel Carrillo fugiu em pânico, ansioso por ficar o mais longe possível do local do crime. Passou por Ávila e soube do ataque ao convento, desfechado pelo coronel Acoca e os agentes secretos do GOE. E o destino quis que Carrillo se descobrisse no caminho das quatro freiras fugitivas.

Agora, ansioso, estudou os corpos nus e pensou: *Há outra possibilidade interessante. Como o coronel Acoca e seus homens estão à procura das irmãs, deve haver uma boa recompensa por suas cabeças. Vou comê-las primeiro e depois entregá-las a Acoca.*

As mulheres, à exceção de Lucia, que já terminara de se vestir, estavam totalmente nuas. Carrillo observou-as vestirem desajeitadas as novas roupas de baixo. Mas logo se arrumaram, abotoando com alguma dificuldade os botões a que não estavam acostumadas, puxando os zíperes, querendo sair dali depressa, antes de serem descobertas.

Está na hora de entrar em ação, pensou Carrillo, feliz. Desceu da cadeira e voltou à loja. Aproximou-se das mulheres, estudou-as com aprovação e disse:

— Excelente. Ninguém nesse mundo pensaria que vocês são freiras. Gostaria de sugerir lenços para a cabeça.

Escolheu um lenço para cada uma e observou-as ajeitarem em suas cabeças.

Miguel Carrillo tomou sua decisão. Graciela seria a primeira. Era sem dúvida uma das mulheres mais bonitas que já vira. E que corpo! *Como ela pôde desperdiçar tudo isto com Deus? Eu lhe ensinarei o que fazer com seus atributos.* Disse a Lucia, Teresa e Megan:

— Vocês devem estar com fome. Podem ir até o café por onde passamos e nos esperar ali. Irei à igreja e pedirei algum dinheiro emprestado ao padre, a fim de podermos comer. — Virou-se para Graciela. — Quero que venha comigo, irmã, para explicar ao padre o que aconteceu no convento.

— Eu... eu... está bem.

Carrillo acrescentou para as outras:

— Estaremos com vocês de novo dentro de pouco tempo. Sugiro que saiam pela porta dos fundos. — Observou Lucia, Teresa e Megan saírem. Depois que ouviu a porta dos fundos fechar, virou-se para Graciela. *Ela é fantástica...* pensou. *Talvez eu a mantenha comigo, usando-a em alguns golpes. Ela pode se tornar uma grande ajuda.* Graciela olhava para ele.

— Estou pronta.

— Ainda não. — Carrillo fingiu estudá-la por um momento. — Não, acho que não vai dar. Essa roupa está errada para você. Tire-a.

— Mas... por quê?

— Não combina com você. As pessoas ficarão olhando, e não vai querer atrair muita atenção.

Ela hesitou, depois foi para trás de uma arara.

— Ande depressa. Não dispomos de muito tempo.

Contrafeita, Graciela tirou o vestido pela cabeça. Estava de calcinha e sutiã quando Carrillo surgiu subitamente.

— Tire tudo. — A voz dele era rouca.

Graciela fitou-o, atordoada.

— Como? Não! — Ela estava gritando. — Eu... eu... não posso... Por favor...

Carrillo chegou mais perto.

— Eu a ajudarei, irmã. — Estendeu as mãos, arrancou o sutiã, rasgou a calcinha.

— Não! — berrou Graciela. — Não deve fazer isso! Pare!

Carrillo sorriu.

— *Carita*, estamos apenas no começo. Garanto que vai adorar. — Seus braços fortes envolveram-na. Forçou-a para o chão e levantou o hábito.

Foi como se uma cortina na mente de Graciela se abrisse de repente. Era o mouro tentando entrar nela, dilacerando suas profundezas, os gritos estridentes da mãe. E Graciela pensou, apavorada: *Não, não outra vez. Não, por favor... não outra vez...*

Ela se debatia agora, desesperada, lutando contra Carrillo, na tentativa de se levantar.

— Mas que droga! — exclamou Carrillo.

Bateu com o punho no rosto de Graciela, e ela caiu para trás, atordoada, tonta.

Viu-se retrocedendo no tempo.

De volta... de volta...

Capítulo 6

LAS NAVAS DEL MARQUÉS, ESPANHA, 1950

Graciela tinha 5 anos de idade. Suas lembranças mais antigas eram de uma procissão de homens nus entrando e saindo da cama de sua mãe. A mãe explicou:

— Eles são seus tios. Deve mostrar respeito.

Os homens eram rudes e grosseiros, careciam de afeição. Ficavam por uma noite, uma semana, um mês, depois desapareciam. Quando partiam, Dolores Piñero procurava imediatamente um novo homem.

Na juventude, Dolores Piñero fora uma beldade, e Graciela herdara a aparência da mãe. Mesmo quando criança, Graciela era fascinante, com malares salientes, pele azeitonada, cabelos pretos lustrosos, pestanas densas e compridas. O corpo jovem encerrava muitas promessas.

Com a passagem dos anos, o corpo de Dolores Piñero fora dominado pela gordura, e o rosto maravilhoso marcado pelos golpes amargos do tempo. Embora não fosse mais bonita, ela era acessível e possuía a reputação de ser uma ardorosa parceira na cama. Fazer amor era seu único talento, e ela o empregava para tentar agradar aos homens, na esperança de mantê-los, de tentar comprar o amor com seu corpo. Ganhava a vida muito mal como costureira, porque era indiferente a seu ofício e só contratada pelas mulheres da aldeia que não tinham condições de pagar as melhores.

Dolores Piñero desprezava a filha, pois era uma lembrança constante do único homem que ela amara. O pai de Graciela era um mecânico jovem e bonito, que cortejara a bela e jovem Dolores. Ansiosa, ela se deixara seduzir. Quando anunciara que estava grávida, ele desaparecera, deixando Dolores com a maldição de sua semente.

Dolores tinha um temperamento explosivo e desforrou-se na criança. Sempre que Graciela fazia alguma coisa que a desagradava, a mãe a espancava e gritava:

— Você é tão estúpida quanto seu pai!

Não havia a menor possibilidade de a criança escapar à sucessão de golpes ou gritos constantes. Graciela rezava todas as manhãs, ao despertar: *Por favor, Deus, não deixe que mamãe me bata hoje.* Ou: *Por favor, Deus, faça mamãe feliz hoje.* Ou: *Por favor, Deus, faça com que mamãe diga que me ama hoje.*

Quando não estava atacando Graciela, a mãe a ignorava. Graciela preparava as próprias refeições e cuidava de suas roupas. Fazia o lanche que levava para a escola e dizia à professora:

— Minha mãe fez *empanadas* hoje. Ela sabe que eu gosto muito de *empanadas.*

Ou:

— Rasguei o vestido, mas minha mãe costurou para mim. Ela adora fazer as coisas para mim.

Ou:

— Minha mãe e eu vamos ao cinema amanhã.

E isso partia o coração da professora. Las Navas del Marqués é uma pequena aldeia, a uma hora de Ávila. Como em todas as aldeias, por toda parte, todo mundo sabia da vida de todo mundo. O estilo de vida de Dolores Piñero era uma desgraça e refletia-se sobre Graciela. As outras mães não deixavam que suas filhas brincassem com a menina, a fim de que sua moral não fosse abalada. Graciela frequentava a escola na Plazoleta del Cristo, mas não tinha amigas, nem companheiras de brincadeiras. Era uma das alunas mais inteligentes da escola, mas as notas eram péssimas. Não conseguia se concentrar, pois estava sempre cansada.

A professora a advertia:

— Deve deitar mais cedo, Graciela, a fim de estar bem descansada para fazer seus deveres direito.

Mas a exaustão nada tinha a ver com dormir tarde. Graciela e a mãe partilhavam uma casa pequena, de dois cômodos. A menina dormia num sofá na sala mínima, com apenas uma cortina fina e surrada a separá-la do quarto. Como Graciela podia falar à professora sobre os sons obscenos que a despertavam à noite e a mantinham acordada, enquanto a mãe fazia amor com qualquer estranho que por acaso estivesse em sua cama?

Quando Graciela levava o boletim para casa, a mãe sempre gritava:

— Estas são as notas que eu já esperava! E sabe por que tira essas notas péssimas? Porque você é estúpida! Muito estúpida!

E Graciela acreditava, fazia o maior esforço para não chorar.

À TARDE, DEPOIS DAS aulas, Graciela vagava sozinha, andando pelas ruas estreitas e sinuosas, com acácias e plátanos, passando por casas de pedra caiadas de branco, em que pais amorosos viviam com suas famílias. Graciela tinha muitos colegas, mas todos apenas em sua mente. Eram lindas meninas e garotos simpáticos, convidavam-na a todas as suas festas, serviam bolo e sorvete. Os amigos imaginários eram gentis e afetuosos, todos consideravam-na muito inteligente. Quando a mãe não estava por perto, Graciela mantinha longas conversas com os amigos imaginários.

Quer me ajudar com os deveres de casa, Graciela? Não sei somar, e você é muito boa nisso.

O que vamos fazer esta noite, Graciela? Podemos ir ao cinema ou passear pela cidade e tomar uma Coca-Cola.

Será que sua mãe a deixaria vir jantar conosco esta noite, Graciela? Vamos ter paella.

Acho que não vai dar. Mamãe se sente muito sozinha quando não estou em casa. Afinal, sou tudo o que ela tem.

Aos domingos, Graciela levantava cedo e vestia-se sem fazer barulho, tomando cuidado para não acordar a mãe e qualquer que fosse o tio que estivesse na cama. Depois, ia para a igreja de San Juan Bautista, onde o padre Pérez falava sobre as alegrias da vida após a morte, uma vida de conto de fadas, com Jesus; e Graciela sentia-se ansiosa em morrer e se encontrar com Jesus.

PADRE PÉREZ ERA um homem atraente, de 40 e poucos anos. Assistia os ricos e pobres, doentes e saudáveis, desde que viera para Las Navas del Marqués, vários anos antes. Não havia segredos na pequena aldeia que ele não conhecesse. Padre Pérez conhecia Graciela como uma frequentadora assídua da igreja e também estava a par das histórias sobre o constante fluxo de estranhos que partilhavam a cama de Dolores Piñero. Não era um lar apropriado para uma criança, mas não havia nada que ele pudesse fazer a respeito. Admirava-se por Graciela se sair tão bem. Era uma menina boa e gentil, nunca se queixava ou falava sobre a vida doméstica.

Graciela aparecia na igreja todas as manhãs de domingo com uma roupa limpa e arrumada, que ele sabia ter sido lavada por ela. Padre Pérez sabia que ela era escorraçada pelas outras crianças da aldeia, e seu coração se confrangia. Fazia questão de passar alguns momentos com Graciela depois da missa, todos os domingos; e quando dispunha de tempo, levava-a a um café para tomar um sorvete.

No inverno a vida de Graciela era uma paisagem desolada, monótona e sombria. Las Navas del Marqués ficava num vale, cercado de montanhas; por causa disso, os invernos duravam seis meses. Os verões eram mais fáceis de suportar, pois os turistas chegavam e enchiam a aldeia com risos e danças, as ruas fervilhavam. Os turistas reuniam-se na *plaza* de Manuel Delgado Barredo, com seu pequeno coreto de pedra, escutavam a orquestra e observavam os nativos dançarem a sardana, a dança folclórica tradicional de muitos séculos, sempre descalços, as mãos dadas, dando voltas graciosas, num círculo colorido. Graciela gostava de observar os visitantes, sentados em cafés de beira de calçada com seus aperitivos ou envolvidos nas compras no mercado de peixe. À uma hora da tarde a *bodega* estava sempre repleta de turistas, bebendo *chateo* e comendo pedaços de carne, frutos do mar, azeitonas e batata frita.

O mais excitante para Graciela era assistir ao *paseo*, todos os dias, ao final da tarde. Rapazes e moças andavam de um lado para outro da Plaza Mayor, em grupos segregados, os rapazes olhando para as moças, enquanto pais, avós e amigos vigiavam atentos dos cafés na calçada. Era o tradicional ritual de acasalamento, mantido havia séculos. Graciela ansiava participar, mas a mãe proibia.

— Quer ser uma puta? — gritava para a filha. — Fique longe dos rapazes. Eles só querem uma coisa de você. — Uma pausa e ela acrescentava, amargurada: — Sei por experiência própria.

Se os dias eram suportáveis, as noites eram uma agonia. Através da cortina que separava as camas, Graciela podia ouvir os sons dos gemidos, estertores e respiração ofegante, e sempre as obscenidades.

— Mais depressa... com mais força!

— *Cógeme!*
— *Mámame el verga!*
— *Mételo en el culo!*

Antes dos 10 anos de idade, Graciela já ouvira todas as palavras obscenas do vocabulário espanhol. Eram sussurradas e gritadas, balbuciadas e gemidas. Os gritos de paixão repugnavam Graciela e ao mesmo tempo lhe despertavam estranhos desejos.

Quando Graciela estava com 14 anos, o mouro entrou em cena. Era o maior homem que Graciela já vira. A pele era de um preto lustroso e a cabeça raspada. Tinha ombros enormes, peito estufado e braços musculosos. O mouro chegou durante a noite, quando Graciela dormia. Ela só o viu pela manhã, quando ele empurrou a cortina para o lado e passou por sua cama, completamente nu, a caminho da privada nos fundos. Graciela fitou-o e quase soltou um grito de espanto. Ele era enorme, em todas as partes. Isso vai matar minha mãe, pensou Graciela. O mouro a viu.

— Ora, ora... o que temos aqui?

Dolores Piñero deixou a cama apressada e veio se postar ao seu lado.

— Minha filha — disse, bruscamente.

Uma onda de embaraço envolveu Graciela ao ver o corpo nu da mãe junto do homem. O mouro sorriu, exibindo dentes bonitos, brancos e regulares.

— Qual é o seu nome, *guapa*?

Graciela estava envergonhada demais com a nudez do homem para falar.

— Ela se chama Graciela e é retardada.
— Ela é linda. Aposto que você era assim quando jovem.
— Ainda sou jovem — respondeu Dolores em tom áspero, virando-se para a filha e acrescentando: — Vista-se ou vai chegar atrasada à escola.
— Está bem, mamãe.

O mouro ficou parado ali, contemplando-a. A mãe pegou-lhe o braço e murmurou, insinuante:

— Vamos voltar para a cama, querido. Ainda não acabamos.

— Mais tarde — respondeu o mouro, ainda olhando para Graciela.

O MOURO FICOU. Todos os dias, ao voltar da escola, Graciela rezava para que ele tivesse ido embora. Por motivos que não compreendia, aquele homem a deixava apavorada. Sempre era polido com ela, e nunca tentava coisa alguma, mas Graciela sentia calafrios só de pensar nele.

O tratamento que ele dispensava à mãe era diferente. Passava a maior parte do dia na pequena casa, bebendo sem parar. Tomava qualquer dinheiro que Dolores ganhava. Às vezes, à noite, no meio do ato de amor, Graciela o ouvia espancar a mãe. Pela manhã, Dolores Piñero aparecia com um olho roxo ou um lábio partido.

— Por que atura esse homem, mamãe?

— Você não compreenderia. Ele é um homem de verdade, não um anão como os outros. Sabe como satisfazer uma mulher. — Dolores passou a mão pelos cabelos, num gesto coquete. — Além do mais, ele está perdidamente apaixonado por mim.

Graciela não acreditava nisso. Sabia que o mouro apenas usava sua mãe, mas não ousou protestar de novo. Tinha pavor de seu temperamento explosivo, pois Dolores Piñero parecia dominada por uma espécie de insanidade quando ficava furiosa. Uma ocasião perseguira Graciela com uma faca de cozinha, porque ela se atrevera a fazer um chá para um dos "tios".

NO INÍCIO DE UMA manhã de domingo, Graciela levantou-se para ir à igreja. A mãe saíra cedo para entregar alguns vestidos. No momento em que Graciela tirou a camisola, a cortina foi puxada, e o mouro apareceu. Estava nu.

— Onde está sua mãe, *guapa*?

— Mamãe saiu cedo. Tinha de entregar alguns vestidos.

O mouro, contemplando o corpo nu de Graciela, murmurou:

— Você é mesmo uma beleza.

Graciela sentiu-se corar. Sabia o que devia fazer: cobrir a nudez, pôr uma saia e uma blusa, sair dali. Em vez disso, ficou parada, incapaz de se mexer. Observou o membro do mouro começar a inchar e subir diante de seus olhos. Podia ouvir as vozes ressoando em seus ouvidos: "Mais depressa... Com mais força!" Sentiu que estava prestes a desfalecer.

— Você é uma criança. Ponha logo suas roupas e saia daqui — disse o mouro, a voz rouca.

E Graciela descobriu-se em movimento. Aproximando-se do mouro. Passou os braços pela cintura dele, sentiu o membro duro comprimindo-se contra seu corpo.

— Não... — balbuciou. — Não sou uma criança.

A dor que se seguiu foi diferente de tudo o que Graciela já conhecera antes. Foi terrível, insuportável. Foi maravilhosa, inebriante, linda. Ela apertava o mouro com os braços, gritando em êxtase. Ele a levou a um orgasmo depois de outro, e Graciela pensou: *Então todo o mistério é isso.* E era maravilhoso finalmente conhecer o segredo de toda a criação. Ser uma parte da vida, saber o que era a alegria, agora e para sempre.

— *Que porra vocês estão fazendo?*

Era Dolores Piñero, aos gritos. Por um instante, tudo parou, ficou paralisado no tempo. Dolores Piñero estava de pé ao lado da cama, olhando para a filha e o mouro.

Graciela fitou a mãe, apavorada demais para falar. Os olhos de Dolores Piñero faiscavam com uma raiva insana.

— Sua puta! — berrou. — Sua puta nojenta!

— Mamãe... por favor...

Dolores Piñero pegou um pesado cinzeiro de ferro na mesinha de cabeceira e bateu com toda força na cabeça da filha.

Foi a última coisa de que Graciela se lembraria.

Ela acordou numa enfermaria de hospital, grande e branca, com duas dezenas de camas, todas ocupadas. Enfermeiras corriam apressadas de um lado para outro, tentando atender às necessidades das pacientes.

A cabeça de Graciela latejava com uma dor lancinante. Cada vez que se mexia, rios de fogo corriam por ela. Ficou deitada ali, escutando os gritos e gemidos das outras pacientes.

Ao final da tarde um jovem interno parou ao lado de sua cama. Tinha 30 e poucos anos, mas parecia velho e cansado.

— Finalmente acordou — disse.

— Onde estou? — Graciela descobriu que doía muito falar.

— Na enfermaria de caridade do Hospital Provincial de Ávila. Foi trazida ontem, em péssimo estado. Tivemos de dar vários pontos na sua testa. — O interno fez uma pausa. — O cirurgião-chefe decidiu cuidar de você pessoalmente. Disse que era bonita demais para ficar marcada por cicatrizes.

Ele está enganado, pensou Graciela. *Ficarei marcada pelo resto da vida.*

No segundo dia, padre Pérez foi visitar Graciela. Uma enfermeira arrastou uma cadeira para o lado da cama. O padre contemplou a moça linda e pálida deitada ali, e seu coração se enterneceu. A coisa terrível que acontecera com ela era o escândalo de Las Navas del Marqués, mas não havia nada que alguém pudesse fazer a respeito. Dolores Piñero contara à polícia que a filha machucara a cabeça ao cair. Padre Pérez perguntou então a Graciela:

— Está se sentindo melhor, criança?

Graciela assentiu, e o movimento fez com que sua cabeça doesse ainda mais.

— A polícia tem feito perguntas. Tem alguma coisa que gostaria que eu dissesse a eles?

Houve um silêncio prolongado, antes que ela balbuciasse:

— Foi um acidente.

O padre não pôde suportar a expressão nos olhos de Graciela.

— Entendo... — O que Graciela tinha a dizer era doloroso demais. — Conversei com sua mãe...

E Graciela soube de tudo no mesmo instante.

— Eu... não posso mais voltar para casa, não é mesmo?

— Infelizmente, não. Vamos conversar sobre isso. — Segurou-lhe a mão.

— Voltarei para visitá-la amanhã.

— Obrigada, padre.

Depois que ele foi embora, Graciela rezou: *Querido Deus, deixe-me morrer, por favor. Não quero mais viver.*

Não tinha para onde ir e ninguém a quem procurar. Nunca mais veria sua casa. Nunca mais queria ir à escola ou contemplar os rostos familiares das professoras. Não lhe restava coisa alguma no mundo. Uma enfermeira parou ao pé da cama.

— Precisa de alguma coisa?

Graciela fitou-a em desespero. O que havia para dizer?

No dia seguinte, o interno tornou a aparecer.

— Tenho boas notícias — disse, constrangido. — Já está em condições de ter alta. — Era uma mentira, mas o resto do discurso foi verdadeiro. — Precisamos do leito.

Ela estava livre para sair... mas sair para onde?

Quando o padre Pérez chegou, uma hora depois, estava acompanhado por outro sacerdote.

— Este é o padre Berrendo, um velho amigo meu.

Graciela olhou para o padre de aparência frágil.

— Padre...

Ele tinha razão, pensou o padre Berrendo. *Ela é mesmo linda.*

Padre Pérez contara o que acontecera com Graciela. Berrendo esperava encontrar sinais visíveis do tipo de ambiente em que a criança vivera, uma dureza, desafio, autocompaixão. Mas não havia nada disso no rosto da moça.

— Lamento que tenha passado por momentos tão terríveis — disse-lhe padre Berrendo.

A frase insinuava um significado mais profundo.

Padre Pérez acrescentou:

— Graciela, preciso voltar a Las Navas del Marqués. Vou deixá-la aos cuidados de padre Berrendo.

Graciela foi dominada por um súbito sentimento de pânico. Sentiu que o último vínculo com sua casa estava sendo cortado.

— Não vá! — suplicou.

Padre Pérez pegou-lhe a mão e disse, gentilmente:

— Sei que se sente só, mas não está. Acredite em mim, criança, não está só.

Uma enfermeira aproximou-se da cama, carregando um fardo. Entregou-o a Graciela.

— Aqui estão suas roupas. Lamento, mas terá de ir embora agora.

Um pânico ainda maior dominou Graciela.

— *Agora?*

Os dois padres trocaram um olhar.

— Por que não se veste e vem comigo? — sugeriu padre Berrendo. — Poderemos conversar.

Quinze minutos depois padre Berrendo ajudava Graciela a sair pela porta do hospital para o sol quente. Havia um jardim na frente do hospital com flores de cores fortes, mas Graciela estava atordoada demais para notá-las.

Quando estavam sentados em seu escritório, padre Berrendo disse:

— Padre Pérez me contou que você não tem para onde ir.

Graciela acenou com a cabeça.

— Não tem parentes?

— Só... — Era difícil dizer. — Só... minha mãe.

— Padre Pérez disse que frequentava regularmente a igreja em sua aldeia.

Uma aldeia que nunca mais tornaria a ver.

— É verdade.

Graciela pensou naquelas manhãs de domingo, a beleza dos serviços na igreja, o quanto ansiava estar com Jesus, escapando da angústia da vida que levava.

— Graciela, alguma vez pensou em entrar para um convento?

— Não. — Estava aturdida com a ideia.

— Há um convento aqui em Ávila... o convento Cisterciense. Elas a aceitariam ali.

— Eu... eu não sei...

A ideia era assustadora.

— Não é para todas — disse padre Berrendo. — E devo avisá-la de que é a mais rigorosa de todas as ordens. Depois de passar pelos portões e tomar os votos, faz uma promessa a Deus de nunca mais sair.

Graciela ficou em silêncio, a mente povoada por pensamentos conflitantes, olhando pela janela. A perspectiva de se isolar do mundo era terrível. *Seria como ir para a prisão*. Mas, por outro lado, o que o mundo tinha a lhe oferecer? Dor e desespero além de sua capacidade de suportar. Pensara muitas vezes em suicídio. Aquilo podia representar uma saída para sua angústia.

Padre Berrendo acrescentou:

— Depende de você, minha criança. Se quiser, eu a levarei para conhecer a reverenda madre superiora.

Graciela assentiu.

— Está bem.

A REVERENDA MADRE estudou o rosto da moça à sua frente. Na noite passada, pela primeira vez em muitos e muitos anos, ela ouvira a voz. *Uma jovem virá ao seu encontro. Proteja-a.*

— Quantos anos tem, minha filha?

— Quatorze.

Ela já tem idade suficiente. No século IV, o papa determinara que as jovens tinham permissão para se tornarem freiras aos 12 anos.

— Tenho medo — murmurou Graciela para a reverenda madre Betina.

Tenho medo. As palavras ressoaram na mente de Betina. *Tenho medo...*

ACONTECERA HAVIA muitos anos. Ela estava falando com o padre.

— Não sei se tenho vocação para isso, padre. Tenho medo.

— O primeiro contato com Deus, Betina, pode ser bastante desconcertante, e a decisão de consagrar sua vida a Ele é das mais difíceis.

Como descobri minha vocação?, especulara Betina.

Nunca fora sequer ligeiramente interessada por religião. Quando pequena, evitava a igreja e as aulas de catecismo. Na adolescência, estava mais interessada em festas, roupas e rapazes. Se perguntassem às amigas em Madri para indicarem possíveis candidatas a freiras, Betina ficaria no final da lista. Ou, mais acuradamente, nem entraria nela. Mas, aos 19 anos, começaram a ocorrer eventos que mudaram sua vida. Estava na cama, dormindo, quando uma voz disse:

— Betina, levante-se e saia.

Abriu os olhos e sentou na cama, assustada. Acendeu o abajur na mesinha de cabeceira. Estava só. Que sonho estranho!

Mas a voz fora bastante real. Tornou a deitar, mas foi impossível voltar a dormir.

— Betina, levante-se e saia.

É o meu subconsciente, pensou. *Por que eu haveria de querer sair no meio da noite?*

Apagou o abajur, mas tornou a acendê-lo um momento depois. *Isto é loucura.*

Mas acabou pondo um chambre e chinelas e desceu. Todos na casa dormiam.

Abriu a porta da cozinha e, nesse instante, foi envolta por uma onda de medo, porque de alguma forma sabia que deveria sair para o pátio. Correu os olhos pela escuridão e divisou um brilho de luar numa velha geladeira abandonada, agora usada para guardar ferramentas.

Betina compreendeu subitamente por que estava ali. Encaminhou-se para a geladeira, como se estivesse hipnotizada, e abriu-a. Seu irmão de três anos estava lá dentro, inconsciente.

Esse foi o primeiro incidente. Com o tempo, Betina racionalizou isso como uma experiência perfeitamente normal. *Devo ter ouvido meu irmão levantar e sair para o pátio, lembrei que a geladeira estava ali, fiquei preocupada com ele, e por isso saí para verificar.*

A experiência seguinte não foi tão fácil de explicar. Aconteceu um mês depois. No sono, Betina ouviu uma voz dizer:

— Você deve apagar o fogo.

Sentou-se na cama, completamente desperta, o coração disparado. Outra vez, foi impossível voltar a dormir. Pôs o chambre e chinelas, saiu para o corredor. Não havia fumaça. Não havia fogo. Abriu a porta do quarto dos pais. Tudo estava normal ali. Também não havia fogo no quarto do irmão. Desceu e verificou todos os cômodos. Não havia o menor indício de fogo.

Sou uma idiota, pensou. *Foi apenas um sonho.*

Voltava para a cama no momento em que a casa foi sacudida por uma explosão. Ela e a família escaparam, os bombeiros conseguiram extinguir o incêndio.

— Começou no porão — explicou um bombeiro. — E uma caldeira explodiu.

O incidente seguinte ocorreu três semanas depois. E dessa vez não foi sonho.

Betina estava no pátio, lendo, quando avistou um estranho atravessando-o. Ele fitou-a, e nesse instante ela sentiu uma malevolência irradiando-se do homem, quase palpável. Ele virou-se e foi embora.

Betina não conseguiu tirá-lo da mente.

Três dias depois, ela estava num prédio de escritórios, à espera do elevador. A porta se abriu, e ela já ia entrar quando reparou no ascensorista. Era o homem que vira no pátio. Betina recuou, assustada. A porta fechou e o elevador subiu. Momentos depois caiu, matando todas as pessoas que estavam lá dentro.

No domingo seguinte Betina foi à igreja.

Santo Deus, não sei o que está acontecendo, e me sinto assustada. Por favor, oriente-me e diga o que devo fazer.

A resposta veio naquela noite, enquanto Betina dormia. A voz disse uma única palavra. *Devoção.*

Pensou a respeito durante o resto da noite, e pela manhã foi conversar com o padre.

Ele escutou atentamente o que Betina tinha a dizer.

— Ah, você é uma das afortunadas! Foi escolhida.

— Escolhida para quê?

— Está disposta a devotar toda a sua vida a Deus, minha criança?

— Eu... eu não sei...

Mas, ao final, ela acabou ingressando no convento. *Escolhi o caminho certo*, pensou a reverenda madre Betina, *porque jamais conheci tanta felicidade...*

E AGORA ALI ESTAVA aquela criança maltratada a murmurar:
— Tenho medo.
A reverenda madre pegou a mão de Graciela.
— Leve o tempo que precisar para decidir, Graciela. Deus não irá embora. Pense a respeito, volte e poderemos conversar.
Mas o que havia para pensar? *Não tenho outro lugar para onde ir*, refletiu Graciela. E o silêncio seria bem-vindo. *Já ouvi sons terríveis demais.* Fitou a reverenda madre e disse:
— Terei prazer com o silêncio.

ISSO ACONTECERA 17 anos antes, e nesse período Graciela encontrara paz pela primeira vez. E toda a sua vida era dedicada a Deus. O passado não mais lhe pertencia. Estava perdoada pelos horrores com que fora criada. Era a esposa de Cristo, e ao final de sua vida iria se juntar a Ele.

À medida que os anos se passaram, em profundo silêncio, apesar dos pesadelos ocasionais, os sons terríveis em sua mente pouco a pouco se desvaneceram.

IRMÃ GRACIELA foi designada para trabalhar no jardim, cuidando dos pequenos arcos-íris do milagre de Deus, jamais se cansando de seu esplendor. Os muros do convento erguiam-se acima dela, por todos os lados, como uma montanha de pedra, mas Graciela nunca se sentia aprisionada; em vez disso, sentia-se isolada do terrível mundo exterior, um mundo que jamais queria rever.

A VIDA NO CONVENTO fora serena e pacífica. Agora, porém, os pesadelos assustadores convertiam-se em realidade. Seu mundo fora invadido por bárbaros. Expulsaram-na de seu santuário, para o mundo a que renunciara para sempre. E seus pecados ressurgiam, enchendo-a de horror. O mouro voltara. Podia sentir seu bafo quente no rosto. Enquanto lutava com ele, Graciela abriu os olhos, e era o frade quem estava por cima dela, tentando penetrá-la. E ele dizia:

— Pare de resistir, irmã. Vai gostar disso.
— Mamãe! — gritou Graciela. — Mamãe! Socorro!

Capítulo 7

Lucia Carmine sentia-se muito bem enquanto descia pela rua, acompanhada por Megan e Teresa. Era maravilhoso usar de novo roupas femininas, e ouvir o sussurro de seda contra a pele. Olhou para as outras. As duas andavam nervosamente, desacostumadas às roupas novas, parecendo inibidas nas saias e meias. *Parece que vieram de outro planeta*, pensou Lucia. *Certamente não pertencem a este. É como se estivessem usando cartazes que dizem: PEGUEM-ME.*

Irmã Teresa era a mais contrafeita. Trinta anos no convento incutiram-lhe um profundo senso de recato, que estava sendo violado pelos eventos que não podia controlar. Aquele mundo a que outrora pertencera agora parecia irreal. O convento, sim, que era real, e ela ansiava por voltar ao santuário de seus muros protetores.

Megan estava consciente de que os homens a contemplavam enquanto descia pela rua e corou. Vivera num mundo de mulheres por tanto tempo que esquecera como era ver um homem, muito menos observar um sorrindo para ela. Era embaraçoso, indecente... excitante. Os homens despertavam sensações que

Megan sepultara havia muito tempo. Pela primeira vez em anos, estava consciente de sua feminilidade.

Estavam passando pelo bar que tinham visto na ida, e a música saía estrondosa para a rua. Como fora mesmo que frei Carrillo chamara? *Rock and roll. Muito popular entre os jovens.* Alguma coisa a incomodava. E, subitamente, Megan compreendeu o que era. Ao passarem pelo cinema, o frade dissera: *É vergonhoso o que o cinema tem permissão para mostrar hoje em dia. Esse filme é pura pornografia. Os atos mais pessoais e íntimos são apresentados para todos verem.*

O coração de Megan começou a bater mais depressa. Se frei Carrillo passara os últimos vinte anos encerrado num mosteiro, como podia saber sobre a música de *rock* ou o que o cinema exibia? Alguma coisa estava terrivelmente errada. Virou-se para Lucia e Teresa e disse, em tom de urgência:

— Precisamos voltar à loja.

Elas observaram enquanto Megan se virava e voltava correndo, depois a seguiram.

GRACIELA ESTAVA no chão, lutando desesperadamente para se desvencilhar, arranhando e empurrando Carrillo.

— Mas que droga! Fique quieta!

Estava ficando sem fôlego. Ouviu um som e levantou os olhos. Viu o salto de um sapato avançando para sua cabeça e foi a última coisa de que se lembrou depois. Megan levantou a trêmula Graciela e abraçou-a.

— Calma, calma... Está tudo bem. Ele não vai mais incomodá-la.

Alguns minutos se passaram antes que Graciela pudesse falar, balbuciando, suplicante:

— Ele... ele... não foi culpa minha dessa vez.

Lucia e Teresa entraram na loja. Lucia percebeu toda a situação com um rápido olhar.

— O filho da mãe!

Olhou para o vulto inconsciente e seminu no chão. Enquanto as outras observavam, Lucia pegou alguns cintos num balcão e amarrou as mãos de Carrillo nas costas.

— Amarre os pés — disse a Megan.

Megan pôs-se a trabalhar. Lucia finalmente levantou-se, satisfeita.

— Pronto. Quando abrirem a loja esta tarde, ele terá de explicar o que está fazendo aqui. — Estudou Graciela atentamente. — Você está bem?

— Eu... eu... estou. — Graciela tentou sorrir.

— É melhor sairmos logo daqui — disse Megan. — Vista-se. Depressa.

Quando estavam prontas para sair, Lucia disse:

— Esperem um instante.

Foi até a caixa registradora e apertou uma tecla. Havia algumas notas de 100 pesetas ali. Lucia tirou-as, pegou uma bolsa no balcão e guardou as notas dentro. Viu a expressão desaprovadora no rosto de Teresa.

— Pense da seguinte maneira — disse Lucia. — Se Deus não quisesse que ficássemos com este dinheiro, irmã, não o poria aqui para nós.

ELAS ESTAVAM SENTADAS no café, reunidas. Irmã Teresa estava dizendo:

— Devemos levar a cruz ao convento em Mendavia o mais depressa possível. Haverá segurança ali para todas nós.

Não para mim, pensou Lucia. *Minha segurança é aquele banco suíço. Mas uma coisa de cada vez. Preciso antes me apoderar da cruz.*

— O convento em Mendavia não fica ao norte daqui?

— Fica.

— Os homens estarão à nossa procura em cada cidade. Por isso, devemos dormir nas montanhas esta noite. — *Ninguém ouvirá, mesmo que ela grite.*

Uma garçonete trouxe cardápios para a mesa e distribuiu-os. As irmãs olharam, com expressões confusas. Subitamente, Lucia compreendeu. Há muitos anos que elas não tinham opção de qualquer tipo. No convento, comiam automaticamente a comida simples que lhes era servida. Agora, defrontavam-se com uma variedade de iguarias desconhecidas. Irmã Teresa foi a primeira a se manifestar:

— Eu... eu quero um café e pão, por favor.

Irmã Graciela acrescentou:

— E eu também.

Megan declarou:

— Temos uma jornada longa e árdua pela frente. Sugiro que peçamos alguma coisa mais nutritiva, como ovos.

Lucia fitou-a com uma nova atenção. *É nela que devo ficar de olho*, pensou Lucia. Em voz alta, declarou:

— Irmã Megan tem razão. Deixem que eu peça por vocês, irmãs. — Pediu laranjas em fatias, *tortillas*, bacon, pão, geleia e café. — Estamos com pressa — avisou à garçonete.

A sesta terminava às 16h30, e toda a cidade despertaria. Ela queria estar bem longe antes que isso acontecesse, antes que descobrissem Miguel Carrillo na loja de roupas.

Quando a comida chegou, as irmãs ficaram imóveis, olhando, aturdidas.

— Sirvam-se — exortou Lucia.

Elas começaram a comer, cautelosas a princípio, depois com a maior satisfação, superando os sentimentos de culpa. Irmã Teresa era a única que estava com um problema. Levou um pouco de comida à boca e balbuciou:

— Eu... eu... não posso... é renunciar...

Megan disse:

— Não quer chegar ao convento, irmã? Então precisa comer para manter as forças.

— Está bem, vou comer. Mas prometo que não vou gostar — declarou irmã Teresa, empertigada.

Lucia precisou fazer um grande esforço para manter a expressão compenetrada.

— Está certo, irmã. Mas coma tudo.

Depois que acabaram, Lucia pagou a conta com uma parte do dinheiro que tirara da caixa registradora. Elas saíram para o sol quente. As ruas começavam a se encher, as lojas já estavam abrindo. *A esta altura, provavelmente, já encontraram Miguel Carrillo*, pensou Lucia.

Ela e Teresa estavam impacientes por deixar a cidade, mas Graciela e Megan andavam devagar, fascinadas pelas vistas, sons e cheiros do lugar.

Só quando saíram para os arredores e se encaminharam para as montanhas é que Lucia começou a relaxar. Seguiram para o norte, subindo sempre, bem devagar devido ao terreno acidentado. Lucia sentiu-se tentada a perguntar a irmã Teresa se não gostaria que ela carregasse a cruz, mas achou melhor não dizer nada que pudesse despertar suspeitas na mulher mais velha.

Ao chegarem a uma pequena clareira no alto, cercada por árvores, Lucia disse:

— Podemos passar a noite aqui. Pela manhã seguiremos para o convento em Mendavia.

As outras concordaram, acreditando nela.

O SOL DESLOCAVA-SE devagar pelo céu azul. A clareira estava em silêncio, exceto pelos sons confortantes do verão. A noite finalmente caiu.

Uma a uma, as mulheres deitaram-se na relva verde.

Lucia ficou imóvel, a respiração leve, atenta a um silêncio mais profundo, à espera de que as outras adormecessem, a fim de poder entrar em ação.

Irmã Teresa estava com dificuldade para dormir. Era uma experiência estranha dormir sob as estrelas, cercada por outras irmãs. Elas tinham nomes agora, rostos e vozes, e Teresa receava que Deus a punisse por esse conhecimento proibido. Sentia-se terrivelmente perdida.

Irmã Megan também não conseguia dormir. Sentia-se agitada pelos acontecimentos do dia. *Como descobri que o frade era uma fraude?*, especulou. *E onde encontrei coragem para salvar irmã Graciela?* Sorriu, incapaz de evitar alguma satisfação consigo mesma, estando ciente de que tal sentimento era um pecado.

Graciela dormia, emocionalmente esgotada pelo que passara. Remexia-se no sono, atormentada por sonhos em que era perseguida por corredores escuros e intermináveis.

Lucia Carmine mantinha-se imóvel, à espera. Assim ficou por quase duas horas, depois se sentou e deslocou-se pela escuridão, sem fazer barulho, na direção de irmã Teresa. Pegaria o embrulho e desapareceria.

Ao se aproximar de irmã Teresa, Lucia descobriu que ela estava acordada, ajoelhada, rezando. *Merda!* Lucia recuou apressada.

Tornou a se deitar, forçando-se a ser paciente. Irmã Teresa não poderia rezar durante a noite inteira. Precisava dormir um pouco.

Lucia planejou seus movimentos. O dinheiro tirado da caixa registradora seria suficiente para que pegasse um ônibus ou trem até Madri. Ao chegar lá, seria fácil arrumar um penhorista. Viu-se entregando-lhe a cruz de ouro. O homem desconfiaria de que era roubada, mas isso não faria a menor diferença. Ele teria muitos clientes ansiosos para comprá-la.

Eu lhe darei 100 mil pesetas pela cruz.

Ela a pegaria no balcão. *Prefiro vender meu corpo primeiro.*

Cento e cinquenta mil pesetas.

Prefiro derretê-la e deixar o ouro escoar pelo bueiro. Duzentas mil pesetas. Esta é a minha última oferta. Está me roubando vergonhosamente, mas vou aceitar. O homem estenderia as mãos para a cruz, na maior ansiedade.

Sob uma condição.

Uma condição?

Isso mesmo. Perdi meu passaporte. Conhece alguém que possa me providenciar outro? Suas mãos ainda estariam na cruz de ouro.

Ele hesitaria, mas acabaria dizendo: *Por acaso tenho um amigo que arruma essas coisas.*

E o negócio seria fechado. Ela estaria a caminho da Suíça e da liberdade. Lembrou-se das palavras do pai: *Há mais dinheiro lá do que poderia gastar em dez vidas.*

Seus olhos começaram a fechar. Fora um longo dia.

Em seu meio sono, Lucia ouviu o repicar de um sino na aldeia distante. Provocou-lhe lembranças, de outro lugar, outro tempo...

Capítulo 8

TAORMINA, SICÍLIA, 1968

Ela era despertada todas as manhãs pelos sinos da igreja de San Domenico, no alto das montanhas Peloritani, ao redor de Taormina. Gostava de acordar devagar, espreguiçando-se languidamente, como uma gata. Mantinha os olhos fechados, ciente de que havia alguma coisa maravilhosa para lembrar. *O que era*? A questão provocava-lhe a mente, e ela a reprimia, sem querer saber por enquanto, preferindo saborear a surpresa. E de repente sua mente era envolvida pela recordação, na mais intensa alegria. Era Lucia Maria Carmine, a filha de Angelo Carmine, o que despertava suficiente para tornar feliz qualquer pessoa no mundo.

Moravam numa *villa* grande, com mais criados do que Lucia, então com 15 anos, podia contar. Um guarda-costas levava-a para a escola todas as manhãs, numa limusine blindada. Cresceu com os mais lindos vestidos e os brinquedos mais caros em toda a Sicília, despertava a inveja das colegas de escola.

Mas era em torno do pai que a vida de Lucia girava. A seus olhos, ele era o homem mais bonito do mundo. Era baixo e corpulento, com um rosto forte e olhos castanhos tempestuosos, que irradiavam poder. Tinha dois filhos, Arnaldo e Victor, mas era a filha que Angelo Carmine adorava. E Lucia o idolatrava. Na igreja, quando o padre falava em Deus, Lucia sempre pensava no pai. Ele ia à cabeceira de sua cama pela manhã e dizia:

— Hora de levantar para a escola, *faccia d'angelo*.

Cara de anjo. Não era verdade, é claro. Lucia sabia que não era realmente bonita. *Sou atraente*, pensava, estudando-se objetivamente no espelho. Isso mesmo. Fascinante, em vez de bela. O reflexo mostrava uma moça com rosto oval, pele cremosa, lisa, dentes brancos, um queixo forte — forte demais? —, lábios sensuais e cheios — cheios demais? —, olhos escuros e espertos. Mas se o rosto ficava aquém da beleza, o corpo mais do que compensava. Aos 15 anos, Lucia possuía o corpo de uma mulher, seios arredondados e firmes, cintura fina e quadris que se mexiam com uma promessa sensual.

— Precisaremos casá-la muito cedo — costumava zombar o pai. — Muito em breve estará levando os rapazes à loucura, minha pequena virgem.

— Quero casar com alguém como você, papai, só que não há ninguém como você.

Ele riu.

— Não se preocupe. Encontraremos um príncipe para você. Nasceu sob uma estrela de sorte, e um dia saberá como é ser abraçada por um homem que lhe fará amor.

Lucia corou.

— Sim, papai.

Era verdade que ninguém lhe fizera amor... não nas últimas 12 horas. Benito Patas, um dos guarda-costas, sempre ia para sua cama quando o pai não estava na cidade. Fazer amor com Benito dentro da casa aumentava a emoção, porque Lucia sabia que o pai mataria os dois se algum dia descobrisse.

Benito tinha 30 e poucos anos, e sentia-se lisonjeado porque a linda e jovem filha virgem do grande Angelo Carmine o escolhera para deflorá-la.

— Foi o que você esperava? — perguntou ele, na primeira vez em que deitaram juntos.

— Foi, sim — balbuciou Lucia. — Melhor até. — Ela pensou: *Ele não é tão bom quanto Mario, Tony ou Enrico, mas é melhor do que Roberto e Leo.* Ela não conseguia lembrar o nome dos outros.

AOS 13 ANOS, LUCIA concluíra que já fora virgem por tempo suficiente. Olhara ao redor e decidira que o afortunado seria Paolo Costello, o filho do médico de Angelo Carmine. Paolo tinha 17 anos, alto e corpulento, o astro do time de futebol da escola. Lucia apaixonara-se perdidamente por Paolo na primeira vez em que o vira. Dava um jeito de esbarrar com ele tantas vezes quanto possível. Nunca ocorreu a Paolo que os constantes encontros eram planejados com o maior cuidado. Considerava a jovem e atraente filha de Angelo Carmine uma criança. Mas num dia quente de verão, em agosto, Lucia resolveu que não podia mais esperar.

Telefonou para Paolo.

— Paolo... aqui é Lucia Carmine. Meu pai gostaria de falar com você e quer saber se pode encontrá-lo esta tarde na sala de sinuca.

Paolo ficou surpreso e lisonjeado. Sentia o maior respeito por Angelo Carmine, mas não imaginava que o poderoso mafioso soubesse de sua existência.

— Terei o maior prazer. A que horas ele gostaria que eu estivesse aí?

— Às 15 horas.

Hora da sesta, quando o mundo estaria dormindo. O salão de sinuca era isolado, num canto da ampla propriedade, o pai estava fora da cidade. Não havia a menor possibilidade de serem interrompidos.

Paolo chegou pontualmente na hora marcada. O portão do jardim estava aberto, e ele seguiu direto para o salão de sinuca. Parou diante da porta fechada e bateu.

— *Signore* Carmine? Posso entrar?

Não houve resposta. Paolo conferiu o relógio. Cauteloso, abriu a porta e entrou. Estava escuro lá dentro.

— *Signore* Carmine?

Um vulto aproximou-se.

— Paolo...

Ele reconheceu a voz de Lucia.

— Estou à procura de seu pai, Lucia. Ele está aqui?

Ela estava bem perto agora, o suficiente para que Paolo descobrisse que se encontrava completamente nua.

— Santo Deus! — balbuciou Paolo. — O que...?

— Quero que você faça amor comigo.

— Está louca? É apenas uma criança. Vou embora. — Encaminhou-se para a porta.

— Pode ir. Direi a papai que você me estuprou.

— Não faria isso.

— Saia daqui e descobrirá.

Ele parou. Se Lucia cumprisse a ameaça, não havia a menor dúvida na mente de Paolo sobre o destino que o aguardava. A castração seria apenas o início. Voltou para junto de Lucia, a fim de tentar argumentar.

— Lucia, querida...

— Gosto quando você me chama de querida.

— Não... preste atenção, Lucia. O caso é muito sério. Seu pai me matará se disser que eu a estuprei.

— Sei disso.

Ele fez outra tentativa.

— Meu pai cairia em desgraça. Toda a minha família seria desgraçada.

— Sei disso.

Era inútil.

— O que você quer de mim?

— Quero que faça tudo comigo.

— Não. É impossível. Seu pai me matará se descobrir.

— E se sair daqui, ele o matará. Não tem muita opção, não é mesmo?

Ele estava em pânico.

— Por que eu, Lucia?

— Porque estou apaixonada por você, Paolo! — Segurou-lhe as mãos e comprimiu-as gentilmente entre suas pernas. — Sou uma mulher. Faça-me sentir como tal.

Na semiescuridão, Paolo podia ver os seios arredondados, os mamilos duros, os pelos escuros entre as pernas.

Meu Deus!, pensou Paolo. *O que um homem pode fazer?*

Ela levou-o para um sofá, ajudou-o a tirar a calça e a cueca. Ajoelhou-se e pôs o membro duro na boca, chupando gentilmente. Paolo pensou: *Ela já fez isso antes.* E quando estava por cima dela, penetrando fundo, as mãos de Lucia em suas costas, apertando, os quadris se comprimindo contra ele na maior ansiedade, Paolo pensou: *Por Deus, ela é maravilhosa!*

Lucia estava no paraíso. Era como se tivesse nascido para aquilo. Instintivamente, sabia com precisão o que fazer para agradar a ele e agradar a si mesma. Todo o seu corpo pegava fogo. Sentiu que se aproximava do orgasmo, mais e mais; quando finalmente aconteceu, ela gritou de pura alegria. Os dois ficaram imóveis depois, exaustos, a respiração difícil. Passou-se algum tempo antes que Lucia murmurasse:

— À mesma hora amanhã.

Quando Lucia estava com 16 anos, Angelo Carmine decidiu que estava na hora da filha conhecer alguma coisa do mundo. Com a idosa tia Rosa como acompanhante, Lucia passou as férias escolares em Capri e Ischia, Veneza e Roma e inúmeros outros lugares.

— Deve ser refinada... não uma camponesa, como seu papai. Viajar vai melhorar sua educação. Em Capri, tia Rosa a levará para conhecer o Mosteiro Cartusiano de São Tiago, a Villa de San Michele e o Palazzo a Mare...

— Claro, papai.

— Em Veneza tem a Basílica de São Marcos, o Palácio Ducal, a Igreja de São Jorge e o Museu Academia.

— Sim, papai.

— Roma é o tesouro do mundo. Deve visitar a Cidade do Vaticano, a Basílica de Santa Maria Maggiore e a Galeria Borghese, é claro.

— Claro.

— E Milão! Deve ir ao Conservatório para um concerto. Providenciarei ingressos no Scala para você e tia Rosa. Em Florença conhecerá o Museu Municipal de Arte, o Museu Uffizi... e ainda há dezenas de igrejas e museus.

— Claro, papai.

Com um planejamento cuidadoso, Lucia conseguiu não ver nenhum desses lugares. Tia Rosa insistia em tirar uma sesta todas as tardes e dormir cedo à noite.

— Deve descansar também, criança.

— Claro, tia Rosa.

E assim, enquanto tia Rosa dormia, Lucia dançou no Quisisana em Capri, passeou numa *carrozza* puxada por um cavalo de chapéu e plumas, juntou-se a um grupo de estudantes na Marina Piccola, foi a piqueniques em Bagni di Tiberio, tomou o *funico-*

lare para Anacapri, onde se juntou a um grupo de universitários franceses para drinques na piazza Umberto I.

Em Veneza, um belo gondoleiro levou-a a uma discoteca, e um pescador levou-a para uma pescaria em Chioggia. E tia Rosa dormia.

Em Roma, Lucia tomou vinho da Apúlia e descobriu todos os restaurantes agitados da moda, como o Marte, Ranieri e Giggi Fazi.

Aonde quer que fosse, Lucia descobria pequenos bares e boates, homens românticos e atraentes, pensando sempre: *O querido papai estava certo. Viajar melhorou minha educação.*

Na cama, ela aprendeu a falar diversas línguas diferentes e pensou: *Isso é muito mais divertido do que as aulas de língua estrangeira na escola.*

Ao voltar para casa, em Taormina, Lucia confidenciou para as amigas mais íntimas:

— Fiquei nua em Nápoles, drogada em Salerno, bêbada em Florença e fodida em Lucca.

A própria Sicília era uma maravilha a explorar, uma ilha de templos gregos, anfiteatros romanos bizantinos, capelas, banhos árabes e castelos suábios.

Lucia achava Palermo atraente e animada, gostava de vaguear pelo Kalsa, o velho distrito árabe, e visitar a Opera del Pupi, o teatro de marionetes. Mas Taormina, onde nascera, era sua cidade predileta. Era um lugar de cartão-postal, no mar Jônio, numa montanha pairando sobre o mundo. Era uma cidade de butiques e joalherias, bares e lindas praças antigas, trattorias e hotéis pitorescos, como o Excelsior Palace e o San Domenico.

A estrada que sobe do porto de Naxos é íngreme, estreita e perigosa. Quando Lucia Carmine ganhou um carro, ao completar 15 anos, violou todas as leis de trânsito, mas nunca foi detida pelos *carabinieri*. Afinal, era a filha de Angelo Carmine.

PARA OS CONSIDERADOS bastante corajosos ou estúpidos para perguntarem, Angelo Carmine estava no negócio imobiliário. E em parte era verdade, pois a família Carmine possuía a *villa* em Taormina, uma casa no lago Como, em Cernobbio, um chalé em Gstaad, um apartamento e uma imensa fazenda nos arredores de Roma. Mas Carmine também operava em negócios diferentes. Possuía vários bordéis, dois cassinos, seis navios que traziam cocaína de suas plantações na Colômbia e uma variedade de outros empreendimentos lucrativos, inclusive agiotagem. Angelo Carmine era o *capo* dos mafiosos sicilianos e, assim, era apropriado que vivesse bem. Sua vida era uma inspiração para os outros, a prova animadora de que um pobre camponês italiano que fosse ambicioso e trabalhasse duro poderia se tornar rico e bem-sucedido.

Carmine começara como um mensageiro para os mafiosos quando tinha 12 anos. Aos 15, tornara-se cobrador dos empréstimos de agiotagem; aos 16, matara o primeiro homem e estabelecera sua reputação. Pouco depois disso, casara com a mãe de Lucia, Anna. Nos anos subsequentes, Angelo Carmine subira pela traiçoeira escada corporativa até o topo, deixando em sua esteira uma sucessão de inimigos mortos. Ele crescera, mas Anna permanecera a camponesa simples com quem casara. Deu-lhe três lindos filhos, mas depois disso sua contribuição à vida de Angelo cessou. Como se soubesse que não tinha mais um lugar na vida de sua família, Anna atenciosamente morreu, sendo bastante deferente para fazê-lo com um mínimo de rebuliço.

Arnaldo e Victor estavam no negócio com o pai. Desde pequena, Lucia sempre ouvira as conversas excitantes entre o pai e os irmãos, escutava as histórias de como haviam enganado ou dominado seus inimigos. Para Lucia, o pai era como um cavaleiro numa armadura reluzente. Nada via de errado no que o pai e os irmãos faziam. Ao contrário, eles ajudavam as pessoas. Se as pessoas queriam jogar, por que deixar que leis estúpidas impedissem? Se os homens encontravam prazer em comprar sexo, por que não ajudá-los? E como o pai e os irmãos eram generosos ao emprestarem dinheiro às pessoas que eram repelidas pelos banqueiros de coração duro. Para Lucia, o pai e os irmãos eram cidadãos exemplares. A prova disso estava nos amigos do pai. Uma vez por semana, Angelo Carmine oferecia um grande jantar na *villa* e... ah, as pessoas que sentavam à sua mesa! O prefeito comparecia, assim como alguns vereadores e juízes, artistas de cinema e cantores de ópera, muitas vezes o próprio chefe de polícia e um monsenhor. Várias vezes por ano o próprio governador visitava a casa.

Lucia levava uma vida idílica, com muitas festas, roupas e joias, carros e criados, amigos poderosos. E de repente, num mês de fevereiro, quando tinha 23 anos, tudo terminou abruptamente.

Começou de forma bastante inócua. Dois homens foram à *villa* para falar com seu pai. Um deles era um amigo, o chefe de polícia, o outro seu tenente.

— Perdoe-me, *padrone* — disse o chefe de polícia —, mas esta é uma formalidade estúpida a que o comissário está me obrigando. Mil perdões, *padrone*, mas, se fizer a gentileza de me acompanhar à delegacia, providenciarei para que esteja em casa a tempo de desfrutar a festa de aniversário de sua filha.

— Não há problema. Um homem deve cumprir seu dever. — Angelo Carmine falou jovialmente e sorriu. — Esse novo comissário que foi designado pelo presidente é... para usar uma expressão típica... um "cu de ferro", não é mesmo?

— Infelizmente, é isso mesmo. — O chefe de polícia suspirou. — Mas não se preocupe. Já vimos muitos homens assim chegarem e partirem depressa, não é mesmo, *padrone*?

Os dois riram e seguiram para a delegacia.

Angelo Carmine não voltou para a festa naquele dia e também não apareceu no dia seguinte. Na verdade, nunca mais tornou a ver qualquer de suas casas. O Estado apresentou um indiciamento com uma centena de acusações contra ele, incluindo homicídio, tráfico de drogas, prostituição, incêndio criminoso e dezenas de outros crimes. A fiança foi negada. A polícia lançou uma rede em que prendeu toda a organização criminosa de Carmine. Ele contava com suas ligações poderosas na Sicília para que as acusações contra ele fossem arquivadas, mas acabou sendo levado para Roma, às escondidas, e internado na Regina Coeli, a mais notória prisão italiana. Foi metido numa cela pequena, com janela gradeada, um aquecedor, uma cama e um vaso sem tampa. Era uma afronta! Uma indignidade além da imaginação!

No começo, Carmine tinha certeza que Tommaso Contorno, seu advogado, haveria de soltá-lo imediatamente. Quando Contorno encontrou-o na sala de visitas da prisão, Carmine estava furioso.

— Eles fecharam meus bordéis e a operação de tráfico de tóxicos, sabem de tudo sobre a lavagem do dinheiro. Alguém está falando. Descubra quem é, e me traga sua língua.

— Não se preocupe, *padrone* — assegurou Contorno. — Vamos descobri-lo. — Seu otimismo era infundado.

A fim de proteger suas testemunhas, o Estado se recusava intransigentemente a revelar os nomes, até o início do julgamento.

Dois dias antes do julgamento, Angelo Carmine e os outros mafiosos acusados foram transferidos para a Prigione Rebibbia, a 20 quilômetros de Roma. Um tribunal próximo fora fortificado como uma casamata. Os 160 mafiosos acusados foram levados por um túnel subterrâneo, com algemas e correntes, metidos em trinta celas feitas de aço e vidro à prova de balas. Guardas armados cercaram o interior e exterior do tribunal, os espectadores foram revistados antes de poderem entrar.

Ao entrar no tribunal, Angelo Carmine sentiu o coração pular de alegria, pois o juiz que presidia o julgamento era Giovanni Buscetta, um homem que estivera na sua folha de pagamentos durante os últimos 15 anos, um hóspede frequente de sua casa. Carmine sabia que finalmente haveria justiça.

O JULGAMENTO COMEÇOU. Angelo Carmine contava com a *omertà*, código de silêncio siciliano, para protegê-lo. Para seu espanto, no entanto, descobriu que a principal testemunha do Estado era nada menos do que Benito Patas, o guarda-costas. Benito Patas estava com a família Carmine havia tanto tempo, e merecia tanta confiança que tinha permissão para estar presente na sala em reuniões em que se discutiam questões confidenciais de negócios; e como os negócios consistiam em todas as atividades ilegais nos estatutos criminais, Patas tinha estado a par de muitas informações. Quando prendera Patas minutos depois de ele ter mutilado e assassinado a sangue-frio o novo namorado de sua amante, a polícia ameaçara-o com prisão perpétua. Embora relutante, Patas concordara em ajudar a polícia a condenar Carmine, em troca de uma sentença mais leve. Agora, numa incredulidade horrorizada, Angelo Carmine sentou no tribunal e escutou Patas revelar os segredos mais íntimos da família.

Lucia também comparecia ao tribunal todos os dias, ouvindo o homem que fora seu amante destruir o pai e os irmãos.

O testemunho de Benito Patas abriu as comportas. Depois que a investigação do comissário começou, inúmeras vítimas apresentaram-se para contar as histórias do que Angelo Carmine e seus capangas lhes haviam feito. A Máfia controlara seus negócios à força, chantageara, forçara à prostituição, assassinara ou mutilara pessoas amadas, vendera drogas a seus filhos. A lista de atrocidades era interminável.

Ainda mais perniciosos foram os testemunhos dos *pentiti*, os membros arrependidos da Máfia que resolveram falar.

Lucia teve permissão para visitar o pai na prisão.

Ele recebeu-a jovialmente. Abraçou-a e sussurrou:

— Não se preocupe, *faccia d'angelo*. O juiz Giovanni Buscetta é meu ás secreto na manga. Ele conhece todos os truques da lei. Vai usá-los para que eu e seus irmãos sejamos absolvidos.

Angelo Carmine provou ser um péssimo profeta.

O público estava indignado com os excessos da Máfia, e quando o julgamento finalmente terminou, o juiz Giovanni Buscetta, um astuto animal político, condenou os mafiosos a longas sentenças de prisão. Angelo Carmine e seus dois filhos receberam a pena máxima na lei italiana, a prisão perpétua, com um mínimo obrigatório de 28 anos.

Para Angelo Carmine, era uma sentença de morte.

Toda a Itália aclamou. A justiça triunfara por fim. Para Lucia, porém, era um pesadelo além da imaginação. Os três homens que mais amava no mundo estavam sendo enviados para o inferno.

Mais uma vez, Lucia teve permissão para visitar o pai na cela. A mudança em Angelo Carmine, da noite para o dia, era angustiante. Em pouco tempo ele se tornara um velho. O corpo estava murcho, e a pele corada e saudável se tornara amarelada.

— Eles me traíram — lamentou-se Angelo Carmine. — Todos me traíram. O juiz Giovanni Buscetta... eu o possuía, Lucia! Tornei-o um homem rico, e ele fez essa coisa terrível comigo. E Patas! Fui como um pai para ele. O que aconteceu com o mundo? O que aconteceu com a honra? Eles são sicilianos, como eu.

Lucia pegou a mão do pai e disse em voz baixa:

— Também sou siciliana, papai. Terá sua vingança. Juro que terá, por minha vida.

— Minha vida acabou — retrucou Angelo Carmine. — Mas a sua ainda está pela frente. Tenho uma conta numerada em Zurique. O Banco Leu. Há mais dinheiro do que você poderia gastar em dez vidas. — Sussurrou um número em seu ouvido. — Deixe a maldita Itália. Pegue o dinheiro e divirta-se.

Lucia abraçou-o.

— Papai...

— Se algum dia precisar de um amigo, pode confiar em Dominic Durell. Somos como irmãos. Ele tem uma casa na França, em Béziers, perto da fronteira espanhola.

— Não esquecerei.

— Prometa que deixará a Itália.

— Prometo, papai. Mas há uma coisa que preciso fazer primeiro.

TER UM DESEJO ardente de vingança era uma coisa, encontrar um meio de consumá-lo era outra. Estava sozinha, e não seria fácil. Lucia pensou na expressão italiana *Rubare il mestiere*. Roubar a profissão deles. *Preciso pensar na maneira como eles fazem.*

POUCAS SEMANAS depois de o pai e os irmãos começarem a cumprir suas penas, Lucia Carmine apareceu na casa do juiz Giovanni Buscetta. O próprio juiz abriu a porta.

Fitou Lucia surpreso. Vira-a muitas vezes quando era hóspede na casa de Carmine, mas quase nunca haviam se falado.

— Lucia Carmine! O que está fazendo aqui? Não deveria...

— Vim lhe agradecer, Meritíssimo.

Ele estudou-a desconfiado.

— Agradecer o quê?

Lucia fitou-o nos olhos.

— Por denunciar meu pai e irmãos pelo que eles eram. Eu não passava de uma inocente, vivendo naquela casa de horrores. Não tinha a menor ideia de que monstros... — Perdeu o controle e começou a chorar.

O juiz ficou indeciso, depois afagou-lhe o ombro.

— Calma, calma... Entre e tome um chá.

— O-obrigada.

Quando estavam sentados na sala de estar, o juiz Buscetta disse:

— Não sabia que se sentia assim em relação a seu pai. Tinha a impressão de que eram muito ligados.

— Só porque eu ignorava como ele e meus irmãos eram. Quando descobri... — Lucia estremeceu. — Não pode imaginar como é. Eu queria sair, mas não havia escapatória para mim.

— Eu não sabia. — Ele afagou-lhe a mão. — Receio tê-la julgado mal, minha cara.

— Eu tinha pavor dele. — A voz de Lucia era veemente.

O juiz Buscetta notou, não pela primeira vez, que linda jovem Lucia era. Usava um vestido preto simples, que revelava os contornos do corpo sensual. Ele contemplou os seios arredondados e não pôde deixar de observar como ela crescera.

Seria sensacional dormir com a filha de Angelo Carmine, pensou Buscetta. *Ele está impotente agora para me fazer qualquer coisa. O velho filho da puta pensava que me possuía, mas eu era esperto demais para ele. Lucia provavelmente é virgem. Eu poderia lhe ensinar algumas coisas na cama.*

Uma empregada idosa trouxe uma bandeja com chá e uma travessa de biscoitos. Pôs na mesa.

— Devo servir o chá?

— Pode deixar que eu sirvo — murmurou Lucia.

Sua voz era quente, cheia de promessa. O juiz Buscetta sorriu para Lucia.

— Pode ir — disse ele à empregada.

— Pois não, senhor.

O juiz observou Lucia encaminhar-se para a mesinha em que estava a bandeja e servir o chá com todo cuidado.

— Tenho a impressão de que você e eu podemos nos tornar bons amigos — comentou o juiz Buscetta, sondando.

Lucia ofereceu-lhe um sorriso sedutor.

— Eu gostaria muito que isso acontecesse, Meritíssimo.

— Por favor... Giovanni.

— Giovanni. — Lucia entregou-lhe o chá. Ergueu sua xícara, num brinde. — À morte dos vilões.

Sorrindo, Buscetta também levantou sua xícara.

— À morte dos vilões. — Ele tomou um gole e fez uma careta. O chá estava com um gosto amargo.

— Está muito...?

— Não, não. Está ótimo, minha cara.

Lucia tornou a levantar sua xícara.

— À nossa amizade. — Tomou outro gole.

Buscetta acompanhou-a.

— À... — Não terminou o brinde. Foi dominado por um súbito espasmo, sentiu que um ferro em brasa lhe espetava o coração. Levou a mão ao peito. — Oh, Deus! Chame um médico...

Lucia continuou sentada, tomando o chá calmamente, observando-o levantar, cambalear e cair no chão. O corpo de Buscetta teve alguns estertores e depois ficou imóvel.

— Esse é o primeiro, papai — murmurou Lucia.

BENITO PATAS ESTAVA em sua cela, jogando paciência, quando o guarda anunciou:

— Tem uma visita conjugal.

Benito ficou radiante. Desfrutava de uma situação especial, como informante, com muitos privilégios, entre os quais as visitas conjugais. Patas tinha algumas namoradas, que alternavam as visitas. Especulou qual delas fora visitá-lo.

Contemplou-se no pequeno espelho pendurado na parede da cela, passou um pouco de creme nos cabelos, alisou-os para trás, depois seguiu o guarda pelo corredor da prisão, até a área em que ficavam as salas reservadas.

O guarda gesticulou para que ele entrasse. Patas avançou, na maior expectativa. Estacou abruptamente, espantado.

— Lucia! Santo Deus, o que está fazendo aqui? Como conseguiu entrar?

Ela respondeu suavemente:

— Informei a eles que estávamos noivos, Benito. — Usava um vestido de seda vermelho que aderia às curvas do corpo, com um decote ousado.

Benito Patas recuou.

— Saia!

— Como quiser. Mas há uma coisa que deve ouvir primeiro. Quando o vi sentar no banco de testemunhas e falar contra meu pai e irmãos, eu o odiei. Queria matá-lo. — Ela chegou mais perto. — Mas depois compreendi que sua atitude era um ato de bravura. Ousou se levantar e dizer a verdade. Meu pai e meus irmãos não eram maus, mas fizeram coisas horríveis, e você foi o único forte o suficiente para enfrentá-los.

— Acredite em mim, Lucia, a polícia me forçou...

— Não precisa explicar. Não para mim. Lembra-se da primeira vez em que fizemos amor? Compreendi então que estava apaixonada por você, e sempre estaria.

— Lucia, eu nunca teria feito o que...

— Querido, acho que nós dois devemos esquecer o que aconteceu. Está feito. Agora, o que importa somos eu e você. — Lucia estava bem perto agora.

Ela estava agora bem próxima, e ele podia sentir seu perfume inebriante. Sua mente se encontrava na maior confusão.

— Você... fala sério?

— Mais sério do que qualquer outra coisa que já fiz na vida. Por isso vim aqui hoje, para provar a você. Para mostrar que sou sua. E não apenas com palavras. — Seus dedos subiram para as alças do vestido, que um instante depois estava no chão. Lucia se encontrava nua por baixo.

— Acredita em mim agora?

Por Deus, ela era linda!

— Acredito. — A voz de Benito era rouca.

Lucia adiantou-se, seu corpo roçou contra ele.

— Dispa-se — sussurrou ela. — Depressa! — Observou enquanto Patas tirava as roupas. Quando ficou nu, ele pegou sua mão e levou-a para a cama no canto da sala. Não perdeu tempo com preliminares. Num instante estava em cima dela, abrindo-lhe as pernas e penetrando-a, com um sorriso arrogante.

— É como nos velhos tempos — disse, presunçoso. — Não pôde me esquecer, não é mesmo?

— Não — sussurrou Lucia em seu ouvido. — E quer saber por que não pude esquecer você?

— Quero, sim, *mi amore*.

— Porque sou uma siciliana, como meu pai.

Estendeu a mão para trás e tirou o alfinete comprido que lhe prendia os cabelos.

Benito Patas sentiu alguma coisa espetá-lo por baixo das costelas e a dor súbita fê-lo abrir a boca para gritar; mas a boca de Lucia grudava na sua, beijando-o. Enquanto o corpo de Benito estrebuchava por cima dela, Lucia teve um orgasmo.

Poucos minutos depois estava vestida, o alfinete de volta nos cabelos. Benito se encontrava sob o cobertor, os olhos fechados. Lucia bateu na porta e sorriu para o guarda que a abriu, a fim de deixá-la sair.

— Ele está dormindo — sussurrou.

O guarda contemplou a bela moça e sorriu.

— Provavelmente o esgotou.

— Espero que sim — disse Lucia.

A OUSADIA DOS DOIS assassinatos teve a maior repercussão na Itália. A linda filha de um mafioso vingara o pai e os irmãos, e o público italiano aclamou-a, torcendo por sua fuga. A polícia, como não podia deixar de ser, assumiu uma posição diferente. Lucia Carmine assassinara um respeitável juiz e depois cometera um segundo homicídio, dentro dos muros de uma prisão. A seus olhos, igual aos crimes era o fato de Lucia tê-los feito de idiotas. Os jornais estavam se divertindo à sua custa.

— Quero a cabeça dela! — bradou o comissário de polícia para o vice-comissário. — E quero hoje!

A caçada aumentou. O alvo de toda essa atenção se escondia na casa de Salvatore Giuseppe, um dos homens de seu pai que conseguira escapar à tempestade.

No começo, o único pensamento de Lucia fora o de vingar a honra do pai e dos irmãos. Esperava ser capturada e se preparara para o sacrifício. Quando conseguiu sair da prisão, no entanto, seus pensamentos passaram da vingança para a sobrevivência. Agora que consumara o que planejara, a vida voltava subitamente a ser preciosa. *Não deixarei que me peguem*, jurou a si mesma. *Nunca.*

SALVATORE GIUSEPPE e a esposa fizeram o que podiam para disfarçar Lucia. Clarearam-lhe os cabelos, mancharam-lhe os dentes, compraram óculos e algumas roupas folgadas.

Salvatore estudou o resultado com olhos críticos.

— Não está mau — disse ele. — Mas também não é o suficiente. Precisamos tirá-la da Itália. Deve ir para algum lugar em que sua fotografia não esteja na primeira página de todos os jornais. Um lugar em que possa se esconder por alguns meses.

E Lucia lembrou.

Se algum dia precisar de um amigo, pode confiar em Dominic Durell. Ele tem uma casa na França, em Béziers, perto da fronteira espanhola.

— Sei de um lugar para onde posso ir — anunciou ela. — Precisarei de um passaporte.

— Eu providenciarei.

VINTE E QUATRO HORAS depois, ela olhava para um passaporte com o nome de Lucia Roma, com uma fotografia em sua nova aparência.

— Para onde vai?

— Meu pai tem um amigo na França que me ajudará.

— Se quiser que eu a acompanhe até a fronteira... — ofereceu-se Salvatore.

Os dois sabiam como seria perigoso.

— Não, Salvatore. Já fez o suficiente por mim. Devo continuar sozinha.

NA MANHÃ SEGUINTE, Salvatore Giuseppe alugou um Fiat em nome de Lucia Roma e entregou-lhe as chaves.

— Tome cuidado — recomendou.

— Não se preocupe. Nasci sob uma estrela de sorte.

O pai não lhe dissera isso?

Na fronteira da Itália e França os carros à espera para entrar no país avançavam devagar, numa fila comprida. Ao se aproximar da barreira da imigração, Lucia começou a ficar cada vez mais nervosa. Estariam à sua procura em todos os pontos de saída do país. Se a pegassem, sabia que seria condenada à prisão perpétua. *Eu me matarei primeiro*, pensou.

Chegou ao inspetor da imigração.

— Passaporte, *signorina*.

Lucia entregou o passaporte preto pela janela do carro.

Enquanto o pegava, o inspetor fitou-a, e Lucia reparou que uma expressão de perplexidade surgia em seus olhos. O homem olhou do passaporte para seu rosto, novamente para o passaporte. Lucia sentiu que o corpo se contraía.

— Você é Lucia Carmine — disse ele.

Capítulo 9

— Não! — gritou Lucia. O sangue esvaiu-lhe do rosto. Ela olhou ao redor, à procura de um meio de escapar. Não havia nenhum. E, subitamente, para sua incredulidade, o guarda sorria. Inclinou-se para ela e sussurrou:

— Seu pai foi bom para minha família, *signorina*. Pode passar. Boa sorte.

Lucia sentiu-se tonta de alívio.

— *Grazie*. — Pisou no acelerador e percorreu os 25 metros até a fronteira francesa.

O inspetor de imigração francês orgulhava-se de ser um conhecedor de belas mulheres, e aquela à sua frente não era certamente uma beldade. Tinha cabelos cor de rato, óculos de lentes grossas, dentes manchados, e vestia-se com desmazelo.

Por que as italianas não podem parecer tão bonitas quanto as francesas?, pensou, repugnado. Carimbou o passaporte de Lucia e acenou para que ela passasse.

Lucia chegou a Béziers seis horas depois.

O telefone foi atendido ao primeiro toque, e surgiu uma voz suave de homem.

— Alô?

— Dominic Durell, por favor.

— Dominic Durell sou eu. Quem está falando?

— Lucia Carmine. Meu pai disse...

— Lucia! — A voz transbordava de boas-vindas. — Eu esperava por notícias suas.

— Preciso de ajuda.

— Pode contar comigo.

Lucia sentiu-se reanimada. Era a primeira boa notícia que ouvia em muito tempo, e percebeu de repente como se sentia esgotada.

— Preciso de um lugar onde possa me esconder da polícia.

— Não tem problema. Minha esposa e eu temos um lugar perfeito que poderá usar, enquanto quiser.

Era quase bom demais para ser verdade.

— Obrigada.

— Onde você está, Lucia?

— Estou...

Nesse instante o estrondo de um rádio de ondas curtas da polícia entrou na linha, e foi desligado no momento seguinte.

— Lucia...

Um alarme alto ressoou na cabeça de Lucia.

— Lucia... onde você está? Irei buscá-la.

Por que ele teria um rádio da polícia em sua casa? E atendera ao primeiro toque da campainha. Quase como se estivesse à espera de sua ligação.

— Lucia... pode me ouvir?

Ela sabia, com absoluta certeza, que o homem no outro lado da linha era um policial. Estavam à sua procura ali também. E investigavam o ponto de origem daquele telefonema.

— Lucia...

Ela desligou e afastou-se rapidamente da cabine telefônica. *Preciso sair da França*, pensou.

Voltou ao carro e pegou um mapa no porta-luvas. A fronteira espanhola ficava a poucas horas dali. Guardou o mapa e partiu na direção sudeste, rumo a San Sebastián.

Foi na fronteira espanhola que as coisas começaram a dar errado.

— Passaporte, por favor.

Lucia entregou o passaporte ao inspetor de imigração espanhol. Ele deu uma olhada rápida e começou a devolvê-lo, mas alguma coisa fez com que hesitasse. Estudou Lucia mais atentamente e sua expressão mudou.

— Espere um momento, por favor. Preciso carimbar o passaporte lá dentro.

Ele me reconheceu, pensou Lucia, desesperada. Observou o homem entrar no pequeno escritório e mostrar o passaporte a um colega. Os dois puseram-se a falar, tensos. Tinha de escapar. Ela abriu a porta e saiu. Um grupo de turistas alemães, que acabara de passar pela barreira da fronteira, embarcava ruidosamente num ônibus de excursão, perto do carro de Lucia. O cartaz na frente do ônibus dizia MADRI.

— *Achtung!* — O guia estava chamando. — *Schnell*. Lucia olhou para o escritório. O guarda que pegara seu passaporte estava gritando pelo telefone.

— Todos a bordo, *bitte*.

Sem pensar duas vezes, Lucia encaminhou-se para o grupo sorridente e falando sem parar, entrou no ônibus, virando o rosto ao passar pelo guia. Sentou no fundo do ônibus, mantendo a cabeça abaixada. *Vamos logo!*, rezou. *Depressa!*

Pela janela, Lucia viu que outro guarda se juntara aos dois primeiros e todos examinavam seu passaporte. Como se em resposta à oração de Lucia, a porta do ônibus foi fechada e o motor ligado. Um momento depois o ônibus partia de San Sebastián para Madri. O que aconteceria quando os guardas da fronteira descobrissem que ela deixara o carro? O primeiro pensamento seria o de que fora ao banheiro. Esperariam e finalmente mandariam alguém procurá-la. A providência seguinte seria a de revistar a área, a fim de verificar se ela se escondera em algum lugar. A essa altura, dezenas de carros e ônibus já teriam passado. A polícia não teria a menor ideia do rumo que ela seguira, ou em que direção viajava.

O GRUPO NO ÔNIBUS estava obviamente desfrutando umas férias felizes. *Por que não?*, pensou Lucia, amargurada. *Não têm a polícia em seus calcanhares. Valeu a pena arriscar o resto da minha vida?*, pensou a respeito, reconstruindo mentalmente as cenas com o juiz Buscetta e Benito.

Tenho a impressão de que você e eu podemos nos tornar bons amigos, Lucia... À morte dos vilões.

E Benito Patas: *É como nos velhos tempos. Não pôde me esquecer, não é mesmo?*

E ela fizera com que os dois traidores pagassem pelos pecados contra sua família. *Valeu a pena?* Eles estavam mortos, mas o pai e os irmãos sofreriam pelo resto de suas vidas. *Claro que valeu!*, concluiu Lucia.

Alguém no ônibus pôs-se a entoar uma velha canção alemã e os outros acompanharam-no:

— *In München ist ein Hofbrau Haus, ein, zwei, sufa...*

Estarei segura por algum tempo com este grupo, pensou Lucia. *Decidirei o que fazer em seguida, quando chegar a Madri.*

Ela nunca chegou a Madri.

O ÔNIBUS FEZ UMA parada prevista na cidade murada de Ávila, para refrescos, e o que o guia chamou delicadamente de um momento de conforto.

— *Alle raus vom Bus* — gritou ele.

Lucia continuou sentada, observando os passageiros levantarem e se atropelarem a caminho da porta do ônibus. *Estarei mais segura se ficar aqui.* Mas o guia notou-a.

— Saia, *Fräulein* — disse. — Só temos 15 minutos.

Lucia hesitou, depois se levantou relutante e avançou para a porta.

Ao passar pelo guia, ele disse:

— *Warten sie bitte!* Você não é desta excursão.

Lucia presenteou-o com um sorriso exuberante e disse:

— Não sou, não. Acontece que meu carro enguiçou em San Sebastián, e é muito importante que eu chegue logo a Madri. Por isso...

— *Nein!* — berrou o guia. — Isso não é possível. A excursão é particular.

— Sei disso. Mas preciso...

— Deve falar primeiro com a sede da agência em Munique.

— Não posso. Estou com muita pressa e...

— *Nein, nein.* Poderia me meter numa encrenca. Saia logo ou chamarei a polícia.

— Mas...

Nada que ela dissesse poderia demovê-lo. Vinte minutos depois Lucia observou o ônibus partir pela estrada na direção de Madri. Estava encalhada ali, sem passaporte e quase sem dinheiro; àquela altura as polícias de alguns países a procuravam para prendê-la por homicídio.

Virou-se para examinar o lugar. O ônibus parara na frente de um prédio circular, com uma placa na frente que dizia ESTACIÓN DE AUTOBÚSES.

Posso pegar outro ônibus aqui, pensou.

Ela entrou na estação. Era um prédio grande, com paredes de mármore, alguns guichês espalhados, com uma placa por cima de cada um: SEGÓVIA... MUNOGALINDO... VALLADOLID... SALAMANCA... MADRI. Uma escada-rolante e escadas comuns levavam ao subsolo, de onde os ônibus partiam. Havia uma *pastelería* onde vendiam biscoitos, bolos, balas e sanduíches envoltos em papel encerado. De repente Lucia descobriu que estava faminta.

É melhor não comprar nada até descobrir quanto custa uma passagem de ônibus, pensou.

Quando se encaminhava para o guichê com a placa de MADRI, dois guardas uniformizados entraram apressados na estação. Um deles levava uma fotografia. Foram de guichê em guichê, mostrando a fotografia aos bilheteiros.

Estão à minha procura. Aquele guia miserável me denunciou.

Uma família de passageiros recém-chegados subia pela escada-rolante. Ao se encaminharem para a porta, Lucia foi andando ao lado, misturou-se, saiu da estação.

Caminhou pelas ruas de calçamento de pedras de Ávila, fazendo um esforço para não correr, com medo de atrair atenção. Entrou na *calle* de la Madre Soledad, com seus prédios de granito e sacadas de ferro batido preto. Chegou à *plaza* de la Santa e sentou num banco do parque, tentando imaginar o que deveria fazer agora. A cem metros dali havia várias mulheres e alguns casais sentados no parque, desfrutando o sol da tarde.

Assim que Lucia sentou, um carro da polícia apareceu. Parou na outra extremidade da praça e dois guardas saltaram. Aproximaram-se de uma das mulheres sentadas sozinhas e começaram a interrogá-la. O coração de Lucia disparou.

Forçou-se a levantar devagar, mesmo com o coração batendo forte, virou-se e começou a andar na direção oposta aos guardas. A rua seguinte tinha um nome incrível: rua da Vida e Morte. *Será um presságio?*

Havia leões de pedra reais na praça, com as línguas de fora, e, em sua imaginação febril, Lucia sentiu que tentavam abocanhá-la. À sua frente havia uma enorme catedral, tendo na fachada um medalhão esculpido de uma moça e uma caveira sorridente. O próprio ar parecia impregnado pela morte.

Lucia ouviu um sino de igreja e olhou através do portão aberto da cidade. A distância, no alto de uma colina, erguiam-se os muros de um convento. Ela parou, ficou olhando.

— Por que veio a nós, minha filha? — perguntou a reverenda madre Betina, suavemente.

— Preciso de um refúgio.

— E decidiu procurar o refúgio em Deus?

Exatamente.

— Isso mesmo. — Lucia começou a improvisar. — É o que sempre quis... devotar-me à vida do Espírito.

— Em nossas almas, não é o que todos desejamos, filha?

Meu Deus, ela está mesmo engolindo a minha história, pensou Lucia, feliz.

A reverenda madre continuou:

— Deve compreender que a Ordem Cisterciense é a mais rigorosa de todas, minha criança. Estamos completamente isoladas do mundo exterior.

As palavras soavam como música aos ouvidos de Lucia.

— As que passam por estes muros devem fazer votos de nunca mais saírem.

— Nunca mais vou querer ir embora — garantiu Lucia.

Ou pelo menos não durante os próximos meses.

A reverenda madre levantou-se.

— É uma decisão importante. Sugiro que volte agora e pense a respeito com todo cuidado, antes da decisão final.

— Já pensei a respeito — apressou-se Lucia em dizer. — Acredite, reverenda madre, não tenho pensado em outra coisa. — Fitou a madre superiora nos olhos. — Quero ficar aqui mais do que qualquer outra coisa no mundo. — A voz de Lucia ressoava com sinceridade.

A reverenda madre ficou perplexa. Havia alguma coisa inquietante e frenética naquela mulher que era perturbadora. E, no entanto, que melhor motivo havia para alguém vir para o convento, onde o seu espírito poderia ser tranquilizado pela meditação e oração?

— Você é católica?

— Sou.

A reverenda madre pegou uma antiquada pena de escrever.

— Diga-me seu nome, criança.

— Meu nome é Lucia Car... *Roma*.

— Seus pais são vivos?

— Só meu pai.

— O que ele faz?

— Era um homem de negócios. Está aposentado. — Lucia pensou no pai, pálido e consumido na última vez em que o vira, e sentiu uma pontada de angústia.

— Tem irmãos ou irmãs?

— Dois irmãos.

— E o que eles fazem?

Lucia decidiu que precisava de toda a ajuda que pudesse obter.

— São padres.

— Maravilhoso.

A catequese prolongou-se por três horas. Ao final, a reverenda madre Betina disse:

— Providenciarei um leito para a noite. Pela manhã, começará a receber as instruções e, quando acabarem, se ainda tiver o desejo, poderá ingressar na Ordem. Mas devo avisar-lhe que é um caminho difícil o que escolheu.

— Pode estar certa de que não tenho alternativa — declarou Lucia, solenemente.

A BRISA NOTURNA era suave e quente, sussurrando pela clareira no bosque. Lucia dormia. Estava numa festa, em uma linda *villa*, o pai e os irmãos também se achavam presentes. Todos se divertiam, até que um estranho entrou na sala e indagou:

— Quem são essas pessoas?

Então as luzes se apagaram, o facho forte de uma lanterna incidiu em seu rosto, ela despertou e sentou, ofuscada.

Havia alguns homens na clareira, à volta das freiras. Com a luz em seus olhos, Lucia mal podia divisar seus contornos.

— Quem são vocês? — perguntou o homem outra vez, a voz rude e profunda.

Lucia encontrava-se instantaneamente desperta, a mente alerta. Estava acuada. Mas, se aqueles homens fossem a polícia, saberiam quem eram as freiras. E o que faziam no bosque à noite? Lucia resolveu correr o risco e disse:

— Somos irmãs do convento em Ávila. Alguns homens do governo apareceram e...

— Já ouvimos falar a respeito — interrompeu o homem.

As outras irmãs estavam todas sentadas agora, despertas e apavoradas.

— Quem... quem são vocês? — indagou Megan.

— Meu nome é Jaime Miró.

ELES ERAM SEIS, vestindo calças grossas, blusões de couro, suéteres de gola rulê e sapatos de lona com solas de corda, e as tradicionais boinas bascas. Estavam fortemente armados e, ao luar fraco, tinham uma aura demoníaca. Dois homens davam a impressão de terem sido brutalmente espancados.

O homem que se apresentara como Jaime Miró era alto e magro, com olhos pretos penetrantes.

— Eles podem estar por perto. — Ele virou-se para um dos membros do bando. — Dê uma olhada.

— *Sí*.

Lucia identificara a voz que respondera como feminina. Observou-a afastar-se entre as árvores, em silêncio.

— O que vamos fazer com elas? — perguntou Ricardo Mellado.

— *Nada* — respondeu Jaime Miró. — Vamos deixá-las aqui e seguir em frente.

Um dos homens protestou:

— Jaime... essas são as irmãzinhas de Jesus.

— Então deixe que Jesus cuide delas — retrucou Jaime Miró bruscamente. — Temos um trabalho a fazer.

As freiras ficaram de pé, à espera da decisão deles. Os homens concentravam-se em torno de Jaime, argumentando.

— Não podemos deixar que sejam apanhadas. Acoca e seus homens estão à procura delas.

— Também estão à nossa procura, *amigo*.

— As irmãs jamais conseguirão escapar sem nossa ajuda.

— Não — insistiu Jaime Miró, decidido. — Não arriscaremos nossas vidas por elas. Já temos nossos próprios problemas.

Felix Carpio, um dos seus tenentes, interveio:

— Podemos escoltá-las por parte do caminho, Jaime. Só até elas saírem daqui. — Olhou para as freiras. — Para onde estão indo, irmãs?

Teresa respondeu, com a luz de Deus em seus olhos:

— Tenho uma missão sagrada. Há um convento em Mendavia que nos abrigará.

Felix Carpio disse a Jaime Miró:

— Podemos acompanhá-las até lá. Mendavia fica em nosso caminho para San Sebastián.

Jaime Miró virou-se para ele, furioso.

— Seu idiota! Por que não põe uma placa no caminho avisando para onde estamos indo?

— Eu só queria...

— *Mierda!* — A voz estava cheia de raiva. — Agora não temos alternativa. Teremos de levá-las conosco. Se Acoca as descobrisse, faria com que falassem. Elas vão nos retardar e tornar muito mais fácil para Acoca e seus carniceiros encontrarem a nossa trilha.

Lucia não prestava muita atenção. A cruz de ouro estava a seu alcance, tentadora. *Mas esses miseráveis! Você escolhe os piores momentos, Deus, e tem um estranho senso de humor.*

— Está bem — dizia Jaime Miró. — Tentaremos resolver o problema da melhor forma possível. Vamos levá-las ao convento e as deixaremos lá. Mas não podemos viajar todos juntos, como um circo. — Virou-se para as freiras. Não era capaz de evitar a irritação na voz. — Alguma de vocês ao menos sabe onde fica Mendavia?

As irmãs se entreolharam.

— Não exatamente — respondeu Graciela.

— Então, como esperam chegar lá?

— Deus nos guiará — respondeu irmã Teresa, resoluta.

Um dos homens, Rubio Arzano, sorriu.

— Estão com sorte. — Acenou com a cabeça na direção de Jaime. — Ele desceu para guiá-las em pessoa, irmã.

Jaime silenciou-o com um olhar.

— Vamos nos separar. Seguiremos por três caminhos diferentes. — Tirou um mapa da mochila.

Os homens se agacharam ao redor, apontando os fachos das lanternas para o mapa.

— O convento em Mendavia fica aqui, a sudeste de Logroño. Seguirei para o norte, passando por Valladolid, depois subirei para Burgos. — Jaime passou os dedos pelo mapa e virou-se para Rubio, um homem alto, com aparência de camponês. — Você vai pelo caminho de Olmedo, Peñafiel e Aranda de Duero.

— Certo, *amigo*.

Jaime Miró concentrava-se outra vez no mapa. Olhou para Ricardo Mellado, um dos homens com os rostos machucados.

— Ricardo, siga para Segóvia, depois pegue o caminho da montanha para Cerezo de Abajo, e depois Soria. Voltaremos a nos encontrar em Logroño. — Guardou o mapa. — Logroño fica a 210 quilômetros daqui. — Jaime calculou mentalmente. — Vamos nos encontrar lá daqui a sete dias. Mantenham-se longe das estradas principais.

— Em que lugar de Logroño vamos nos encontrar? — perguntou Felix.

— O Cirque Japon estará se apresentando em Logroño na próxima semana — lembrou Ricardo.

— Ótimo. Vamos nos encontrar lá. Na matinê.

— Com quem as freiras vão viajar? — indagou Felix Carpio.

— Vamos dividi-las.

Estava na hora de acabar com aquilo, decidiu Lucia.

— Se os soldados estão à procura de vocês, *señor*, estaríamos mais seguras se viajássemos sozinhas.

— Mas nós não estaríamos, irmã — retrucou Jaime. — Sabem demais sobre os nossos planos agora.

— Além do mais — acrescentou Rubio —, vocês não teriam a menor chance. Conhecemos o território. Somos bascos, e os habitantes lá do norte são nossos amigos. Vão nos ajudar e nos esconder dos soldados Nacionalistas. Nunca chegariam a Mendavia sozinhas.

Não quero ir para Mendavia, seu idiota.

— Muito bem, vamos embora logo — falou Jaime Miró, relutante. — Quero estar longe daqui antes do amanhecer.

Irmã Megan escutava em silêncio o homem que dava as ordens.

Era rude e arrogante, mas parecia irradiar um tranquilizador senso de poder. Jaime Miró olhou para Teresa e apontou para Tomás Sanjuro e Rubio Arzano.

— Eles serão responsáveis por você.

— Deus é responsável por mim — retrucou irmã Teresa.

— Claro — respondeu Jaime, secamente. — Deve ter sido por isso que veio parar aqui.

Rubio aproximou-se de Teresa.

— Rubio Arzano a seu serviço, irmã. Como se chama?

— Sou irmã Teresa.

Lucia interveio no mesmo instante:

— Viajarei com irmã Teresa.

Não permitiria de jeito nenhum que a separassem da cruz de ouro. Jaime assentiu.

— Está bem. — Ele apontou para Graciela. — Ricardo, você vai com esta.

Ricardo Mellado balançou a cabeça.

— *Bueno*.

A mulher que Jaime enviara para fazer um reconhecimento voltou ao grupo e anunciou:

— Está tudo em ordem.

— Ótimo. — Jaime olhou para Megan. — Você vem conosco, irmã.

Megan assentiu. Jaime Miró fascinava-a. E havia alguma coisa intrigante na mulher. Era morena, aparência ameaçadora, as feições aquilinas de um predador. A boca era um talho vermelho. Havia nela alguma coisa intensamente sexual. A mulher aproximou-se de Megan.

— Sou Amparo Jirón. Fique de boca fechada, irmã. Não haverá problemas.

— Vamos partir — avisou Jaime aos demais. — Logroño. Não percam as irmãs de vista.

Irmã Teresa e Rubio Arzano já começavam a descer pela trilha. Lucia seguiu apressada no encalço deles. Vira o mapa que Rubio Arzano guardara na mochila. *Vou tirá-lo quando ele estiver dormindo*, decidiu Lucia.

A fuga através da Espanha começara.

Capítulo 10

Miguel Carrillo estava nervoso. Mais do que isso, Miguel Carrillo estava muito nervoso. Não fora um dia maravilhoso para ele. O que começara tão bem pela manhã, quando encontrara as quatro freiras e as convencera de que era um frade, terminara com ele derrubado e inconsciente, mãos e pés amarrados, deixado no chão da loja de roupas.

Fora a mulher do proprietário quem o encontrara. Era uma mulher idosa e corpulenta, de bigode e estourada. Fitara-o, todo amarrado no chão, e dissera:

— *Madre de Dios!* Quem é você? O que está fazendo aqui?

Carrillo recorrera a todo seu charme.

— Graças aos céus que apareceu, *señorita*. — Jamais vira alguém que fosse mais obviamente uma *señora*. — Estava tentando me livrar dessas correias para poder usar seu telefone e chamar a polícia.

— Não respondeu à minha pergunta.

Ele tentara se ajeitar numa posição mais confortável.

— A explicação é simples, *señorita*. Sou frei Gonzales. Venho de um mosteiro perto de Madri. Passava por sua linda loja quando vi dois homens arrombando-a. Achei que era meu dever, como mensageiro de Deus, impedi-los. Entrei atrás, na esperança de persuadi-los a desistirem de seus pecados, mas eles me dominaram e me amarraram. Agora, se fizer a gentileza de me soltar...

— *Mierda!*

Carrillo fitara-a aturdido.

— O que disse?

— Quem é você?

— Já disse. Sou...

— Você é o maior mentiroso que já conheci.

Ela fora até os hábitos que as freiras haviam descartado.

— O que é isto?

— Ah, isso... os dois jovens estavam usando esses hábitos como disfarce e...

— Há trajes aqui de quatro pessoas. Disse que eram dois homens.

— É isso mesmo. Os outros dois apareceram depois e...

Ela se encaminhara para o telefone.

— O que vai fazer?

— Chamar a polícia.

— Posso lhe garantir que isso não é necessário. Assim que me soltar, irei direto para a polícia e farei um relato completo.

A mulher fitara-o com desdém.

— Seu hábito está aberto, frei.

A POLÍCIA FOI AINDA menos compreensiva do que a mulher. Carrillo estava sendo interrogado por quatro homens da guarda civil. Os uniformes verdes e quepes de verniz preto do século XVIII eram suficientes para inspirar terror por toda a Espanha, e efetuaram sua magia em Carrillo.

— Sabia que corresponde exatamente à descrição de um homem que assassinou um padre lá no norte?

Carrillo suspirou.

— Não estou surpreso. Tenho um irmão gêmeo, que os céus possam puni-lo. Foi por sua causa que ingressei no mosteiro. Nossa pobre mãe...

— Esqueça.

Um gigante com uma cicatriz no rosto entrou na sala.

— Boa-tarde, coronel Acoca.

— É esse o homem?

— Isso mesmo, coronel. Por causa dos hábitos de freiras que encontramos com ele na loja, achamos que poderia estar interessado em interrogá-lo pessoalmente.

O coronel Ramón Acoca aproximou-se do infeliz Carrillo.

— Claro que estou interessado... e muito.

Carrillo ofereceu ao coronel seu sorriso mais insinuante.

— Fico contente que esteja aqui, coronel. Estou numa missão para minha igreja, e é importante que chegue a Barcelona o mais depressa possível. Como já tentei explicar a esses simpáticos cavalheiros, sou uma vítima das circunstâncias, apenas porque tentei ser um bom samaritano.

O coronel Acoca acenou com a cabeça amavelmente.

— Como está com pressa, tentarei não desperdiçar seu tempo.

Carrillo ficou radiante.

— Obrigado, coronel.

— Vou lhe fazer algumas perguntas simples. Se responder com a verdade, estará tudo bem. Se mentir para mim, será bastante doloroso para você. — Enfiou alguma coisa na mão.

Carrillo protestou, indignado:

— Os homens de Deus não mentem.

— Fico feliz em saber disso. Fale-me a respeito das quatro freiras.

— Não sei coisa alguma sobre quatro frei...

O punho que o atingiu na boca tinha uma soqueira de latão, e o sangue esguichou pela sala.

— Santo Deus! — balbuciou Carrillo. — O que está fazendo?

O coronel Acoca repetiu:

— Fale-me a respeito das quatro freiras.

— Eu não...

O punho tornou a acertar na boca de Carrillo, quebrando dentes. Carrillo estava sufocando com o próprio sangue.

— Não! Eu...

— Fale-me a respeito das quatro freiras. — A voz de Acoca era suave e afável.

— Eu... — Carrillo viu o punho levantar. — Está bem! Eu... Eu... — As palavras saíram atabalhoadas. — Elas estavam em Villacastín, fugindo do convento. Por favor, não me bata de novo.

— Continue.

— Eu... prometi ajudá-las. Precisavam trocar de roupas.

— Então arrombou a loja...

— Não. Eu... é verdade... elas roubaram algumas roupas, depois me derrubaram e foram embora.

— Comentaram para onde iam?

Um estranho senso de dignidade prevaleceu subitamente em Carrillo.

— Não.

O fato de não mencionar Mendavia nada tinha a ver com um desejo de proteção das freiras. Carrillo não estava preocupado com elas. Era apenas porque o coronel lhe desfigurara o rosto. Seria muito difícil ganhar a vida depois que saísse da prisão.

O coronel Acoca virou-se para os homens da guarda civil.

— Estão vendo o que um pouco de persuasão amigável pode fazer? Mandem-no para Madri, sob a acusação de assassinato.

Lucia, irmã Teresa, Rubio Arzano e Tomás Sanjuro caminhavam para noroeste, seguindo na direção de Olmedo, permanecendo longe das estradas principais e atravessando plantações de cereais. Passaram por rebanhos de ovelhas e cabras; a inocência da paisagem pastoral era um irônico contraste com o grande perigo em que todos estavam. Andaram durante toda a noite, e ao amanhecer se encaminharam para um ponto isolado nas colinas.

— A cidade de Olmedo fica logo adiante — avisou Rubio Arzano. — Pararemos aqui até o anoitecer. Vocês duas precisam dormir um pouco.

Irmã Teresa estava fisicamente exausta. Mas alguma coisa lhe acontecia, em termos emocionais, que era muito mais desconcertante. Sentia que perdia o contato com a realidade. Começara com o desaparecimento de seu precioso rosário. Perdera-o... ou alguém o roubara? Não sabia. Fora seu conforto por mais anos do que podia se lembrar. Quantos milhares de ave-marias, padres-nossos e salve-rainhas? Tornara-se parte dela, sua segurança, e agora sumira.

Perdera-o no convento durante o ataque? E houvera mesmo um ataque? Parecia tão irreal agora... Não distinguia mais o real do imaginário. O bebê, ela vira. Seria o bebê de Monique? Ou Deus estava lhe pregando peças? Era tudo muito confuso. Quando jovem, tudo parecia mais simples. Quando era jovem...

Capítulo 11

ÈZE, FRANÇA, 1924

Quando tinha apenas 8 anos, a maior parte da felicidade na vida de Teresa De Fosse vinha da igreja. Era como uma chama sagrada que a atraía para seu calor. Visitava a Chapelle des Pénitents Blancs, rezava na catedral em Mônaco e em Notre-Dame de Bon Voyage, em Cannes, mas comparecia cada vez mais aos serviços na igreja em Èze.

Teresa vivia num *château* numa montanha, por cima da aldeia medieval de Èze, perto de Monte Carlo, dando para a Côte d'Azur. A aldeia ficava no alto de um penhasco, e parecia a Teresa que lá de cima podia contemplar o mundo inteiro. Havia um mosteiro no topo, com fileiras de casas descendo pela encosta da montanha, até o azul do Mediterrâneo.

Monique, um ano mais nova do que Teresa, era a beldade da família. Mesmo quando criança, já se podia perceber que cresceria para se tornar uma bela mulher. Tinha feições delicadas, olhos azuis faiscantes e uma segurança tranquila, que se ajustava à aparência.

Teresa era o patinho feio. E os De Fosse sentiam-se envergonhados com a filha mais velha. Se Teresa fosse convencionalmente feia, poderiam enviá-la a um cirurgião plástico para diminuir o nariz, aumentar o queixo ou endireitar os olhos. Mas o problema estava no fato de todas as feições de Teresa serem um pouco tortas. Tudo parecia deslocado, como se ela fosse uma comediante que maquilara o rosto para provocar risadas.

Mas se Deus a lesara na questão da aparência, compensara ao abençoá-la com um dom extraordinário. Teresa possuía a voz de um anjo. Fora notada na primeira vez em que cantara no coro da igreja. Os paroquianos escutaram aturdidos os tons puros e precisos que saíam da criança. À medida que Teresa crescia, a voz tornou-se ainda mais bela. Cantava todos os solos na igreja. Ali, sentia que encontrara seu lugar. Fora da igreja, no entanto, Teresa era extremamente tímida, angustiantemente consciente de sua aparência.

Na escola, era Monique quem vivia cercada de amigos. Tanto meninos como meninas afluíam para o seu lado. Queriam brincar com ela, serem vistos com ela. Monique era convidada para todas as festas. Ela também era convidada, mas no seu caso era uma lembrança posterior, o cumprimento de uma obrigação social. Teresa sabia disso, e se sentia angustiada.

— Ora, Renée, não pode convidar uma das meninas De Fosse sem chamar a outra. Seria falta de educação.

Monique sentia-se envergonhada devido à feiura da irmã. Achava que isso, de alguma forma, refletia-se sobre ela.

Seus pais comportavam-se de maneira adequada em relação à filha mais velha. Cumpriam o dever parental de maneira escrupulosa, mas Monique era obviamente a filha que adoravam. O único ingrediente pelo qual Teresa ansiava estava faltando: amor.

Era uma criança obediente, sempre disposta a agradar, uma boa aluna que adorava música, história e línguas estrangeiras, esforçava-se ao máximo na escola. As professoras, as criadas e os habitantes da cidade sentiam pena dela. Como um comerciante disse um dia, quando Teresa deixou sua loja:

— Deus não estava atento quando a criou.

Onde Teresa encontrava amor era na igreja. O padre a amava, e Jesus a amava. Ela ia à missa todas as manhãs e fazia as 14 estações da cruz. Ajoelhando-se na igreja fria e abobadada, sentia a presença de Deus. Quando cantava ali, Teresa experimentava um senso de esperança e de expectativa. Sentia que alguma coisa maravilhosa estava prestes a lhe acontecer. Era a única coisa que tornava a vida suportável.

Teresa jamais confidenciou sua infelicidade aos pais ou à sua irmã, pois não queria incomodá-los, e guardava para si o segredo de quanto Deus a amava e quanto ela amava Deus.

Teresa adorava a irmã. Brincavam juntas no terreno que cercava o *château*, e ela deixava Monique vencer os jogos. Combinavam fazer explorações juntas, desciam pelos íngremes degraus de pedra escavados na montanha até a aldeia de Èze lá embaixo, vagueavam pelas ruas estreitas em que ficavam as lojas dos artesãos, observando-os venderem suas mercadorias.

Quando as meninas atingiram a adolescência, as predições dos aldeãos se confirmaram. Monique tornou-se ainda mais bela, e os rapazes cercavam-na, enquanto Teresa tinha pouquíssimos amigos e permanecia em casa costurando ou lendo ou indo à aldeia fazer compras.

Um dia, ao passar pela sala de estar, Teresa ouviu o pai e a mãe discutindo sobre ela.

— Ela será uma velha solteirona. Ficará com a gente por toda a nossa vida.

— Teresa encontrará alguém. Tem um temperamento muito amável.

— Não é isso que os rapazes de hoje procuram. Querem alguém que possam desfrutar na cama.

Teresa fugiu.

Teresa ainda cantava na igreja aos domingos, e por causa disso ocorreu um evento que quase lhe mudou a vida. Havia na congregação uma certa madame Neff, tia de um diretor de emissora de rádio em Nice. Ela foi falar com Teresa numa manhã de domingo.

— Está desperdiçando sua vida aqui, minha filha. Possui uma voz extraordinária. Deveria usá-la.

— Mas estou usando. Eu...

— Não me refiro a... — madame Neff correu os olhos pela igreja — ... isso. Falo de usar sua voz de forma profissional. Orgulho-me de reconhecer o talento quando o escuto. Quero que cante para meu sobrinho. Ele pode levá-la para o rádio. Está interessada?

— Eu... eu não sei...

O simples pensamento apavorava Teresa.

— Converse com sua família.

— É uma ideia maravilhosa — comentou a mãe de Teresa.

— Pode ser uma boa coisa para você — acrescentou o pai.

Apenas Monique apresentou restrições:

— Você não é uma profissional. Pode se expor ao ridículo.

O que nada tinha a ver com os motivos de Monique para tentar desencorajar a irmã. Na realidade, Monique temia que Teresa obtivesse sucesso. Monique é que sempre ocupara o centro das atenções. *Não é justo*, pensou. *Deus não deveria ter dado a Teresa uma excelente voz. E se ela se tornar famosa? Eu ficaria em segundo plano, ignorada.*

E, assim, Monique tentou persuadir a irmã a não aceitar o convite.

Mas no domingo seguinte, na igreja, madame Neff avisou a Teresa:

— Falei com meu sobrinho. Ele está disposto a lhe conceder uma audição. Espera-a na quarta-feira, às 15 horas.

Na quarta-feira seguinte, Teresa apareceu muito nervosa na emissora de rádio em Nice e procurou o diretor.

— Sou Louis Bonnet — apresentou-se ele, bruscamente. — Posso lhe conceder cinco minutos.

A aparência física de Teresa confirmava seus piores receios. A tia já lhe enviara alguns talentos antes.

Eu deveria dizer a ela para não sair da cozinha. Mas sabia que não faria isso. A tia era muito rica, e ele, seu único herdeiro.

Teresa seguiu Louis Bonnet por um corredor estreito, até um pequeno estúdio.

— Já cantou profissionalmente alguma vez?

— Não, senhor. — Teresa estava com a blusa encharcada de suor. *Por que deixei que me convencessem a vir aqui?*, pensou. Estava em pânico, com vontade de fugir.

Bonnet colocou-a na frente de um microfone.

— Não tenho um pianista disponível hoje, e por isso terá de cantar uma *capella*. Sabe o que significa a *capella*?

— Sei, sim, senhor.

— Maravilhoso.

Ele questionou, não pela primeira vez, se a tia seria rica o suficiente para fazer com que todas aquelas audições valessem a pena.

— Ficarei na cabine de controle. Terá tempo para uma canção.

— Senhor... o que devo...?

Ele se fora. Teresa ficara sozinha no estúdio, diante do microfone. Não tinha a menor ideia do que iria cantar.

— Basta procurá-lo — dissera a tia. — A emissora tem um programa musical todas as noites de sábado e...

Preciso sair daqui.

— Não tenho o dia inteiro — soou a voz de Louis de repente.
— Desculpe, mas não posso...

O diretor, no entanto, estava determinado a puni-la por desperdiçar seu tempo.

— Só algumas notas — insistiu.

O suficiente para que pudesse dizer à tia como a garota fora uma tola. Talvez isso a persuadisse a parar de lhe enviar seus *protégés*.

— Estou esperando — acrescentou.

Bonnet recostou-se na cadeira e acendeu um Gitane. Mais quatro horas de trabalho. Yvette estaria à sua espera. Teria tempo de passar por seu apartamento, antes de ir para casa e a esposa. Talvez até houvesse tempo para...

Foi nesse instante que ele ouviu e não pôde acreditar. Era uma voz tão pura e tão suave que provocou calafrios por sua espinha. Uma voz impregnada de anseio e desejo, que cantava a solidão e o desespero, amores perdidos e sonhos mortos, uma voz que lhe trouxe lágrimas aos olhos. Avivou nele emoções que julgava estarem há muito mortas. *Meu Deus! Onde ela estava?*

Um técnico de som passava pela cabine de controle e parou, ao ouvir aquela voz, fascinado. A porta estava aberta, e outros começaram a chegar, atraídos pela voz. Ficaram parados em silêncio, ouvindo o som pungente de um coração clamando desesperadamente por amor. Não havia qualquer outro som na cabine. Quando a canção terminou, houve um silêncio prolongado, até que uma mulher murmurou:

— Quem quer que seja ela, não a deixe escapar.

Louis Bonnet passou apressado para o estúdio. Teresa preparava-se para sair.

— Desculpe por ter demorado tanto. É que eu nunca...
— Sente-se, Maria.
— Teresa.

— Desculpe. — Ele respirou fundo. — Temos um programa musical nas noites de sábado.

— Eu sei. Sempre o escuto.

— Gostaria de participar?

Teresa fitou-o aturdida, incapaz de acreditar no que ouvia.

— Está querendo dizer... quer me *contratar*?

— A partir desta semana. No início, pagaremos o mínimo, mas será uma excelente promoção para você.

Era quase bom demais para ser verdade. *Eles vão me pagar para cantar.*

— Pagar? — exclamou Monique. — Quanto?

— Não sei. E não me importo.

O importante é que alguém me quer, quase acrescentou, mas se conteve a tempo.

— É uma notícia maravilhosa. Então você vai se apresentar no rádio! — comentou o pai.

A mãe já começava a fazer planos.

— Pediremos a todos os nossos amigos para escutarem e mandarem cartas com elogios à sua voz.

Teresa olhou para Monique, à espera de que a irmã dissesse: *Não precisam fazer isso. Teresa é muito boa.*

Mas Monique não disse nada. *Isso passará depressa*, era o que estava pensando.

Estava enganada.

Na noite de sábado na emissora de rádio, Teresa estava em pânico.

— Fique tranquila, pois isso é perfeitamente natural — garantiu Louis Bonnet. — Todos os artistas passam por esse momento.

Estavam sentados na pequena sala verde usada pelos artistas.

— Você será uma sensação.

— Acho que vou vomitar.

— Não há tempo. Entrará no ar dentro de dois minutos.

Teresa ensaiara naquela tarde com a pequena orquestra que a acompanharia. O ensaio fora extraordinário. O estúdio em que foi realizado estava lotado pelo pessoal da emissora que ouvira falar da moça com a voz incrível. Todos escutaram em silêncio enquanto Teresa ensaiava as canções que iria cantar no ar. Ninguém duvidava de que estavam testemunhando o nascimento de uma estrela importante.

— É uma pena que ela não seja bonita — comentou um contrarregra. — Mas, pelo rádio, quem pode saber a diferença?

O DESEMPENHO DE TERESA naquela noite foi magnífico. Ela sabia que nunca cantara melhor. E quem sabia até onde aquilo poderia levá-la? Talvez, se se tornasse famosa, tivesse homens a seus pés, suplicando para que casasse com eles. Como acontecia com Monique.

Monique comentou, como se lesse seus pensamentos:

— Estou muito feliz por você, mana, mas não fique muito entusiasmada. Essas coisas nunca duram para sempre.

Isso vai durar, pensou Teresa, na maior felicidade. *Sou finalmente uma pessoa. Sou alguém.*

NA MANHÃ DE segunda-feira houve um telefonema interurbano para Teresa.

— Provavelmente é uma brincadeira — advertiu o pai.

— A pessoa se apresentou como Jacques Raimu.

O mais importante diretor artístico da França. Teresa atendeu, cautelosa.

— Alô?

— Srta. De Fosse?

— Sou eu.

— Teresa De Fosse?
— Isso mesmo.
— Sou Jacques Raimu. Ouvi seu programa de rádio na noite de sábado. É exatamente o que estou procurando.
— Eu... eu não compreendo...
— Estou encenando uma peça na Comédie Française, um musical. Começo os ensaios na próxima semana, e estava à procura de alguém com uma voz como a sua. Para ser franco, não há ninguém com uma voz como a sua. Quem é seu agente?
— Agente? Eu... eu não tenho agente.
— Pois então irei até aí pessoalmente e faremos um contrato.
— *Monsieur* Raimu... eu... não sou muito bonita. — Era angustiante dizer as palavras, mas Teresa sabia que era necessário. *Ele não deve ter falsas expectativas.*
Raimu riu.
— Espere até depois de eu a produzir. O teatro é faz de conta. A maquiagem pode fazer as mágicas mais incríveis.
— Mas...
— Estarei aí amanhã.

TUDO PARECIA um sonho. Estrelar uma peça de Raimu!
— Acertarei o contrato com ele — declarou o pai de Teresa. — É preciso tomar muito cuidado quando se lida com essa gente de teatro.
— Precisamos comprar um vestido novo para você — sugeriu a mãe. — E eu o convidarei para jantar.
Monique não comentou nada. Considerava aquela situação insuportável. Não podia aceitar que a irmã se tornasse uma estrela. Talvez houvesse uma maneira...

MONIQUE DEU um jeito para ser a primeira a descer quando Jacques Raimu chegou à residência dos De Fosse naquela tarde.

Ele foi recebido por uma jovem tão bonita que seu coração exultou. Ela vestia um traje branco simples que ressaltava seu corpo à perfeição.

Por Deus!, pensou ele. *Esta aparência e a voz! Ela é perfeita. Será uma estrela de sucesso.*

— Não tenho palavras para expressar como me sinto feliz por conhecê-la — disse Raimu.

Monique sorriu efusivamente.

— Também me sinto muito feliz por conhecê-lo. Sou uma grande admiradora sua, *monsieur* Raimu.

— Ótimo. Já vi que trabalharemos juntos muito bem. Trouxe um roteiro comigo. É uma linda história de amor e eu acho...

Nesse momento Teresa entrou na sala. Usava um vestido novo, mas mesmo assim parecia desajeitada. Parou ao deparar com Jacques Raimu.

— Ahn... como vai? Não sabia que estava aqui... chegou mais cedo.

Ele olhou para Monique, inquisitivo.

— Esta é minha irmã — disse Monique. — Teresa.

As duas notaram a mudança de expressão de Raimu. Passou do choque ao desapontamento e repulsa.

— Você é a cantora?

— Isso mesmo.

Ele virou-se para Monique.

— E você...

Monique sorriu, com um ar de inocência.

— Sou a irmã de Teresa.

Raimu virou-se para examinar Teresa outra vez, depois sacudiu a cabeça.

— Sinto muito. Você é... — Ele hesitou, à procura da palavra apropriada. — ... jovem demais. E agora, se me dão licença, preciso voltar a Paris.

As irmãs ficaram paradas ali, observando Raimu encaminhar-se para a porta.

Deu certo, pensou Monique, exultante. *Deu certo.*

Foi o último programa de rádio de Teresa. Louis Bonnet suplicou que voltasse, mas ela sentia-se muito magoada.

Depois de olhar para minha irmã, pensou, *como alguém pode me querer? Sou muito feia.*

Enquanto vivesse, jamais esqueceria a expressão de Jacques Raimu.

A culpa é minha, por ter acalentado sonhos absurdos. Essa é a maneira de Deus me punir.

Depois disso, Teresa cantaria apenas na igreja e se tornaria ainda mais reclusa.

Durante os dez anos seguintes, a bela Monique recusou mais de uma dezena de pedidos de casamento. Foi cortejada pelos filhos do prefeito, banqueiro, médico e comerciantes da aldeia. Os pretendentes variavam de jovens recém-saídos da escola a homens maduros, bem-sucedidos, na casa dos 40 e 50 anos. Eram ricos e pobres, bonitos e feios, instruídos e ignorantes. E a todos Monique dizia *non*.

— O que está procurando? — perguntou-lhe o pai, desconcertado.

— Todos aqui são muito chatos, papai. Èze é um lugar sem a menor sofisticação. Meu príncipe encantado está em Paris.

E, assim, submisso, o pai mandou-a para Paris. E também enviou Teresa. As duas moças ficaram num pequeno hotel no Bois de Boulogne.

Cada irmã viu uma Paris diferente. Monique frequentava bailes de caridade e jantares elegantes, tomava chá com rapazes da nobreza. Teresa visitava Les Invalides e o Louvre. Monique ia às corridas em Longchamp e às festas de gala em Malmaison. Teresa ia à Catedral de Notre-Dame para rezar, passeava pelo caminho arborizado do canal St. Martin. Monique ia ao Maxim's e ao Moulin Rouge, enquanto Teresa andava pelos Quays, parando nas livrarias e floristas, entrando na Basílica de St. Denis. Teresa gostou de Paris, mas para Monique a viagem foi um fracasso.

Ao voltarem para casa, Monique disse:

— Não encontrei qualquer homem com quem quisesse casar.

— Não conheceu ninguém que a interessasse? — perguntou o pai.

— Não. Houve um rapaz que me levou para jantar no Maxim's. O pai é dono de minas de carvão.

— Como ele era? — indagou a mãe, ansiosa.

— Era rico, bonito, educado e me adorava.

— Ele pediu-a em casamento?

— A cada dez minutos. Finalmente me recusei a vê-lo de novo.

A mãe ficou espantada.

— Por quê?

— Porque ele só sabia falar sobre carvão: carvão betuminoso, carvão de pedra, carvão preto, carvão cinzento. Muito chato.

NO ANO SEGUINTE, MONIQUE decidiu que queria voltar a Paris.

— Vou arrumar minhas malas — disse Teresa.

Monique balançou a cabeça.

— Não. Desta vez acho que irei sozinha.

Assim, enquanto Monique ia a Paris, Teresa ficava em casa e frequentava a igreja todas as manhãs, rezando para que a irmã encontrasse um belo príncipe. E um dia o milagre aconteceu. Um milagre porque foi com Teresa que aconteceu. Seu nome era Raoul Giradot.

Ele foi à igreja de Teresa num domingo e ouviu-a cantar. Nunca antes escutara nada parecido. *Preciso conhecê-la*, pensou.

No início da manhã de segunda-feira, Teresa foi ao armazém-geral da aldeia, a fim de comprar tecido para um vestido que queria fazer. Raoul Giradot trabalhava por trás do balcão. Levantou os olhos quando Teresa entrou e seu rosto se iluminou.

— A voz!

Ela ficou sem graça.

— Como... o que disse?

— Ouvi você cantar na igreja ontem. É magnífica.

Ele era alto e bonito, olhos escuros inteligentes e faiscantes, lábios atraentes e sensuais. Tinha 30 e poucos anos, um ou dois a mais do que Teresa.

Ela ficou tão atordoada por sua aparência que pôde apenas balbuciar. Fitou-o fixamente, o coração disparado.

— O-obrigada... eu... eu queria 3 metros de musselina, por favor.

Raoul sorriu.

— Terei o maior prazer em atendê-la. Por aqui.

Subitamente, era difícil para Teresa concentrar-se na compra. Estava consciente demais da presença do rapaz, quase sufocando, consciente de sua beleza e charme, da aura viril que o cercava.

Depois que Teresa escolheu, enquanto Raoul embrulhava o tecido, ela tomou coragem para perguntar:

— Você... é novo aqui, não é mesmo?

Ele olhou para ela e sorriu, e calafrios a percorreram.

— *Oui*. Cheguei a Èze há poucos dias. Minha tia é dona desta loja e precisava de ajuda, por isso resolvi passar algum tempo aqui.

Quanto será algum tempo?, Teresa pegou-se especulando.

— Deveria cantar profissionalmente — comentou Raoul.

Ela lembrou a expressão de Raimu ao vê-la. Não, não se arriscaria a se expor em público outra vez.

— Obrigada — murmurou Teresa.

Ele ficou enternecido com o embaraço e timidez de Teresa e tentou puxar conversa.

— Nunca estive em Èze antes. É uma linda cidadezinha.
— É, sim.
— Nasceu aqui?
— Nasci.
— Gosta do lugar?
— Gosto.

Teresa pegou o embrulho e fugiu.

No dia seguinte ela arrumou um pretexto para voltar à loja. Passara metade da noite acordada, pensando no que diria a Raoul.

Estou contente que goste de Èze...

Sabia que o mosteiro foi construído no século XIV...

Já visitou Saint-Paul-de-Vence? Há uma linda capela ali...

Gosto de Monte Carlo... e você? É maravilhoso saber que está tão perto daqui. Às vezes minha irmã e eu vamos de carro ao Grand Corniche e ao Teatro Fort Antoine. Por acaso, você conhece? É um teatro grande, ao ar livre...

Sabia que Nice já se chamou Nikaia? Oh, não sabia? Pois é verdade. Os gregos estiveram lá há muito tempo. Há um museu em Nice com as relíquias de homens das cavernas que lá viveram há milhares de anos. Não é interessante?

Teresa estava preparada, com tudo que ia dizer guardado na cabeça. Infelizmente, no momento em que entrou na loja e avistou Raoul, tudo fugiu-lhe da mente. Limitou-se a fitá-lo fixamente, incapaz de falar.

— *Bonjour* — disse Raoul, jovialmente. — É um prazer tornar a vê-la, *mademoiselle* De Fosse.

— *Me-merci.* — Teresa sentiu-se como uma idiota. *Estou com 30 anos. E me comporto como uma colegial. Pare com isso.*

Mas ela não podia parar.

— Em que posso servi-la?

— Eu... preciso de mais musselina.

O que era a última coisa de que ela precisava.

Ela observou Raoul pegar a peça de tecido. Ele colocou-a no balcão e começou a medir.

— Quantos metros vai querer?

Teresa começou a responder 2 metros, mas o que saiu foi outra coisa:

— Você é casado?

Ele fitou-a com um sorriso afetuoso.

— Não. Ainda não tive essa sorte.

Pois vai ter, pensou Teresa. *Assim que Monique voltar de Paris.* Monique adoraria aquele homem. Eram perfeitos um para o outro. O pensamento da reação de Monique ao conhecer Raoul encheu Teresa de felicidade. Seria maravilhoso ter Raoul Giradot como cunhado.

No dia seguinte, quando Teresa passava pela loja, Raoul avistou-a e saiu apressado.

— Boa-tarde, *mademoiselle*. Eu ia tirar uma folga. Se estiver livre, não gostaria de tomar um chá comigo?

— Eu... eu... está bem, obrigada.

Sentia-se com a língua presa em sua presença, embora Raoul não pudesse ser mais simpático. Fez tudo o que podia para deixá-la à vontade, e logo Teresa se viu contando àquele estranho coisas que nunca dissera a ninguém antes. Falaram de solidão.

— As multidões me deixam solitária — comentou Teresa. — Sempre me sinto como uma ilha num mar de pessoas.

Ele sorriu.

— Eu compreendo.

— Mas deve ter muitos amigos...

— Conhecidos. Afinal, será que alguém tem realmente amigos?

Era como se ela estivesse falando para uma imagem no espelho. O tempo passou muito depressa, e logo estava na hora de Raoul voltar ao trabalho. Quando se levantaram, ele perguntou:

— Não quer almoçar comigo amanhã?

Ele estava apenas sendo gentil, é claro. Teresa sabia que nenhum homem poderia se sentir atraído por ela. Especialmente alguém tão maravilhoso como Raoul Giradot. Tinha certeza que ele era gentil com todo mundo.

— Eu gostaria muito — respondeu Teresa.

Ao se encontrarem no dia seguinte, Raoul disse, com um entusiasmo infantil:

— Consegui ficar de folga a tarde toda. Se não estiver muito ocupada, por que não vamos até Nice?

Seguiram pela Moyenne Corniche no carro de Raoul, com a capota arriada, a cidade estendendo-se abaixo deles como um tapete mágico. Teresa recostou-se no assento e pensou: *Nunca me senti tão feliz.* E depois, com um sentimento de culpa: *Estou feliz por Monique.*

A irmã estava para voltar de Paris no dia seguinte. Raoul seria o presente de Teresa para ela. Era bastante realista para saber que os Raouls do mundo não eram para ela. Já sofrera demais na vida, e há muito aprendera a distinguir o que era real ou não. O homem bonito ao seu lado, guiando o carro, era um sonho impossível que ela nem sequer podia se permitir.

Almoçaram em Le Chantecler, no Hotel Negresco, em Nice. Foi uma refeição magnífica, mas depois Teresa não se lembrou do que comeu. Parecia-lhe que ela e Raoul não pararam de falar. Tinham muita coisa a dizer um para o outro. Ele era espirituoso e encantador, parecia achar Teresa interessante... realmente interessante. Perguntou sua opinião sobre muitas coisas e escutou com atenção as respostas.

Concordaram sobre quase tudo. Era como se fossem almas gêmeas. Se Teresa tinha algum pesar pelo que estava prestes a acontecer, tratou de expulsá-la da mente, determinada.

— Gostaria de jantar no *château* amanhã? Minha irmã está voltando de Paris. Gostaria que a conhecesse.

— Eu teria o maior prazer, Teresa.

Quando Monique chegou em casa, no dia seguinte, Teresa apressou-se em recebê-la na porta. Apesar de sua determinação, não pôde deixar de perguntar:

— Conheceu alguém interessante em Paris? — prendeu a respiração, à espera da resposta da irmã.

— Os mesmos homens chatos de sempre — anunciou Monique.

Então Deus tomara a decisão final.

— Convidei alguém para jantar esta noite — anunciou Teresa. — Acho que vai gostar dele.

Não devo nunca deixar que alguém saiba o quanto gosto dele, pensou Teresa.

Naquela noite, às 19h30 em ponto, o mordomo levou Raoul Giradot até a sala de estar, onde Teresa, Monique e os pais esperavam.

— Minha mãe e meu pai. *Monsieur* Raoul Giradot.

— Muito prazer.

Teresa respirou fundo.

— E minha irmã, Monique.

— Como vai?

A expressão de Monique era educada, nada mais. Teresa olhou para Raoul, esperando vê-lo atordoado pela beleza de Monique.

— Muito prazer.

Apenas cortês.

Teresa continuou imóvel, a respiração presa, à espera das faíscas que surgiriam entre os dois. Mas Raoul fitou-a e disse:

— Você está muito bonita esta noite, Teresa.

Ela corou e balbuciou:

— O-obrigada...

Tudo naquela noite foi confuso. O plano de Teresa de aproximar Monique de Raoul, vê-los casar, ter Raoul como cunhado... nada disso sequer começou a acontecer. Por mais incrível que pudesse parecer, a atenção de Raoul concentrou-se toda em Teresa. Era como um sonho impossível que se tornava realidade. Sentia-se como Cinderela, só que era a irmã feia, e o príncipe a escolhera. Era irreal, mas estava acontecendo. Teresa descobriu-se fazendo um esforço para resistir a Raoul e seu charme, porque sabia que era bom demais para ser verdade, e temia ser magoada outra vez. Durante todos aqueles anos escondera suas emoções, protegendo-se contra o sofrimento que acompanhava a rejeição. Agora, instintivamente, tentou mais uma vez fazer a mesma coisa. Mas Raoul era irresistível.

— Ouvi sua filha cantar — disse Raoul. — Ela é um milagre!

Teresa corou.

— Todo mundo adora a voz de Teresa — comentou Monique, suavemente.

Foi uma noite inebriante. Mas a melhor coisa ainda estava para acontecer.

Ao terminar o jantar, Raoul disse para os pais de Teresa:

— Seus jardins parecem adoráveis. — Então olhou para Teresa. — Você me levaria para vê-los?

Teresa olhou para Monique, tentando decifrar as emoções da irmã. Mas Monique parecia completamente indiferente.

Ela deve estar cega, surda e muda, pensou Teresa.

E depois recordou todas as ocasiões em que Monique fora a Paris, Cannes e St. Tropez, à procura de seu príncipe encantado, sem jamais encontrá-lo.

Então a culpa não é dos homens. É de minha irmã. Monique não tem a menor ideia do que quer.

Teresa virou-se para Raoul.

— Terei o maior prazer.

Lá fora, ela não pôde abandonar o assunto.

— Gostou de Monique?

— Parece muito simpática — respondeu Raoul. — Pergunte o quanto gosto da irmã dela.

E ele a abraçou e beijou.

Foi diferente de tudo o que Teresa já experimentara antes. Ela tremeu nos braços de Raoul e pensou: *Obrigada, Deus. Oh, muito obrigada!*

— Quer jantar comigo amanhã? — perguntou Raoul.

— Quero, sim — balbuciou Teresa.

Quando as duas irmãs ficaram a sós, Monique comentou:

— Ele parece gostar mesmo de você.

— Acho que sim — murmurou Teresa, timidamente.

— Gosta dele?

— Gosto.

— Tome cuidado, mana. — Monique soltou uma risada. — Não deixe que lhe suba à cabeça.

Tarde demais, pensou Teresa, desamparada. *Tarde demais.*

Teresa e Raoul passaram a se encontrar todos os dias. Em geral, Monique os acompanhava. Os três passeavam juntos pelas praias em Nice, riam diante dos hotéis com aparência de bolos de casamento. Almoçaram no Hôtel du Cap, em Cap d'Antibes, visitaram a Capela Matisse, em Vence. Jantaram no Château de la Chèvre d'Or e na fabulosa La Ferme St. Michel. Uma manhã, às 5 horas, os três foram ao mercado do produtor, que se espalhava pelas ruas de Monte Carlo, compraram pão fresco, legumes e frutas.

Aos domingos, quando Teresa cantava na igreja, Raoul e Monique ali estavam para ouvir.

Depois, Raoul abraçava Teresa e murmurava:

— Você é mesmo um milagre. Eu poderia ouvi-la cantar pelo resto da minha vida.

Quatro semanas depois de se conhecerem, Raoul pediu-a em casamento.

— Tenho certeza de que poderia conquistar qualquer homem que quisesse, Teresa, mas eu ficaria honrado se me escolhesse.

Por um momento terrível, Teresa pensou que ele estava zombando dela, mas Raoul acrescentou, antes que ela pudesse dizer qualquer coisa:

— Minha querida, devo lhe dizer que já conheci muitas mulheres, mas você é a mais sensível, a mais talentosa, a mais afetuosa...

Cada palavra soava como música aos ouvidos de Teresa. Queria rir; queria chorar. *Como sou abençoada por amar e ser amada*, pensou.

— Quer casar comigo?

A expressão de Teresa respondia por ela.

DEPOIS QUE RAOUL foi embora, Teresa correu para a biblioteca, onde a irmã, o pai e a mãe tomavam café.

— Raoul me pediu em casamento! — Seu rosto estava radiante e quase tinha beleza.

Os pais ficaram aturdidos.

Foi Monique quem perguntou.

— Tem certeza de que ele não está atrás do dinheiro da família, Teresa?

Aquilo soava como um tapa na cara.

— Não quis ser grosseira — acrescentou Monique —, mas tudo parece estar acontecendo depressa demais.

Teresa estava determinada a não permitir que coisa alguma destruísse sua felicidade.

— Sei que quer me proteger, mas Raoul tem dinheiro. O pai deixou-lhe uma pequena herança, e ele não tem medo de trabalhar para ganhar a vida. — Teresa pegou a mão da irmã e suplicou: — Por favor, Monique, fique contente por mim. Nunca pensei que conheceria esse sentimento. Sinto-me tão feliz, eu poderia morrer.

Os três abraçaram-na e disseram como estavam felizes por ela, começaram a discorrer animados sobre os planos para o casamento.

Na manhã seguinte, bem cedo, Teresa foi à igreja e ajoelhou-se para rezar.

— Obrigada, Pai. Obrigada por me conceder tanta felicidade. Farei tudo para me mostrar à altura do Seu amor e do amor de Raoul. Amém.

TERESA ENTROU NO armazém-geral, sentindo-se nas nuvens, e disse:

— Se não se incomoda, meu caro senhor, eu gostaria de encomendar um tecido para um vestido de noiva.

Raoul riu e abraçou-a.

— Você será uma noiva maravilhosa.

E Teresa sabia que ele falava sério. Era esse o milagre.

O CASAMENTO FOI marcado para o mês seguinte, na igreja da aldeia. Monique, é claro, seria a madrinha.

Às 17 horas de sexta-feira, Teresa falou com Raoul pela última vez. Ao meio-dia e meia de sábado, à espera de Raoul na sacristia da igreja, já com um atraso de meia hora, Teresa foi procurada pelo padre. Ele pegou-a pelo braço e levou-a para um canto, Teresa ficou espantada com sua agitação. O coração começou a bater forte.

— Qual é o problema? Aconteceu alguma coisa com Raoul?

— Oh, minha cara... — murmurou o padre. — Minha pobre e querida Teresa...

Ela começava a entrar em pânico.

— O que houve, padre? Conte logo!

— Eu... eu acabei de receber uma notícia. Raoul...

— Foi um acidente? Ele está ferido?

— Giradot deixou a cidade no início desta manhã.

— *Ele o quê?* Deve ter acontecido uma emergência que o fez...

— Ele partiu com sua irmã. Foram vistos quando pegavam o trem para Paris.

A sala começou a girar. *Não,* pensou Teresa. *Não devo desmaiar. Não devo fraquejar perante Deus.*

Anos mais tarde, ela só tinha uma lembrança nebulosa dos acontecimentos subsequentes. A distância, ouviu o padre fazer um comunicado aos convidados para o casamento, mal percebeu o tumulto na igreja. A mãe abraçou-a e murmurou:

— Minha pobre Teresa... É demais que sua própria irmã tenha sido tão cruel. Sinto muito.

Mas Teresa mostrava-se subitamente calma. Sabia como endireitar tudo.

— Não se preocupe, mamãe. Não culpo Raoul por se apaixonar por Monique. Aconteceria a qualquer homem. Eu deveria saber que nenhum homem jamais poderia me amar.

— Está enganada — protestou o pai. — Você vale dez Moniques.

Mas a compaixão dele chegara tarde demais.

— Eu gostaria de ir para casa agora, por favor.

Eles atravessaram a multidão. Os convidados recuaram para deixá-los passar, observando-os em silêncio.

Ao chegarem ao *château*, Teresa disse calmamente:

— Por favor, não se preocupem comigo. Prometo que tudo vai acabar bem.

Subiu para o quarto do pai, pegou sua navalha e cortou os pulsos.

Capítulo 12

Quando Teresa abriu os olhos, o médico da família e o padre da aldeia estavam de pé ao lado da cama.

— Não! — gritou ela. — Não quero voltar! Deixem-me morrer! Deixem-me morrer!

— O suicídio é um pecado mortal — avisou o padre. — Deus deu-lhe a vida, Teresa. Só Ele pode decidir quando deve acabar. Você é jovem. Tem toda uma vida pela frente.

— Para fazer o quê? — soluçou Teresa. — Sofrer mais? Não suporto a angústia em que estou vivendo! Não aguento mais!

— Jesus suportou a dor e morreu por todos nós — disse o padre, gentilmente. — Não vire as costas a Ele.

— Precisa repousar — disse o médico, após examinar Teresa. — Já falei com sua mãe para lhe fazer uma dieta leve.

Na manhã seguinte, Teresa saiu da cama. Quando entrou na sala de estar, a mãe disse, alarmada:

— O que está fazendo de pé? O médico mandou...

— Preciso ir à igreja. Preciso falar com Deus — falou Teresa, com a voz rouca.

A mãe hesitou.

— Irei com você.
— Não. Devo ir sozinha.
— Mas...
— Deixe-a ir — interveio o pai.
Eles observaram a filha desolada sair de casa.
— O que acontecerá com ela? — murmurou a mãe de Teresa.
— Só Deus sabe.

ELA ENTROU NAQUELA igreja tão familiar, foi até o altar e ajoelhou-se.
— Vim à Sua casa para lhe dizer uma coisa, Deus. Eu O desprezo. Desprezo-O por me deixar nascer tão feia. Desprezo-O por deixar minha irmã nascer tão bonita. Desprezo-O por deixá-la tomar o único homem que já amei. Cuspo em Você.
As últimas palavras soaram tão altas que as outras pessoas se viraram para fitá-la, enquanto ela se levantava e saía da igreja cambaleando.

TERESA NUNCA imaginara que pudesse haver tanta dor. Era insuportável. Era-lhe impossível pensar em qualquer outra coisa. Descobriu-se incapaz de comer ou dormir. O mundo parecia abafado e distante. As lembranças explodiam-lhe na mente, incessantemente, como cenas de um filme.
Recordou o dia em que ela, Raoul e Monique passeavam pela praia em Nice.
— Está um lindo dia para um mergulho — sugeriu Raoul.
— Eu adoraria, mas não podemos. Teresa não sabe nadar.
— Não me importo se vocês dois forem nadar. Ficarei à espera no hotel.
E se sentira muito satisfeita porque Raoul e Monique estavam se dando tão bem.

Almoçavam numa pequena estalagem, perto de Cannes.

— A lagosta está ótima hoje. — Sugeriu o *maître*.

— Eu vou querer — disse Monique. — A pobre Teresa não pode. Os crustáceos a deixam cheia de urticárias.

— Sinto saudade de andar a cavalo — comentou Raoul quando estavam em St. Tropez. — Costumava montar todas as manhãs quando estava em casa. Quer ir comigo, Teresa?

— Eu... eu não sei montar, Raoul.

— Eu não me importaria de ir com você, Raoul — interveio Monique. — Adoro montar.

E os dois passaram a manhã inteira passeando a cavalo.

Houvera centenas de pistas, e ela não percebera nenhuma. Fora cega porque quis ser cega. Os olhares que Raoul e Monique trocavam, os inocentes contatos das mãos, os sussurros e risos.

Como pude ser tão estúpida?

À NOITE, QUANDO Teresa conseguia finalmente cochilar, havia sonhos. Era sempre um sonho diferente, mas era sempre o mesmo sonho.

Raoul e Monique encontravam-se no trem, nus, fazendo amor, o trem passava por uma ponte sobre um desfiladeiro, que ruía, e todos no trem mergulhavam para a morte.

Raoul e Monique encontravam-se num quarto de hotel, nus, na cama. Raoul largava um cigarro, e o quarto explodia em chamas, os dois eram queimados até a morte, seus gritos despertavam Teresa.

Raoul e Monique caíam de uma montanha, afogavam-se num rio, morriam num desastre de avião.

Era sempre um sonho diferente.

Era sempre o mesmo sonho.

A mãe e o pai de Teresa estavam desesperados. Viam a filha definhar, e não havia nada que pudessem fazer para ajudá-la. De repente, Teresa começou a comer. E comia sem parar. Parecia que a comida nunca era suficiente. Recuperou o peso e continuou a engordar e engordar, ficou imensa. Quando o pai e a mãe tentavam lhe falar de seu sofrimento, ela declarava:

— Sinto-me bem agora. Não se preocupem comigo.

Teresa levava a vida como se nada houvesse de errado. Continuava a ir à aldeia e fazia compras, como sempre. Jantava com a mãe e o pai todas as noites, lia ou costurava. Construíra uma fortaleza emocional ao seu redor, e estava determinada a não permitir que ninguém a rompesse. *Nenhum homem jamais vai querer olhar para mim. Nunca mais.*

Exteriormente, Teresa parecia muito bem. Por dentro, afundara num abismo de desesperada solidão. Mesmo quando se encontrava cercada por pessoas, sentava numa cadeira solitária, numa sala solitária, numa casa solitária, num mundo solitário.

Pouco mais de um ano depois de Raoul abandonar Teresa, o pai fez as malas para uma viagem a Ávila.

— Tenho alguns negócios para tratar lá — disse a Teresa. — Depois disso, porém, estarei livre. Por que não vem comigo? Ávila é uma cidade fascinante. E será bom para você sair daqui por algum tempo.

— Não, obrigada, papai.

Ele olhou para a esposa e suspirou.

— Está bem.

O mordomo entrou na sala de estar.

— Com licença, senhorita De Fosse. Acaba de chegar esta carta.

Antes mesmo de abri-la, Teresa foi dominada pela premonição de algo terrível assomando à sua frente.

A carta dizia:

> Minha querida Teresa:
> Deus sabe que não tenho o direito de chamá-la de querida, depois da coisa terrível que lhe fiz, mas prometo compensá-la, nem que leve uma vida inteira para isso. Não sei por onde começar.
> Monique fugiu e deixou-me com nossa filhinha de dois meses. Para ser sincero, sinto-me aliviado. Devo confessar que tenho vivido no inferno desde o dia em que a deixei. Jamais compreenderei por que agi daquela maneira. Parece que fui apanhado por algum encantamento mágico de Monique, mas sabia desde o início que meu casamento com ela era um erro lamentável. Você sempre foi o amor de minha vida. Sei agora que o único lugar onde posso encontrar a felicidade é ao seu lado. Quando receber esta carta, já estarei de volta para você.
> Amo você, e sempre amei, Teresa. Pelo bem do resto de nossas vidas juntos, eu lhe peço perdão. Quero...

ELA NÃO CONSEGUIU terminar de ler a carta. O pensamento de tornar a ver Raoul e a filha dele e de Monique era inconcebível, obsceno.

Teresa jogou a carta no chão, histérica.

— Preciso sair daqui! Esta noite! Agora! Por favor... por favor!

Foi impossível acalmá-la.

— Se Raoul está vindo para cá — disse o pai —, você deve pelo menos falar com ele.

— Não! Se me encontrar com ele, vou matá-lo! — Teresa segurou os braços do pai, as lágrimas escorriam-lhe pelo rosto.

— Leve-me com você! — implorou.

Estava disposta a ir para qualquer parte, contanto que fugisse dali.

E, assim, naquela noite, Teresa e o pai partiram para Ávila.

O pai de Teresa estava angustiado com a infelicidade da filha. Não era por natureza um homem compassivo, mas no último ano Teresa conquistara sua admiração com seu comportamento corajoso. Enfrentara os moradores da cidade de cabeça erguida, e nunca se queixara. Ele sentia-se impotente, incapaz de confortá-la.

Lembrou quanto consolo ela encontrara outrora na igreja e disse a Teresa, quando chegaram a Ávila:

— O padre Berrendo, o sacerdote daqui, é um velho amigo meu. Talvez possa ajudá-la. Gostaria de falar com ele?

— Não.

Teresa não queria mais nada com Deus. Permaneceu sozinha no quarto do hotel, enquanto o pai cuidava dos negócios. Quando ele voltou, Teresa continuava sentada na mesma cadeira, olhando para a parede.

— Por favor, Teresa, fale com o padre Berrendo.

— Não.

O pai ficou desorientado. Ela recusava-se a deixar o quarto do hotel e não queria voltar a Èze.

Como último recurso, o padre foi procurá-la.

— Seu pai me disse que houve um tempo em que você ia à igreja regularmente.

Teresa fitou o padre de aparência frágil nos olhos e disse friamente:

— Não estou mais interessada. A Igreja não tem nada a me oferecer.

Padre Berrendo sorriu.

— A Igreja tem alguma coisa a oferecer a todas as pessoas, minha criança. A Igreja nos dá esperança e sonhos...

— Já tive minha cota de sonhos. Agora, nunca mais.

Ele pegou-lhe as mãos e viu as cicatrizes brancas nos pulsos, tão tênues quanto uma memória antiga.

— Deus não acredita nisso. Fale com Ele e Ele lhe dirá.

Teresa continuou sentada, o olhar fixo na parede, e quando o padre finalmente saiu, ela nem sequer percebeu.

NA MANHÃ SEGUINTE, Teresa entrou na igreja fria e abobadada, e quase no mesmo instante foi envolvida pelo antigo e familiar sentimento de paz. A última vez em que entrara numa igreja fora para insultar Deus. Sentiu-se muito envergonhada. Fora a sua própria fraqueza que a traíra, não Deus.

— Perdoe-me — murmurou —, pois eu pequei. Tenho vivido no ódio. Ajude-me. Por favor, ajude-me. — Teresa levantou os olhos, e padre Berrendo estava sentado ali.

Quando ela terminou, o padre levou-a para seu escritório, além da sacristia.

— Não sei o que fazer, padre. Não acredito mais em coisa alguma. Perdi a fé. — Sua voz estava impregnada de desespero.

— Tinha fé quando era jovem?

— Tinha, sim. E muita.

— Então ainda a tem, minha criança. Apenas a fé é real e permanente. Tudo o mais é transitório.

Conversaram por horas naquele dia.

Quando Teresa voltou ao hotel, ao final da tarde, o pai disse:

— Preciso retornar a Èze. Está pronta para partir?

— Não, papai. Deixe-me ficar aqui mais algum tempo.

Ele hesitou.

— Ficará bem?

— Ficarei, papai. Prometo.

TERESA E PADRE BERRENDO passaram a se encontrar todos os dias. O coração do padre confrangeu-se por Teresa. Via nela não uma mulher gorda e desgraciosa, mas um espírito belo e infeliz. Conversavam sobre Deus, a criação e o sentido da vida. Pouco a pouco, quase contra a vontade, Teresa recomeçou a encontrar conforto. Uma coisa que padre Berrendo disse um dia desencadeou nela uma reação profunda.

— Se não acredita neste mundo, minha criança, então acredite no próximo. Acredite no mundo em que Jesus espera para recebê-la.

E pela primeira vez desde o dia que deveria ser o de seu casamento, Teresa começou a sentir-se em paz outra vez. A igreja tornara-se seu refúgio, como antes. Mas precisava pensar em seu futuro.

— Não tenho para onde ir.

— Pode voltar para casa.

— Não. Jamais poderia voltar para lá. Nunca poderia encarar Raoul outra vez. Não sei o que fazer. Quero me esconder, mas não tenho onde.

Padre Berrendo ficou em silêncio por um longo tempo, até que finalmente murmurou:

— Poderia ficar aqui.

Ela correu os olhos pela sala, aturdida.

— Aqui?

— O convento Cisterciense fica próximo. — Ele inclinou-se para a frente. — Deixe-me falar um pouco a respeito. É um mundo dentro de um mundo, onde todas as pessoas dedicam-se a Deus. É um lugar de paz e serenidade.

O coração de Teresa começou a se animar.

— Parece maravilhoso.

— Devo adverti-la. É uma das ordens mais rigorosas do mundo. Quem entra ali faz um voto de castidade, silêncio e obediência. E nunca mais sai.

As palavras provocaram uma emoção em Teresa.

— Não vou querer sair nunca mais. É o que tenho procurado, padre. Desprezo o mundo em que vivo.

Mas padre Berrendo ainda estava preocupado. Sabia que Teresa enfrentaria uma vida totalmente diferente de tudo o que já experimentara até aquele momento.

— Não pode haver retorno.

— Não mudarei de ideia.

No dia seguinte, bem cedo, padre Berrendo levou Teresa ao convento para conhecer a reverenda madre Betina. Deixou-as conversarem.

Assim que entrou no convento, Teresa teve certeza. *Finalmente*, pensou, exultante. *Finalmente*.

Depois do encontro, telefonou, ansiosa, para os pais.

— Eu estava muito preocupada. Quando voltará para casa? — indagou a mãe.

— Estou em casa.

O bispo de Ávila cumpriu o rito:

— Criador, Senhor, envie sua bênção a esta serva, a fim de que ela seja fortalecida com a virtude celestial e possa manter uma fé total e fidelidade ininterrupta.

— Renunciei ao reino deste mundo e a todos os adornos seculares, pelo amor de Nosso Senhor, Jesus Cristo — respondeu Teresa.

O bispo fez o sinal da cruz por cima dela.

— *De largitatis tuae fonte defluxit ut cum honorem nuptiarum nulla interdicta minuissent ac super sanctum conjugium nuptialis benedictio permaneret existerent conubium, concupiscerent sacramentum, nec imitarentur quod nuptiis agitur, sed diligerent quod nuptiis praenotatur. Amém.*

— Amém.

— Eu te esposo com Jesus Cristo, o filho do Pai Supremo. Assim, recebe o selo do Espírito Santo, a fim de que possas ser chamada de esposa de Deus, e serás coroada pela eternidade se o servires fielmente. — O bispo levantou-se. — Deus, o Pai Todo-Poderoso, Criador do céu e da terra, que concedeu recebê-la em núpcias, como a abençoada Maria, mãe de Nosso Senhor, Jesus Cristo... *ad beatae Mariae, matris Domini nostri, Jesu Christi, consortium...* a recebe, que na presença de Deus e Seus anjos possas perseverar, pura e imaculada, mantendo teu propósito de amor e castidade, com a paciência que possas merecer para receber a coroa de sua bênção, através do mesmo Cristo, Nosso Senhor. Deus te torna forte quando frágil, fortalece quando fraca, alivia e governa tua mente com compaixão, e orienta teus caminhos. Amém.

AGORA, TRINTA ANOS depois, deitada no bosque, observando o sol se elevar por cima do horizonte, irmã Teresa pensou: *Fui para o convento por todos os motivos errados. Não estava correndo para Deus, mas fugindo do mundo. Mas Deus leu meu coração.*

Estava com 70 anos, e os últimos trinta de sua vida haviam sido os mais felizes que conhecera. E agora, abruptamente, fora lançada de volta ao mundo do qual fugira. E sua mente lhe pregava estranhas peças.

O que Deus planejou para mim?

Capítulo 13

Para a irmã Megan, a viagem era uma aventura. Acostumara-se às novas vistas e sons que a cercavam e sentia-se surpresa com a rapidez da adaptação.

Considerava os companheiros de jornada fascinantes. Amparo Jirón era uma mulher vigorosa, capaz de acompanhar o ritmo dos dois homens com a maior facilidade, ao mesmo tempo que era bem feminina.

Felix Carpio, o homem corpulento de barba avermelhada e cicatriz, parecia amável e simpático.

Para Megan, no entanto, o mais irresistível do grupo era Jaime Miró. Havia nele uma força implacável, uma fé inabalável em suas convicções que fazia Megan lembrar-se das freiras no convento.

Ao iniciarem a jornada, Jaime, Amparo e Felix carregavam sacos de dormir e rifles nos ombros.

— Deixem-me carregar um dos sacos de dormir — sugeriu Megan.

Jaime Miró fitou-a surpreso e depois deu de ombros.

— Está certo, irmã. — Entregou-lhe o saco.

Era mais pesado do que Megan esperava, mas não se queixou. *Enquanto estiver com eles, farei minha parte.*

Megan tinha a impressão de que estavam andando por toda a eternidade, tropeçando pela escuridão, atingidos por galhos, arranhados pela vegetação baixa, atacados por insetos, guiados apenas pela luz da lua.

Quem são essas pessoas?, especulou. *E por que estão sendo caçadas?* Como Megan e as outras freiras também estavam sendo perseguidas, ela começou a sentir uma forte ligação com os novos companheiros.

Quase não conversavam, mas de vez em quando trocavam frases enigmáticas.

— Está tudo acertado em Valladolid?

— Tudo, Jaime. Rubio e Tomás se encontrarão conosco no banco, durante a tourada.

— Ótimo. Mande o aviso para Largo Cortez nos esperar. Mas não marque uma data.

— Certo.

Quem são Largo Cortez, Rubio e Tomás?, especulou Megan. E o que aconteceria na tourada e no banco? Quase chegou a perguntar, mas achou melhor não fazê-lo. *Tenho a impressão de que não gostariam de muitas perguntas.*

PERTO DO AMANHECER, sentiram cheiro de fumaça no vale lá embaixo.

— Esperem aqui — sussurrou Jaime. — E fiquem quietos.

Os outros ficaram observando enquanto ele se encaminhava para a beira da floresta e desaparecia.

Megan disse:

— O que foi?

— Cale-se! — sibilou Amparo Jirón.

Jaime Miró voltou 15 minutos depois.

— Soldados. Vamos contorná-los.

Voltaram por quase um quilômetro, depois avançaram cautelosos pelo bosque, até alcançarem uma pequena estrada secundária. Os campos espalhavam-se pela frente, recendendo a feno moído e frutas maduras.

A curiosidade de Megan prevaleceu, levando-a a perguntar:

— Por que os soldados estão atrás de vocês?

— Digamos que não pensamos da mesma maneira — respondeu Jaime.

Megan tinha de se satisfazer com isso. *Por enquanto*, pensou. Estava determinada a saber mais sobre aquele homem.

Meia hora depois, quando chegaram a uma clareira resguardada, Jaime disse:

— O sol está subindo. Ficaremos aqui até o anoitecer. — Olhou para Megan — Esta noite teremos de andar mais depressa.

Ela acenou com a cabeça.

— Tudo bem.

Jaime pegou os sacos de dormir e desenrolou-os.

Felix Carpio disse a Megan:

— Fique com o meu, irmã. Estou acostumado a dormir no chão.

— É seu — protestou Megan. — Eu não poderia...

— Pelo amor de Deus! — interveio Amparo, bruscamente. — Entre logo no saco. Não queremos que comece a gritar por causa das malditas aranhas.

Havia uma hostilidade em seu tom que Megan não podia entender. *O que a está incomodando?*, especulou Megan.

Ela observou Jaime ajeitar o saco de dormir perto do lugar em que ela se encontrava e depois se acomodar. Amparo Jirón deitou ao seu lado. *Já entendi*, pensou Megan.

Jaime olhou para a freira e disse:

— É melhor dormir um pouco. Temos um longo caminho pela frente.

Megan foi despertada no meio da noite por um gemido. Alguém parecia sentir uma dor terrível. Sentou-se. Os sons vinham do saco de Jaime. *Ele deve estar passando muito mal*, foi seu primeiro pensamento.

O gemido foi se tornando cada vez mais alto, e depois Megan ouviu a voz de Amparo Jirón balbuciando:

— Oh, mais, mais! Dê tudo para mim, querido! Com mais força! Sim! Agora! Agora!

Megan corou. Tentou fechar os ouvidos aos sons, mas era impossível. Pensou como seria fazer amor com Jaime Miró.

Fez o sinal da cruz no mesmo instante e começou a rezar: *Perdoe-me, Pai. Faça com que meus pensamentos se ocupem apenas com Você. Faça com que meu espírito O procure, a fim de encontrar a fonte e o bem em Você.*

E os sons continuaram. Finalmente, quando Megan já começava a pensar que não seria capaz de aguentar mais um instante sequer, eles pararam. Mas havia outros ruídos que a mantinham acordada. Os sons da floresta reverberavam ao seu redor. Havia uma cacofonia de acasalamento de aves, grilos, a conversa dos pequenos animais e os grunhidos dos animais maiores. Megan esquecera como o mundo exterior podia ser barulhento. Sentia falta do silêncio maravilhoso do convento. Para seu espanto, sentia saudade até do orfanato. O terrível, maravilhoso orfanato...

Capítulo 14

ÁVILA, 1957

Eles a chamavam de "Megan, o Terror".
Eles a chamavam de "Megan, o Demônio de Olhos Azuis".
Eles a chamavam de "Megan, a Impossível".
Ela estava com 10 anos.
Fora levada ao orfanato ainda bebê, deixada na porta por um camponês e sua mulher que não tinham condições de criá-la.
O orfanato era um prédio austero, dois andares, caiado de branco, nos arredores de Ávila, na parte mais pobre da cidade, perto da *plaza* de Santo Vicente, dirigido por Mercedes Angeles, uma autêntica amazona, com um comportamento arrebatado, que não condizia com a ternura que nutria por seus pupilos.
Megan era diferente das outras crianças, uma estranha de cabelos louros e olhos azuis brilhantes, sobressaindo no contraste com as morenas, de olhos e cabelos escuros. Desde o início, porém, Megan fora diferente também sob outros aspectos. Era uma criança independente, líder, promotora de travessuras. Sempre

que havia problemas no orfanato, Mercedes Angeles podia estar certa de que Megan estava envolvida.

Ao longo dos anos, Megan comandou protestos contra a comida, tentou organizar as crianças num sindicato, encontrava maneiras inventivas de atormentar as supervisoras, inclusive algumas tentativas de fuga. É desnecessário dizer que Megan era extremamente popular entre as outras crianças. Era mais jovem do que muitas, mas todas recorriam à sua orientação. Era uma líder nata. E as crianças menores adoravam quando Megan lhes contava histórias. Possuía uma imaginação delirante.

— Quem foram meus pais, Megan?

— Seu pai era um esperto ladrão de joias. Subiu no telhado de um hotel no meio da noite para roubar um diamante que pertencia a uma atriz famosa. No momento em que metia o diamante no bolso, a atriz acordou. Ela acendeu a luz e o viu.

— E mandou prendê-lo?

— Não. Ele era muito bonito.

— O que aconteceu então?

— Eles se apaixonaram e casaram. Depois, você nasceu.

— Mas por que me mandaram para um orfanato? Eles não me amavam?

Essa era sempre a parte difícil.

— Claro que amavam. Mas... morreram numa terrível avalanche quando esquiavam na Suíça.

— O que é uma terrível avalanche?

— É quando uma porção de neve desce ao mesmo tempo e enterra a pessoa.

— E papai e mamãe morreram ao mesmo tempo?

— Isso mesmo. E suas últimas palavras foram para dizer que amavam você. Mas não havia ninguém para cuidar de você, e por isso veio para cá.

Megan sentia-se tão ansiosa quanto as outras crianças em saber quem eram seus pais. À noite, acalentava-se até o sono, inventando histórias para si mesma: *Meu pai foi um soldado na guerra civil. Era um capitão muito corajoso. Foi ferido em combate, e minha mãe foi a enfermeira que cuidou dele. Casaram, ele voltou à frente e foi morto. Mamãe era pobre demais para me sustentar, e por isso precisou me deixar na fazenda, o que lhe partiu o coração.* E ela chorava de compaixão pelo pai bravo e morto e pela mãe desconsolada.

Ou: *Meu pai era um toureiro. Foi um dos maiores matadores. Era o favorito da Espanha. Todos o adoravam. Mamãe era uma linda dançarina de flamenco. Casaram, mas um dia ele foi morto por um enorme e perigoso touro. Mamãe foi obrigada a renunciar a mim.*

Ou: *Papai era um esperto espião de outro país...*

As fantasias eram intermináveis.

HAVIA TRINTA CRIANÇAS no orfanato, variando de recém-nascidos abandonados até os de 14 anos. Quase todas eram espanholas, mas havia também crianças de outros países. Megan tornou-se fluente em várias línguas. Dormia com uma dezena de outras meninas. Havia conversas sussurradas tarde da noite sobre bonecas e roupas, depois sobre sexo, à medida que as meninas se tornavam mais velhas. Isso logo virou o principal tema das conversas.

— Ouvi dizer que dói muito.

— Não me importo. Mal posso esperar para saber como é.

— Vou casar, mas nunca deixarei que meu marido faça isso comigo. Acho que é obsceno.

Uma noite, quando todos dormiam, Primo Condé, um dos meninos no orfanato, entrou no dormitório das meninas. Foi até a cama de Megan.

— Megan... — Sua voz era um sussurro.
Ela despertou no mesmo instante.
— Primo? O que aconteceu?
Ele soluçava, assustado.
— Posso ficar na sua cama?
— Pode, sim. Mas fique quieto.

Primo tinha 13 anos, a mesma idade que Megan, mas pouco desenvolvido, e fora uma criança maltratada. Sofria pesadelos terríveis e acordava aos gritos no meio da noite. As outras crianças atormentavam-no, mas Megan sempre o protegia.

Primo deitou na cama ao seu lado.

Megan sentiu as lágrimas escorrerem pelas faces do menino. Abraçou-o e murmurou:

— Está tudo bem, está tudo bem... — Ninou-o gentilmente, e os soluços cessaram.

O corpo de Primo comprimiu-se contra o de Megan, e ela pôde sentir o crescente excitamento dele.

— Primo...
— Desculpe. Eu... eu não pude evitar.

Sua ereção se comprimia contra ela.

— Eu amo você, Megan. É a única pessoa de quem eu gosto no mundo inteiro.
— Ainda não esteve no mundo lá fora.
— Não ria de mim, por favor.
— Não estou rindo.
— Não tenho mais ninguém, só você.
— Sei disso.
— Eu amo você.
— Também amo você, Primo.
— Megan... você... me deixaria fazer amor com você? Por favor.
— Não.

Houve silêncio.

— Desculpe ter incomodado você. Voltarei para minha cama. — A voz de Primo estava impregnada de angústia. Ele começou a se afastar.

— Espere. — Megan deteve-o, querendo atenuar seu sofrimento, sentindo-se também excitada. — Primo, eu... eu não posso deixar que faça amor comigo, mas posso fazer uma coisa que o levará a se sentir melhor. Está bom assim?

— Está. — A voz de Primo era um murmúrio. Ele estava de pijama.

Megan puxou o cordão que prendia a calça e enfiou a mão por dentro. *Ele é um homem*, pensou ela. Segurou-o gentilmente e começou a acariciá-lo.

Primo gemeu e sussurrou:

— Ai, isso é maravilhoso — e, um momento depois: — Meu Deus, eu amo você, Megan.

Ela estava com o corpo em chamas, e se naquele momento Primo dissesse "Quero fazer amor com você", teria respondido sim.

Mas ele permaneceu imóvel, em silêncio; minutos depois voltou à sua cama.

Não houve sono para Megan naquela noite. E nunca mais permitiu que Primo voltasse à sua cama.

A tentação era muito grande.

De vez em quando, uma criança era chamada à sala da supervisora para conhecer os pais que pretendiam adotá-la. Era sempre um momento de grande emoção para as crianças, pois representava uma oportunidade de escapar da terrível rotina do orfanato, e ter um lar de verdade, pertencer a alguém.

Ao longo dos anos, Megan observou outros órfãos serem escolhidos. Iam para as casas de comerciantes, fazendeiros, banqueiros. Mas eram sempre as outras crianças, nunca ela. A reputação de Megan a precedia. Ouvia seus pais em potencial conversarem.

— É uma criança muito bonita, mas ouvi dizer que tem um temperamento muito difícil.

— Não é a menina que levou 12 cachorros para o orfanato no mês passado?

— Dizem que é uma líder. Acho que não se daria bem com nossos filhos.

Eles não tinham a menor ideia do quanto as outras crianças adoravam Megan.

Padre Berrendo visitava o orfanato uma vez por semana. Megan aguardava ansiosa essas visitas. Era uma leitora voraz, e o padre e Mercedes Angeles providenciavam para que sempre tivesse livros à sua disposição. Podia discutir coisas com o padre que não ousava falar com qualquer outra pessoa. Fora ao padre Berrendo que o casal de camponeses entregara Megan quando bebê.

— Por que eles não quiseram ficar comigo? — perguntou Megan.

O velho sacerdote respondeu gentilmente:

— Desejavam muito, Megan, mas eram velhos e doentes.

— Por que acha que meus pais verdadeiros me abandonaram naquela fazenda?

— Tenho certeza de que foi porque eram pobres e não tinham condições de sustentá-la.

À MEDIDA QUE CRESCIA, Megan tornava-se cada vez mais devota. Sentia-se atraída pelos aspectos culturais da Igreja Católica. Leu as *Confissões* de Santo Agostinho, as obras de São Francisco de Assis, Thomas More, Thomas Merton e vários outros. Ia à igreja regularmente e gostava dos ritos solenes, missa, receber comunhão, a Bênção. Talvez, acima de tudo, adorasse o sentimento maravilhoso de serenidade que sempre a envolvia na igreja.

— Quero ser uma católica — disse ela um dia a padre Berrendo.

Ele pegou-lhe a mão e disse, piscando o olho:

— Talvez você já seja, Megan, mas vamos nos certificar se é isso que realmente deseja. Crês em Deus, o Pai Todo-Poderoso, criador do céu e da terra?

— Sim, creio!

— Crês em Jesus Cristo, Seu único filho, que nasceu e sofreu?

— Sim, creio!

— Crês no Espírito Santo, na Santa Igreja Católica, na comunhão dos santos, na remissão dos pecados, na ressurreição do corpo e na vida eterna?

— Sim, creio!

O padre soprou gentilmente em seu rosto.

— *Exi ab ea spiritus immunde*. Afasta-te dela, espírito impuro, e dá lugar ao Espírito Santo, o Paracleto. — Ele tornou a soprar em seu rosto. — Megan, recebas o bom Espírito através deste sopro e recebas a bênção de Deus. A paz esteja contigo.

Aos 15 anos, Megan tornou-se uma linda mulher, com cabelos louros compridos e uma pele leitosa, que a destacava ainda mais da maioria das companheiras.

Um dia ela foi chamada ao gabinete de Mercedes Angeles. Padre Berrendo aguardava-a.

— Olá, padre.

— Olá, cara Megan.

— Infelizmente, Megan, estamos com um problema — comentou Mercedes Angeles.

— É mesmo? — Ela vasculhou o cérebro, na tentativa de lembrar de sua última travessura.

A diretora continuou:

— Há um limite de idade para permanecer aqui, de 15 anos... e você já fez 15 anos.

Megan há muito que conhecia o regulamento, é claro. Mas relegara-o para o fundo da mente, porque não queria enfrentar o fato de que não tinha nenhum lugar no mundo para onde ir, que ninguém a queria, e seria abandonada outra vez.

— Eu... eu tenho de ir embora?

A generosa amazona estava transtornada, mas não tinha alternativa.

— Lamento profundamente, mas devemos respeitar os regulamentos. Podemos encontrar uma posição para você como criada.

Megan não sabia o que dizer.

Padre Berrendo interveio:

— Para onde gostaria de ir?

Enquanto pensava a respeito, Megan teve uma ideia. Havia um lugar para onde podia ir.

Desde os 12 anos de idade que Megan ajudava na manutenção no orfanato fazendo entregas na cidade, muitas delas ao convento Cisterciense. As entregas eram sempre feitas à reverenda madre Betina. Megan lançara olhares furtivos para as freiras rezando ou andando pelos corredores e percebera nelas um sentimento quase irresistível de serenidade. Invejava a alegria que as freiras pareciam irradiar. Para Megan, o convento era como uma casa de amor.

A reverenda madre gostava da garota exuberante, e ao longo dos anos tiveram várias conversas demoradas.

— Por que as pessoas entram para os conventos? — perguntou Megan uma vez.

— As pessoas recorrem a nós por muitos motivos. A maioria vem para se dedicar a Deus. Mas algumas porque não têm esperança. Nós lhes damos esperança. Outras porque se sentem desiludidas com a vida. Nós lhes mostramos que Deus é a razão. Algumas vêm porque estão fugindo. Outras porque se sentem alienadas e querem pertencer a alguma coisa.

Foi isso que lhe provocou uma reação. *Nunca pertenci realmente a ninguém*, pensou Megan. *Esta é a minha oportunidade.*

— Acho que eu gostaria de entrar para o convento.

Seis semanas depois ela tomou os votos.

E, finalmente, Megan encontrou o que procurava há tanto tempo. Não se sentia mais só. Aquelas eram suas irmãs, a família que nunca tivera, eram todas uma só sob o domínio do Pai.

MEGAN TRABALHAVA no convento como guarda-livros. Sentia-se fascinada pela antiga linguagem de sinais que as irmãs usavam quando precisavam se comunicar com a reverenda madre. Havia 472 sinais, o suficiente para transmitirem tudo o que precisavam expressar.

Quando era a vez de uma irmã varrer os corredores compridos, a reverenda madre Betina levantava a mão direita com a palma para a frente e soprava no dorso. Se uma freira estava com febre, procurava a reverenda madre e comprimia as pontas do indicador direito e do dedo médio contra o lado exterior do pulso esquerdo. Se um pedido devia ser protelado, a reverenda madre suspendia o punho direito na frente do ombro direito e depois estendia um pouco para a frente e para baixo. *Amanhã.*

Numa manhã de novembro, Megan foi introduzida nos ritos da morte. Uma freira estava à beira da morte, e um chocalho de madeira ressoou pelo claustro, o sinal para o início de um ritual inalterado desde 1030. Todas aquelas que podiam atender ao chamado foram no mesmo instante se ajoelhar na enfermaria, para a unção dos enfermos e os salmos. Rezaram em silêncio para que os santos intercedessem pela alma da irmã de partida. Para indicar que estava na hora dos últimos sacramentos, a reverenda madre estendeu a mão esquerda, com a palma para cima, desenhou uma cruz com a ponta do polegar direito.

E, finalmente, houve o sinal da própria morte, uma irmã pondo a ponta do polegar direito sob o queixo e levantando-o ligeiramente.

Depois que as últimas orações foram ditas, o corpo ficou sozinho por cerca de uma hora, a fim de que a alma pudesse partir em paz. Ao pé da cama estava o grande círio pascal, o símbolo cristão da luz eterna, ardendo em seu castiçal de madeira.

A enfermeira lavou o corpo e vestiu a freira morta com o hábito, escapulário preto sobre a touca branca, meias grossas e sandálias feitas à mão. Uma freira trouxe flores frescas do jardim, e fez uma coroa. Após vestirem a morta, seis freiras levaram-na em procissão para a igreja e colocaram-na no catafalco, coberto com um lençol branco, diante do altar. Não seria deixada sozinha na presença de Deus; duas freiras permaneceram ali pelo resto do dia e da noite, rezando, enquanto o círio pascal bruxuleava ao lado.

Na tarde seguinte, depois da missa do Réquiem, as freiras levaram-na através do claustro até o cemitério particular, murado, onde mantinham seu isolamento mesmo depois de mortas. As irmãs, três de cada lado, baixaram o corpo para a sepultura, sustentado por tiras de linho branco. Era o costume cisterciense que suas mortas ficassem descobertas na terra, sepultadas sem um caixão. Como último serviço prestado à irmã, duas freiras jogaram terra sobre o corpo imóvel, antes que todas voltassem à igreja para os salmos da penitência. Por três vezes, elas suplicaram que Deus tivesse misericórdia de sua alma:

> *Domine miserere super peccatrice.*
> *Domine miserere super peccatrice.*
> *Domine miserere super peccatrice.*

Houve muitas ocasiões em que a jovem Megan foi dominada pela melancolia. O convento proporcionava-lhe serenidade, mas ela não se sentia totalmente em paz. Era como se uma parte sua estivesse faltando. Sentia anseios que havia muito deveria ter esquecido. Descobria-se a pensar nos amigos que deixara para trás no orfanato, especulando sobre o que lhes acontecera. E se perguntava o que estaria ocorrendo no mundo exterior, o mundo a que renunciara, um mundo em que havia música, dança e riso.

Megan procurou a irmã Betina.

— Acontece com todas nós de vez em quando — garantiu a reverenda madre a Megan. — A Igreja chama de *acedia*. É uma doença espiritual, um instrumento de Satã. Não se preocupe com isso, criança. Vai passar.

E passou.

Mas o que não passou foi o anseio profundo de saber quem eram seus pais. *Nunca saberei*, pensava Megan, desesperada. *Não enquanto eu viver.*

Capítulo 15

NOVA YORK, 1976

Os REPÓRTERES REUNIDOS diante da fachada cinzenta do Waldorf-Astoria Hotel, em Nova York, observavam o desfile de celebridades em trajes a rigor que desembarcavam das limusines, passavam pelas portas giratórias e seguiam para o Grande Salão de Baile, no terceiro andar. Os convidados vinham de todas as partes do mundo.

Câmeras espocavam, enquanto os fotógrafos gritavam:

— Senhor vice-presidente, quer olhar para cá, por favor?

— Governador Adams, posso tirar mais uma foto, por favor?

Havia senadores e representantes de vários países, magnatas do mundo dos negócios e artistas famosos. E todos estavam ali para celebrar o 60º aniversário de Ellen Scott.

Na verdade, não era tanto ela que homenageavam, mas sim a filantropia da Scott Industries, um dos mais poderosos conglomerados do mundo. O vasto império incluía empresas petrolíferas e usinas siderúrgicas, sistemas de comunicações e bancos. Todo o dinheiro arrecadado naquela noite iria para obras de caridade internacionais.

A Scott Industries tinha interesses em todas as partes do mundo. Há 27 anos, seu presidente, Milo Scott, morrera inesperadamente de um ataque cardíaco, e sua esposa, Ellen, assumira o comando do gigantesco conglomerado. Nos anos subsequentes, ela demonstrara ser uma brilhante executiva, por ter mais que triplicado o patrimônio da empresa.

O Grande Salão de Baile do Waldorf-Astoria era um enorme salão decorado em bege e dourado, com um palco acarpetado em vermelho em destaque. Um balcão com 33 camarotes, com um candelabro sobre cada um, estendia-se em curva em todo o ambiente.

No centro do balcão sentava a convidada de honra. Havia pelo menos seiscentos homens e mulheres presentes, jantando em mesas reluzentes pela prataria.

Terminado o jantar, o governador de Nova York subiu ao palco.

— Senhor vice-presidente, senhoras e senhores, honrosos convidados, estamos todos aqui esta noite com um único propósito: prestar um tributo a uma mulher extraordinária e à sua generosidade altruísta ao longo dos anos. Ellen Scott é o tipo de pessoa que poderia ter alcançado o sucesso em qualquer área. Poderia ter sido uma grande cientista ou médica. Também seria uma grande política, e devo dizer que, se Ellen Scott decidir se candidatar à presidência dos Estados Unidos, serei o primeiro a votar nela. Não na próxima eleição, é claro, mas na seguinte.

Houve risos e aplausos.

— Mas Ellen Scott é muito mais do que apenas uma mulher brilhante. É um ser humano caridoso e compassivo que nunca hesita em se envolver nos problemas com que se defronta o mundo atual...

O discurso prolongou-se por mais dez minutos, mas Ellen Scott não prestava mais atenção. *Como ele está enganado*, pensou, amargurada. *Como todos estão enganados. A Scott Industries nem mesmo é minha. Milo e eu a roubamos. E sou culpada de um crime ainda maior do que esse. Não importa mais. Não agora. Porque em breve estarei morta.*

Ela recordou as palavras exatas do médico ao ler os resultados dos exames que representavam a sua sentença de morte:

— Lamento profundamente, Sra. Scott, mas receio que não haja maneira de lhe dar a notícia gentilmente. O câncer espalhou-se por todo o sistema linfático. É inoperável.

Ela sentira um súbito peso no estômago.

— Quanto tempo ainda me resta?

O médico hesitara.

— Um ano... talvez.

Não é tempo suficiente. Não com tanta coisa ainda por fazer.

— Não dirá coisa alguma a ninguém, é claro. — Sua voz era firme.

— Claro que não.

— Obrigada, doutor.

Não tinha lembrança da saída do Centro Médico Presbiteriano Colúmbia ou da viagem para o centro da cidade. Tinha apenas um pensamento: *Devo encontrá-la antes de morrer.*

O discurso do governador terminara.

— Senhoras e senhores, é minha honra e privilégio apresentar a Sra. Ellen Scott.

Ela levantou-se, ovacionada de pé, e encaminhou-se para o palco, uma mulher magra, cabelos grisalhos, empertigada, vestida com elegância e irradiando uma falsa vitalidade. *Olhar para mim é como ver a luz distante de uma estrela há muito morta*, pensou, amargurada. *Na verdade, não estou mais aqui.*

No palco, ela esperou que os aplausos cessassem. *Estão aplaudindo um monstro. O que fariam se soubessem?* Quando começou a falar, a voz estava firme:

— Senhor vice-presidente, senadores, governador Adams...

Um ano, pensava ela. *Eu me pergunto onde ela está, se continua viva. Preciso encontrá-la.*

Ela continuou a falar, dizendo automaticamente todas as coisas que a audiência esperava ouvir.

— Aceito com satisfação esse tributo, não para mim, mas para todos que tanto têm trabalhado a fim de aliviar o fardo dos menos afortunados do que nós...

Sua mente retrocedeu no tempo, por 42 anos, até Gary, Indiana...

Aos 18 anos, Ellen Dudash era empregada na fábrica de peças automotrizes da Scott Industries, em Gary, Indiana. Era uma jovem atraente e expansiva, muito popular entre os colegas de trabalho. No dia em que Milo Scott foi inspecionar a fábrica, Ellen foi escolhida para escoltá-lo.

— Já pensou nisso, Ellie? Talvez acabe casando com o irmão do patrão, e todos nós estaremos trabalhando para você.

Ellen Dudash riu.

— É bem possível... e vai acontecer quando as galinhas criarem dentes.

Milo Scott não era absolutamente o que Ellen esperara. Tinha 30 e poucos anos, era alto e esbelto. *Não é nada feio*, pensou Ellen. Ele era tímido, quase deferente.

— É muita gentileza de sua parte tomar seu tempo para me mostrar as instalações. Espero não estar afastando-a do seu trabalho.

Ela sorriu.

— Espero que esteja.

Era um homem fácil de conversar.

Não posso acreditar que estou paquerando o irmão do patrão. Espere só até contar tudo a mamãe e papai.

Milo Scott parecia verdadeiramente interessado pelos operários e seus problemas. Ellen conduziu-o pelo departamento em que eram fabricadas as peças de transmissão. Mostrou a sala de têmpera, onde as engrenagens eram submetidas a um processo de endurecimento, a seção de acondicionamento e o departamento de expedição. Ele parecia realmente impressionado.

— Sem dúvida é uma grande operação, não é mesmo, Srta. Dudash?

Ele possui tudo isso e se comporta como um menino deslumbrado. Há gente de todos os tipos.

Foi na seção de montagem que o acidente ocorreu. O cabo de um carro suspenso, levando barras de ferro para a oficina, partiu de repente. A carga de ferro despencou. Milo Scott encontrava-se diretamente embaixo. Ellen viu o que estava para acontecer uma fração de segundo antes e, sem pensar, empurrou-o para o lado. Duas barras de ferro atingiram-na antes que pudesse escapar. Ela caiu, inconsciente.

Despertou numa suíte particular de um hospital. O quarto estava repleto de flores. Quando abriu os olhos e viu tudo, Ellen pensou: *Morri e fui para o céu.*

Havia orquídeas, rosas, lírios, crisântemos e flores raras que não podia identificar.

O braço direito estava engessado, as costelas enfaixadas. Uma enfermeira entrou.

— Ah, já acordou, Srta. Dudash. Vou chamar o médico.

— Onde... onde estou?

— No Blake Center Hospital...

Ellen correu os olhos pela ampla suíte. *Nunca poderei pagar tudo isso.*

— Estamos interceptando as ligações para você.

— Que ligações?

— A imprensa vem tentando entrevistá-la. Seus amigos têm telefonado. O Sr. Scott ligou várias vezes...

Milo Scott!

— Ele está bem?

— Como?

— Ele ficou machucado no acidente?

— Não. Esteve aqui no início da manhã, mas você ainda dormia.

— Ele veio *me* visitar?

— Isso mesmo. — A enfermeira correu os olhos à sua volta. — A maioria destas flores foi enviada por ele.

Incrível!

— Seus pais estão na sala de espera. Sente-se em condições para recebê-los agora?

— Claro.

— Vou chamá-los.

Puxa, nunca fui tratada assim num hospital antes, pensou Ellen.

Seus pais entraram e se aproximaram da cama. Eles haviam nascido na Polônia, e tinham apenas noções de inglês. O pai era mecânico, corpulento e rude, na casa dos 50 anos, a mãe era uma camponesa simples do norte da Europa.

— Trouxe-lhe uma sopa, Ellen.

— Mamãe... eles dão comida às pessoas nos hospitais.

— Não a minha sopa. Não vão alimentar você direito no hospital. Coma tudo e ficará boa mais depressa.

— Já viu o jornal? Eu trouxe para você — comentou o pai.

Entregou o jornal a Ellen. A manchete dizia: OPERÁRIA ARRISCA A VIDA PARA SALVAR PATRÃO.

Ellen leu a matéria duas vezes.

— Foi muita coragem sua salvar ele.

Coragem? Foi uma estupidez. Se eu tivesse tempo para pensar, teria me salvado. Foi a coisa mais imbecil que já fiz. Ora, eu poderia ter morrido!

MILO SCOTT FOI visitar Ellen mais tarde, ainda naquela manhã. Trazia outro buquê de flores.

— São para você — disse, contrafeito. — O médico garantiu que ficará boa. Eu... eu não tenho palavras para expressar como me sinto grato.

— Não foi nada.

— Foi o ato mais corajoso que já vi. Salvou minha vida.

Ellen tentou se mexer, mas o movimento provocou uma aguda dor no braço.

— Você está bem?

— Claro. — Ela sentiu o corpo começar a latejar. — O que o médico disse que estava errado comigo?

— Quebrou o braço e está com três costelas fraturadas.

Ele não poderia dar uma notícia pior. Os olhos de Ellen encheram-se de lágrimas.

— Qual é o problema?

Como ela podia lhe contar? Riria dela. Vinha economizando para umas férias há muito sonhadas em Nova York com algumas colegas da fábrica. Era seu sonho. *Agora, ficarei sem trabalhar por um mês ou mais. Lá se vai Manhattan.*

Ellen trabalhava desde os 15 anos. Sempre fora independente e autossuficiente, mas agora pensou: *Se ele está mesmo tão grato, talvez concorde em pagar parte das contas do hospital. Mas não posso pedir.* Começava a se sentir sonolenta. *Deve ser a medicação.* E disse, a voz meio engrolada:

— Obrigada por todas as flores, Sr. Scott. E foi um prazer conhecê-lo.

Eu me preocuparei com as contas do hospital mais tarde.
Ellen Dudash adormeceu.

NA MANHÃ SEGUINTE, um homem alto e de aparência distinta entrou na suíte de Ellen.

— Bom-dia, Srta. Dudash. Como está se sentindo esta manhã?
— Muito melhor, obrigada.
— Sou Sam Norton, diretor de relações públicas da Scott Industries.
— Ahn... — Ela nunca o vira antes. — Mora aqui?
— Não. Vim de avião de Washington.
— Para me ver?
— Para ajudá-la.
— Ajudar-me em *quê*?
— A imprensa está lá fora, Srta. Dudash. Como não creio que já tenha dado uma entrevista coletiva alguma vez, pensei que talvez pudesse querer alguma ajuda.
— O que eles querem?
— Basicamente, vão perguntar como e por que salvou o Sr. Scott.
— Isso é fácil. Se eu parasse para pensar, teria fugido de lá como se fosse do inferno.

Norton fitou-a aturdido.

— Srta. Dudash... acho que eu não diria isso, se estivesse no seu lugar.
— Por que não? É a verdade.

Não era absolutamente o que ele esperava. A moça parecia não ter a menor ideia de sua situação. Alguma coisa a preocupava, e resolveu falar.

— Vai se encontrar com o Sr. Scott?
— Vou, sim.
— Poderia me fazer um favor?

— Se eu puder, claro.

— Sei que o acidente não foi culpa dele, e não me pediu para empurrá-lo para o lado, mas... — O veio forte e independente em Ellen levou-a a hesitar. — Ora, não importa.

É agora, pensou Norton. *Quanto ela tentará extorquir? Seria dinheiro? Um cargo melhor? O quê?*

— Continue, por favor, Srta. Dudash.

Ela falou impulsivamente:

— A verdade é que não tenho muito dinheiro, vou perder algum pagamento por causa disso e acho que não tenho condições de pagar todas as contas do hospital. Não quero incomodar o Sr. Scott, mas, se ele pudesse me arrumar um empréstimo, juro que eu pagaria tudo. — Ellen percebeu a expressão de Norton e interpretou-a de maneira errada. — Desculpe. Talvez esteja parecendo mercenária. Acontece que eu estava economizando para uma viagem e... isso arruinou meus planos. — Respirou fundo. — Mas não é problema dele. Darei um jeito.

Sam Norton quase a beijou. *Há quanto tempo não deparo com a inocência autêntica? É suficiente para restaurar minha fé no sexo feminino.*

Sentou-se no lado da cama e sua atitude profissional desapareceu. Pegou-lhe a mão.

— Ellen, tenho o pressentimento de que você e eu vamos ser grandes amigos. Prometo que não precisará se preocupar com dinheiro. Nossa primeira providência será levá-la para essa entrevista coletiva. Queremos que saia disso tudo com uma boa imagem e... — Ele parou. — Serei franco. Minha função é cuidar para que a Scott Industries saia disso tudo com a melhor imagem. Está me entendendo?

— Acho que sim. Está querendo dizer que não pareceria certo se eu dissesse que não estava realmente interessada em salvar Milo Scott? Ficaria muito melhor se eu dissesse algo como "Gosto tanto de trabalhar para a Scott Industries que quando vi o Sr. Milo Scott em perigo compreendi que devia tentar salvá-lo, mesmo com o risco da minha própria vida"?

— Isso mesmo.

Ellen riu.

— Muito bem, se isso vai ajudá-lo. Mas não quero enganá-lo, Sr. Norton. Não sei o que me levou a agir daquela forma.

Ele sorriu.

— Esse será nosso segredo. E, agora, vou deixar as feras entrarem.

Havia um grande número de repórteres e fotógrafos, de emissoras de rádio, jornais e revistas. A imprensa pretendia tirar o máximo proveito da situação. Não era todo dia que uma linda empregada arriscava a vida para salvar o irmão do patrão. E o fato de o patrão ser Milo Scott não prejudicava a história em nada.

— Srta. Dudash... quando viu todo aquele ferro caindo, qual foi o seu primeiro pensamento?

Ellen olhou para Sam Norton com uma expressão de inocência e respondeu:

— Pensei: "Preciso salvar o Sr. Scott. Eu nunca me perdoaria se o deixasse morrer."

A entrevista coletiva prosseguiu sem maiores dificuldades.

Quando percebeu que Ellen começava a se cansar, Sam Norton apressou-se em encerrá-la:

— Já chega, senhoras e senhores. Muito obrigado a todos.

Depois que os jornalistas se retiraram, Ellen perguntou:

— Eu me saí bem?

— Foi maravilhosa. E agora durma um pouco.

Ela teve um sono irrequieto. Sonhou que se encontrava no saguão do Empire State, mas os guardas não a deixavam subir até o alto porque não tinha dinheiro suficiente para comprar um ingresso.

Milo Scott foi visitar Ellen naquela tarde. Ela ficou surpresa ao vê-lo. Fora informada que ele morava em Nova York.

— Me contaram que você se saiu muito bem na entrevista coletiva. Você é uma heroína.

— Sr. Scott... preciso lhe contar uma coisa. Não sou uma heroína. Não parei para pensar em salvá-lo. Eu... eu apenas fiz.

— Sei disso. Sam Norton me contou.

— Então...

— Há vários tipos de heroísmo, Ellen. Não pensou em me salvar, mas agiu instintivamente, em vez de se salvar.

— Eu... eu apenas queria que soubesse.

— Sam também me contou que estava preocupada com as contas do hospital.

— Bem...

— Já cuidei de tudo. E quanto à possibilidade de perder uma parte do salário... — ele sorriu: — Srta. Dudash... acho que não sabe o quanto lhe devo.

— Não me deve nada.

— O médico me informou que você receberá alta amanhã. Poderei levá-la para jantar?

Ele não compreende, pensou Ellen. *Não quero sua caridade. Nem sua compaixão.*

— Falei sério quando disse que não me deve nada. Obrigada por se encarregar das contas do hospital. Estamos quites.

— Ótimo. E agora posso convidá-la para jantar?

Foi assim que começou. Milo Scott permaneceu em Gary por uma semana, e viu Ellen todas as noites.

Os pais de Ellen advertiram-na:

— Tome cuidado. Os patrões não saem com operárias, a menos que queiram alguma coisa.

Essa foi a atitude de Ellen Dudash no início, mas Milo a fez mudar de ideia. Foi um perfeito cavalheiro em todos os momentos, e a verdade finalmente aflorou em Ellen: *Ele gosta mesmo da minha companhia.*

Enquanto Milo se mostrava tímido e reservado, Ellen era franca e expansiva. Durante toda a sua vida, Milo estivera cercado por mulheres com a ambição ardente de entrar para a poderosa dinastia Scott. E se empenhavam em jogos calculistas. Ellen Dudash era a primeira mulher totalmente honesta que Milo já conhecera. Dizia exatamente o que pensava. Era inteligente, atraente e, acima de tudo, uma companhia divertida. Ao final da semana, os dois estavam apaixonados.

— Quero casar com você — disse Milo. — Não consigo pensar em qualquer outra coisa. Vai casar comigo?

— Não.

Ellen também não fora capaz de pensar em outra coisa. A verdade era que estava apavorada. Os Scott encontravam-se tão próximos da realeza quanto era possível nos Estados Unidos. Eram famosos, ricos e poderosos. *Não pertenço ao círculo deles. Só poderia bancar a tola. E o mesmo aconteceria com Milo.* Mas ela sabia que travava uma batalha perdida.

Foram casados por um juiz de paz em Greenwich, Connecticut, e viajaram até Manhattan para que Ellen Dudash fosse apresentada à família do marido.

BYRON SCOTT recebeu o irmão bruscamente:

— Mas que loucura foi essa... casar com uma vigarista polonesa? Ficou maluco?

Susan Scott foi igualmente implacável.

— Claro que ela casou com Milo pelo dinheiro. Quando descobrir que ele não tem nada, arrumaremos uma anulação. Esse casamento não vai durar muito.

Mas eles subestimaram Ellen Dudash.

— Seu irmão e sua cunhada me odeiam, mas não me casei com eles. Casei-me com você. Não quero me interpor entre você e Byron. Se isso o deixa muito infeliz, Milo, basta dizer, e irei embora.

Ele abraçou a esposa e sussurrou:

— Adoro você... e quando Byron e Susan a conhecerem direito, também vão adorá-la.

Ellen apertou-o e pensou: *Como ele é ingênuo. E como eu o amo.*

BYRON E SUSAN não eram grosseiros com a nova cunhada. Mostravam-se condescendentes. Para eles, Ellen seria sempre a garota polonesa que trabalhara numa das fábricas da Scott Industries.

Ellen observava e lia sobre como as esposas dos amigos de Milo se vestiam, e tratava de imitá-las. Estava determinada a se tornar uma esposa apropriada para Milo Scott, e conseguiu. Mas não aos olhos de Byron e Susan. E, pouco a pouco, sua ingenuidade transformou-se em cinismo. *Os ricos e poderosos não são tão maravilhosos assim*, pensou. *Tudo o que querem é se tornar mais ricos e mais poderosos.*

ELLEN ERA MUITO protetora em relação a Milo, mas havia pouco que pudesse fazer para ajudá-lo. A Scott Industries era um dos poucos conglomerados de capital fechado do mundo, e todas as ações pertenciam a Byron. O irmão caçula era um empregado assalariado, e Byron nunca o deixava se esquecer disso. Tratava-o de maneira vergonhosa. Milo era encarregado de todos os trabalhos sujos, e nunca recebia qualquer crédito pelo que fazia.

— Por que atura isso, Milo? Não precisa dele. Podemos ir embora. E você pode montar seu próprio negócio.

— Eu não poderia deixar a Scott Industries. Byron precisa de mim.

Com o passar do tempo, porém, Ellen veio a compreender o verdadeiro motivo: Milo era fraco. Precisava de alguém forte em quem se apoiar. Ela sabia que ele nunca teria coragem suficiente para largar a companhia.

Muito bem, pensou, irritada. *Um dia a companhia lhe pertencerá. Byron não pode viver para sempre. E Milo é o único herdeiro.*

Foi um golpe para Ellen quando Susan Scott anunciou que estava grávida. *O bebê vai herdar tudo.*

Quando a criança nasceu, Byron Scott declarou:

— É uma menina, mas eu lhe ensinarei como administrar a companhia.

Miserável, pensou Ellen, o coração doído por Milo. O único comentário de Milo foi:

— Não é uma criança linda?

Capítulo 16

O piloto do Lockheed Lodestar estava preocupado.

— Uma frente de tempestade se aproxima. A situação não me agrada. — Acenou com a cabeça para o copiloto. — Assuma o comando. — Então deixou a carlinga e foi para a cabine de passageiros.

Havia cinco passageiros a bordo, além do piloto e copiloto: Byron Scott, o brilhante e dinâmico fundador, e principal executivo da Scott Industries; sua atraente esposa, Susan; a filha de 1 ano, Patricia; Milo Scott, o irmão caçula de Byron; e a esposa de Milo, Ellen. Voavam num dos aviões da companhia, de Paris rumo a Madri. Levar a criança fora um impulso de último minuto de Susan.

— Detesto ficar longe da minha filha por tanto tempo — dissera a Byron.

— Tem medo de que ela nos esqueça? — zombou ele. — Está bem, vamos levá-la conosco.

Com o término da Segunda Guerra Mundial, a Scott Industries expandia-se rapidamente no mercado europeu. Em Madri, Byron Scott analisaria as possibilidades de construir uma nova usina siderúrgica.

O piloto aproximou-se de Byron.

— Com licença, senhor. Estamos nos aproximando de nuvens tempestuosas. A situação pela frente não parece muito boa. Devemos voltar?

Byron Scott olhou pela pequena janela. Voavam por uma massa de nuvens cinzentas, riscadas, a intervalos de poucos segundos, por relâmpagos.

— Tenho uma reunião em Madri esta noite. Pode contornar a tempestade?

— Vou tentar. Se não for possível, então teremos de voltar.

Byron assentiu.

— Está certo.

— Podem apertar os cintos de segurança, por favor?

O piloto voltou apressado para a carlinga.

Susan ouvira a conversa. Pegou a criança no colo, arrependida, subitamente, por tê-la trazido. *Preciso dizer a Byron para mandar o piloto voltar*, pensou.

— Byron...

Foram apanhados de repente pela tempestade, e o avião começou a se sacudir, à mercê das rajadas de vento. Os movimentos se tornaram mais violentos. A chuva batia nas janelas. A tempestade acabara com toda visibilidade. Os passageiros tinham a sensação de que viajavam num mar de algodão revolto.

Byron acionou o sistema de intercomunicação.

— Onde estamos, Blake?

— Oitenta quilômetros a noroeste de Madri, sobre a cidade de Ávila.

Byron tornou a olhar pela janela.

— Esqueceremos Madri por esta noite. Vamos voltar e sair logo daqui.

— Entendido.

A decisão veio uma fração de segundo tardia. Enquanto o piloto começava a fazer a volta, o pico de uma montanha surgiu abruptamente à sua frente. Não houve tempo para evitar a colisão. Houve um estrondo e o céu explodiu, enquanto o avião deslizava pela encosta da montanha, espatifando-se, fragmentos da fuselagem e asas espalhando-se por um elevado platô.

Depois da colisão houve um completo silêncio, que durou pelo que parecia uma eternidade. Foi rompido pelo crepitar das chamas, que começaram a envolver o trem de aterrissagem do avião.

— Ellen...

Ellen Scott abriu os olhos. Estava deitada sob uma árvore. O marido inclinava-se por cima dela, batendo de leve em seu rosto.

Ao ver que estava viva, Milo Scott exclamou:

— Graças a Deus!

Ellen sentou, tonta, a cabeça latejando, cada músculo no corpo dolorido. Olhou ao redor, contemplando os destroços do que fora outrora um avião, repleto de corpos humanos. Estremeceu.

— E os outros? — balbuciou Ellen, a voz rouca.

— Estão mortos.

Fitou o marido, aturdida.

— Oh, Deus, não!

Ele assentiu, o rosto contraído em dor.

— Byron, Susan, a criança, os tripulantes... todos.

Ellen Scott tornou a fechar os olhos e disse uma oração silenciosa. *Por que Milo e eu fomos poupados?* Era difícil pensar com nitidez. *Precisamos descer à procura de socorro. Mas é tarde demais. Estão todos mortos.* Era impossível acreditar.

Estavam cheios de vida apenas poucos minutos antes.

— Pode se levantar?

— Eu... eu creio que sim.

Milo ajudou a esposa a ficar de pé. Houve uma vertigem terrível, e ela ficou parada, à espera de que passasse. Milo virou-se e olhou para o avião. As chamas se tornavam mais intensas.

— Vamos sair daqui, Ellen. O avião vai explodir a qualquer momento.

Afastaram-se depressa e ficaram observando os destroços arderem. Um instante depois houve uma explosão dos tanques de combustível, as chamas envolveram o avião por completo.

— É um milagre estarmos vivos — murmurou Milo.

Ellen olhou para o avião em chamas. Alguma coisa pressionava-lhe a mente, mas não conseguia pensar com nitidez. Algo sobre a Scott Industries. E de repente ela soube.

— Milo?

— O que é? — perguntou ele, com o pensamento distante

— É o destino. — O fervor em sua voz fez com que ele se virasse.

— Como?

— A Scott Industries... pertence a você agora.

— Eu não...

— Milo, Deus a deixou para você — falava Ellen com veemência. — Você viveu a vida toda à sombra do seu irmão mais velho. — Ela conseguia coordenar as ideias agora, sem se preocupar com a dor de cabeça.

As palavras saíam numa enxurrada que lhe sacudia todo o corpo.

— Você trabalhou para Byron durante vinte anos na construção da companhia. É tão responsável pelo sucesso quanto ele, mas Byron... alguma vez lhe deu crédito por isso? Não. Foi sempre a companhia *dele*, o sucesso, os lucros dele. Pois agora você... você finalmente tem a oportunidade de fazer as coisas sozinho.

Milo ficou horrorizado.

— Ellen... os corpos estão... como pode pensar nisso?

— Nós não os matamos. É a nossa vez, Milo. Podemos finalmente agir. Não há ninguém vivo para reivindicar a companhia, só nós. A companhia é nossa! Sua!

De repente os dois ouviram o choro de uma criança. Ellen e Milo Scott se entreolharam, incrédulos.

— É Patricia! Ela está *viva*! Oh, Deus!

Encontraram a criança perto de alguns arbustos. Por algum milagre, nada sofrera.

Milo pegou-a e aninhou-a no colo, com carinho.

— Calma, calma, está tudo bem, querida — sussurrou. — Vai acabar tudo bem.

Ellen estava a seu lado, com uma expressão chocada.

— Você... você disse que ela havia morrido.

— Deve ter sido lançada para fora do avião e ficou inconsciente.

Ellen olhou em silêncio para a criança por um longo tempo, e depois disse, numa voz abafada:

— Ela deveria ter morrido com os outros.

Foi a vez de Milo ficar chocado.

— O que está dizendo?

— O testamento de Byron deixa tudo para Patricia. Você passará os próximos vinte anos como seu tutor, a fim de que ela possa, quando crescer, humilhá-lo tanto quanto o pai. É isso o que você quer?

Milo ficou quieto.

— Jamais teremos outra oportunidade como essa. — Ela olhava fixamente para a criança e havia uma expressão desvairada em seus olhos que Milo nunca vira antes. Ela parecia querer... *Ela está fora de si. Sofrendo de uma concussão.*

— Pelo amor de Deus, Ellen, o que está pensando?

Ela fitou-o em silêncio por um longo momento, e o brilho desvairado desapareceu de seus olhos.

— Não sei — respondeu Ellen, calmamente. Após uma pausa, acrescentou: — Há uma coisa que podemos fazer: deixá-la em algum lugar, Milo. Segundo o piloto, estamos perto de Ávila.

Deve haver muitos turistas por lá. Não há motivo para que alguém associe a criança com o desastre de avião.

Ele balançou a cabeça.

— Os amigos sabem que Byron e Susan trouxeram Patricia. Ellen Scott olhou para o avião em chamas.

— Isso não é problema. Todos morreram queimados no avião. Faremos uma cerimônia particular aqui.

— Não podemos fazer isso, Ellen. Jamais poderíamos escapar impunes.

— Deus fez por nós. Conseguimos escapar.

Milo contemplou a criança.

— Mas ela é tão...

— Ela ficará muito bem. Vamos largá-la numa bela casa de fazenda, nos arredores da cidade. Alguém irá adotá-la, e ela crescerá para levar uma vida feliz aqui.

Milo balançou a cabeça.

— Não posso fazer isso. De jeito nenhum.

— Se me ama, fará isso por nós. Precisa escolher, Milo. Pode ter a mim ou passar o resto da vida trabalhando para a filha de seu irmão.

— Por favor, eu...

— Você me ama?

— Mais do que a minha própria vida.

— Pois então prove.

OS DOIS DESCERAM pela encosta da montanha, no escuro, com todo cuidado, fustigados pelo vento. Como o avião caíra numa área de muitas árvores, o estrondo fora abafado, e por isso os habitantes locais ainda não sabiam do acidente.

Três horas depois, nos arredores de Ávila, encontraram uma pequena casa de fazenda. Ainda não amanhecera.

— Vamos deixá-la aqui — sussurrou Ellen.

Milo fez uma última tentativa.

— Ellen, não poderíamos...?

— Faça o que estou mandando!

Sem dizer mais nada, ele levou a criança para a porta da casa. A menina usava apenas uma camisola rosa rasgada, enrolada numa manta.

Milo contemplou Patricia por um longo momento, os olhos marejados de lágrimas, depois ajeitou-a no chão, com delicadeza. E sussurrou:

— Seja feliz, querida.

O CHORO DESPERTOU Asunción Moras. Por um momento sonolento, ela pensou que fosse o balido de uma cabra ou de uma ovelha. *Como escapara do cercado?*

Resmungando, Asunción levantou-se da cama quente, pôs um velho xale desbotado e encaminhou-se para a porta. Ao ver a criança aos gritos e espernando, ela exclamou:

— *Madre de Dios!* — e chamou o marido.

Recolheram a criança, que não parava de chorar, e parecia estar ficando azul.

— Temos de levá-la para o hospital.

Envolveram a criança com outra manta, pegaram a caminhonete e foram para o hospital. Sentaram-se num banco no corredor comprido, à espera de atendimento. Meia hora depois apareceu um médico, que levou a criança para exame.

— Ela está com pneumonia — avisou ele.

— Vai sobreviver?

O médico deu de ombros.

MILO E ELLEN SCOTT entraram cambaleando na delegacia de polícia em Ávila.

O sargento de plantão fitou os dois turistas enlameados.

— *Buenos días*. Em que posso ajudá-los?

— Houve um terrível acidente — avisou Milo. — Nosso avião caiu na montanha e...

Uma hora depois, uma expedição de socorro estava a caminho da montanha. Quando lá chegou, não havia nada a fazer, a não ser ver os restos carbonizados e fumegantes de um avião e seus passageiros.

O INQUÉRITO SOBRE o acidente foi conduzido de maneira superficial pelas autoridades espanholas.

— O piloto não deveria tentar voar numa tempestade tão intensa. Devemos atribuir o acidente a erro do piloto.

Não havia motivo para que alguém em Ávila associasse o desastre de avião com uma criança pequena deixada na porta de uma casa de fazenda.

Estava acabado.

Estava apenas começando.

MILO E ELLEN realizaram uma cerimônia particular por Byron, a esposa, Susan, e a filha, Patricia. Ao voltarem a Nova York, realizaram o enterro com a presença dos chocados amigos dos Scott.

— Que tragédia terrível! E a pobre Patricia...

— É verdade — murmurou Ellen, tristemente. — A única bênção é que aconteceu tão depressa que nenhum deles sofreu.

A COMUNIDADE FINANCEIRa ficou abalada com a morte de Byron Scott. A cotação da ação da Scott Industries caiu. Mas Ellen Scott não se preocupou. Tranquilizou o marido:

— Não há problema. Tornará a subir. Você é melhor do que Byron jamais foi. Ele conteve a companhia, Milo. Agora, vamos fazê-la avançar.

Milo abraçou-a.

— Não sei o que faria sem você.

Ellen sorriu.

— Não haverá necessidade. Daqui por diante, teremos tudo no mundo com que sempre sonhamos.

Ela apertou-o firme e pensou: *Quem poderia acreditar que Ellen Dudash, de uma pobre família polonesa de Gary, Indiana, diria um dia "Daqui por diante teremos tudo no mundo com que sempre sonhamos"?*

E ela falava sério.

A CRIANÇA PERMANECEU no hospital por dez dias, lutando por sua vida. Depois que a crise passou, o padre Berrendo procurou o camponês e a esposa.

— Tenho boas notícias para vocês — disse, feliz. — A criança vai ficar boa.

Os Morase trocaram um olhar contrafeito.

— Fico contente por ela — murmurou o camponês, evasivo.

Padre Berrendo estava radiante.

— Ela é uma dádiva de Deus.

— Claro, padre. Mas minha esposa e eu conversamos e chegamos à conclusão de que Deus é generoso demais conosco. Sua dádiva exige alimentação, e não temos condições de sustentá-la.

— Mas ela é uma criança muito bonita — ressaltou padre Berrendo. — Além disso...

— Concordo. Mas minha esposa e eu somos velhos e doentes, não podemos assumir a responsabilidade de criar uma criança. Deus terá de aceitar sua dádiva de volta.

E assim, sem ter outro lugar para onde ir, a criança foi enviada para o orfanato em Ávila.

MILO E ELLEN ESTAVAM sentados no escritório do advogado de Byron Scott para a leitura do testamento. Os três eram as únicas pessoas presentes. Ellen sentia uma ansiedade quase insuportável. Umas poucas palavras num pedaço de papel fariam com que ela e Milo se tornassem ricos para sempre.

Compraremos obras dos velhos mestres, uma propriedade em Southampton, um castelo na França. E isso é apenas o começo.

O advogado começou a falar, e Ellen concentrou-se nele. Meses antes, ela vira uma cópia do testamento de Byron, e sabia exatamente o que dizia:

"*No caso de minha esposa e eu falecermos, deixo todas as minhas ações na Scott Industries para minha única filha, Patricia, e designo meu irmão Milo como executor testamentário, até que ela alcance a idade legal e possa assumir...*"

Pois tudo isso está mudado agora, pensou Ellen, na maior emoção.

O advogado, Lawrence Oray, disse solenemente:

— Foi um terrível choque para todos nós. Sei o quanto você amava seu irmão, Milo, e aquela linda criança... — Ele balançou a cabeça. — Mas a vida precisa continuar. Talvez não saiba que seu irmão havia alterado o testamento. Não vou incomodá-lo com os aspectos jurídicos. Lerei apenas a parte essencial. — Folheou o testamento e encontrou o parágrafo que procurava. — Corrijo este testamento para que minha filha, Patricia, receba a quantia de 5 milhões de dólares e mais a distribuição de 1 milhão de dólares por ano, pelo resto de sua vida. Todas as ações na Scott Industries em meu nome ficarão para meu irmão, Milo, como uma recompensa pelos fiéis e valiosos serviços que prestou à companhia ao longo dos anos.

Milo Scott sentiu que a sala começava a balançar. O advogado levantou os olhos.

— Está se sentindo bem?

Milo tinha dificuldade para respirar. *Santo Deus, o que fizemos? Nós a privamos de sua herança e não era absolutamente necessário. Mas agora podemos lhe devolver tudo.*

Virou-se para dizer alguma coisa a Ellen, mas a expressão nos olhos da esposa o deteve.

— Deve haver alguma coisa que possamos fazer, Ellen. Não podemos simplesmente deixar Patricia lá. Não agora.

Estavam no apartamento na Quinta Avenida, vestindo-se para um jantar de caridade.

— É exatamente o que vamos fazer — declarou Ellen. — A menos que você prefira trazê-la de volta e tentar explicar por que falamos que morreu queimada no desastre de avião.

Milo não tinha resposta para isso. Depois de pensar por um momento, ele disse:

— Muito bem. Mas vamos enviar dinheiro todos os meses, a fim de que ela...

— Não seja tolo, Milo — falou Ellen bruscamente.

— Mandar dinheiro? E fazer com que a polícia comece a investigar por que alguém está enviando dinheiro para a criança, até nos descobrir? Não é possível. Se a consciência o incomoda, teremos o dinheiro da companhia para dar a obras de caridade. Esqueça a criança, Milo. Ela está morta. Lembra?

Lembra... lembra... lembra...

As palavras ecoaram na mente de Ellen Scott, enquanto contemplava a audiência no salão de baile do Waldorf-Astoria e concluía seu discurso. Mais uma vez foi ovacionada de pé.

Vocês estão aclamando uma morta, pensou.

Os fantasmas voltaram naquela noite. Ellen julgara tê-los exorcizado há muito tempo. No começo, depois da cerimônia para Byron, Susan e Patricia, os visitantes noturnos apareciam com frequência. Neblinas tênues pairavam por cima de sua cama, e vozes sussurravam-lhe no ouvido. Despertava, o coração disparado, mas não via nada. Não contou a Milo. Ele era fraco, poderia ficar apavorado e ser levado a cometer alguma loucura, algo que arriscaria a companhia. Se a verdade fosse revelada, o escândalo arruinaria a Scott Industries, e Ellen estava determinada a impedir que isso acontecesse. Por isso ela sofria com os fantasmas em silêncio, até que finalmente desapareceram, deixando-a em paz.

AGORA, NA NOITE do banquete, eles voltaram. Ellen acordou e sentou-se na cama, olhando ao redor. O quarto estava vazio e quieto, mas ela sabia que os fantasmas estavam ali. O que tentavam lhe dizer? Sabiam que ela os encontraria em breve?

Ellen levantou-se e foi para a ampla sala de estar, decorada com antiguidades, da bela casa na cidade que comprara depois da morte de Milo. Correu os olhos pela aprazível sala e pensou: *Pobre Milo*. Não tivera muito tempo para desfrutar os benefícios da morte do irmão. Morrera de um ataque cardíaco um ano depois do desastre de avião, e Ellen Scott assumira a companhia, dirigindo-a com tanta eficiência e habilidade que projetara a Scott Industries no âmbito internacional.

A companhia pertence à família Scott, pensou. *Não vou entregá-la a estranhos anônimos.*

E isso levou seus pensamentos à filha de Byron e Susan. A legítima herdeira do trono que lhe fora roubado. Havia medo em seus pensamentos? Havia um desejo de fazer uma expiação antes de sua própria morte?

Ellen Scott passou a noite inteira sentada na sala de estar, os olhos voltados para o nada, pensando e planejando. Há quanto tempo fora? Vinte e oito anos. Patricia seria agora uma mulher adulta, se estivesse viva. O que se tornara sua vida? Casara com um camponês ou um comerciante da aldeia? Tinha filhos? Ainda vivia em Ávila ou fora para algum outro lugar?

Devo encontrá-la, pensou Ellen Scott. *E depressa. Se Patricia continua viva, preciso vê-la, conversar com ela. Devo finalmente acertar as contas. O dinheiro pode converter mentiras em verdade. Encontrarei um meio de resolver o problema sem que ela descubra o que realmente aconteceu.*

NA MANHÃ SEGUINTE, Ellen chamou Alan Tucker, chefe da segurança da Scott Industries. Era um ex-detetive, com cerca de 40 anos, magro, calvo, pálido, trabalhador e inteligente.

— Quero que faça uma investigação para mim.

— Pois não, Sra. Scott.

Ellen estudou-o por um momento, especulando sobre o quanto poderia lhe contar. *Não posso lhe dizer nada*, concluiu. *Enquanto estiver viva, recuso-me a pôr a companhia em risco. Deixarei que ele descubra Patricia primeiro e depois decidirei como cuidar da situação.*

Inclinou-se para a frente:

— Há 28 anos uma órfã foi deixada na porta de uma casa de fazenda, nos arredores de Ávila, Espanha. Quero que descubra onde ela está hoje e a traga para mim o mais depressa possível.

O rosto de Alan Tucker permaneceu impassível. A Sra. Scott não gostava que seus empregados demonstrassem emoção.

— Está certo, senhora. Partirei amanhã.

Capítulo 17

O coronel Ramón Acoca encontrava-se bem-humorado. Todas as peças finalmente começavam a se encaixar. Um ordenança entrou na sala.

— O coronel Sostelo chegou.

— Mande-o entrar.

Não precisarei mais dele, pensou Acoca. *Pode voltar para seus soldadinhos de chumbo.*

O coronel Fal Sostelo entrou na sala.

— Coronel.

— Coronel.

É irônico, pensou Sostelo. *Temos o mesmo posto, mas o gigante de cicatriz possui o poder para me liquidar. Ele deve estar ligado à maldita OPUS MUNDO.*

Sostelo ficava indignado por ser obrigado a responder ao chamado de Acoca, como se fosse algum inexpressivo subordinado. Mas fez um esforço para não deixar transparecer seus sentimentos.

— Queria falar comigo?

— Queria, sim. — Acoca apontou para uma cadeira. — Sente-se. Tenho algumas notícias para você. Jaime Miró está com as freiras.

— O quê?

— Isso mesmo. Elas estão viajando com Miró e seus homens. Ele dividiu o bando em três grupos.

— Como... como sabe disso?

Ramón Acoca recostou-se na cadeira.

— Joga xadrez?

— Não.

— É uma pena. Trata-se de um jogo muito instrutivo. Para ser um bom jogador, é necessário penetrar na mente do adversário. Jaime Miró e eu jogamos xadrez um com o outro.

Fal Sostelo ficou surpreso.

— Não compreendo como...

— Não literalmente, coronel. Não usamos um tabuleiro de xadrez. Usamos nossas mentes. Provavelmente compreendo Jaime Miró melhor do que qualquer outra pessoa no mundo. Sei como sua mente funciona. Tinha certeza que ele tentaria explodir a represa em Puenta la Reina. Capturamos dois de seus homens ali e foi apenas por sorte que o próprio Miró escapou. Eu sabia que ele tentaria salvá-los, e Miró sabia que eu estava ciente disso. — Acoca deu de ombros. — Não previ que ele usaria os touros para promover a fuga. — Havia um tom de admiração em sua voz.

— Dá a impressão de que...

— De que o admiro? Admiro sua mente. Desprezo o homem.

— Sabe para onde Miró está indo?

— Viaja para o norte. Eu o pegarei nos próximos três dias.

O coronel Sostelo estava mais aturdido do que nunca.

— Finalmente será dado o xeque-mate.

Era verdade que o coronel Acoca compreendia Jaime Miró e a maneira como sua mente funcionava, mas não era suficiente para ele. O coronel queria uma vantagem, para garantir a vitória, e a encontrara.

— Como...?

— Um dos terroristas de Miró é um informante — explicou o coronel Acoca.

RUBIO, TOMÁS e as duas irmãs evitavam as cidades maiores e seguiam por estradas secundárias, passando por velhas aldeias de pedra, com ovelhas e cabras pastando, os pastores escutando música e partidas de futebol pelos rádios transistorizados. Era uma pitoresca justaposição do passado e do presente, mas Lucia tinha outras coisas na mente.

Permanecia perto de irmã Teresa, esperando pela primeira oportunidade de se apoderar da cruz e fugir. Os dois homens estavam sempre ao lado delas. Rubio Arzano era o mais cortês, um homem alto, simpático, jovial. *Um camponês de mentalidade simples*, concluiu Lucia. Tomás Sanjuro era franzino e calvo. *Parece mais um vendedor de sapatos do que um terrorista. Será fácil enganar os dois.*

Atravessaram as planícies ao norte de Ávila à noite, esfriada pelos ventos que sopravam das montanhas Guadarrama. Havia um vazio assustador nas planícies ao luar. Passavam por granjas de trigo, olivais, vinhedos e milharais e pegavam batatas e alface, frutas das árvores, e ovos e galinhas nos galinheiros.

— Toda a região rural da Espanha é um vasto mercado — comentou Rubio Arzano.

Tomás Sanjuro sorriu.

— E tudo de graça.

Irmã Teresa mantinha-se totalmente indiferente à conversa. Seu único pensamento era alcançar o convento em Mendavia. A cruz parecia cada vez mais pesada, mas estava determinada a não permitir que lhe saísse das mãos. *Muito em breve*, pensou. *Daqui a pouco estaremos lá. Fugimos de Getsêmani e de nossos inimigos para a nova mansão que Ele preparou para nós.*

— O que disse? — indagou Lucia.

Irmã Teresa não percebera que falara em voz alta.

— Eu... nada.

Lucia examinou-a mais atentamente. A mulher mais velha parecia transtornada, e um pouco desorientada, sem saber o que acontecia ao seu redor. Acenou com a cabeça para o saco de aniagem que irmã Teresa carregava.

— Deve estar pesado — disse em tom de simpatia. — Não gostaria que eu carregasse um pouco?

Irmã Teresa comprimiu a cruz contra o corpo.

— Jesus carregou um fardo mais pesado. Posso carregar este por Ele. "Se algum homem for atrás de mim, que negue a si mesmo, assuma a sua cruz diária e me acompanhe." Eu a levarei — acrescentou ela, obstinada.

Havia algo estranho em seu tom de voz.

— Está se sentindo bem, irmã?

— Claro.

IRMÃ TERESA SE achava longe de estar bem. Não conseguira dormir. Sentia-se tonta e febril. A mente escapava ao controle outra vez. *Não posso ficar doente*, pensou. *Irmã Betina me repreenderia.* Mas irmã Betina não estava ali. Era tudo muito confuso. E quem eram aqueles homens? *Não confio neles. O que querem comigo?*

Rubio Arzano tentara puxar conversa com irmã Teresa, procurando deixá-la à vontade.

— Deve lhe parecer estranho, irmã, estar de volta ao mundo. Quanto tempo passou no convento?

Por que ele queria saber?

— Trinta anos.

— Puxa, é um bocado de tempo. De onde veio?

Era angustiante para ela até mesmo pronunciar a palavra.

— Èze.

O rosto de Arzano iluminou-se.

— Èze? Passei um verão lá, em férias. É uma cidadezinha maravilhosa. Conheço bem. Lembro...

Conheço bem. Até que ponto? Será que ele conhece Raoul? Fora Raoul que o mandara? E a verdade atingiu-a como um relâmpago. Aqueles estranhos haviam sido enviados para levá-la de volta a Èze, a Raoul Giradot. Estavam-na sequestrando. Deus a punia por abandonar o bebê de Monique. Ela tinha certeza agora de que a criança que vira na praça de Villacastín era de sua irmã. *Mas não podia ser, não é mesmo? Isso acontecera há trinta anos,* Teresa murmurou para si mesma. *Estão mentindo para mim.*

Rubio Arzano observava-a, escutando seus murmúrios.

— Algum problema, irmã?

Irmã Teresa afastou-se.

— Não.

Ela entendera tudo agora. Não permitiria que a levassem de volta para Raoul e o bebê. Precisava chegar ao convento em Mendavia e entregar a cruz de ouro, Deus então a perdoaria pelo terrível pecado que cometera. *Devo ser esperta. Não posso deixar que percebam que sei de seu segredo.* Olhou para Rubio e acrescentou:

— Estou bem.

Seguindo em frente, através de planícies secas, crestadas pelo sol, chegaram a uma pequena aldeia em que camponesas vestidas de preto lavavam roupa numa fonte, sob um telhado, apoiado em quatro vigas antigas. A água passava por uma comprida calha de madeira, de forma que estava sempre fresca. As mulheres esfregavam as roupas em blocos de pedra e enxaguavam na água corrente.

Uma cena muito pacífica, pensou Rubio. Lembrava-o da fazenda que deixara para trás. *É assim que a Espanha era. Sem bombas, sem matanças. Algum dia voltaremos a ter paz?*

— *Buenos días.*

— *Buenos días.*

— Poderíamos beber um pouco? Viajar deixa as pessoas com muita sede.

— Claro. Sirvam-se, por favor.

A água estava fresca e revigorante.

— *Gracias. Adiós.*

— *Adiós.*

Rubio detestava partir.

AS DUAS MULHERES e seus acompanhantes seguiram em frente, passando por oliveiras e sobreiros, o ar do verão impregnado com a fragrância de uvas e laranjas maduras. Passaram por pomares de macieiras, cerejeiras e ameixeiras, fazendas ruidosas, com o barulho de galinhas, porcos e cabras.

Rubio e Tomás iam na frente, conversando em voz baixa.

Estão falando de mim. Pensam que não conheço seu plano. Irmã Teresa chegou mais perto, a fim de poder escutar o que diziam.

— ... uma recompensa de 500 mil pesetas por nossas cabeças. Claro que o coronel Acoca pagaria mais por Jaime, mas não quer a sua cabeça. Quer seus *cojones.*

Os homens riram.

Enquanto escutava a conversa, a convicção de irmã Teresa foi se tornando cada vez mais forte. *Esses homens são assassinos executando o trabalho de Satã, mensageiros do mal enviados para me condenarem ao inferno eterno. Mas Deus é mais forte do que eles. Ele não permitirá que me levem de volta para casa.*

Raoul Giradot estava ao seu lado, exibindo o sorriso que ela conhecia tão bem.

A voz!

Como?

Ouvi você cantar ontem. É magnífica.

Em que posso servi-la?

Preciso de 3 metros de musselina, por favor.

Pois não. Por aqui... Minha tia é dona desta loja e precisava de ajuda, por isso resolvi trabalhar para ela por algum tempo.

Tenho certeza que poderia conquistar qualquer homem que quisesse, Teresa, mas espero que me escolha.

Ele era tão bonito...

Nunca conheci ninguém como você, minha querida.

Raoul abraçava-a e beijava-a.

Vai ser uma linda noiva.

Mas agora sou esposa de Cristo. Não posso voltar para Raoul.

Lucia observava irmã Teresa atentamente. Ela falava sozinha, mas Lucia não conseguia distinguir as palavras.

Ela está desabando, pensou Lucia. *Não vai aguentar muito tempo. Preciso me apoderar daquela cruz o mais depressa possível.*

O crepúsculo já caíra quando avistaram a cidade de Olmedo ao longe.

Rubio parou.

— Haverá soldados por lá. Vamos subir pelas colinas e contornar a cidade.

Saíram da estrada e deixaram as planícies, rumo às colinas, por cima de Olmedo. O sol deslizava pelos picos da serra, e o céu começava a escurecer.

— Precisamos percorrer apenas mais alguns quilômetros — garantiu Rubio Arzano, tranquilizador. — E depois poderemos descansar.

Alcançaram o topo de uma alta colina quando Tomás Sanjuro levantou a mão subitamente e sussurrou:

— Esperem!

Rubio adiantou-se para o seu lado, foram juntos até a beira da colina e olharam para o vale lá embaixo. Havia um acampamento de soldados.

— *Mierda!* — murmurou Rubio. — Deve haver um pelotão inteiro. Ficaremos aqui em cima pelo resto da noite. Provavelmente eles levantarão acampamento ao amanhecer, e então poderemos seguir em frente. — Virou-se para Lucia e irmã Teresa, tentando não deixar transparecer sua preocupação. — Passaremos a noite aqui, irmãs. Não podemos fazer qualquer barulho. Há soldados lá embaixo, e não queremos que nos descubram.

Era a melhor notícia que Lucia poderia ouvir. *É perfeito*, pensou. *Desaparecerei com a cruz durante a noite. Não ousarão tentar me seguir, por causa dos soldados.*

Para irmã Teresa, a notícia teve um significado diferente. Ouvira os homens comentarem que alguém chamado coronel Acoca estava à procura deles. *Chamaram o coronel Acoca de inimigo. Mas esses homens são o inimigo; portanto, o coronel Acoca deve ser meu amigo. Obrigada, Deus, por me enviar o coronel Acoca.*

O homem alto chamado Rubio estava falando com ela:

— Entendeu, irmã? Todos devemos ficar muito quietos.

— Entendi. — *E entendi mais do que você imagina. Eles não sabiam que Deus lhe permitira ver em seus corações malignos.*

Tomás Sanjuro disse, gentilmente:

— Sei como isso deve ser difícil para as duas, mas não se preocupem. Daremos um jeito para que cheguem sãs e salvas ao convento.

Para Èze, é o que ele está querendo dizer. Ah, mas como ele é astuto. Fala as palavras de mel do diabo. Mas Deus está em mim, e Ele me guia. Ela sabia o que devia fazer. Mas precisava ser muito cautelosa.

Os dois homens arrumaram os sacos de dormir para as freiras, um ao lado do outro.

— Vocês duas devem dormir um pouco.

As mulheres enfiaram-se nos sacos de dormir nada familiares. A noite estava excepcionalmente clara, e o céu salpicado de estrelas cintilantes. Lucia contemplou-as e pensou, feliz: *Dentro de mais algumas horas estarei a caminho da liberdade. Assim que os outros adormecerem.* Ela bocejou. Não percebera como estava cansada. A viagem longa e árdua e a tensão emocional deixaram-na exausta. Sentia os olhos pesados. *Vou descansar só um pouco*, pensou Lucia.

Ela dormiu.

Irmã Teresa, deitada ao seu lado, permaneceu acordada, em sua luta contra os demônios que tentavam possuí-la, a fim de mandar sua alma para o inferno. *Devo ser forte. O Senhor está me testando. Fui exilada a fim de poder encontrar o caminho de volta para Ele. E esses homens fazem de tudo para me deter. Não posso permitir.*

ÀS 4 HORAS DA MANHÃ, irmã Teresa sentou-se sem fazer barulho e olhou à sua volta. Tomás Sanjuro dormia a poucos passos dela. O homem alto e moreno chamado Rubio estava de vigia na beira da clareira, de costas para ela. Podia ver sua silhueta contra as árvores.

Em silêncio, irmã Teresa levantou-se. Hesitou, pensando na cruz. *Devo levá-la? Mas estarei voltando para cá muito em breve. Preciso encontrar um lugar em que fique segura até eu voltar.* Olhou para o lugar em que irmã Lucia dormia. *Isso mesmo. Estará segura com minha irmã em Deus*, decidiu irmã Teresa.

Aproximou-se do outro saco de dormir, sem fazer barulho, e enfiou a cruz lá dentro. Lucia não se mexeu. Irmã Teresa virou-se e afastou-se pelo bosque, fora da vista de Rubio Arzano. Começou a descer a encosta, com todo cuidado, na direção do acampamento dos soldados. A encosta era íngreme e escorregadia com o orvalho, mas Deus lhe deu asas, e ela desceu depressa, sem tropeçar ou cair, ao encontro da salvação.

O vulto de um homem surgiu de repente na escuridão à sua frente. Uma voz indagou:

— Quem está aí?

— Irmã Teresa.

Ela aproximou-se da sentinela, que usava um uniforme militar e apontava um rifle para ela.

— De onde veio, velha?

Irmã Teresa fitou-o com olhos brilhantes.

— Deus me enviou.

A sentinela arregalou os olhos.

— É mesmo?

— É, sim. Ele me mandou para falar com o coronel Acoca.

O soldado balançou a cabeça.

— É melhor dizer a Ele que você não é o tipo do coronel. *Adiós, señora.*

— Não compreende. Sou a irmã Teresa, do convento Cisterciense. Fui capturada por Jaime Miró e seus homens. — Observou uma expressão de espanto estampar-se no rosto do homem.

— Você... é do convento?

— Isso mesmo.

— O de Ávila?

— Exatamente. — Teresa estava impaciente. O que havia com o soldado? Será que não compreendia como era importante que fosse salva daqueles homens maus?

— O coronel não se encontra aqui no momento, irmã... — Era um golpe inesperado. — ... mas o coronel Sostelo está no comando. Posso levá-la a ele.

— E ele poderá me ajudar?

— Claro. Acompanhe-me, por favor.

A sentinela mal podia acreditar em sua sorte. O coronel Fal Sostelo despachara pelotões para vasculharem toda a região à procura das quatro freiras, sem o menor sucesso. Agora, uma das irmãs aparecia no acampamento e se entregava. O coronel ficaria muito satisfeito.

Chegaram à barraca em que o coronel Fal Sostelo e seu subcomandante examinavam um mapa. Os homens levantaram os olhos quando a sentinela e uma mulher entraram.

— Com licença, coronel. Esta é a irmã Teresa, do convento Cisterciense.

O coronel Sostelo ficou incrédulo. Nos últimos três dias, todas as suas energias haviam se concentrado na descoberta de Jaime Miró e as freiras, e agora, ali na sua frente, estava uma delas. Havia mesmo um Deus.

— Sente-se, irmã.

Não há tempo para isso, pensou irmã Teresa. Precisava fazê-lo compreender como a situação era urgente.

— Devemos nos apressar. Eles estão tentando me levar de volta para Èze.

O coronel ficou perplexo.

— Quem está tentando levá-la de volta para Èze?

— Os homens de Jaime Miró.

Ele se levantou.

— Irmã... por acaso sabe onde esses homens se encontram?

Irmã Teresa respondeu impaciente:

— Claro. — Ela virou-se e apontou. — Estão lá em cima, nas colinas, se escondendo de vocês.

Capítulo 18

Alan Tucker chegou a Ávila no dia seguinte à conversa com Ellen Scott. Fora um longo voo, e Tucker devia estar exausto, mas se sentia estimulado. Ellen Scott não era uma mulher propensa a caprichos. *Há alguma coisa estranha por trás de tudo isso, e se eu jogar minhas cartas direito, tenho a impressão de que poderá ser bastante proveitoso para mim*, pensou Alan Tucker. Registrou-se no Cuatro Postes Hotel e perguntou ao recepcionista:

— Há algum jornal por aqui?

— Nesta mesma rua, *señor*. No lado esquerdo, a dois quarteirões. Não pode errar.

— Obrigado.

— De nada.

Enquanto descia pela rua principal, observando a cidade ressuscitar depois da sesta da tarde, Tucker pensava na garota misteriosa que viera buscar. Só podia ser uma coisa importante. Mas importante *por quê*? Podia ouvir a voz de Ellen Scott.

Se ela estiver viva, traga-a para mim. Não deve falar sobre isso com ninguém.

Está certo, madame. O que devo dizer a ela?

Diga apenas que uma amiga de seu pai deseja conhecê-la. Ela virá.

Tucker encontrou a redação do jornal. Entrou e aproximou-se de algumas pessoas que trabalhavam por trás de mesas.

— *Perdone*, eu gostaria de falar com o editor.

O homem apontou para uma sala.

— Ali, *señor*.

— *Gracias*. — Tucker caminhou até a porta aberta e olhou para dentro. Um homem de 30 e poucos anos estava sentado por trás de uma mesa, ocupado com seus textos. — Com licença — disse Tucker. — Posso lhe falar por um momento?

O homem fitou-o.

— Em que posso ajudá-lo?

— Estou à procura de uma *señorita*.

O editor sorriu.

— Não estamos todos, *señor*?

— Foi deixada numa casa de fazenda por aqui quando era bebê.

O sorriso se desvaneceu.

— Ah... Ela foi abandonada?

— Isso mesmo.

— E está tentando descobri-la?

— Estou.

— Há quantos anos isso aconteceu, *señor*?

— Há 28 anos.

O homem deu de ombros.

— Foi antes do meu tempo.

Talvez não seja tão fácil assim.

— O senhor poderia sugerir alguém que seja capaz de me ajudar?

O editor recostou-se na cadeira, pensativo.

— Acho que sim. Sugiro que converse com o padre Berrendo.

Padre Berrendo estava sentado à sua escrivaninha, uma manta cobria-lhe as pernas finas, escutando o estranho.

Quando Alan Tucker terminou de explicar sua presença ali, padre Berrendo disse:

— Por que deseja saber sobre isso, *señor*? Aconteceu há muito tempo. Qual é seu interesse nisso?

Tucker hesitou, escolhendo as palavras com todo cuidado.

— Não estou autorizado a revelar. Só posso lhe garantir que não tenho a intenção de fazer qualquer mal à mulher. Se pudesse me informar onde fica a casa de fazenda em que foi deixada...

A CASA DE FAZENDA. Afloraram as lembranças do dia em que os Morase o procuraram, após levarem a criança ao hospital.

Acho que ela está morrendo, padre. O que vamos fazer?

Padre Berrendo telefonara para seu amigo, Don Morago, o chefe de polícia.

— Acho que a criança foi abandonada por turistas em visita a Ávila. Poderia verificar nos hotéis e pousadas, descobrir se alguém chegou com um bebê e partiu só?

A polícia examinara as fichas de registros que todos os hotéis eram obrigados a preencher, mas nada encontrara.

— É como se a criança tivesse caído do céu — comentara Don Morago.

Não tinha a menor ideia de quanto estava próximo da solução do mistério.

QUANDO PADRE BERRENDO levara a criança para o orfanato, Mercedes Angeles perguntara:

— Ela tem um nome?
— Não sei.
— Não havia uma manta ou qualquer coisa com o nome?
— Não.

Mercedes Angeles olhara para a criança nos braços do padre.

— Então teremos de lhe dar um nome, não é mesmo?

Ela acabara de ler um romance fascinante e gostara muito do nome da heroína.

— Megan... vamos chamá-la de Megan.

E 14 anos depois, padre Berrendo levara Megan para o convento Cisterciense.

Agora, após tantos anos, aquele estrangeiro estava à procura de Megan. *A vida sempre dá voltas completas,* pensou padre Berrendo. *De alguma forma misteriosa, deu um círculo completo para Megan. Não, não para Megan. Esse era o nome que lhe fora dado pelo orfanato.*

— Sente-se, *señor.* Há muita coisa para contar.

E ele contou.

Quando o padre terminou, Alan Tucker ficou em silêncio, a mente em disparada. Devia haver um motivo muito forte para o interesse de Ellen Scott por uma criança abandonada numa casa de fazenda na Espanha há 28 anos. Uma mulher agora chamada Megan, segundo o padre.

Diga a ela que uma amiga de seu pai deseja conhecê-la. Se sua memória não falhava, Byron Scott, a esposa e a filha haviam morrido num desastre de avião, há muitos anos, em algum lugar da Espanha. Poderia haver uma ligação? Alan Tucker sentia uma crescente agitação interna.

— Padre... eu gostaria de ir ao convento para falar com ela. É muito importante.

O padre sacudiu a cabeça.

— Infelizmente, chegou tarde demais. O convento foi atacado há dois dias por agentes do governo.

Alan Tucker ficou aturdido.

— Atacado? O que aconteceu com as freiras?

— Foram presas e transferidas para Madri.

Alan Tucker levantou-se.

— Obrigado, padre. — Pegaria o primeiro avião para Madri.

Padre Berrendo acrescentou:

— Quatro das freiras escaparam. A irmã Megan foi uma delas.

As coisas estavam se complicando.

— Onde ela está agora?

— Ninguém sabe. A polícia e o Exército estão à procura delas e das outras irmãs.

— Ahn...

Em circunstâncias normais, Alan Tucker telefonaria para Ellen Scott e informaria que chegara a um beco sem saída. Mas todos os seus instintos de detetive lhe diziam que havia alguma coisa naquele caso que justificava a continuação da investigação.

ELE FEZ UMA ligação para Ellen Scott.

— Surgiu um problema, Sra. Scott. — Alan Tucker relatou a conversa com o padre. Houve um silêncio prolongado.

— Ninguém sabe onde ela está?

— Ela e as outras fugiram, mas não podem se esconder por muito mais tempo. A polícia e metade do Exército espanhol estão à sua procura. Quando forem encontradas, estarei lá.

Outro silêncio.

— Isso é muito importante para mim, Tucker.

— Sei disso, Sra. Scott.

ALAN TUCKER VOLTOU ao jornal. Estava com sorte. O escritório ainda não fechara. Ele disse ao editor:

— Gostaria de dar uma olhada nos arquivos, se possível.

— Está à procura de alguma coisa em particular?

— Estou, sim. Houve um acidente de avião aqui.

— Há quanto tempo, *señor?*
Se estou certo...
— Há 28 anos. Foi em 1948.
Alan Tucker levou 15 minutos para encontrar a notícia que procurava. A manchete saltou-lhe diante dos olhos.

ACIDENTE DE AVIÃO MATA EXECUTIVO E FAMÍLIA

1º de outubro de 1948. Byron Scott, presidente da Scott Industries, sua esposa Susan e a filha de um ano, Patricia, morreram carbonizados num desastre de avião...

Tirei a sorte grande! Alan Tucker sentiu o pulso começar a disparar. *Se isso é o que estou pensando, então serei um homem rico... um homem muito rico.*

Capítulo 19

Ela estava nua na cama e podia sentir o membro duro de Benito Patas se comprimindo contra sua virilha. O corpo dele era maravilhoso, e ela apertou-o ainda mais, sentindo o calor aumentar em seu próprio corpo. Começou a acariciá-lo, excitá-lo. Mas alguma coisa estava errada. *Eu matei Patas*, pensou. *Ele está morto.*

Lucia abriu os olhos e sentou, tremendo, olhando ansiosa ao redor. Benito não se encontrava ali. Ela estava na floresta, num saco de dormir. Alguma coisa se comprimia contra sua coxa. Estendeu a mão por dentro do saco de dormir e tirou a cruz envolta pela lona. Fitou-a, incrédula. *Deus acaba de fazer um milagre para mim*, pensou.

Não tinha a menor ideia de como a cruz fora parar ali, e também não se importava. Finalmente a conseguira. Tudo o que precisava fazer agora era fugir dali.

Saiu do saco de dormir e olhou para onde irmã Teresa devia estar dormindo. Ela se fora. Lucia olhou à sua volta, pela escuridão, mal pôde divisar o vulto de Tomás Sanjuro na beira da clareira, virado para o outro lado. Não sabia onde Rubio estava. *E não tem importância. É hora de sair daqui*, pensou Lucia.

Lucia encaminhou-se para a beira da clareira oposta àquela em que se encontrava Sanjuro, abaixando-se para não ser vista.

E foi nesse instante que o pandemônio se desencadeou.

O CORONEL FAL SOSTELO tinha uma decisão de comando a tomar. Recebera ordens do primeiro-ministro em pessoa para trabalhar em estreita ligação com o coronel Ramón Acoca, ajudando-o a capturar Jaime Miró e as freiras. Mas o destino o abençoara, entregando uma das freiras em suas mãos. Por que partilhar o crédito com o coronel Acoca, quando podia pegar os terroristas e ficar com toda a glória? *Foda-se o coronel Acoca*, pensou Fal Sostelo. *Este caso é meu. Talvez a OPUS MUNDO passe a me usar, em vez de Acoca, com todas as suas besteiras sobre partidas de xadrez e se meter nas mentes dos outros. Está na hora de dar uma lição ao gigante da cicatriz.*

O coronel Sostelo deu ordens expressas a seus homens.

— Não façam prisioneiros. Estão enfrentando terroristas. Atirem para matar.

O major Ponte hesitou.

— Coronel, há freiras com os homens de Miró. Não deveríamos...?

— Estaremos prestando um favor a elas, ajudando-as a se encontrarem com seu Deus.

Sostelo selecionou uma dezena de homens para acompanhá-lo na operação e determinou que fossem fortemente armados. Subiram pela encosta sem fazer barulho, no escuro. A lua desaparecera por trás das nuvens. Quase não havia visibilidade. *Ótimo. Eles não poderão perceber nossa aproximação.* Depois que seus homens assumiram as posições, o coronel Sostelo gritou, apenas como uma formalidade:

— Larguem as armas! Vocês estão cercados! — E no mesmo instante, acrescentou: — Fogo! Não parem de atirar!

Uma dezena de armas automáticas começou a disparar uma saraivada de balas pela clareira.

Tomás Sanjuro não teve a menor chance. Uma rajada de metralhadora acertou-o no peito, e ele morreu antes mesmo de o corpo bater no chão. Rubio Arzano encontrava-se do outro lado da clareira quando o tiroteio começou. Viu Sanjuro cair, virou-se e começou a levantar a arma para responder ao fogo, mas conteve-se. A escuridão na clareira era total, e os soldados disparavam a esmo. Se respondesse ao fogo, revelaria sua posição. Para seu espanto, divisou Lucia agachada a menos de um metro.

— Onde está irmã Teresa? — sussurrou ele.

— Ela... ela sumiu.

— Fique abaixada.

Rubio pegou a mão de Lucia e ziguezagueou para a floresta, afastando-se do fogo inimigo. Os tiros zumbiam perigosamente próximos enquanto corriam, mas momentos depois Lucia e Rubio já se encontravam entre as árvores. Continuaram a correr.

— Segure em mim, irmã.

Podiam ouvir os soldados atrás, mas aos poucos o barulho foi diminuindo. Era impossível perseguir alguém na escuridão total da floresta.

Rubio parou para deixar Lucia recuperar o fôlego.

— Nós os despistamos por enquanto — disse-lhe ele. — Mas precisamos continuar a fugir.

Lucia respirava com dificuldade.

— Se quiser descansar um pouco, irmã...

— Não. — Ela estava exausta, mas não tinha a menor intenção de deixar que a apanhassem. Logo agora, que estava com a cruz.

— Estou bem. Vamos sair daqui.

O CORONEL FAL SOSTELO defrontava-se com o desastre. Um terrorista estava morto, mas só Deus sabia quantos haviam escapado. Não tinha Jaime Miró, e só pegara uma das freiras. Sabia que teria de comunicar ao coronel Acoca o acontecido, e não se sentia ansioso pelo encontro.

A SEGUNDA LIGAÇÃO de Alan Tucker para Ellen Scott foi ainda mais perturbadora do que a primeira.

— Descobri uma informação muito interessante, Sra. Scott — disse, cauteloso.

— O que é?

— Verifiquei os arquivos de um jornal daqui, a fim de obter mais informações sobre a menina.

— E o que encontrou? — Ellen preparou-se para o que sabia ser inevitável.

Alan Tucker manteve a voz casual.

— Parece que ela foi abandonada por volta da ocasião do seu desastre de avião.

Silêncio.

Ele continuou:

— O que matou seu cunhado, a esposa e a filha Patricia.

Chantagem. Não havia outra explicação. Portanto, ele descobrira tudo.

— É isso mesmo — disse Ellen Scott, calmamente. — Eu deveria ter falado tudo. Explicarei quando voltar. Tem mais alguma notícia da menina?

— Não, mas ela não pode se esconder por muito mais tempo. O país inteiro está à sua procura.

— Avise-me assim que for encontrada.

A ligação foi cortada.

Alan Tucker continuou sentado, o olhar voltado para o fone mudo na mão. *Ela é uma mulher fria*, pensou, com admiração. *Como será que vai aceitar a ideia de ter um sócio?*

Cometi um erro ao *mandá-lo,* pensou Ellen Scott. *Agora terei de detê-lo. E o que faria com a menina? Uma freira! Mas não vou julgá-la até conhecê-la.*

A secretária avisou pelo interfone:

— Estão todos à sua espera na sala de reunião, Sra. Scott.

— Já estou indo.

Lucia e Rubio continuaram a avançar pelo bosque, aos escorregões e tropeções, lutando com galhos de árvores, moitas e insetos, mas cada passo os levava para mais longe dos perseguidores.

Rubio finalmente anunciou:

— Podemos parar aqui. Não vão mais nos encontrar.

Estavam bem alto nas montanhas, no meio de uma densa floresta. Lucia deitou, fazendo um grande esforço para recuperar o fôlego. Em sua mente, reconstituiu as cenas terríveis que testemunhara. *Tomás fuzilado sem qualquer aviso. E os filhos da puta queriam assassinar a todos nós*, pensou Lucia. Só continuava viva graças ao homem sentado ao seu lado.

Ela observou Rubio, enquanto ele se levantava e fazia um reconhecimento da área ao redor.

— Podemos passar o resto da noite aqui, irmã.

— Está bem. — Ela estava impaciente para continuar, mas sabia que precisava descansar.

Como se lesse seus pensamentos, Rubio acrescentou:

— Partiremos ao amanhecer.

Lucia sentiu uma pontada no estômago.

— Deve estar faminta. Vou à procura de comida. Ficará bem aqui sozinha?

— Claro. Não se preocupe comigo.

Rubio agachou-se ao seu lado.

— Por favor, tente não ficar assustada. Sei como deve ser difícil para você se encontrar outra vez no mundo, após tantos anos no convento. Tudo deve lhe parecer muito estranho.

Lucia fitou-o e disse, sem qualquer inflexão na voz:

— Farei um esforço para me acostumar.

— É muito corajosa, irmã. — Ele levantou-se. — Voltarei logo.

Lucia observou-o desaparecer entre as árvores. Era hora de tomar uma decisão, e havia duas opções: podia escapar agora, tentar alcançar alguma cidadezinha próxima, trocar a cruz por um passaporte e dinheiro suficiente para chegar à Suíça; ou podia continuar com Rubio até se distanciarem ainda mais dos soldados. *A segunda opção é mais segura*, decidiu Lucia.

Ouviu um barulho entre as árvores e virou-se. Era Rubio. Ele aproximou-se, sorrindo. Trazia a boina na mão, estufada com tomates, uvas e maçãs.

Sentou-se no chão, ao lado de Lucia.

— Café da manhã. Havia uma galinha gorda e bonita disponível, mas o fogo que precisaríamos para cozinhá-la poderia denunciar nossa presença. Há uma fazenda aqui perto.

Lucia olhou para o conteúdo da boina.

— Parece ótimo. Estou faminta.

Ele deu-lhe uma maçã.

— Prove esta.

Terminaram de comer, e Rubio estava falando, mas Lucia, absorta em seus pensamentos, não prestava atenção.

— Disse que estava havia dez anos no convento, irmã?

Lucia foi arrancada de seu devaneio.

— Como?

— Passou dez anos no convento?

— Passei.

Ele balançou a cabeça.

— Então não tem a menor ideia do que aconteceu durante todo esse tempo.

— Ahn... não.

— Muita coisa mudou nos últimos dez anos, irmã.

— É mesmo?

— *Sí*. Franco morreu — disse Rubio gravemente.

— Não!

— É verdade. No ano passado.

E indicou Juan Carlos seu herdeiro.

— Pode achar muito difícil acreditar, mas um homem andou na Lua pela primeira vez. É a pura verdade.

— É mesmo?

Na verdade, dois homens, pensou Lucia. *Como eram os seus nomes? Neil Armstrong e Buzz alguma coisa.*

— É, sim. Norte-americanos. E há agora um avião de passageiros que voa mais rápido do que o som.

— Incrível!

Mal posso esperar para viajar no Concorde, pensou Lucia.

Rubio era como uma criança, ansioso de pô-la a par dos últimos acontecimentos no mundo.

— Houve uma revolução em Portugal, e nos Estados Unidos da América o presidente Nixon esteve envolvido num grande escândalo e foi obrigado a renunciar.

Rubio é sem dúvida muito simpático, refletiu Lucia.

Ele tirou do bolso um maço de cigarros Ducados, o forte tabaco preto da Espanha.

— Não vou ofendê-la se fumar, irmã?

— Claro que não. Por favor, fume.

Observou-o acender o cigarro, e no momento em que a fumaça alcançou suas narinas sentiu-se desesperada para fumar.

— Importa-se se eu experimentar um?

Ele ficou espantado.

— Quer experimentar um cigarro?

— Só para ver como é — apressou-se Lucia em explicar.

— Ah... claro. — Rubio estendeu-lhe o maço.

Ela pegou um e pôs entre os lábios, ele acendeu-o. Lucia inalou fundo e sentiu-se maravilhosa quando a fumaça encheu-lhe os pulmões.

Rubio observava-a, perplexo.

Lucia tossiu.

— Então é esse o gosto de um cigarro...

— Acha bom?

— Não muito, mas...

Deu outra tragada, profunda, satisfatória. Só Deus sabia o quanto sentira falta de um cigarro. Mas precisava ser cautelosa. Não queria deixá-lo desconfiado. Por isso apagou o cigarro que segurara desajeitadamente entre os dedos. Passara apenas uns poucos meses no convento, mas Rubio estava certo. Parecia mesmo estranho se encontrar outra vez no mundo. Especulou como Megan e Graciela estariam se saindo. E o que acontecera com irmã Teresa? Teria sido capturada pelos soldados?

Os olhos de Lucia começaram a arder. Fora uma noite longa, de muita tensão.

— Acho que vou dormir um pouco.

— Não se preocupe. Ficarei de vigia, irmã.

— Obrigada — disse ela com um sorriso. Momentos depois estava dormindo.

Rubio Arzano contemplou-a e pensou: *Jamais conheci uma mulher assim*. Era tão espiritual que dedicara sua vida a Deus, mas ao mesmo tempo era prática e objetiva. E se comportara naquela noite tão bravamente quanto qualquer homem.

Você é uma mulher muito especial, pensou Rubio Arzano, enquanto a observava dormir. *Irmãzinha de Jesus*.

Capítulo 20

O coronel Fal Sostelo estava em seu décimo cigarro. *Não posso adiar por mais tempo*, decidiu. *É sempre melhor despachar as más notícias rapidamente.* Respirou fundo várias vezes para se acalmar e depois discou um número. E disse, assim que Ramón Acoca atendeu:

— Coronel, atacamos um acampamento terrorista ontem à noite. Fui informado de que Jaime Miró estava lá. Achei que deveria ser informado.

Houve um silêncio perigoso.

— Pegou-o?

— Não.

— Realizou essa operação sem me consultar?

— Não havia tempo para...

— Mas houve tempo para deixar Miró escapar. — A voz de Acoca estava impregnada de fúria. — O que o levou a empreender essa operação executada com tanta competência?

O coronel Sostelo engoliu em seco.

— Pegamos uma das freiras do convento. Ela nos levou a Miró e seus homens. Matamos um deles no ataque.

— Mas todos os outros escaparam?

— Isso mesmo, coronel.

— Onde está a freira agora? Ou será que a deixou escapar também? — O tom era sarcástico.

— Claro que não, coronel. Ela está aqui, no acampamento. Começamos a interrogá-la e...

— Não faça isso. Pode deixar que a interrogarei pessoalmente. Estarei aí dentro de uma hora. Veja se consegue mantê-la até a minha chegada. — Ele bateu o fone.

EXATAMENTE UMA hora depois, o coronel Ramón Acoca chegou ao acampamento em que irmã Teresa se encontrava. Estava acompanhado por uma dezena de homens do GOE.

— Tragam-me a freira — ordenou Acoca.

Irmã Teresa foi conduzida à barraca do comando, onde o coronel Acoca a aguardava.

Ele levantou-se polidamente quando ela entrou e sorriu.

— Sou o coronel Acoca.

Finalmente!

— Sabia que você viria. Deus me disse.

Ele acenou com a cabeça, amavelmente.

— É mesmo? Ótimo. Sente-se, por favor, irmã.

Irmã Teresa sentia-se nervosa demais para sentar.

— Precisa me ajudar.

— Vamos ajudar um ao outro — assegurou o coronel. — Escapou do convento Cisterciense em Ávila, não é mesmo?

— É, sim. Foi terrível. Todos aqueles homens... Eles fizeram coisas horríveis e... — Sua voz hesitou.

E coisas estúpidas. Deixamos que você e as outras escapassem.

— Como chegou aqui, irmã?

— Deus me trouxe. Está me testando, como outrora testou...

— Junto com Deus, alguns homens também a trouxeram para cá, irmã? — perguntou o coronel Acoca, paciente.

— Isso mesmo. Eles me sequestraram. E eu tinha de fugir deles.

— Disse ao coronel Sostelo onde poderia encontrar esses homens?

— Disse, sim. Os maus. Raoul está por trás de tudo isso. Ele me enviou uma carta e disse...

— Irmã, o homem que procuramos em particular é Jaime Miró. Por acaso o viu?

Ela estremeceu.

— Vi, sim. Ele...

O coronel inclinou-se para a frente.

— Isso é ótimo. Agora me diga onde posso encontrá-lo.

— Ele e os outros estão a caminho de Èze.

Acoca franziu o rosto, perplexo.

— Para Èze? Na França?

Suas palavras eram um murmúrio desvairado.

— Isso mesmo. Monique abandonou Raoul e ele enviou os homens para me sequestrarem por causa do bebê, para que eu...

O coronel tentou controlar sua crescente impaciência.

— Miró e seus homens estão seguindo para o norte. Èze fica para leste.

— ... Não deve deixar que me levem de volta para Raoul. Não quero vê-lo nunca mais. Não poderia encará-lo...

O coronel Acoca interveio bruscamente:

— Não estou interessado nesse tal de Raoul. Quero saber onde posso encontrar Jaime Miró.

— Já lhe disse. Ele está em Èze, à minha espera. Quer...

— Está mentindo. Acho que tenta proteger Miró. Não quero machucá-la, por isso vou perguntar mais uma vez. Onde está Jaime Miró?

Irmã Teresa fitou-o, desamparada.

— Não sei — murmurou ela, olhando ao redor, desvairada. — Não sei.

— Disse um momento atrás que ele se encontrava em Èze.

A voz do coronel era como um chicote estalando.

— É verdade. Deus me contou.

O coronel Acoca já aguentara demais. A mulher era demente ou uma atriz brilhante. De qualquer forma, ela o enojava com toda aquela conversa de Deus. Ele virou-se para Patrício Arrieta, seu ajudante de ordens.

— A memória da irmã precisa de algum estímulo. Leve-a para a barraca do intendente. Talvez você e seus homens possam ajudá-la a lembrar onde está Jaime Miró.

— Está bem, coronel.

Patrício Arrieta e os homens que o acompanhavam haviam participado do ataque ao convento em Ávila. Sentiam-se responsáveis por deixarem as quatro freiras escaparem. *Pois compensaremos isso agora*, pensou Arrieta. Ele virou-se para irmã Teresa.

— Venha comigo, irmã.

— Está certo. — *Abençoado Jesus, obrigada.* — Não vão deixar que eles me levem para Èze, não é mesmo?

— Não, não vai para Èze — assegurou Arrieta.

O coronel tem razão, ele pensou. *Ela está se divertindo conosco. Mas vamos lhe ensinar outras diversões. Será que ficará deitada quietinha ou gritará?*

Ao chegarem à barraca da intendência, Arrieta disse:

— Irmã, vamos lhe dar uma última oportunidade. Onde está Jaime Miró?

Já não me perguntaram isso antes? Ou foi outra pessoa? Foi aqui ou... tudo está confuso demais.

— Ele me sequestrou a mando de Raoul, porque Monique o abandonou, e ele pensou...

— *Bueno,* se é assim que você prefere... — murmurou Arrieta.
— Veremos se não conseguimos lhe refrescar a memória.
— Eu gostaria muito, por favor. Tudo é muito confuso.

Meia dúzia de homens de Acoca entrou na barraca, junto com alguns soldados uniformizados de Sostelo. Irmã Teresa fitou-os, piscou os olhos, aturdida.

— Esses homens vão me levar para o convento agora?
— Farão melhor do que isso. — Patrício Arrieta sorriu.
— Vão levá-la para o paraíso, irmã.

Os homens adiantaram-se, cercando-a.

— É muito bonito o vestido que está usando — disse um soldado. — Tem certeza de que é freira, querida?
— Sou, sim. — Raoul a chamara de querida. Aquele era Raoul?
— Tivemos de trocar de roupas para escapar dos soldados.

Mas aqueles homens eram soldados. Estava tudo confuso demais. Um dos homens empurrou Teresa para o catre.

— Não é nenhuma beleza, mas vamos ver como se parece por baixo de todas essas roupas.
— O que está fazendo?

Ele estendeu a mão e arrancou a parte superior do vestido, enquanto outro homem rasgava a saia.

— Até que não é um corpo dos piores para uma velha, não é mesmo, pessoal?

Teresa gritou. Olhou para os homens à sua volta. *Deus vai fulminar todos eles. Não permitirá que me toquem, pois sou seu receptáculo. Estou com o Senhor, bebendo de Sua fonte de pureza.*

Um dos soldados abriu o cinto. Um instante depois, irmã Teresa sentiu mãos rudes abrirem-lhe as pernas. Enquanto o soldado se esparramava por cima dela, sentiu sua carne dura penetrá-la e tornou a gritar.

— Agora, Deus! Castigue-os agora! — Esperou pela trovoada e o relâmpago brilhante que destruiriam todos aqueles homens.

Outro soldado subiu em cima dela. Um nevoeiro vermelho assentou-lhe sobre os olhos. Teresa ficou à espera que Deus os fulminasse, quase inconsciente dos homens que a estupravam. Não sentia mais a dor.

Arrieta estava de pé ao lado do catre. Depois que cada homem terminava com Teresa, ele perguntava:

— Já é suficiente, irmã? Pode acabar com isso a qualquer momento. Tudo o que precisa fazer é me contar onde está Jaime Miró.

Irmã Teresa não ouvia. Gritava em sua mente: *Fulmine-os com Seu poder, Senhor. Extermine-os como exterminou os outros iníquos em Sodoma e Gomorra.*

Por mais incrível que pudesse parecer, Ele não respondeu. Não era possível, pois Deus se encontrava em toda parte. E quando o sexto homem penetrou em seu corpo, a epifania ocorreu-lhe subitamente. Deus não estava escutando porque não havia Deus. Ela enganara a si mesma durante todos aqueles anos, idolatrando um poder supremo e servindo-o fielmente. Mas não havia nenhum poder supremo. *Se Deus existisse, Ele teria me salvado.*

O nevoeiro vermelho dissipou-se da frente dos olhos de irmã Teresa, e ela teve uma visão nítida do que acontecia pela primeira vez. Havia pelo menos uma dezena de soldados na barraca esperando a vez de estuprá-la. Os soldados na fila estavam de uniforme, não se dando o trabalho de tirá-lo. Enquanto um soldado saía de cima dela, o seguinte agachou-se por cima dela e penetrou-a logo depois.

Não há Deus, mas existe um Satã, e esses são seus ajudantes, pensou irmã Teresa. *E eles devem morrer. Todos eles.*

Enquanto o soldado afundava nela, irmã Teresa tirou-lhe a pistola do coldre. Antes que alguém pudesse reagir, ela apontou-a para Arrieta. A bala acertou-o na garganta. Apontou então a arma para os outros soldados e continuou a disparar. Quatro deles caíram ao chão antes que os outros recuperassem o controle e começassem a atirar nela. Por causa do soldado em cima dela, tiveram dificuldade para mirar.

Irmã Teresa e seu último estuprador morreram ao mesmo tempo.

Capítulo 21

Jaime Miró acordou instantaneamente, despertado por um movimento na beira da clareira. Saiu do saco de dormir e levantou-se, com a arma na mão. Quando se aproximou, viu Megan ajoelhada, rezando. Ficou imóvel, estudando-a. Havia uma extraordinária beleza na imagem daquela linda mulher concentrada em suas orações na floresta, no meio da noite. Jaime descobriu-se ressentido. *Se Felix Carpio não dissesse que estávamos a caminho de San Sebastián, eu não estaria com o fardo da irmã, para começar.*

Era indispensável que ele chegasse a San Sebastián o mais depressa possível. O coronel Acoca e seus homens fechavam o cerco. Mesmo sozinho, já seria muito difícil escapar da rede. Com o fardo adicional daquela mulher para retardá-lo, o perigo era dez vezes maior.

Aproximou-se de Megan, irritado, a voz soou mais ríspida do que pretendia.

— Já lhe disse para dormir um pouco. Não quero que nos retarde amanhã.

Megan fitou-o e disse calmamente:

— Desculpe se o deixei zangado.

— Irmã, guardo minha raiva para coisas mais importantes. Seu tipo apenas me cansa. Passam suas vidas escondidas por trás de muros de pedra, à espera de uma viagem gratuita para o outro mundo. Deixam meu estômago embrulhado, todas vocês.

— Porque acreditamos no outro mundo?

— Não, irmã. Porque não acreditam neste. E fogem dele.

— Para rezar por homens como você. Dedicamos nossas vidas a preces por vocês.

— E acha que isso resolverá os problemas do mundo?

— Com o tempo, sim.

— Não há tempo. Seu Deus não pode ouvir as orações por causa do barulho dos canhões e dos gritos das crianças sendo dilaceradas pelas bombas.

— Quando se tem fé...

— Ora, irmã, tenho muita fé. Tenho fé naquilo por que estou lutando. Tenho fé em meus homens e nas minhas armas. Só não tenho fé nas pessoas que andam sobre a água. Se acha que seu Deus está nos escutando agora, diga a Ele que nos leve ao convento em Mendavia, a fim de que eu possa me livrar de você.

Estava furioso consigo mesmo por perder a calma. Não era culpa dela que a Igreja tivesse se posto de lado, sem fazer nada, enquanto os falangistas de Franco torturavam, estupravam e assassinavam bascos e catalães. *Não foi culpa dela que minha família estivesse entre as vítimas.*

Ele era criança na ocasião, mas aquela lembrança ficaria gravada em sua memória para sempre...

FOI DESPERTADO no meio da noite pelo barulho das bombas caindo. Desciam do céu como mortíferas flores de som, plantando suas sementes de destruição por toda parte.

— Levante, Jaime! Depressa!

O medo na voz do pai era mais assustador para o menino do que o estrondo terrível do bombardeio aéreo.

Guernica era um baluarte dos bascos, e o general Franco decidira convertê-la numa lição: "Destruam-na."

A temida Legião Condor nazista e alguns aviões italianos desfecharam um ataque concentrado sem misericórdia. Os moradores da pequena cidade tentaram fugir da chuva de morte que caía do céu, mas não havia escapatória.

Jaime, a mãe, o pai e duas irmãs mais velhas fugiram junto com os outros.

— Para a igreja! — gritou o pai de Jaime. — Eles não vão bombardear a igreja.

Ele estava certo. Todos sabiam que a Igreja se postara do lado do caudilho, ignorando o tratamento brutal dispensado a seus inimigos.

A família Miró encaminhou-se para a igreja, fazendo força para abrir caminho pela multidão em pânico que tentava fugir.

O menino segurava com toda força a mão do pai e procurava não ouvir o barulho terrível à sua volta. Lembrou um tempo em que o pai não estava assustado, nem fugindo.

— Vamos ter uma guerra? — perguntou ele ao pai uma vez.

— Não, Jaime. É apenas boato de jornal. Tudo o que pedimos é que o governo nos dê um mínimo de independência. Os bascos e catalães têm direito à sua própria língua, bandeira e feriados. Ainda somos uma nação. E espanhóis nunca lutarão contra espanhóis.

Jaime era muito pequeno na ocasião para compreender, mas claro que havia mais em jogo do que a questão dos catalães e bascos. Era um profundo conflito ideológico entre o governo republicano e os nacionalistas da direita, e o que começara como uma faísca de dissidência logo se transformou numa conflagração incontrolável, que atraiu outras potências estrangeiras.

Quando as forças superiores de Franco derrotaram os republicanos e os nacionalistas já mantinham um firme controle da Espanha, o ditador concentrara sua atenção nos intransigentes bascos: "Punam-nos."

E o sangue continuara a jorrar.

Um grupo de líderes bascos criara o ETA, um movimento por um Estado Basco Livre, e o pai de Jaime fora convidado a aderir.

— Não. Está errado. Devemos obter o que é nosso por direito por meios pacíficos. A guerra nada realiza.

Mas os gaviões demonstraram ser mais fortes do que as pombas, e o ETA logo se tornara uma força poderosa.

Jaime tinha amigos cujos pais eram membros do ETA e escutava as histórias de seus feitos heroicos.

— Meu pai e um grupo de amigos atacaram a bomba o quartel-general da guarda civil — lhe diria um colega.

Ou:

— Já soube do assalto ao banco em Barcelona? Foi meu pai. Agora eles podem comprar armas para combater os fascistas.

E o pai de Jaime insistia:

— A violência é um erro. Devemos negociar.

— Explodimos uma das fábricas deles em Madri. Por que seu pai não está do nosso lado? Ele é um covarde?

O pai dizia a Jaime:

— Não dê atenção a seus amigos, Jaime. A atitude deles é criminosa.

— Franco ordenou que uma dezena de bascos fosse executada sem um julgamento sequer. Vamos promover uma retaliação em escala nacional. Seu pai vai se juntar a nós?

— Papai...?

— Somos todos espanhóis, Jaime. Não devemos permitir que ninguém nos divida.

E o menino estava dividido. *Meus amigos estão certos? Papai é um covarde?* Jaime acreditava no pai.

E agora... Armagedom. O mundo desmoronava ao seu redor. As ruas da Guernica estavam apinhadas por uma multidão que gritava e tentava escapar das bombas vindas do céu. Prédios, estátuas e calçadas explodiam em chuvas de concreto e sangue.

Jaime, a mãe, o pai e as irmãs chegaram à enorme igreja, o único prédio na praça que ainda se encontrava de pé. Outras pessoas batiam à porta.

— Deixem-nos entrar! Em nome de Jesus, abram a porta!

— O que está acontecendo? — gritou o pai de Jaime.

— Os padres trancaram a igreja. Não querem nos deixar entrar.

— Vamos arrombar a porta!

— Não!

Jaime olhou para o pai, surpreso.

— Não arrombamos a casa de Deus — declarou o pai.

— Ele nos protegerá onde quer que estejamos.

Tarde demais, eles viram o esquadrão de falangistas aparecer vindo da esquina e abrir fogo de metralhadora, varrendo a multidão desarmada de homens, mulheres e crianças na praça. Mesmo enquanto sentia as balas se cravando em seu corpo, o pai de Jaime segurou o filho e puxou-o para baixo, para a segurança, seu próprio corpo protegendo Jaime da saraivada mortífera.

Um silêncio fantástico parecia envolver o mundo depois do ataque. O som de armas, de pessoas às carreiras e gritos desapareceu, como num passe de mágica. Jaime abriu os olhos e ficou imóvel por um longo tempo, sentindo o peso do corpo do pai por cima, como um cobertor de amor. O pai, a mãe e as irmãs estavam mortos, junto com centenas de outros. E na frente dos cadáveres estavam as portas trancadas da igreja.

Tarde da noite Jaime deixou a cidade, e dois dias depois, ao chegar a Bilbao, ingressou na ETA.

O oficial de recrutamento encarou-o e disse:

— Você é jovem demais para se juntar a nós, filho. Devia estar na escola.

— Vocês serão minha escola — respondeu Jaime Miró, calmamente. — Vão me ensinar a lutar, a fim de que eu possa vingar o assassinato de minha família.

Ele nunca olhou para trás. Lutava por si mesmo e pela família, seus feitos se tornaram lendários. Jaime planejava e executava ataques audaciosos a fábricas e bancos, comandava as execuções de opressores. Quando algum dos seus homens era capturado, ele conduzia missões temerárias para salvá-lo.

Ao ser informado da criação do GOE para perseguir os bascos, Jaime sorriu e comentou:

— Ótimo. Eles nos notaram.

Nunca se perguntou se os riscos que assumia se relacionavam de alguma forma com os gritos de "Seu pai é um covarde" ou se tentava provar alguma coisa a si mesmo e aos outros. Era suficiente que provasse sempre sua coragem e que não tivesse medo de arriscar a vida pelo que acreditava.

Agora, porque um dos seus homens falara demais, Jaime se descobria sobrecarregado com uma freira.

É irônico que sua Igreja esteja agora do nosso lado. Mas é tarde demais, a menos que eles possam promover um Segundo Advento e incluam minha mãe, pai e irmãs, pensou, amargurado.

Eles andavam pela floresta à noite, o luar branco salpicava a paisagem ao redor. Evitavam as cidades e estradas principais, alertas a qualquer sinal de perigo. Jaime ignorava Megan. Ia junto de Felix, conversando sobre aventuras passadas. Megan descobriu-se intrigada. Jamais conhecera alguém como Jaime Miró. Era um homem seguro e confiante.

Se alguém pode me levar a Mendavia, pensou Megan, *é esse homem.*

HAVIA MOMENTOS em que Jaime sentia pena da irmã, até mesmo uma admiração relutante pela maneira como ela se comportava na árdua jornada. Especulava como seus outros homens estariam se saindo com as pupilas de Deus.

Pelo menos ele tinha Amparo Jirón. À noite, encontrava nela um grande conforto.

Ela é tão dedicada quanto eu, pensou Jaime. *E tem ainda mais motivos do que eu para odiar o governo.*

Toda a família de Amparo fora exterminada pelo Exército Nacionalista. Ela era profundamente independente e dominada por uma paixão intensa.

AO AMANHECER, estavam se aproximando de Salamanca, à margem do rio Tormes.

— Estudantes de toda a Espanha vêm cursar a universidade aqui — Felix explicou para Megan. — Provavelmente é a melhor do país.

Jaime não prestava atenção. Concentrava-se em seu próximo movimento. *Se eu fosse o caçador, onde poria minha armadilha?* Ele virou-se para Felix.

— Não vamos parar em Salamanca. Há uma estalagem fora da cidade. Ficaremos lá até o anoitecer.

A ESTALAGEM ERA pequena, afastada do fluxo principal de turistas. Alguns degraus levavam ao saguão, guardado por uma antiga armadura de cavaleiro.

Ao se aproximarem da entrada, Jaime disse às duas mulheres:

— Esperem aqui. — Ele acenou com a cabeça para Felix Carpio e os dois desapareceram.

— Para onde eles vão? — perguntou Megan.

Amparo Jirón lançou-lhe um olhar desdenhoso.

— Talvez estejam à procura do seu Deus.

— Espero que O encontrem — respondeu Megan, suavemente.

Os homens voltaram dez minutos depois.

— Tudo calmo — informou Jaime a Amparo. — Você e a irmã dividirão um quarto. Felix ficará comigo. — Ele entregou-lhe uma chave.

Amparo protestou.

— *Querido*, quero ficar com você, não...

— Faça o que estou dizendo. E fique de olho nela.

Amparo virou-se para Megan.

— *Bueno*. Vamos embora, irmã.

Megan entrou na estalagem e subiu os degraus atrás de Amparo.

O quarto era um dos 12 localizados no segundo andar, ao longo de um corredor cinzento. Amparo abriu a porta, e as duas entraram. Era pequeno e desolado, escassamente mobiliado, o chão de tábuas, paredes de estuque, uma cama, um pequeno catre, uma cômoda escalavrada e duas cadeiras.

Megan olhou ao redor e exclamou:

— É lindo!

Amparo Jirón virou-se com raiva, pensando que Megan estava sendo sarcástica.

— Quem é você para se queixar...?

— É tão grande... — acrescentou Megan.

Amparo fitou-a em silêncio por um momento, depois riu. Claro que devia parecer enorme, em comparação com as celas em que as irmãs viviam.

Amparo começou a despir-se.

Megan não pôde deixar de contemplá-la. Era a primeira vez em que realmente olhava para Amparo Jirón, à luz do dia. A mulher era muito bonita, de uma maneira simples. Tinha cabelos ruivos, pele branca, seios fartos, cintura fina e quadris que ondeavam a cada movimento.

Amparo percebeu que ela a observava.

— Irmã... poderia me dizer uma coisa? Por que alguém ingressaria num convento?

Era uma pergunta fácil de responder.

— O que pode ser mais maravilhoso do que se devotar à glória de Deus?

— De imediato, posso pensar em mil coisas. — Amparo foi até a cama e sentou-se. — Pode dormir no catre. Pelo que me contaram, seu Deus não quer que fiquem muito confortáveis.

Megan sorriu.

— Não tem importância. Eu me sinto confortável por dentro.

EM SEU QUARTO, no outro lado do corredor, Jaime Miró acomodou-se na cama. Felix Carpio tentava se ajeitar no pequeno catre. Os dois permaneciam vestidos. A arma de Jaime encontrava-se debaixo do travesseiro, a de Felix na mesinha escalavrada ao seu lado.

— O que será que as leva a fazerem isso? — especulou Felix, em voz alta.

— Fazer o quê, *amigo*?

— Ficarem trancafiadas num convento a vida inteira, como prisioneiras.

Jaime Miró deu de ombros.

— Pergunte à irmã. Eu gostaria muito que estivéssemos viajando sozinhos. Estou com um terrível pressentimento.

— Jaime, Deus nos agradecerá por esta boa ação.

— Acredita mesmo nisso? Não me faça rir.

Felix não insistiu no assunto. Não era conveniente discutir sobre a Igreja Católica com Jaime. Os dois ficaram em silêncio, cada um absorto em seus pensamentos.

Felix Carpio estava pensando: *Deus pôs as irmãs em nossas mãos. Precisamos levá-las a salvo a um convento.*

Jaime pensava em Amparo. Queria-a desesperadamente naquele momento. *Aquela maldita freira.* Começou a puxar as cobertas quando se lembrou de que ainda havia uma coisa a ser feita.

NO SAGUÃO PEQUENO e escuro lá embaixo, o recepcionista estava sentado em silêncio, à espera até ter certeza que os novos hóspedes dormiam. Seu coração batia forte quando pegou o telefone e discou.

Uma voz indolente atendeu.

— Delegacia de polícia.

O recepcionista sussurrou ao telefone para o sobrinho:

— Florian, Jaime Miró e mais três terroristas estão aqui. Não gostaria de ter a honra de prendê-los?

Capítulo 22

Cento e cinquenta quilômetros para o leste, numa área de bosque no caminho para Peñafiel, Lucia Carmine dormia.

Rubio Arzano estava sentado, observando-a, relutante em acordá-la. *Ela dorme como um anjo*, pensou.

Mas já era quase de manhã, hora de seguir viagem. Rubio inclinou-se e sussurrou gentilmente em seu ouvido:

— Irmã Lucia...

Ela abriu os olhos.

— Está na hora de partirmos.

Lucia bocejou e espreguiçou-se. A blusa desabotoara e parte de um seio apareceu. Rubio logo desviou os olhos.

Devo me precaver contra os meus pensamentos. Ela é a esposa de Jesus.

— Irmã...

— O que é?

— Eu... eu gostaria de lhe pedir um favor.

Ele estava quase corando.

— Pode pedir.

— Eu... já faz muito tempo que rezei pela última vez, mas fui criado como católico. Importa-se de dizer uma oração? — Era a última coisa que Lucia esperava.

Há quanto tempo eu não faço uma oração?, indagou-se Lucia. O convento não contava. Enquanto as outras rezavam, sua mente estava ocupada com os planos de fuga.

— Eu... eu não...

— Tenho certeza de que isso faria com que nos sentíssemos melhor.

Como ela podia explicar que não se lembrava de nenhuma oração?

— Eu... ahn...

Ei! Havia uma de que se lembrava agora. Era pequena, ajoelhada junto da cama, o pai de pé ao seu lado, pronto para ajeitá-la na cama. Lentamente, as palavras do Salmo 23 começaram a lhe aflorar.

— O Senhor é o meu pastor. Nada me faltará. Ele me faz repousar em pastos verdejantes: leva-me para junto das águas de descanso. Refrigera-me a alma: guia-me pelas veredas da justiça, por amor do Seu nome...

As lembranças jorravam.

Lucia e o pai possuíam o mundo. E ele sentia o maior orgulho da filha.

Você nasceu sob uma estrela da sorte, faccia d'angelo.

E, ouvindo isso, Lucia sentira-se afortunada e bela. Não era a linda filha do grande Angelo Carmine?

— ... Ainda que eu ande pelo vale da sombra da morte, não temerei o mal...

O mal era representado pelos inimigos de seu pai e irmãos.

E ela os fizera pagar.

— ... Porque estás comigo; Tua vara e cajado me sustentam...

Onde estava Deus quando precisei de conforto e apoio?

— ... Preparas-me uma mesa na presença de meus inimigos, unges-me a cabeça com óleo, minha taça transborda...

Ela falava mais devagar agora, a voz um mero sussurro. O que acontecera, especulou, com a menininha no vestido branco da primeira comunhão? O futuro parecia maravilhoso. De alguma forma, tudo saíra errado. Tudo. Perdi meu pai e meus irmãos, e a mim mesma.

No convento, ela não pensava em Deus. Mas agora, aqui fora, com aquele camponês tão simples...

Importa-se de dizer uma oração por nós?

Lucia continuou.

— Bondade e misericórdia me acompanharão com certeza por todos os dias de minha vida, e habitarei para sempre na casa do Senhor.

Rubio observava-a, comovido.

— Obrigado, irmã.

Lucia acenou com a cabeça, incapaz de falar. *O que está acontecendo comigo?*, perguntou-se.

— Está pronta, irmã?

Ela olhou para Rubio Arzano.

— Estou, sim.

Cinco minutos depois os dois recomeçaram a caminhada.

FORAM APANHADOS por um súbito temporal e se abrigaram numa cabana abandonada. A chuva caía com violência contra o telhado e os lados da cabana.

— Acha que a tempestade vai passar algum dia?

Rubio sorriu.

— Não é uma tempestade de verdade, irmã. É o que nós, os bascos, chamamos de *sirimiri*. Vai passar tão depressa quanto começou. A terra está muita seca. Precisa desta chuva.

— É mesmo?

— Conheço essas coisas. Sou um lavrador.

Dá para perceber, pensou Lucia.

— Perdoe-me por dizer isso, irmã, mas nós dois temos muita coisa em comum.

Lucia contemplou o empavonado camponês e pensou: *Esse dia nunca vai chegar.*

— Acha mesmo?

— Acho. Acredito sinceramente que, em muitas coisas, viver numa fazenda é como estar num convento.

Ela não percebeu a ligação.

— Não entendi.

— Ora, irmã, num convento se pensa muito sobre Deus e Seus milagres. Não é verdade?

— Isso mesmo.

— De certa forma, uma fazenda é Deus. Vive-se cercado pela criação. Todas as coisas que crescem da terra de Deus, quer seja trigo, azeitonas ou uvas... tudo vem de Deus, não é mesmo? São milagres e acontecem todos os dias... e como você ajuda as coisas a crescerem, é parte do milagre.

Lucia não pôde deixar de sorrir pelo entusiasmo em sua voz.

A chuva parou de repente.

— Podemos continuar agora, irmã. Chegaremos ao rio Duero daqui a pouco — disse Rubio. — As cataratas Peñafiel ficam logo à frente. Continuaremos por Aranda de Duero e depois seguiremos para Logroño, onde nos encontraremos com os outros.

Você estará indo para esses lugares, pensou Lucia. *E boa sorte. Eu estarei na Suíça, meu amigo.*

Ouviram o barulho das cataratas meia hora antes de alcançarem-nas. As cataratas Peñafiel eram um espetáculo deslumbrante, as águas caindo abruptamente no rio veloz. Seu estrondo era quase ensurdecedor.

— Quero tomar um banho — disse Lucia.

Parecia que já se passara anos desde a última vez em que tomara um banho.

Rubio ficou surpreso.

— Aqui?

Não, seu idiota, em Roma.

— Isso mesmo.

— Tome cuidado. O rio está cheio por causa da chuva.

— Não se preocupe.

— Ah... vou me afastar enquanto se despe.

— Não vá muito longe — pediu Lucia.

— Provavelmente há animais selvagens no bosque.

Enquanto Lucia começava a tirar as roupas, Rubio afastou-se alguns passos, apressado, e ficou de costas.

— Não vá muito longe, irmã. O rio é traiçoeiro.

Lucia deixou a cruz embrulhada num lugar em que poderia vigiá-la. O ar frio da manhã era maravilhoso em seu corpo nu. Despiu-se completamente e entrou na água. Estava fria e revigorante. Virou-se e constatou que Rubio continuava com os olhos voltados para o outro lado, de costas para ela. Sorriu para si mesma. Todos os outros homens que conhecera estariam regalando os olhos.

Ela avançou mais um pouco, evitando as pedras à sua volta. Jogou água na cabeça, sentindo o rio impetuoso empurrar-lhe as pernas com força.

Perto dali uma pequena árvore estava sendo arrastada pela correnteza. Ao se virar para observá-la, Lucia perdeu subitamente o equilíbrio e escorregou, gritando. Bateu com a cabeça numa pedra ao cair.

Rubio virou-se e observou horrorizado, enquanto Lucia desaparecia nas águas tumultuosas.

Capítulo 23

Quando o sargento Florian Santiago desligou o telefone na delegacia de polícia em Salamanca, suas mãos tremiam.

Jaime Miró e mais três terroristas estão aqui. Não gostaria de ter a honra de prendê-los?

O governo prometera uma grande recompensa pela cabeça de Jaime Miró, e agora o bandido basco se encontrava em suas mãos. O dinheiro da recompensa mudaria sua vida por completo. Poderia mandar os filhos para uma escola melhor, comprar uma máquina de lavar roupa para a esposa e joias para a amante. Claro que teria de partilhar uma parte da recompensa com o tio. *Darei vinte por cento a ele*, pensou Santiago. *Ou talvez dez por cento.*

Ele estava bem a par da reputação de Jaime Miró e não tinha a menor intenção de arriscar a vida na tentativa de capturar o terrorista. *Que os outros enfrentem o perigo e me entreguem a recompensa.*

Continuou sentado à mesa, à procura da melhor maneira de cuidar da situação. O nome do coronel Acoca veio-lhe à mente no mesmo instante. Todo mundo sabia que havia uma vendeta de sangue entre o coronel e o terrorista. Além do mais, o coronel tinha todo o GOE sob o seu comando. Essa era a melhor maneira de agir.

Santiago pegou o telefone, e dez minutos depois falava pessoalmente com o coronel.

— Aqui é o sargento Florian Santiago, da delegacia de polícia em Salamanca. Descobri o paradeiro de Jaime Miró.

O coronel Ramón Acoca fez um esforço para manter a voz calma.

— Tem certeza?

— Tenho sim, coronel. Ele está no Parador Nacional Raimundo de Borgón, nos arredores da cidade. Passará a noite ali. Meu tio é o recepcionista. Acaba de me telefonar. Há outro homem e duas mulheres com Miró.

— Seu tio tem certeza absoluta de que é mesmo Miró?

— Absoluta, coronel. Ele e os outros estão dormindo nos dois quartos dos fundos, no segundo andar da estalagem.

— Preste muita atenção no que vou dizer, sargento. Quero que vá imediatamente para a estalagem e fique de vigia do lado de fora, a fim de impedir a saída de qualquer um. Deverei chegar aí em três horas. Não deixe que ninguém o veja. Entendido?

— Entendido, senhor. Partirei agora mesmo. — Santiago hesitou. — Coronel, sobre a recompensa...

— Quando pegarmos Miró será toda sua.

— Obrigado, coronel. Estou muito...

— Vá logo.

— Está bem, senhor.

Florian Santiago desligou. Sentiu-se tentado a ligar para a amante e lhe dar a notícia sensacional, mas isso podia esperar. Deixaria a surpresa para depois. Antes disso, tinha uma missão a cumprir. Chamou um dos guardas de plantão:

— Assuma o comando aqui. Tenho uma missão. Voltarei dentro de algumas horas.

E voltarei como um homem rico, pensou. *A primeira coisa que farei será comprar um carro novo — um Seat. Azul. Não, talvez branco seja melhor.*

O coronel Ramón Acoca desligou e ficou imóvel, deixando o cérebro trabalhar. Desta vez não haveria erro algum. Era o movimento final na partida de xadrez entre os dois, embora soubesse que Miró teria sentinelas alertas para o perigo.

Acoca chamou seu ajudante de ordens.

— Pois não, coronel?

— Escolha vinte homens entre seus melhores atiradores. Providencie para que estejam armados com automáticas. Partiremos para Salamanca dentro de 15 minutos.

— Claro, senhor.

Não haveria escapatória para Miró. O coronel já planejava o ataque em sua mente. A estalagem seria completamente cercada, os homens avançariam depressa, sem qualquer barulho. *Um ataque de surpresa antes que o carniceiro possa assassinar mais algum dos meus homens. Mataremos todos enquanto dormem.*

O ajudante de ordens voltou 15 minutos depois.

— Estamos prontos para partir, coronel.

O sargento Santiago não perdeu tempo em chegar à estalagem. Mesmo sem a advertência do coronel, não tinha a menor intenção de atacar os terroristas. Mas agora, em obediência às ordens de Acoca, permaneceu nas sombras, a vinte metros da estalagem, num ponto em que tinha uma boa vista da porta da frente. Fazia frio, mas a ideia da recompensa mantinha Santiago aquecido. Especulou se as duas mulheres lá dentro eram bonitas e se estariam na cama junto com os homens. De uma coisa Santiago tinha certeza: dentro de poucas horas todos estariam mortos.

O caminhão do Exército atravessou a cidade sem alarde e seguiu para a estalagem. O coronel Acoca acendeu uma lanterna e estudou o mapa.

— Pare aqui — disse ele, a um quilômetro e meio da estalagem. — Seguiremos a pé o restante do caminho. Mantenham-se em silêncio.

Santiago não percebeu a aproximação até que uma voz em seu ouvido sobressaltou-o com uma pergunta:

— Quem é você?

Ele virou-se e descobriu-se diante do coronel Ramón Acoca. *Por Deus*, pensou Santiago, *ele tem uma aparência assustadora*!

— Sou o sargento Santiago, senhor.

— Alguém saiu da estalagem?

— Não, senhor. Estão todos lá dentro, provavelmente em sono profundo a esta altura.

O coronel virou-se para seu ajudante de ordens.

— Quero que a metade dos homens cerque a estalagem. Se alguém tentar escapar, eles devem atirar para matar. Os outros irão comigo. Os fugitivos estão em dois quartos nos fundos, no segundo andar. Vamos embora.

Santiago observou o coronel e seus homens entrarem pela porta da frente da estalagem, em silêncio. Especulou se haveria tiroteio. E se houvesse, pensou no perigo de o tio poder morrer no fogo cruzado. Seria uma pena. Mas, por outro lado, não haveria mais ninguém com quem partilhar o dinheiro da recompensa.

Quando o coronel Acoca e seus homens chegaram ao alto da escada, ele sussurrou:

— Não corram riscos. Abram fogo assim que os virem.

— Gostaria que eu fosse na sua frente, coronel? — perguntou o ajudante de ordens.

— Não. — Acoca queria ter o prazer de matar Jaime Miró pessoalmente.

Ao final do corredor estavam os dois quartos em que Miró e seus terroristas dormiam.

Acoca fez sinal em silêncio para que alguns homens cobrissem uma porta e seis ficassem na outra.

— Agora! — gritou.

Era o momento pelo qual tanto ansiava. Ao seu sinal, os homens chutaram as portas ao mesmo tempo e entraram correndo nos quartos, as armas levantadas. Pararam no meio dos quartos vazios, olhando para as camas desarrumadas.

— Espalhem-se! — berrou Acoca. — Depressa! Lá embaixo!

Os soldados revistaram todos os quartos, arrombando portas, acordando hóspedes aturdidos. Jaime Miró e os outros não estavam em parte alguma.

O coronel desceu furioso para uma confrontação com o recepcionista. Não havia ninguém no saguão.

— Alô! — ele gritou. — Alô!

Não houve resposta. O covarde estava se escondendo.

Um dos soldados olhava para o chão, por trás da recepção.

— Coronel...

Acoca foi para o seu lado e olhou para o chão. O corpo amarrado e amordaçado do recepcionista estava ali, encostado na parede. Com um cartaz pendurado no pescoço. Dizia:

FAVOR NÃO INCOMODAR.

Capítulo 24

Rubio Arzano observou, horrorizado, enquanto Lucia desaparecia sob as águas turbulentas e era arrastada pela correnteza. Numa fração de segundo, ele virou-se e saiu desesperado pela margem do rio, pulando sobre pequenos troncos e moitas. Na primeira curva do rio vislumbrou o corpo de Lucia se aproximando. Mergulhou e nadou freneticamente para alcançá-la, lutando contra a forte correnteza. Era quase impossível. Sentiu que estava sendo puxado. Lucia se encontrava a apenas três metros dele, mas pareciam quilômetros. Ele fez um último e heroico esforço, conseguiu segurar-lhe o braço, os dedos quase escorregando. Segurou-a firme, enquanto começava a voltar para a segurança da margem.

Quando por fim atingiu a margem, Rubio puxou Lucia para a relva e deitou, tentando recuperar o fôlego. Ela estava inconsciente e sem respirar. Rubio virou-a de barriga para baixo e começou a massagear-lhe os pulmões. Um minuto passou, depois dois; quando já se desesperava, um jato de água saiu-lhe pela boca e Lucia gemeu. Rubio murmurou uma prece de graças.

Ele manteve a pressão, mais gentil agora, até as batidas do coração de Lucia se tornarem firmes. Quando ela começou a tremer de frio, Rubio correu para algumas árvores e pegou um punhado de folhas. Levou-as para junto de Lucia, usando-as para enxugar-lhe o corpo. Ele também estava todo molhado e com frio, as roupas encharcadas, mas não prestou a menor atenção a isso. Ficara em pânico, com medo de que irmã Lucia morresse. Agora, enquanto esfregava gentilmente o corpo nu com as folhas secas, pensamentos indignos afloraram-lhe à mente.

Ela tem o corpo de uma deusa. Perdoe-me, Senhor, ela Lhe pertence, e não devo acalentar esses pensamentos horríveis...

Lucia foi gradativamente despertada pela massagem suave em seu corpo. Estava na praia, a língua de Ivo deslocava-se por seu corpo. *Ah, está bom*, pensou. *Continue. Não pare, meu querido.* Sentiu-se excitada antes mesmo de abrir os olhos.

Ao cair no rio, o último pensamento de Lucia fora o de que ia morrer. Mas continuava viva e se descobriu a fitar o homem que a salvara. Sem querer pensar, Lucia estendeu as mãos e puxou Rubio. Havia uma expressão de surpresa chocada no rosto dele.

— Irmã... — protestou ele. — Não podemos...

— Quieto! — Os lábios de Lucia encontraram-se com os de Rubio, impetuosos, sôfregos, exigentes, sua língua explorava-lhe o interior da boca. Era demais para Rubio.

— Depressa! — sussurrou Lucia. — Depressa! — Observou Rubio tirar nervosamente as roupas molhadas. *Ele merece uma recompensa*, pensou Lucia. *E eu também*. Ao tornar a se aproximar, hesitante, Rubio murmurou:

— Irmã, não deveríamos...

Lucia não estava com disposição para conversa. Sentiu o corpo de Rubio se unir ao seu e entregou-se às gloriosas sensações que a dominaram. A sensação foi potencializada por causa de seu quase encontro com a morte.

Rubio era um amante surpreendentemente bom, ao mesmo tempo gentil e impetuoso. Possuía uma vulnerabilidade que surpreendeu Lucia. E havia uma expressão de tanta ternura em seus olhos que ela sentiu um súbito aperto na garganta.

Espero que esse camponês não se apaixone por mim. Ele está ansioso demais para me agradar. Quando foi a última vez em que um homem se empenhou tanto em me agradar? E Lucia pensou no pai. Especulou se ele teria gostado de Rubio Arzano. E depois indagou por que especulava se o pai teria gostado de Rubio Arzano. *Devo estar louca. Este homem é um camponês. Sou Lucia Carmine, a filha de Angelo Carmine. A vida de Rubio não tem nada a ver com a minha. Fomos reunidos apenas por um estúpido acidente do destino.*

Rubio a abraçava e murmurava:

— Lucia, minha Lucia...

E o brilho em seus olhos dizia a Lucia tudo o que ele sentia. *Ele é tão terno*, pensou ela. E depois: *O que há comigo? Por que estou pensando nele assim? Estou fugindo da polícia e...* Lembrou-se de repente da cruz de ouro e ofegou. *Oh, Deus! Como pude esquecer, mesmo que por um momento apenas?* Sentou-se no mesmo instante.

— Rubio, deixei um... um embrulho na margem do rio, lá atrás. Poderia trazê-lo para mim, por favor? E minhas roupas também?

— Claro. Voltarei num instante.

Lucia ficou sentada, à espera, frenética pela possibilidade de ter acontecido alguma coisa à cruz. E se tivesse desaparecido? E se alguém passara e a levara?

Foi com um enorme sentimento de alívio que viu Rubio voltar com a cruz embrulhada debaixo do braço. *Não devo deixar que fique longe da minha vista outra vez.*

— Obrigada — disse para Rubio.

Rubio entregou-lhe as roupas. Lucia fitou-o e disse, insinuante:

— Não vou precisar disso ainda...

O sol em sua pele nua fazia Lucia sentir-se indolente e quente, e estar nos braços de Rubio era um conforto maravilhoso. Era como se tivessem encontrado um oásis pacífico. Os perigos de que fugiam pareciam estar a anos-luz de distância.

— Fale-me a respeito de sua fazenda — pediu Lucia.

O rosto de Rubio se iluminou e havia orgulho em sua voz.

— Era uma fazenda pequena, nos arredores de uma aldeia perto de Bilbao. Pertencia à minha família há gerações.

— O que aconteceu?

A expressão de Rubio tornou-se sombria.

— Porque sou basco, o governo de Madri puniu-me com impostos extras. Recusei-me a pagar, e confiscaram a fazenda. Foi nessa ocasião que conheci Jaime Miró. Uni-me a ele para lutar contra o governo pelo que é justo. Tenho mãe e duas irmãs, um dia vamos recuperar nossa fazenda e tornarei a administrá-la.

Lucia pensou no pai e dois irmãos, trancafiados na prisão para sempre.

— É muito ligado à sua família?

Rubio sorriu, efusivamente.

— Claro. A família é nosso primeiro amor, não acha?

É, sim, pensou Lucia. *Mas jamais tornarei a ver a minha.*

— Fale-me a respeito de sua família, Lucia. Antes de entrar no convento, eram muito unidos?

A conversa enveredava por um rumo perigoso. *O que posso lhe dizer? Meu pai é um mafioso. Ele e meus dois irmãos estão na prisão por homicídio.*

— Éramos, sim... muito unidos.

— O que seu pai faz?

— Ele... ele é um homem de negócios.

— Tem irmãos e irmãs?

— Dois irmãos. Trabalham para papai.

— Por que foi para o convento, Lucia?

Porque a polícia me procura por ter assassinado dois homens. Preciso acabar com esta conversa, pensou Lucia. Em voz alta, ela disse:

— Eu precisava escapar.

Está bem perto da verdade.

— Sentiu que o mundo era... era demais para você?

— Mais ou menos isso.

— Não tenho o direito de dizer isso, Lucia, mas estou apaixonado por você.

— Rubio...

— Quero casar com você. Em toda a minha vida, nunca disse isso a outra mulher. — Havia algo comovente e sério nele.

Rubio não sabe jogar, pensou Lucia. *Preciso tomar cuidado para não magoá-lo. Mas a perspectiva da filha de Angelo Carmine se tornar esposa de um camponês é demais!* Ela quase soltou uma risada.

Rubio interpretou de maneira errada o sorriso no rosto de Lucia.

— Não viverei escondido para sempre. O governo terá de fazer a paz com a gente. Voltarei então para a minha fazenda. Querida... quero passar o resto da vida fazendo você feliz. Teremos muitos filhos, e as meninas crescerão para serem como você...

Não posso deixá-lo continuar assim, decidiu Lucia. *Preciso detê-lo agora.* Mas, por algum motivo, não foi capaz. Ficou escutando Rubio descrever imagens românticas da vida que levariam juntos, descobriu-se quase desejando que pudesse acontecer. Estava cansada de fugir. Seria maravilhoso encontrar um refúgio em que pudesse permanecer sã e salva, protegida por alguém que a amasse... *Devo estar perdendo o juízo.*

— Não falemos mais sobre isso agora — murmurou Lucia. — Devemos partir.

Os dois viajaram para o nordeste, seguindo pela margem sinuosa do rio Duero, com seus campos ondulados e árvores exuberantes. Pararam na pitoresca aldeia de Villalba de Duero para comprar pão, queijo e vinho, e fizeram um piquenique idílico numa campina relvada.

Lucia sentia-se contente ao lado de Rubio. Havia nele uma força tranquila que parecia lhe dar força também. *Ele não é para mim, mas tornará muito feliz alguma mulher afortunada*, pensou.

Depois que terminaram de comer, Rubio disse:

— A próxima cidade é Aranda de Duero. É bem grande. Seria melhor se a contornássemos, a fim de evitar o GOE e os soldados.

Era o momento da verdade, a hora de deixá-lo. Lucia estivera à espera de que se aproximassem de uma cidade maior. Rubio Arzano e sua fazenda eram um sonho, a fuga para a Suíça era a realidade. Lucia sabia o quanto o magoaria e não suportou fitá-lo nos olhos quando disse:

— Rubio... eu gostaria que fôssemos para a cidade.

Ele franziu o rosto.

— Pode ser perigoso, *querida*. Os soldados...

— Não estarão à nossa procura ali. — Ela pensou rapidamente. — Além do mais, eu... eu preciso de uma muda de roupa. Não posso continuar assim.

A perspectiva de entrar na cidade perturbava Rubio, mas ele se limitou a dizer:

— Se é isso o que você quer...

Ao longe, os muros e prédios de Aranda de Duero assomaram diante deles, como uma montanha construída pelo homem.

Rubio tentou mais uma vez.

— Lucia... tem certeza de que precisamos ir à cidade?

— Tenho, sim.

Os dois atravessaram a comprida ponte que levava à via principal, a avenida Castilla. Passaram por uma usina de açúcar, igrejas e lojas de aves, o ar impregnado com uma variedade de cheiros. Lojas e prédios de apartamentos margeavam a avenida. Andavam devagar, cautelosos para não chamar atenção. Aliviada, Lucia avistou finalmente o que procurava... uma placa que dizia CASA DE EMPEÑOS — uma loja de penhores. Ela continuou calada.

Chegaram à praça, com suas lojas, mercados e bares, passaram pela Taverna Cueva, com um balcão comprido e mesas de madeira. Havia uma vitrola automática lá dentro, salames e fieiras de alho pendendo do teto em vigas.

Lucia percebeu a oportunidade.

— Estou com sede, Rubio. Podemos entrar?

— Claro.

Rubio pegou-a pelo braço e entraram no bar.

Havia alguns homens no balcão. Lucia e Rubio foram para uma mesa no canto.

— O que vai querer, *querida*?

— Peça um copo de vinho para mim, por favor. Voltarei num instante. Tem uma coisa que preciso fazer. — Levantou-se e saiu para a rua, deixando Rubio a observá-la, perplexo.

Lá fora, Lucia voltou apressada até a Casa de Empeños, apertando com força a cruz embrulhada. No outro lado da rua avistou uma placa preta com letras brancas que dizia polícia. Fitou-a por um momento, o coração quase parando, depois virou-se e entrou na loja de penhores.

Um homem enrugado, com uma cabeça enorme, estava atrás do balcão.

— *Buenos días, señorita*.

— *Buenos días, señor*. Tenho uma coisa que gostaria de vender. — Estava tão nervosa que precisou comprimir os joelhos com toda força, a fim de evitar que tremessem.

— *Sí?*

Lucia desembrulhou a cruz de ouro e estendeu-a.

— Estaria... estaria interessado em comprar isto?

O homem pegou a cruz, e Lucia percebeu o brilho em seus olhos.

— Posso perguntar onde adquiriu isto?

— Foi deixada por um tio que acaba de morrer. — A garganta estava tão seca que Lucia mal conseguia falar.

O homem apalpou a cruz, virando-a lentamente.

— Quanto está pedindo?

O sonho se transformava em realidade.

— Quero 250 mil pesetas.

Ele franziu o rosto e balançou a cabeça.

— Não. Vale apenas 100 mil pesetas.

— Prefiro vender meu corpo primeiro.

— Talvez eu pudesse chegar a 150 mil pesetas.

— Prefiro derretê-la e deixar o ouro escorrer pelas ruas.

— Duzentas mil pesetas. É a minha última oferta. — Lucia tirou-lhe a cruz de ouro.

— Está me roubando vergonhosamente, mas vou aceitar. — Percebeu a animação no rosto do homem.

— *Bueno, señorita.* — Estendeu as mãos para a cruz. Lucia puxou-a.

— Há uma condição.

— Que condição, *señorita?*

— Meu passaporte foi roubado. Preciso de um novo para poder deixar o país e visitar minha tia doente.

Ele a estudava agora, cauteloso. Balançou a cabeça.

— Entendo...

— Se puder me ajudar a resolver o problema, a cruz é sua.

Ele suspirou.

— Não é fácil arrumar passaportes, *señorita*. As autoridades são muito rigorosas.

Lucia fitava-o em silêncio.

— Não sei como poderia ajudá-la.

— De qualquer forma, obrigada, *señor*. — Encaminhou-se para a porta. O homem deixou-a chegar lá antes de dizer:

— *Momentito*.

Lucia parou.

— Acabo de me lembrar de uma coisa. Tenho um primo que às vezes se envolve em questões delicadas desse tipo. É um primo *distante*, espero que compreenda.

— Claro que compreendo.

— Eu poderia falar com ele. Quando vai precisar desse passaporte?

— Hoje.

A cabeça enorme balançou para cima e para baixo lentamente.

— E se eu conseguir, temos um negócio fechado?

— Quando eu receber o passaporte.

— Combinado. Volte depois das 20 horas, e meu primo estará aqui. Ele providenciará a fotografia necessária e porá em seu passaporte.

Lucia podia sentir o coração disparar.

— Obrigada, *señor*.

— Não gostaria de deixar a cruz aqui, como medida de segurança?

— Estará segura comigo.

— Às 20 horas então. *Hasta luego*.

Ela deixou a loja. Lá fora, evitou com todo cuidado a delegacia de polícia e se encaminhou para a taberna, onde Rubio a esperava. Começou a andar mais devagar. Finalmente conseguira o que queria. Com o dinheiro da cruz, poderia alcançar a Suíça e a liberdade. Deveria estar feliz, mas, em vez disso, sentia-se estranhamente deprimida.

O que há de errado comigo? Estou a caminho. Rubio me esquecerá em breve. Encontrará outra.

Recordou a expressão nos olhos de Rubio quando lhe dissera: *Quero casar com você. Nunca disse isso a outra mulher em toda a minha vida.*

Dane-se ele!, pensou. *Ora, ele não é problema meu.*

Diante da taberna, Lucia parou e respirou fundo; forçou então um sorriso e entrou para se juntar a Rubio.

Capítulo 25

Os MEIOS DE COMUNICAÇÃO estavam alvoroçados. As manchetes se sucediam. Houvera o ataque ao convento, a prisão das freiras por abrigar terroristas, a fuga de quatro freiras, o fuzilamento de cinco soldados por uma das freiras, antes de ela ser alvejada e morta. As agências de notícias internacionais estavam excitadas.

Repórteres do mundo inteiro chegaram a Madri, e o primeiro-ministro Leopoldo Martínez, num esforço para atenuar a crise, concordara em conceder uma entrevista coletiva. Quase cinquenta repórteres do mundo todo se reuniram em seu gabinete. Os coronéis Ramón Acoca e Fal Sostelo estavam ao seu lado. O primeiro-ministro vira a manchete do *Times* de Londres naquela tarde: TERRORISTAS E FREIRAS ESCAPAM DO EXÉRCITO E DA POLÍCIA DA ESPANHA.

Um repórter do *Paris Match* perguntou:

— Senhor primeiro-ministro, tem alguma ideia do paradeiro das freiras neste momento?

— O coronel Acoca está no comando da operação de busca — respondeu o primeiro-ministro Martínez. — Deixarei que ele responda.

— Temos motivos para acreditar que se encontram em poder dos terroristas bascos — falou Acoca. — Também lamento informar que há indícios de que as freiras estão colaborando com os terroristas.

Os repórteres escreviam febrilmente.

— O que tem a dizer sobre a morte de irmã Teresa e dos soldados?

— Temos informações de que irmã Teresa trabalhava com Jaime Miró. Sob o pretexto de nos ajudar a encontrar Miró, ela entrou num acampamento do Exército e fuzilou cinco soldados antes que fosse possível detê-la. Posso assegurar que o Exército e o GOE estão fazendo todos os esforços para levar os criminosos à justiça.

— E as freiras que foram presas e trazidas para Madri?

— Estão sendo interrogadas — respondeu Acoca.

O primeiro-ministro queria encerrar a entrevista o mais depressa possível. Tinha dificuldade para manter o controle. O fracasso em localizar as freiras ou capturar os terroristas fazia com que seu governo — e ele próprio — parecesse inepto e tolo, permitindo que a imprensa tirasse o máximo de proveito da situação.

— Pode nos dizer alguma coisa sobre os antecedentes das quatro freiras que escaparam, primeiro-ministro? — perguntou um repórter de *Oggi*.

— Sinto muito, mas não posso fornecer novas informações. Repito, senhoras e senhores, o governo está fazendo tudo ao seu alcance para encontrar as freiras.

— Primeiro-ministro, há rumores sobre a brutalidade do ataque ao convento em Ávila. Poderia fazer algum comentário a respeito?

Era uma questão delicada para Martínez, por ser verdade. O coronel Acoca ultrapassara em muito a sua autoridade. Mas cuidaria dele mais tarde. Aquele era um momento para demonstrar união. Virou-se para o coronel e disse suavemente:

— O coronel Acoca pode responder a isso.

— Também já ouvi esses rumores infundados — retrucou Acoca. — Os fatos são simples. Recebemos informações confiáveis de que o terrorista Jaime Miró e uma dezena de seus homens escondiam-se no convento Cisterciense e que estavam fortemente armados. Quando chegamos ao convento, no entanto, eles já haviam fugido.

— Coronel, soubemos que alguns dos seus homens molestaram...

— Isso é uma acusação afrontosa!

— Obrigado, senhoras e senhores — interveio o primeiro-ministro Martínez. — Serão informados de todo e qualquer acontecimento novo.

Depois que os repórteres se retiraram, o primeiro-ministro virou-se para os coronéis Acoca e Sostelo.

— Eles estão fazendo com que pareçamos selvagens aos olhos do mundo.

Acoca não tinha o menor interesse pela opinião do primeiro-ministro. O que o preocupava era um telefonema que recebera no meio da noite.

— Coronel Acoca?

Era uma voz que conhecia muito bem. Despertara imediatamente.

— Pois não, senhor.

— Estamos desapontados com você. Esperávamos resultados mais rápidos.

— Estou chegando perto, senhor. — Ele descobrira que suava profusamente. — Peço-lhe um pouco mais de paciência. Não vou desapontá-lo. — Prendera a respiração, à espera pela resposta.

— Seu tempo está se esgotando.

A ligação fora cortada.

O coronel Acoca também desligara e continuara sentado, frustrado. *Onde está o miserável do Miró?*

Capítulo 26

Vou matá-la, pensou Ricardo Mellado. *Poderia estrangulá-la com minhas próprias mãos, jogá-la do alto da montanha ou simplesmente fuzilá-la. Não, acho que estrangulá-la me daria mais prazer.*

Irmã Graciela era o ser humano mais exasperante que já conhecera. Era insuportável. No começo, quando Jaime Miró o incumbira de escoltá-la, Ricardo Mellado ficara satisfeito. Era uma freira, é verdade, mas também era a beldade mais deslumbrante que já contemplara. Estava decidido a conhecê-la melhor, descobrir por que tomara a decisão de trancafiar toda aquela beleza excepcional por trás dos muros do convento pelo resto de sua vida. Sob a saia e blusa que ela usava, Ricardo Mellado podia discernir as curvas espetaculares de uma mulher. *Será uma viagem muito interessante*, concluíra.

Mas as coisas haviam enveredado por um rumo totalmente inesperado. Irmã Graciela recusava-se a lhe falar. Não dissera uma única palavra desde o início da viagem, e o que mais desconcertava Ricardo era o fato de que ela não parecia zangada, assustada ou transtornada. De jeito nenhum. Apenas se retirara para alguma parte remota de si mesma e dava a impressão de total desinteresse por ele e tudo o que acontecia ao seu redor. Viajaram num bom ritmo, andando por estradas secundárias, quentes e poeirentas, passando por trigais, ondulando dourados ao sol, plantações de cevada, aveia e vinhedos. Contornavam as pequenas aldeias pelo caminho, Berroccule e Aldeavieja, passaram por campos de girassóis, os rostos amarelos acompanhando o sol.

Ao cruzarem o rio Moros, Ricardo perguntou:

— Gostaria de descansar um pouco, irmã?

Silêncio.

Aproximaram-se de Segóvia, antes de seguirem para o nordeste, na direção das montanhas de picos nevados das Guadarrama. Ricardo continuava a tentar puxar conversa, polidamente, mas era completamente inútil.

— Chegaremos a Segóvia em breve, irmã.

Não houve qualquer reação.

O que fiz para ofendê-la?

— Está com fome, irmã?

Nada.

Era como se ele não estivesse ali. Nunca se sentira tão frustrado em toda a sua vida. *Talvez a mulher seja retardada*, pensou. *Essa deve ser a resposta. Deus lhe concedeu uma beleza sublime e depois amaldiçoou-a com uma mente fraca.* Mas ele não acreditava nisso.

AO CHEGAR AOS ARREDORES de Segóvia, Ricardo notou que a cidade estava repleta de gente, o que significava que a Guarda Civil se manteria mais alerta do que nunca. Ao se aproximarem da *plaza* del Conde de Cheste, ele viu soldados patrulhando na direção dos dois. E sussurrou:

— Segure minha mão, irmã. Devemos dar a impressão de que somos um casal de namorados em passeio.

Ela ignorou-o.

Meu Deus!, pensou Ricardo. *Talvez ela seja surda-muda.*

Inclinou-se e pegou-lhe a mão, ficou aturdido com a súbita e vigorosa resistência de irmã Graciela. Ela puxou a mão como se tivesse sido picada.

Os guardas estavam cada vez mais perto. Ricardo tornou a se inclinar para Graciela e disse, em voz alta:

— Não deve ficar zangada. Minha irmã pensa da mesma maneira. Ontem à noite, depois do jantar e de pôr as crianças na cama, ela disse que seria muito melhor se os homens não sentassem separados, fumando charutos fedorentos e contando histórias, esquecidos das mulheres. Aposto...

Os guardas passaram. Ricardo virou-se para fitar Graciela, que se mantinha impassível. Mentalmente, Ricardo começou a praguejar contra Jaime, desejando que ele o tivesse incumbido de alguma das outras freiras. Aquela era feita de pedra, não havia nenhum cinzel bastante duro para penetrar naquele exterior frio.

Com toda a modéstia, Ricardo Mellado sabia que era atraente para as mulheres. Muitas já tinham lhe dito isso. Sua pele era clara, ele era alto e de boa compleição, nariz aristocrata, o rosto inteligente, dentes brancos e perfeitos. Vinha de uma das mais proeminentes famílias bascas. O pai era um banqueiro no País Basco ao norte e providenciara para que Ricardo recebesse a melhor educação. Cursara a Universidade de Salamanca, e o pai aguardava ansioso que o filho se juntasse a ele no comando da empresa da família.

Ao sair da faculdade e voltar para casa, Ricardo foi trabalhar no banco, submisso, mas pouco tempo depois começou a se envolver com os problemas de seu povo. Passou a comparecer a reuniões, comícios e protestos contra o governo, e não demorou muito a se tornar um dos líderes do ETA. O pai, ao saber das atividades do filho, convocou-o à sua vasta sala, revestida de madeira, para um sermão.

— Sou um basco também, Ricardo, mas também sou um banqueiro. Não podemos estragar tudo ao fomentar uma revolução no país em que ganhamos a vida.

— Ninguém pretende derrubar o governo, pai. Tudo o que queremos é liberdade. A opressão do governo aos bascos e catalães é intolerável.

O velho Mellado recostou-se na cadeira e estudou o filho.

— Meu bom amigo, o prefeito, enviou-me um aviso discreto ontem. Sugeriu que seria melhor para você não comparecer mais a comícios. Acho que deve concentrar suas energias nos negócios bancários.

— Pai...

— Quero que me escute, Ricardo. Quando eu era jovem, também tinha sangue quente. Mas há outros meios de esfriá-lo. Você está noivo de uma jovem maravilhosa. Espero que tenham muitos filhos. — Acenou com a mão pela sala. — E você tem muita coisa a esperar de seu futuro.

— Mas será que não percebe...?

— Percebo mais claramente do que você, filho. Seu futuro sogro também está infeliz com suas atividades. Eu não gostaria que acontecesse alguma coisa que impedisse o casamento. Estou sendo claro?

— Está sim, pai.

No sábado seguinte Ricardo Mellado foi preso ao liderar uma manifestação basca num auditório em Barcelona. Recusou-se a permitir que o pai pagasse a fiança, a menos que também pagasse as fianças dos outros manifestantes detidos. O pai não concordou. A carreira de Ricardo foi encerrada, assim como o noivado. Isso acontecera cinco anos antes. Cinco anos de perigo e fugas por um triz. Cinco anos repletos com a emoção da luta por uma causa em que acreditava fervorosamente. Agora estava em fuga, escapando da polícia, escoltando uma freira retardada e muda através da Espanha.

— Vamos por aqui — disse à irmã Graciela, cauteloso para não tocar em seu braço.

Deixaram a rua principal e entraram na Calle de San Valentín. Na esquina havia uma loja que vendia instrumentos musicais.

— Tenho uma ideia — disse Ricardo. — Espere aqui, irmã. Voltarei num instante. — Entrou na loja e encaminhou-se para um jovem vendedor, parado atrás do balcão.

— *Buenos días.* Posso ajudá-lo?

— Pode, sim. Gostaria de comprar duas guitarras.

— O jovem sorriu.

— Está com sorte. Acabamos de receber algumas Ramírez. São as melhores.

— Talvez alguma coisa inferior. Minha amiga e eu somos apenas amadores.

— Como quiser, *señor*. O que acha dessas? — O vendedor foi para uma seção da loja em que havia uma dezena de guitarras expostas. — Posso vender-lhe duas Konos por 5 mil pesetas cada uma.

— Acho que não. — Ricardo escolheu duas guitarras baratas. — Estas servem muito bem.

Minutos depois, Ricardo voltou à rua, carregando as duas guitarras, com uma remota esperança de que irmã Graciela tivesse desaparecido, mas ela continuava pacientemente parada ali, à sua espera. Ricardo abriu a correia de uma guitarra e estendeu para ela.

— Tome aqui, irmã. Pendure no ombro.

Ela fitou-o aturdida.

— Não precisa tocar — explicou Ricardo. — É apenas um disfarce. — Empurrou a guitarra e Graciela pegou-a, relutante.

Os dois caminharam pelas ruas sinuosas de Segóvia, passando sob o enorme viaduto construído pelos romanos séculos antes.

Ricardo resolveu tentar outra vez.

— Está vendo este viaduto, irmã? Não há cimento entre as pedras. Segundo contam, foi construído pelo demônio há dois mil anos, pedra sobre pedra, sem nada para mantê-las juntas além da magia do demônio. — Fitou-a, à espera de alguma reação. Nada.

Ela que se dane, pensou Ricardo Mellado. *Eu desisto.*

Os soldados da Guarda Civil estavam por toda parte. Sempre que passavam por eles, Ricardo fingia estar empenhado numa conversa interessante com Graciela, cauteloso para evitar qualquer contato físico.

O número de policiais e soldados parecia estar aumentando, mas Ricardo sentia-se relativamente seguro. Estariam à procura de uma freira de hábito e um grupo de homens de Jaime Miró; não teriam motivos para desconfiar de um jovem casal de turistas carregando guitarras.

Ricardo estava com fome e tinha certeza de que o mesmo acontecia com irmã Graciela, embora ela nada dissesse. Passaram por um pequeno café.

— Vamos parar aqui e comer alguma coisa, irmã. — Ela parou e fitou-o.

Ricardo suspirou.

— Está bem. Como preferir.

Entrou no pequeno café. Um momento depois, Graciela seguiu-o.

— O que vai querer, irmã? — perguntou Ricardo após se sentarem.

Não houve resposta. Ela era irritante. Ricardo então pediu à garçonete:

— Dois *gazpachos* e duas porções de *chorizos.*

Quando a sopa e as linguiças foram servidas, Graciela comeu o que foi posto à sua frente. Ricardo notou que ela comia automaticamente, sem desfrutar, como se cumprisse algum dever. Os homens sentados às outras mesas observavam-na, e Ricardo não podia culpá-las. *Seria preciso um Goya para captar sua beleza*, pensou ele.

Apesar do comportamento mal-humorado de Graciela, Ricardo sentia um aperto na garganta cada vez que a contemplava e se censurava por ser um tolo romântico. Ela era um enigma, sepultada por trás de alguma muralha impenetrável. Ricardo Mellado conhecera dezenas de belas mulheres, mas nenhuma jamais o afetara daquela maneira. Havia algo quase místico em sua beleza. A ironia era que ele não tinha absolutamente a menor ideia do que havia por trás daquela fachada espetacular. Não sabia se ela era inteligente ou estúpida. Interessante ou chata? Fria ou ardente? *Espero que ela seja estúpida, chata e fria*, pensou Ricardo, *ou eu não suportaria perdê-la. Como se algum dia pudesse tê-la. Ela pertence a Deus.* Ele desviou os olhos, com receio de que Graciela pudesse perceber seus sentimentos.

Quando chegou a hora de partirem, Ricardo pagou a conta e os dois se levantaram. Durante a viagem, ele notara que irmã Graciela hesitava um pouco. *Terei de providenciar alguma espécie de transporte*, pensou ele. *Ainda temos um longo caminho a percorrer.*

Começaram a descer a rua e na outra extremidade da cidade, no Manzanares el Real, encontraram uma caravana de ciganos. Havia quatro carroças pitorescamente decoradas, puxadas por cavalos. As mulheres e crianças, vestindo trajes ciganos, viajavam nas traseiras das carroças.

— Espere aqui, irmã. Vou tentar arrumar uma carona para nós — avisou Ricardo.

Aproximou-se do condutor da primeira carroça, um corpulento cigano com traje típico completo, inclusive brincos.

— *Buenas tardes, señor*. Eu consideraria uma grande gentileza se pudesse oferecer uma carona para mim e minha noiva.

O cigano olhou para Graciela.

— É possível. Para onde vão?

— Para as montanhas Guadarrama.

— Posso levá-los até Cerezo de Abajo.

— Seria ótimo. Fico agradecido. — Ricardo apertou a mão do cigano, passando-lhe algum dinheiro.

— Embarquem na última carroça.

— *Gracias.*

Ricardo voltou para o lugar em que Graciela esperava, e falou:

— Os ciganos vão nos levar até Cerezo de Abajo. Viajaremos na última carroça.

Por um instante, ele teve certeza de que Graciela ia recusar. Ela hesitou, depois encaminhou-se para a carroça.

Havia meia dúzia de ciganas dentro da carroça e elas abriram espaço para Ricardo e Graciela. Ao subirem, Ricardo começou a ajudar a irmã, mas, ao tocar-lhe o braço, ela puxou-o bruscamente, com uma violência que o pegou de surpresa. *Está bem, você que se dane.* Ele vislumbrou a perna nua de Graciela quando ela subiu na carroça, e não pôde deixar de pensar: *Ela tem as mais lindas pernas que já vi.*

Procuraram se acomodar da melhor forma possível no chão duro de madeira, e a longa jornada começou. Graciela sentava num canto, os olhos fechados e os lábios se mexendo em oração. Ricardo não conseguia desviar os olhos dela.

À MEDIDA QUE o dia avançava, o sol tornava-se uma fornalha ardente, castigando-os, implacável, crestando a terra, o céu de um azul profundo, sem qualquer nuvem. De vez em quando, com as carroças atravessando as planícies, enormes aves as sobrevoavam. *Buitre leonado*, pensou Ricardo. O abutre-leão.

Ao final da tarde, a caravana cigana parou e o líder aproximou-se da carroça da retaguarda.

— Este é o ponto máximo a que podemos levá-los. Estamos indo para Vinuela.

Direção errada.

— Está ótimo — disse Ricardo. — Obrigado.

Ele começou a estender a mão para ajudar Graciela a se levantar, mas logo mudou de ideia. Virou-se para o líder dos ciganos.

— Consideraria uma gentileza se vendesse alguma comida para nós.

O chefe virou-se para uma das mulheres e disse alguma coisa numa língua estrangeira. Logo depois dois pacotes de comida foram entregues a Ricardo.

— *Muchas gracias.* — Tirou algum dinheiro.

O líder dos ciganos fitou-o em silêncio por um momento.

— Você e a irmã já pagaram pela comida.

Você e a irmã. Então ele sabia. Contudo, Ricardo não experimentou a sensação de perigo. Os ciganos eram tão oprimidos pelo governo quanto os bascos e catalães.

— *Vayan con Dios.*

Ricardo ficou parado, observando a caravana se afastar e então virou-se para Graciela. Ela observava-o, em silêncio, impassível.

— Não terá de aturar minha companhia por muito mais tempo — assegurou Ricardo. — Dentro de dois dias estaremos em Logroño. Você se encontrará com suas amigas ali e partirão para o convento em Mendavia.

Não houve reação. Era como se ele falasse para um muro de pedra. *Estou falando com um muro de pedra.*

DESCERAM PARA um vale aprazível, com muitas macieiras, pereiras e figueiras. Ali perto passava o rio Duratón, cheio de gordas trutas. No passado, Ricardo pescara ali muitas vezes. Seria um lugar ideal para ficar e descansar, mas ainda havia um longo caminho a percorrer.

Ele virou-se para estudar as montanhas Guadarrama, que se estendiam à frente. Ricardo conhecia a região muito bem. Havia várias trilhas para atravessar a cadeia de montanhas. Cabras selvagens, cabritos-monteses e lobos rondavam os caminhos. Ricardo escolheria o caminho mais curto se estivesse viajando sozinho, mas com irmã Graciela ao seu lado, ele optou pelo mais seguro.

— É melhor começarmos logo — disse Ricardo. — Temos uma longa subida pela frente.

Não tinha a menor intenção de perder o encontro com os outros em Logroño. A irmã silenciosa que se tornasse problema de outra pessoa.

Irmã Graciela estava parada, à espera de que Ricardo indicasse o caminho. Ele virou-se e começou a subir. Não demorou muito para que Graciela escorregasse em algumas pedras soltas na íngreme trilha e Ricardo instintivamente estendeu a mão para ajudá-la. Ela empurrou-lhe a mão bruscamente e recuperou o equilíbrio. *Como quiser,* pensou ele, furioso. *Pode quebrar o pescoço.*

Continuaram a subir, encaminhando-se para o majestoso pico lá em cima. A trilha foi se tornando cada vez mais íngreme e estreita, o ar frio era mais rarefeito. Seguiam para leste, passando por uma floresta de pinheiros. À frente deles ficava uma aldeia que tinha um refúgio para esquiadores e alpinistas. Ricardo sabia que encontrariam ali comida quente, calor e descanso. Era tentador. *Mas muito perigoso,* concluiu. Seria um lugar perfeito para Acoca montar uma armadilha. Virou-se para irmã Graciela.

— Vamos contornar a aldeia. Pode andar mais um pouco, antes de pararmos para descansar?

Ela fitou-o e, como resposta, virou-se e recomeçou a andar.

A grosseria desnecessária ofendeu-o, e ele pensou: *Ainda bem que me livrarei dela em Logroño. Por que, em nome de Deus, tenho sentimentos contraditórios em relação a isso?*

Os dois contornaram a aldeia, caminhando pela beira da floresta, e logo se encontravam outra vez na trilha, subindo cada vez mais. A respiração se tornava mais difícil, e o caminho, ainda mais íngreme. Ao contornarem uma curva, depararam com um ninho de águia vazio. Deram uma volta para evitar outra aldeia na montanha, silenciosa e pacífica ao sol da tarde, e descansaram nos arredores, parando num regato onde beberam água gelada.

Ao anoitecer, alcançaram uma área acidentada famosa por suas cavernas. A partir daquele ponto, a trilha começava a descer.

Daqui por diante será mais fácil, pensou Ricardo. *O pior já passou.*

Ele ouviu um zumbido distante lá em cima. Levantou os olhos, à procura. Um avião militar apareceu de repente sobre o topo da montanha, voando na direção do lugar em que se encontravam.

— Abaixe-se! — gritou — Abaixe-se!

Graciela continuou a andar. O avião fez uma volta e começou a voar mais baixo.

— Abaixe-se! — berrou Ricardo de novo.

Pulou sobre Graciela e derrubou-a no chão, seu corpo por cima. Sem qualquer aviso, Graciela pôs-se a gritar histericamente, lutando com ele. Chutava-o na virilha, arranhava-lhe o rosto, tentava arrancar-lhe os olhos. O mais espantoso, no entanto, era o que ela dizia. Gritava uma sucessão de obscenidades que deixaram Ricardo chocado, uma torrente verbal de palavrões que o atordoou. Não podia acreditar que tais palavras saíam daquela boca linda e inocente.

Tentou segurar as mãos de Graciela, a fim de se proteger das unhas que o arranhavam. Graciela parecia uma gata selvagem por baixo dele.

— Pare com isso! — gritou Ricardo. — Não vou machucá-la. É um avião militar de reconhecimento. Eles podem ter nos visto. Precisamos sair daqui.

Procurou imobilizá-la, até que a resistência frenética finalmente cessou. Sons estranhos e estrangulados vinham de Graciela, e Ricardo compreendeu que ela soluçava. Apesar de toda a sua experiência com as mulheres, estava completamente aturdido. Encontrava-se por cima de uma freira histérica que tinha o vocabulário de um motorista de caminhão e não sabia o que fazer em seguida. Procurou tornar a voz o mais calma e razoável possível.

— Irmã, precisamos encontrar um lugar para nos escondermos e depressa. O avião pode ter comunicado a nossa presença aqui e dentro de poucas horas poderá haver soldados por toda parte. Se quer chegar ao convento, deve se levantar e me acompanhar. — Esperou um pouco, depois saiu de cima de Graciela e, com todo cuidado, sentou-se ao seu lado, enquanto os soluços se desvaneciam.

Graciela acabou se sentando. O rosto estava sujo de terra, os cabelos desgrenhados, os olhos vermelhos de chorar, mas mesmo assim sua beleza deixou Ricardo angustiado.

— Desculpe tê-la assustado — murmurou. — Parece que não sei me comportar direito com você. Prometo que me esforçarei para ter mais cuidado.

Ela fitou-o, os olhos pretos luminosos marejados de lágrimas. Ricardo não tinha a menor ideia do que ela pensava naquele momento. Ele suspirou e levantou-se. Graciela acompanhou-o.

— Há dezenas de cavernas por aqui — disse Ricardo. — Vamos nos esconder em uma delas durante a noite. Continuaremos a viagem ao amanhecer. — Seu rosto estava esfolado e sangrando onde ela o arranhara. Apesar do que acontecera, Graciela parecia indefesa, com uma fragilidade que o comovia, que o fazia querer dizer alguma coisa para tranquilizá-la. Mas agora era ele quem permanecia em silêncio. Não podia pensar em nada para dizer.

As cavernas haviam sido escavadas por milênios de ventos, inundações e terremotos, possuíam uma variedade infinita.

Algumas não passavam de simples depressões na rocha, outras eram túneis intermináveis, jamais explorados pelo homem.

A um quilômetro e meio do lugar em que avistaram o avião, Ricardo encontrou uma caverna que parecia segura. A baixa entrada estava quase oculta pelas moitas.

— Espere aqui, irmã. — Passou pela entrada e dirigiu-se para o interior da caverna. Estava escuro lá dentro, apenas uma tênue claridade penetrava pela abertura. Não havia como descobrir a extensão da caverna, mas isso não importava, pois não havia razão para explorá-la.

Voltou para junto de Graciela.

— Parece um lugar seguro — comentou Ricardo após sair da caverna. — Espere lá dentro, por favor. Vou pegar alguns galhos para cobrir a entrada. Voltarei em poucos minutos.

Observou-a entrar em silêncio na caverna e especulou se ainda a encontraria ali quando voltasse. Percebeu que queria desesperadamente que ela estivesse.

DENTRO DA CAVERNA, Graciela observou-o se afastar e então sentou-se no chão frio, em desespero.

Não posso mais aguentar, pensou ela. *Onde você está, Jesus? Por favor, liberte-me deste inferno.*

E era mesmo um inferno. Desde o início Graciela lutava contra a atração que sentia por Ricardo. Pensou no mouro. *Sinto medo de mim mesma. Quero este homem, mas não devo.*

Por isso, ela erguera uma barreira de silêncio entre os dois, o silêncio com que vivera no convento. Mas agora, sem a disciplina do convento, sem as orações, sem a muleta da rotina rígida, Graciela descobria-se incapaz de banir suas trevas íntimas. Passara anos combatendo os impulsos satânicos de seu corpo, tentando impedir que voltassem os sons lembrados, os gemidos e suspiros que vinham da cama da mãe.

O mouro olhava para o seu corpo nu.

Você é apenas uma criança. Vista-se e saia daqui...

Sou uma mulher!

Passara muitos anos tentando esquecer a sensação do mouro dentro dela, tentando expulsar da mente o ritmo dos corpos se mexendo juntos, saciando-a, proporcionando o sentimento de estar finalmente viva.

A mãe gritando: *Sua sem-vergonha!*

E o médico dizendo: *Nosso cirurgião-chefe decidiu cuidar de você pessoalmente. Disse que era bonita demais para ficar com cicatrizes.*

Todos os anos de orações haviam sido para se expurgar do sentimento de culpa. E haviam fracassado.

O passado voltara abruptamente na primeira vez em que olhara para Ricardo. Ele era bonito, bom, gentil. Quando era pequena, Graciela sonhara com alguém como Ricardo. E quando ele estava próximo, quando a tocava, seu corpo se inflamava no mesmo instante e experimentava uma profunda vergonha. *Sou a esposa de Cristo, e meus pensamentos constituem uma traição a Deus. Pertenço a Você, Jesus. Por favor, ajude-me agora. Purifique minha mente dos pensamentos impuros.*

Graciela tentara desesperadamente manter o muro de silêncio entre os dois, um muro pelo qual ninguém podia penetrar, à exceção de Deus, um muro para manter o demônio afastado. Mas queria mesmo manter o demônio afastado? Quando Ricardo pulara em cima dela e a empurrara para o chão, era o mouro fazendo amor com ela e o frade tentando estuprá-la, e, em seu pânico incontrolável, fora contra eles que ela lutara. *Não*, admitiu para si mesma, *isso não é verdade*. Era contra o seu desejo mais profundo que lutara. Estava dividida entre o espírito e os anseios da carne. *Não devo ceder. Preciso voltar ao convento. Ele estará aqui a qualquer momento. O que devo fazer?*

Graciela ouviu um miado baixo no fundo da caverna e virou-se. Havia quatro olhos verdes fitando-a no escuro, avançando em sua direção. O coração de Graciela disparou.

Dois filhotes de lobo aproximaram-se, em passos macios, almofadados. Ela sorriu e estendeu a mão em direção a eles. Houve um súbito sussurro na entrada da caverna. *Ricardo está de volta*, pensou.

No momento seguinte uma enorme loba cinzenta voava em sua garganta.

Capítulo 27

Lucia Carmine parou diante da taberna em Aranda de Duero e respirou fundo. Através da janela, podia ver Rubio Arzano sentado lá dentro, à sua espera.

Não devo deixar que ele desconfie, pensou Lucia. *Às oito horas terei um novo passaporte e estarei a caminho da Suíça.*

Ela forçou um sorriso e entrou na taberna. Rubio sorriu aliviado ao vê-la, e a expressão em seus olhos, ao se levantar, provocou uma pontada de angústia em Lucia.

— Eu estava muito preocupado, querida. Passou tanto tempo fora que tive medo de que alguma coisa terrível lhe tivesse acontecido.

Lucia pôs a mão sobre a dele.

— Está tudo bem.

Apenas comprei minha passagem para a liberdade. Estarei fora do país amanhã.

Rubio sentou-se, fitando-a nos olhos, segurando-lhe a mão. O sentimento de amor que irradiava era tão intenso que Lucia sentiu-se apreensiva. *Será que ele não percebe que nunca poderia dar certo? Não, ele não compreende. Porque não tenho coragem de* lhe contar. *Não está apaixonado por mim. Está apaixonado pela mulher que pensa que eu sou. E ficará muito melhor livre de mim.*

Ela virou-se e correu os olhos pelo ambiente. Estava cheio de moradores locais. A maioria parecia observar os dois estranhos.

Um dos jovens começou a cantar e outros o acompanharam.

Um homem aproximou-se da mesa a que Lucia e Rubio se sentavam.

— Não está cantando, *señor*. Junte-se a nós.

Rubio balançou a cabeça.

— Não.

— Qual é o problema, *amigo*?

— É a canção. — Rubio viu a expressão de perplexidade de Lucia e explicou: — É uma das antigas canções de louvor a Franco.

Outros homens começaram a se agrupar em torno da mesa. Era evidente que haviam bebido muito.

— Foi contra Franco, *señor*?

Lucia viu os punhos de Rubio se contraírem. *Oh, Deus, não agora! Ele não pode começar qualquer coisa que atraia atenção.* Ela murmurou, em tom de advertência:

— Rubio...

E, graças a Deus, ele compreendeu. Olhou para os homens e disse, jovialmente:

— Não tenho nada contra Franco. Apenas não conheço a letra.

— Ahn... Nesse caso, vamos todos cantarolar juntos.

Eles ficaram em silêncio, à espera que Rubio recusasse.

Ele olhou para Lucia.

— *Bueno*.

Os homens recomeçaram a cantar, e Rubio cantarolou em voz alta. Lucia podia sentir sua tensão, enquanto fazia um esforço para manter o controle. *Ele está fazendo isso por mim.*

Quando a canção terminou, um homem deu um tapinha nas costas de Rubio.

— Nada mal, velho, nada mal...

Rubio permaneceu em silêncio, ansioso para que eles se afastassem.

Um dos homens viu o embrulho no colo de Lucia.

— O que está escondendo aí, *querida*?

Seu companheiro acrescentou:

— Aposto que ela tem uma coisa muito melhor por baixo da saia.

Os homens riram.

— Por que não abaixa as calcinhas e nos mostra o que tem lá?

Rubio levantou-se de um pulo e agarrou um dos homens pela garganta. Esmurrou-o com tanta força que o homem voou através do bar e quebrou uma mesa:

— Não! — gritou Lucia. — Não faça isso!

Mas era tarde demais. Em pouco tempo, a confusão espalhou-se pela taberna, com todo mundo aderindo ansiosamente pela briga e homens bêbados engalfinhando-se no chão. Uma garrafa de vinho espatifou o espelho por trás do balcão. Cadeiras e mesas foram derrubadas, enquanto homens voavam de um lado para outro, aos gritos. Rubio derrubou dois homens, um terceiro avançou e acertou-o na barriga. Ele soltou um grunhido de dor.

— Rubio! — gritou Lucia. — Vamos sair daqui!

Ele acenou com a cabeça, as mãos comprimindo a barriga. Esgueiraram-se pela confusão e saíram para a rua.

— Precisamos escapar — murmurou Lucia.

Você terá seu passaporte esta noite. Volte depois das oito horas. Precisava encontrar um lugar para se esconder até lá. *Ele que se dane! Por que não podia se controlar?*

Os dois desceram pela *calle* Santa María, e os ruídos da briga na taberna foram diminuindo gradativamente. Dois quarteirões adiante chegaram a uma grande igreja, a Santa Maria. Lucia subiu os degraus, abriu a porta e espreitou lá dentro. Estava deserta.

— Ficaremos sãos e salvos aqui — disse ela. Entraram na semiescuridão da igreja, Rubio ainda comprimia a barriga.

— Podemos descansar um pouco.

— Está bem.

Rubio retirou a mão da barriga e o sangue esguichou. Lucia ficou desesperada.

— Santo Deus! O que aconteceu?

— Uma faca — balbuciou Rubio. — Ele usou uma faca. — Rubio arriou para o chão.

Lucia ajoelhou-se ao seu lado, em pânico.

— Não se mexa. — Tirou a saia e comprimiu-a contra a barriga de Rubio, tentando estancar a hemorragia.

O rosto de Rubio estava branco.

— Não deveria ter brigado com eles, seu idiota — disse Lucia, furiosa.

A voz dele era um sussurro engrolado:

— Não podia permitir que falassem de você daquela maneira.

Não podia permitir que falassem de você daquela maneira.

Lucia sentiu-se comovida como nunca sentira-se antes.

Ficou imóvel, olhando para ele e pensando: *Quantas vezes esse homem já arriscou a vida por mim?*

— Não deixarei que morra — disse ela, com veemência. Levantou-se abruptamente. — Voltarei num instante.

Encontrou água e toalhas no quarto onde o padre trocava de roupas, nos fundos da igreja. Lavou o ferimento de Rubio. O rosto dele estava quente, o corpo encharcado de suor. Lucia pôs toalhas frias em sua testa. Os olhos de Rubio estavam fechados, parecia adormecido. Ela aninhou sua cabeça nos braços e pôs-se a lhe falar. Não importava o que dizia. Falava para mantê-lo vivo, obrigá-lo a se segurar no tênue fio da existência. Falou incessantemente, com medo de parar por um segundo sequer.

— Vamos trabalhar juntos em sua fazenda, Rubio. Quero conhecer sua mãe e irmãs. Acha que elas vão gostar de mim? Quero muito que elas gostem. E sou muito trabalhadeira, *caro*. Vai ver só. Nunca trabalhei numa fazenda, mas aprenderei. Faremos com que seja a melhor fazenda de toda a Espanha.

Lucia passou a tarde falando, banhando seu corpo febril, trocando o curativo. A hemorragia quase cessara.

— Está vendo, *caro*? Já começa a melhorar. Eu não disse? Nós dois teremos uma vida maravilhosa juntos, Rubio. Mas, por favor, não morra. Por favor!

Percebeu que estava chorando.

LUCIA OBSERVOU as sombras da tarde pintarem as paredes da igreja através dos vitrais e se desvanecerem lentamente. O pôr do sol escureceu o céu e finalmente a escuridão era total. Ela trocou de novo o curativo de Rubio e nesse instante, tão perto que lhe provocou um sobressalto, o sino da igreja começou a repicar. Ela prendeu a respiração e contou as badaladas. Uma... três... cinco... sete... oito. Oito horas. Estava chamando-a, dizendo que era hora de voltar a tempo de escapar daquele pesadelo e salvar-se.

Ajoelhou-se ao lado de Rubio e sentiu sua testa. Ele ardia em febre. O corpo estava encharcado de suor e a respiração era difícil e irregular. Não podia ver qualquer sinal de hemorragia, mas isso talvez significasse que ele sangrava internamente. *Mas que diabo! Trate de se salvar, Lucia!*

— Rubio... querido...

Ele abriu os olhos, apenas meio consciente.

— Preciso sair por um momento.

Rubio apertou-lhe a mão.

— Por favor...

— Está tudo bem — sussurrou Lucia. — Voltarei logo.

Levantou-se e lançou-lhe um último olhar. *Não posso ajudá-lo*, pensou.

Pegou a cruz de ouro, virou-se e deixou a igreja rapidamente, os olhos cheios de lágrimas. Começou a andar depressa, encaminhando-se para a loja de penhores. O homem e seu primo estariam ali, à sua espera, com o passaporte para a liberdade. *Pela manhã, quando começarem as missas, encontrarão Rubio e o levarão a um médico. Vão tratá-lo, e ele ficará bom. Só que não sobreviverá a esta noite*, pensou. *Mas isso não é problema meu.*

A Casa de Empeños ficava logo à frente. Estava apenas uns poucos minutos atrasada. Podia ver as luzes acesas no interior da loja. Os homens a esperavam.

Começou a andar mais depressa, depois desatou a correr. Atravessou a rua e passou pela porta aberta.

Dentro da delegacia, um guarda uniformizado estava sentado atrás de uma escrivaninha. Levantou os olhos quando Lucia entrou.

— Preciso de você! — gritou ela. — Um homem foi apunhalado! Pode estar morrendo!

O guarda não fez perguntas. Pegou um telefone e falou rapidamente. Depois de desligar, comunicou a Lucia:

— Alguém virá lhe falar.

Dois detetives apareceram quase no mesmo instante.

— Alguém foi apunhalado, *señorita*?

— Isso mesmo. Acompanhem-me, por favor. Depressa!

— Vamos pegar o médico no caminho — disse um dos detetives. — E depois poderá nos levar a seu amigo.

Pegaram o médico em sua casa, e Lucia conduziu o grupo à igreja. O médico foi até o corpo imóvel no chão e ajoelhou-se ao lado. Levantou o rosto um momento depois.

— Ainda está vivo, mas corre perigo. Chamarei uma ambulância.

Lucia ajoelhou-se e murmurou em silêncio: *Obrigada, Deus. Fiz tudo o que pude. Agora deixe-me escapar, sã e salva, e nunca mais tornarei a incomodá-lo.*

Um dos detetives observara Lucia por todo o caminho até a igreja. Ela lhe parecia familiar. E de repente ele compreendeu por quê. Tinha uma semelhança extraordinária com o retrato na Vermelha, a circular de prioridade da Interpol.

O detetive sussurrou alguma coisa a seu companheiro e os dois se viraram para estudá-la. Então aproximaram-se de Lucia.

— Com licença, *señorita*. Poderia fazer a gentileza de nos acompanhar de volta à delegacia? Gostaríamos de lhe fazer algumas perguntas.

Capítulo 28

Ricardo Mellado encontrava-se a uma curta distância da caverna na montanha quando avistou subitamente uma enorme loba cinzenta encaminhando-se para a entrada. Ficou paralisado por um único instante, depois saiu correndo, como nunca correra em toda a sua vida. Disparou para a entrada da caverna.

— Irmã!

Na semiescuridão, divisou a forma enorme e cinzenta saltar para cima de Graciela. Instintivamente, pegou a pistola e atirou. A loba soltou um uivo de dor e virou-se para Ricardo. Ele sentiu as presas do animal ferido lhe rasgando as roupas, sentiu seu bafo fétido. A loba era mais forte do que esperava, pesada e musculosa. Ricardo tentou se desvencilhar, mas era impossível.

Sentiu que começava a perder os sentidos. Percebeu vagamente que Graciela se aproximava e gritou:

— Fuja!

Viu então a mão de Graciela levantar-se por cima de sua cabeça. No momento em que começava a descer, percebeu que segurava uma pedra enorme e pensou: *Ela vai me matar.*

Um instante depois a pedra passou por ele e esmagou o crânio da loba. Houve um último e selvagem estertor, depois o animal ficou imóvel no chão. Ricardo encontrava-se todo encolhido, lutando para respirar.

Graciela ajoelhou-se ao seu lado.

— Você está bem? — Sua voz tremia de preocupação. Ele conseguiu balançar a cabeça. Ouviu um som de lamúria por trás e virou-se para deparar com os filhotes encolhidos num canto. Continuou deitado por mais algum tempo, para recuperar as forças. Finalmente se levantou, com alguma dificuldade.

Saíram cambaleando para o ar puro da montanha, abalados. Ricardo parou, respirando fundo, enchendo os pulmões, até a cabeça desanuviar. O choque físico e emocional do contato próximo com a morte exercera um efeito profundo sobre os dois.

— Vamos sair logo daqui. Talvez já estejam à nossa procura.

Graciela estremeceu à lembrança do perigo que ainda corriam.

OS DOIS SEGUIRAM pela trilha íngreme na montanha durante uma hora. Chegaram a um pequeno córrego, e Ricardo disse:

— Vamos parar aqui.

Sem ataduras nem antissépticos, limparam os arranhões da melhor forma possível, lavando com a água limpa e fria. O braço de Ricardo estava tão rígido que sentia dificuldade para movê-lo. Para sua surpresa, Graciela disse:

— Deixe que cuido de tudo.

Ficou ainda mais surpreso pela gentileza com que ela lavou os ferimentos.

De repente, sem qualquer aviso, Graciela começou a tremer violentamente, no efeito posterior do choque.

— Está tudo bem — murmurou Ricardo. — Já passou.

Ela não conseguia parar de tremer.

Ricardo abraçou-a e disse suavemente:

— Calma, calma... A loba está morta. Não há mais nada a temer.

Apertava-a e podia sentir as coxas se comprimindo contra seu corpo, os lábios macios se encontraram com os seus, Graciela abraçava-o também, sussurrando coisas que Ricardo não pôde compreender.

Era como se sempre tivesse conhecido Graciela. E, no entanto, nada sabia a seu respeito. *Mas ela é um milagre de Deus*, pensou Ricardo.

Graciela também pensava em Deus. *Obrigada, Deus, por esta alegria. Obrigada por finalmente me deixar sentir o que é o amor.*

Experimentava emoções para as quais não tinha palavras, além de qualquer coisa que jamais imaginara.

Ricardo observava-a, e sua beleza ainda o deslumbrava. *Ela me pertence agora*, pensou. *Não precisa voltar para um convento. Casaremos e teremos lindos filhos... filhos saudáveis.*

— Eu amo você — murmurou ele. — Nunca mais a deixarei partir, Graciela.

— Ricardo...

— Quero casar com você, querida. Quer casar comigo?

— Quero... quero, sim! — respondeu Graciela, sem pensar.

E ela se viu outra vez em seus braços e pensou: *Era isto o que eu queria e pensava que nunca teria.*

— Viveremos por algum tempo na França, onde estaremos seguros. Esta luta acabará em breve, e voltaremos à Espanha — dizia Ricardo.

Graciela sabia que iria para qualquer lugar com aquele homem e, se houvesse perigo, haveria de querer partilhá-lo ao seu lado.

Conversaram sobre muitas coisas. Ricardo contou como se envolvera com Jaime Miró, do noivado desfeito e a insatisfação do pai. Mas, depois, quando esperou que Graciela falasse de seu passado, ela se manteve em silêncio.

Graciela fitou-o e pensou: *Não posso contar. Ele vai me odiar.*

— Abrace-me! — suplicou ela.

Dormiram e acordaram ao amanhecer para contemplar o sol escalar o topo da montanha, banhando as encostas com um suave clarão vermelho.

— Estaremos mais seguros escondidos por aqui hoje — comentou Ricardo. — Começaremos a viajar assim que escurecer.

Comeram os alimentos dados pelos ciganos e planejaram o futuro.

— Há oportunidades maravilhosas aqui na Espanha — falou Ricardo. — Ou haverá quando tivermos paz. Tenho muitas ideias. Abriremos nosso próprio negócio. Compraremos uma bonita casa e criaremos lindos filhos.

— E lindas filhas.

— E lindas filhas. — Ele sorriu. — Nunca pensei que pudesse me sentir tão feliz.

— Nem eu, Ricardo.

— Estaremos em Logroño dentro de dois dias e nos encontraremos com os outros. — Segurou-lhe a mão. — E contaremos que você não voltará ao convento.

— Não sei se vão compreender — riu Graciela. — Mas não me importo. Deus compreende. Eu adorava a vida no convento, mas... — Inclinou-se e beijou-o.

— Preciso compensá-la por muita coisa.

Ela ficou perplexa.

— Não estou entendendo.

— Todos os anos em que você esteve no convento, excluída do mundo. Diga-me uma coisa, querida... incomoda-a ter perdido tantos anos?

Como podia fazê-lo entender?

— Ricardo... não perdi coisa alguma. Acha mesmo que perdi tanta coisa?

Ele pensou a respeito, sem saber por onde começar. Concluiu que coisas que julgava da maior importância não teriam o menor significado para as freiras em seu isolamento. Guerras, como a guerra árabe-israelense? Assassinatos de líderes políticos, como o do presidente americano John Kennedy e de seu irmão, Robert Kennedy? E de Martin Luther King Jr., o grande líder do movimento da não violência pela igualdade negra? O Muro de Berlim? Fomes? Inundações? Terremotos? Greves e manifestações de protesto contra a desumanidade do homem com seu semelhante?

Afinal, quão profundamente qualquer dessas coisas afetaria a vida pessoal de Graciela? Ou a vida da maioria das pessoas no mundo?

— De certa forma, você não perdeu muita coisa. Mas, por outro lado, perdeu. Algo importante tem acontecido. A vida. Enquanto se manteve apartada durante todos esses anos, crianças nasceram e cresceram, namorados casaram, pessoas sofreram e foram felizes, outras morreram e todos nós aqui fora fomos uma parte disso, uma parte do ato de viver.

— E você acha que eu nunca fui? — As palavras saíram espontâneas, antes que Graciela pudesse impedi-las. — Já fui parte dessa vida de que está falando, e era como viver no inferno. Minha mãe era uma prostituta, e todas as noites eu tinha um tio diferente. Aos 14 anos, entreguei meu corpo a um homem, porque me sentia atraída por ele e sentia ciúme de minha mãe e do que ela fazia.

As palavras saíam agora numa torrente impetuosa.

— Eu também me tornaria uma prostituta se ficasse ali, para ser parte dessa vida que você considera tão preciosa. Não, não creio que eu tenha fugido de alguma coisa. Corri para alguma coisa. Encontrei um mundo seguro, que é sereno e bom.

Ricardo fitava-a horrorizado.

— Eu... eu sinto muito. Não tive a intenção...

Graciela soluçava agora, e ele abraçou-a.

— Calma, calma... Está tudo bem. Já acabou. Você era uma criança. Eu a amo.

Foi como se Ricardo tivesse lhe concedido a absolvição. Falara sobre as coisas horríveis que fizera no passado e ainda assim ele a perdoava. E, maravilha das maravilhas, ainda a amava.

Ele a abraçou com ternura.

— Há um poema de Federico García Lorca:

> *A noite não deseja vir,*
> *a fim de que você não possa vir*
> *e eu não possa ir...*
>
> *Mas você virá,*
> *com sua língua queimada pela chuva salgada.*
>
> *O dia não deseja vir,*
> *a fim de que você não possa vir*
> *e eu não possa ir...*
>
> *Mas você virá*
> *através dos turvos sumidouros da escuridão.*
> *Nem a noite nem o dia desejam vir,*
> *a fim de que eu possa morrer por você*
> *e por mim.*

Subitamente, Graciela pensou nos soldados que os perseguiam, e imaginou se ela e seu amado Ricardo sobreviveriam por tempo suficiente para terem um futuro juntos.

Capítulo 29

Faltava um elo, uma pista para o passado, Alan Tucker estava determinado a encontrá-lo. Não havia qualquer referência no jornal a uma criança abandonada, mas deveria ser muito fácil descobrir a data em que fora levada para o orfanato. Se a data coincidisse com o desastre de avião, Ellen Scott teria de oferecer algumas explicações bem interessantes. *Ela não pode ter sido tão estúpida assim*, pensou Alan Tucker. *Assumir o risco de simular que a herdeira Scott morrera e deixá-la na porta de uma casa de fazenda. Perigoso. Muito perigoso. Por outro lado, a recompensa era tentadora: a Scott Industries. Isso mesmo, ela pode muito bem ter dado o golpe. Se é um segredo que enterrou, continua bem vivo e vai lhe custar caro.*

Tucker sabia que precisava ser cauteloso. Não tinha ilusões sobre a pessoa com quem lidava. Estava se confrontando com o poder implacável. Sabia que precisaria dispor de todas as provas antes de fazer seu movimento.

Sua primeira providência foi outra visita ao padre Berrendo.

— Padre... eu gostaria de conversar com o camponês e a esposa em cuja casa Patricia... Megan foi abandonada.

O velho sacerdote sorriu.

— Eles morreram há muitos anos.

Droga! Mas devia haver outros caminhos para explorar.

— Não disse que a criança foi levada para o hospital com pneumonia?

— Isso mesmo.

Haveria registros ali.

— Que hospital era?

— Foi destruído por um incêndio em 1961. Construíram outro em seu lugar. — Ele percebeu a expressão consternada de Tucker. — Deve lembrar, *señor*, que a informação que procura já tem 28 anos. Muitas coisas mudaram.

Nada vai me deter, pensou Tucker. *Não quando estou tão perto. Deve haver um arquivo sobre ela em algum lugar.*

Ainda lhe restava um lugar para investigar: o orfanato.

Tucker preparava relatórios diários para Ellen Scott.

— Mantenha-me informada de cada acontecimento. Quero ser avisada no momento em que a menina for encontrada.

E Alan Tucker especulava sobre a urgência em sua voz.

Ela parece estar com muita pressa, por causa de uma coisa que aconteceu há tantos anos. Por quê? Mas isso pode esperar. Primeiro, preciso obter a prova que procuro.

Alan Tucker foi visitar o orfanato naquela manhã. Correu os olhos pela desolada sala comunitária, onde algumas crianças brincavam, fazendo barulho e falando sem parar, e pensou: *Então este é o lugar em que a herdeira da dinastia Scott foi criada, enquanto aquela sacana em Nova York ficava com todo o dinheiro e poder. Pois ela agora vai partilhar um pouco comigo. Isso mesmo, formaremos uma grande dupla, Ellen Scott e eu.*

Uma moça aproximou-se e perguntou:

— Em que posso ajudá-lo, *señor*?

Ele sorriu. *Pode me ajudar a ganhar um bilhão de dólares.*

— Eu gostaria de falar com a pessoa encarregada.

— É a *Señora* Angeles.

— Ela está?

— *Sí, señor.* Eu o levarei à sua sala.

Ele seguiu a mulher pelo corredor principal até uma pequena sala nos fundos do prédio.

— Entre, por favor.

Ele entrou no escritório. A mulher sentada à mesa estava na faixa dos 80 anos. Outrora fora grande, mas o corpo encolhera, e por isso dava a impressão de que a armação pertencia a outra pessoa. Os cabelos eram grisalhos e ralos, mas os olhos se mantinham brilhantes e claros.

— Bom-dia, *señor*. Em que posso ajudá-lo? Veio adotar uma de nossas lindas crianças? Temos muitas para escolher.

— Não, *señora*. Vim perguntar sobre uma criança que foi deixada aqui há muitos anos.

Mercedes Angeles franziu o rosto.

— Não estou entendendo.

— Uma menina foi trazida para cá... — fingiu consultar um pedaço de papel. — ... em outubro de 1948.

— Isso foi há muito tempo. Ela não estaria mais aqui. Temos um regulamento, *señor*, que aos 15 anos...

— Sei que ela não está mais aqui, *señora*. O que desejo saber é a data exata em que foi trazida para cá.

— Lamento, *señor*, mas não poderei ajudá-lo.

Tucker sentiu um aperto no coração.

— Muitas crianças são trazidas para cá. A menos que saiba seu nome...

Patricia Scott, ele pensou. Mas disse em voz alta:

— Megan... o nome dela é Megan.

O rosto de Mercedes Angeles iluminou-se.

— Ninguém poderia esquecer aquela criança. Era um diabrete, e todos a adoravam. Sabia que um dia ela...

Alan Tucker não tinha tempo para histórias. O instinto dizia-lhe que se encontrava agora na iminência de obter uma parte da fortuna Scott. E aquela velha tagarela era a chave para isso. *Devo ser paciente com ela.*

— *Señora* Angeles... não tenho muito tempo. Tem essa data em seus arquivos?

— Claro, *señor*. O Estado exige que mantenhamos registros bastante acurados.

Tucker animou-se. *Eu deveria ter trazido uma máquina para fotografar o arquivo. Mas não importa. Tirarei uma fotocópia.*

— Posso ver esse arquivo, *señora*?

— Acho que não. Nossos arquivos são confidenciais e...

— Claro que compreendo e respeito sua hesitação — disse Tucker, suavemente. — Falou que gostava da pequena Megan e tenho certeza de que haveria de querer fazer tudo o que pudesse para ajudá-la. Pois é por isso que estou aqui. Tenho boas notícias para ela.

— E para isso precisa da data em que foi trazida para cá?

— Preciso ter a prova de que se trata mesmo da pessoa que penso que é. O pai morreu e deixou-lhe uma pequena herança, quero fazer com que ela a receba.

A mulher acenou com a cabeça, sabiamente.

— Entendo.

Tucker tirou um maço de notas do bolso.

— E para demonstrar meu agradecimento pelo incômodo que estou causando, gostaria de contribuir com 100 dólares para o orfanato.

Ela olhava para o maço de notas, com uma expressão indecisa.

Tucker tirou outra nota.

— Duzentos.

A velha franziu o rosto.

— Está bem. Quinhentos.

Mercedes Angeles ficou radiante.

— É muita generosidade sua, *señor*. Vou buscar o arquivo.

Consegui!, pensou ele, exultante. *Santo Deus, consegui! Ela roubou a Scott Industries. E, se não fosse por mim, teria escapado impune.*

Quando a confrontasse com aquela prova, Ellen Scott não teria como negar. O desastre de avião ocorrera a 1º de outubro. Megan passara dez dias no hospital. Portanto, chegara ao orfanato por volta de 11 de outubro. Mercedes Angeles voltou à sala, trazendo uma pasta de arquivo.

— Encontrei! — anunciou, orgulhosa.

Alan Tucker teve de fazer um esforço para não arrancar a pasta de suas mãos.

— Posso dar uma olhada? — perguntou, polidamente.

— Claro. Foi muito generoso. — A velha tornou a franzir a testa. — Espero que não mencione o fato a ninguém. Eu não deveria fazer isso.

— Será nosso segredo, *señora*.

Ela entregou-lhe a pasta.

Tucker respirou fundo e abriu-a. Em cima estava escrito: "Megan. Menina. Pais desconhecidos." E depois a data. Mas havia um equívoco.

— Diz aqui que Megan foi trazida para o orfanato a 14 de junho de 1948.

— *Sí, señor.*

— Mas é impossível! — Ele estava quase gritando. *O desastre de avião aconteceu a 1.º de outubro, quatro meses depois.*

Havia uma expressão aturdida no rosto de Mercedes.

— Impossível, *señor*? Não estou entendendo.

— Quem... quem cuida desses registros?

— Eu mesma. Quando uma criança é deixada aqui, anoto a data e todas as informações que posso obter.

O sonho de Tucker desmoronava.

— Não poderia ter cometido algum erro? Sobre a data... não poderia ser 10 ou 11 de outubro?

Mercedes Angeles protestou indignada:

— *Señor*, sei muito bem a diferença entre 14 de junho e 11 de outubro.

Estava acabado. Ele construíra um sonho sobre uma base muito frágil. Então Patricia Scott morrera de fato no desastre. Era uma coincidência que Ellen Scott estivesse à procura de uma menina que nascera mais ou menos na mesma ocasião. Alan Tucker levantou-se pesadamente e murmurou:

— Obrigado, *señora*.

— De nada, *señor*. — Observou-o se retirar. Era um homem muito simpático. E generoso. Os 500 dólares comprariam muitas coisas para o orfanato. E também o cheque de 100 mil dólares enviado pela gentil dama que telefonara de Nova York. *Onze de outubro foi sem dúvida um dia de sorte para o nosso orfanato. Obrigada, Senhor.*

ALAN TUCKER ESTAVA apresentando seu relatório diário.

— Ainda não há notícias concretas, Sra. Scott. Há rumores de que eles estão indo para o norte. Até onde pude descobrir, a garota continua viva.

O tom de sua voz mudou por completo, pensou Ellen Scott. *A ameaça desapareceu. O que significa que ele esteve no orfanato. Voltou a ser um empregado. Depois que ele encontrar Patricia, isso também vai mudar.*

— Volte a se comunicar amanhã.

— Pois não, Sra. Scott.

Capítulo 30

— Preserva-me, ó Deus, pois em Vós encontro refúgio. Eu Vos amo, ó Senhor, minha força. O Senhor é minha rocha e minha fortaleza e meu libertador...

Irmã Megan levantou os olhos para deparar com Felix Carpio a observá-la, com uma expressão preocupada.

Ela está mesmo assustada, pensou Felix.

Desde que haviam iniciado a jornada que ele percebera a profunda ansiedade de irmã Megan. *Nada mais natural. Ela passou só Deus sabe quantos anos trancafiada num convento, e agora é lançada subitamente num mundo estranho e aterrador. Teremos de ser muito gentis com a pobre coitada.*

Irmã Megan estava realmente assustada. Rezava com afinco desde que deixara o convento.

Perdoai-me, Senhor, pois adoro a emoção do que está acontecendo e sei que é uma iniquidade da minha parte.

Por mais que irmã Megan rezasse, no entanto, não podia deixar de pensar que era a aventura mais espantosa que já tivera. No orfanato planejara muitas vezes fugas ousadas, mas era apenas brincadeira de criança. Aquilo era real. Estava nas mãos de terroristas e eram perseguidos pela polícia e pelo Exército. Em vez de estar apavorada por isso, irmã Megan sentia-se estranhamente exultante.

Depois de viajarem a noite inteira, pararam ao amanhecer. Megan e Amparo Jirón ficaram de vigia, enquanto Jaime Miró e Felix Carpio debruçavam-se sobre um mapa.

— São 6,5 quilômetros para Medina del Campo — disse Jaime.
— Vamos evitá-la. Há uma guarnição permanente do Exército ali. Seguiremos para nordeste, na direção de Valladolid. Deveremos chegar lá no início da tarde.

Muito fácil, pensou irmã Megan, feliz.

Fora uma noite longa e extenuante, sem descanso, mas Megan sentia-se muito bem. Jaime estava deliberadamente exigindo o máximo do grupo, mas Megan compreendia por que ele fazia isso. Estava testando-a, à espera que sofresse um colapso. *Pois ele terá uma surpresa e tanto*, pensou.

Na verdade, Jaime Miró estava intrigado com a irmã Megan. Seu comportamento não era exatamente o que ele esperaria de uma freira. Encontrava-se a muitos quilômetros do convento, viajando por um território estranho, perseguida, mas mesmo assim parecia gostar da situação. *Que tipo de freira é ela?*, especulava Jaime Miró.

Amparo Jirón estava menos impressionada. *Terei o maior prazer em me livrar dela*, pensava. Ficava sempre junto de Jaime, e deixava a freira caminhar ao lado de Felix.

Os campos eram desertos e belos, acariciados pela suave fragrância da brisa de verão. Passaram por aldeias antigas, algumas abandonadas, avistaram um castelo antigo, deserto, no topo de uma colina.

Amparo parecia a Megan como um animal selvagem... deslizando sem esforço pelas colinas e vales, dando a impressão de que jamais se cansava.

Quando, horas depois, Valladolid finalmente surgiu ao longe, Jaime parou e virou-se para Felix.

— Está tudo acertado?

— Está.

Megan especulou sobre o que teria sido acertado, e não demorou a descobrir.

— Tomás tem instruções para fazer contato conosco na praça de touros.

— A que horas o banco fecha?

— Cinco. Haverá tempo suficiente.

Jaime acenou com a cabeça.

— E hoje deve haver muito dinheiro da folha de pagamento.

Santo Deus, eles vão assaltar um banco!, pensou Megan.

— E o carro? — perguntou Amparo.

— Isso não é problema — garantiu Jaime.

Eles vão também roubar um carro, pensou Megan. Era mais aventura do que ela desejava. *Deus não vai gostar disso.*

Quando o grupo chegou aos arredores de Valladolid, Jaime advertiu:

— Fiquem no meio da multidão. Hoje é dia de tourada, e haverá milhares de pessoas nas ruas. Não vamos nos separar.

Jaime Miró estava certo sobre a multidão. Megan nunca vira tanta gente. As ruas estavam repletas de pedestres, automóveis e motocicletas, pois a tourada atraía não apenas turistas, mas também moradores das cidades próximas. Até mesmo as crianças na rua brincavam de tourada.

Megan sentia-se fascinada pela multidão, o barulho e confusão ao seu redor. Observava os rostos das pessoas que passavam e especulava como seriam suas vidas. *Muito em breve voltarei ao convento, onde nunca mais terei permissão de olhar para o rosto de ninguém. Devo aproveitar ao máximo, enquanto posso.*

As calçadas achavam-se repletas de vendedores ambulantes, oferecendo bijuterias, crucifixos e medalhas religiosas, por toda parte havia o cheiro penetrante de frituras.

Megan percebeu de repente que sentia muita fome.

— Jaime, estamos todos com fome. Vamos experimentar alguns desses bolinhos fritos — sugeriu Felix.

Felix comprou quatro bolinhos e deu um a Megan.

— Experimente, irmã. Vai gostar.

Estava delicioso. Por tantos anos, a comida não devia ser desfrutada, mas apenas sustentar o corpo para a glória do Senhor. *Isto é para mim*, pensou Megan, irreverente.

— É por aqui — indicou Jaime.

Eles seguiram a multidão, passando pelo parque no centro da cidade, até à *plaza* Poinente, que levava à *plaza* de toros. O interior era uma enorme estrutura de adobe, na altura de três andares. Havia quatro bilheterias na entrada. As placas na esquerda diziam SOL e na direita SOMBRA. Havia centenas de pessoas paradas nas filas, à espera para comprar os ingressos.

— Esperem aqui — ordenou Jaime.

Encaminhou-se para o lugar onde alguns cambistas vendiam ingressos.

Megan virou-se para Felix.

— Vamos assistir a uma tourada?

— Isso mesmo, irmã, mas não se preocupe. Vai descobrir que é emocionante.

Preocupar? Megan estava animada com a perspectiva. Uma de suas fantasias no orfanato fora a de que o pai havia sido um grande toureiro. Megan lera todos os livros sobre touradas que conseguira encontrar.

— As melhores touradas são realizadas em Madri e Barcelona — explicou Felix. — A tourada aqui será com *novilleros*, em vez de profissionais. São amadores. Ainda não receberam a *alternativa*.

Megan sabia que *alternativa* era o prêmio conferido apenas aos grandes matadores.

— Os que veremos hoje lutam em trajes alugados, contra touros com perigosos chifres limados, que os profissionais se recusam a enfrentar.

— Por que eles fazem isso?

Felix deu de ombros.

— *Hambre hace más daño que las cuernas.* A fome é mais dolorosa que as chifradas.

Jaime voltou com quatro ingressos.

— Tudo acertado. Vamos entrar.

Megan sentia um excitamento crescente.

Ao se aproximarem da entrada, passaram por um cartaz colado na parede. Megan parou e olhou.

— Vejam!

Havia um retrato de Jaime Miró e, embaixo:

PROCURADO POR HOMICÍDIO
JAIME MIRÓ
500 MIL PESETAS DE RECOMPENSA
POR SUA CAPTURA, VIVO OU MORTO.

E, subitamente, isso fez com que Megan lembrasse com quem viajava, o terrorista que tinha sua vida nas mãos.

Jaime estudava a fotografia. Atrevidamente, tirou o chapéu e os óculos escuros e encarou seu retrato.

— Até que é parecido. — Arrancou o cartaz da parede, dobrou-o e guardou-o no bolso.

— De que adianta? — falou Amparo. — Eles devem ter espalhado centenas de cartazes.

Jaime sorriu.

— Este em particular vai nos proporcionar uma fortuna, *querida*.

Ele colocou de novo o chapéu e os óculos.

Um estranho comentário, pensou Megan. Não podia deixar de admirar a serenidade de Jaime. Havia um ar de sólida competência em Jaime Miró que ela achava tranquilizador.

Os soldados nunca o apanharão, pensou.

— Vamos entrar logo.

Havia 12 espaçosas entradas para o estádio. As portas vermelhas de ferro estavam abertas, todas numeradas. Lá dentro, *puestos* vendiam Coca-Cola e cerveja, ao lado de pequenos banheiros. Cada seção e cada assento nas arquibancadas eram numerados. As fileiras de bancos de pedra formavam um círculo completo, e no meio ficava a enorme arena, coberta de areia. Havia cartazes comerciais por toda parte: BANCO CENTRAL... BOUTIQUE CALZADOS... SCHWEPPES... RADIO POPULAR...

Jaime comprara ingressos para o lado da sombra e, ao se sentarem nos bancos de pedra, Megan olhou ao redor, admirada. Não era absolutamente como ela imaginara. Quando pequena, vira românticas fotografias coloridas da praça de touros em Madri, imensa e ornamentada. Aquela arena era improvisada. Os espectadores lotavam rapidamente as arquibancadas.

Soou um clarim. A tourada começou.

Megan inclinou-se para a frente, os olhos arregalados. Um enorme touro entrou na arena e um matador saiu de detrás de uma pequena barreira de madeira ao lado, e começou a provocar o animal.

— Os picadores virão em seguida — comentou Megan, na maior animação.

Jaime Miró fitou-a, surpreso. Estava preocupado com a possibilidade de a tourada deixá-la angustiada, o que atrairia atenções para o grupo. Em vez disso, porém, ela parecia estar se divertindo. *Estranho.*

Um picador aproximou-se do touro, montado num cavalo coberto por uma grossa manta. O touro baixou a cabeça e atacou o cavalo. No momento em que cravou os chifres na manta, o picador enfiou uma bandarilha de 2,50 metros no dorso do touro. Megan observava, fascinada.

— Ele está fazendo isso para enfraquecer os músculos no pescoço do touro — explicou, recordando os livros tão amados que lera há tantos anos.

Felix Carpio piscou, surpreso.

— É isso mesmo, irmã.

Megan continuou a observar, enquanto as bandarilhas coloridas eram cravadas nas espáduas do touro.

Agora era a vez do matador. Ele avançou pela arena, segurando no lado uma capa vermelha, com uma espada oculta. O touro virou-se e desfechou o ataque.

Megan estava mais animada do que nunca.

— Ele fará os *pases* agora — comentou ela. — Primeiro o *pase verónica*, depois o *media-verónica* e por último o *rebolera*.

Jaime não podia conter sua curiosidade por mais tempo.

— Irmã... onde aprendeu tudo isso?

Sem pensar, Megan respondeu:

— Meu pai era um toureiro... Olhem!

A ação era tão rápida, Megan mal conseguia acompanhá-la. O touro enfurecido continuava a atacar o matador. A cada vez que se aproximava, o matador desviava a capa vermelha para o lado e o touro a seguia.

Megan ficou preocupada.

— O que acontece se o toureiro for ferido?

Jaime deu de ombros.

— Numa cidade como esta, o barbeiro o levará para o estábulo e o costurará ali mesmo.

O touro tornou a atacar, e dessa vez o matador pulou da sua frente. O público vaiou.

Felix Carpio desculpou-se:

— Lamento que não seja uma luta melhor, irmã. Deveria assistir às grandes. Já vi Manolete, El Cordobés e Ordóñez. Eles transformam a tourada num espetáculo inesquecível.

— Li sobre eles — comentou Megan.

— Ouviu alguma vez a história maravilhosa sobre Manolete? — perguntou Felix.

— Que história?

— Houve um tempo, segundo a história, em que Manolete era apenas mais um toureiro, nem melhor nem pior do que uma centena de outros. Estava noivo de uma linda moça, mas um dia um touro chifrou-o na virilha, e o médico que cuidou de Manolete explicou que ele ficaria estéril. Manolete amava tanto a noiva que não contou nada, com medo de que ela não quisesse mais casar. Poucos meses depois do casamento, ela anunciou orgulhosa que estava grávida. Claro que Manolete sabia que não era seu filho e abandonou-a. A moça desolada cometeu suicídio. Manolete reagiu como um louco. Não tinha mais vontade de continuar a viver, por isso entrava na arena e fazia coisas que nenhum matador jamais fizera antes. Arriscava a vida constantemente à espera de ser morto; tornou-se assim o maior matador do mundo. Dois anos depois tornou a se apaixonar e casou com outra moça. Poucos meses depois do casamento, ela anunciou orgulhosa que estava grávida. E foi então que Manolete descobriu que o médico errara.

— Que coisa horrível... — murmurou Megan.

Jaime soltou uma risada.

— É uma história interessante, só não sei se tem algum fundo de verdade.

— Eu gostaria de pensar que sim — disse Felix.

Amparo escutava em silêncio, o rosto impassível. Observara com ressentimento o crescente interesse de Jaime pela freira. *Era melhor a irmã tomar muito cuidado.*

Vendedores ambulantes de avental subiam e desciam pelas passagens, anunciando suas mercadorias. Um deles aproximou-se da fileira em que Jaime e os outros sentavam.

— *Empanadas!* — gritou. — *Empanadas calientes!*

Jaime levantou a mão.

— *Aquí!*

O vendedor jogou habilmente um pacote embrulhado nas mãos de Jaime. Ele entregou dez pesetas ao homem a seu lado, para serem passadas adiante, até o vendedor. Megan observou Jaime colocar a *empanada* no colo e abri-la com todo cuidado. Havia um pedaço de papel lá dentro. Ele leu-o e releu-o, Megan observou-o cerrar os dentes. Jaime guardou o papel no bolso e disse bruscamente:

— Vamos embora. Um de cada vez. — Virou-se para Amparo. — Você primeiro. O encontro será no portão.

Sem dizer nada, Amparo levantou-se e seguiu para o corredor. Jaime acenou com a cabeça para Felix, que também se levantou e seguiu Amparo.

— O que está acontecendo? — perguntou Megan. — Algum problema?

— Estamos de partida para Logroño. — Ele levantou-se. — Fique olhando para mim, irmã. Se eu não for detido, siga para o portão.

Megan observou, tensa, enquanto Jaime saía para a passagem e se encaminhava para o portão. Ninguém parecia estar prestando atenção a ele. Assim que Jaime desapareceu, Megan levantou e começou a se retirar. Houve um clamor da multidão, e ela virou a cabeça para olhar a arena. Um jovem matador estava caído no chão, sendo escornado pelo touro selvagem. O sangue espalhava-se pela areia. Megan fechou os olhos e ofereceu uma prece silenciosa: *Oh, abençoado Jesus, tenha misericórdia desse homem. Ele não morrerá, haverá de viver. O Senhor puniu-o severamente, mas não o entregou à morte. Amém.* Ela abriu os olhos, virou-se e afastou-se apressada.

Jaime, Amparo e Felix esperavam-na na entrada.

— Vamos logo — disse Jaime.

Começaram a andar.

— Qual é o problema? — perguntou Felix a Jaime.

— Os soldados fuzilaram Tomás — respondeu Jaime, muito tenso. — Ele está morto. E a polícia está com Rubio. Ele foi esfaqueado numa briga de bar.

Megan fez o sinal da cruz.

— O que aconteceu com irmã Teresa e irmã Lucia? — perguntou, ansiosa.

— Não sei sobre irmã Teresa. Irmã Lucia também foi detida pela polícia. — Jaime virou-se para os outros. — Temos de nos apressar. — Consultou o relógio. — O banco deve estar cheio.

— Jaime, talvez seja melhor esperar — sugeriu Felix. — Será perigoso apenas nós dois assaltarmos o banco.

Megan escutou o que ele estava dizendo e pensou: *Isso não vai detê-lo.* E acertou.

Os três se encaminharam para o vasto estacionamento por trás da praça de touros. Quando Megan alcançou-os, Felix examinava um sedã Seat azul.

— Este deve servir — comentou ele.

Felix mexeu na fechadura por um momento, abriu a porta e enfiou a cabeça para dentro. Um momento depois o motor pegou.

— Entrem — disse Jaime.

Megan ficou parada, indecisa.

— Estão roubando um carro?

— Pelo amor de Deus! — sibilou Amparo. — Pare de se comportar como uma freira e entre logo!

Os dois homens sentaram no banco da frente, com Jaime ao volante. Amparo entrou atrás.

— Você vem ou não? — indagou Jaime.

Megan respirou fundo e entrou no carro, ao lado de Amparo. Partiram. Ela fechou os olhos. *Querido Senhor, para onde estás me levando?*

— Se isso a faz sentir-se melhor, irmã — disse Jaime —, não estamos roubando este carro. Apenas o confiscamos, em nome do exército basco.

Megan começou a dizer alguma coisa, mas se conteve. Nada que argumentasse iria fazê-lo mudar de ideia. Ficou em silêncio, enquanto Jaime dirigia para o centro da cidade.

Ele vai assaltar um banco, e aos olhos de Deus sou igualmente culpada, pensou Megan. Fez o sinal da cruz e, em silêncio, começou a rezar.

O BANCO DE BILBAO fica no andar térreo de um prédio de apartamentos de nove andares, na *calle* de Cervantes, junto da *plaza* de Circular.

Quando o carro parou na frente do prédio, Jaime disse a Felix:

— Mantenha o motor ligado. Se surgir algum problema, saia daqui e vá se encontrar com os outros em Logroño.

Felix ficou aturdido.

— Mas do que está falando? Não pretende entrar aí sozinho, não é mesmo? Não pode. O risco é grande demais, Jaime. Seria muito perigoso.

Jaime deu um tapinha em seu ombro.

— Se saem machucados, então saem machucados — disse ele com um sorriso estampado.

Jaime saiu do carro e os outros observaram-no encaminhar-se para uma loja de artigos de couro. Poucos minutos depois ele reapareceu com uma pasta de executivo. Acenou com a cabeça para o grupo no carro e entrou no banco.

Megan mal conseguia respirar. Começou a rezar:

Oração é um chamado.
Oração é uma escuta.
Oração é uma morada.
Oração é uma presença.
Oração é uma lamparina acesa
com Jesus.

Estou calma e cheia de paz.
Ela não estava nem calma nem cheia de paz.

JAIME MIRÓ CRUZOU as duas portas que levavam ao saguão de mármore do banco. Logo depois da entrada, ele notou uma câmera de segurança, no alto da parede. Lançou-lhe um olhar casual e depois examinou o local. Por trás dos balcões, uma escada levava ao segundo andar, onde funcionários trabalhavam em suas mesas. Estava quase na hora de fechar, e o banco encontrava-se repleto de clientes ansiosos para sair logo dali. Havia filas na frente dos três caixas, e Jaime constatou que diversos clientes carregavam pacotes. Entrou numa fila e esperou pacientemente que chegasse sua vez. Ao se postar diante do guichê, sorriu amavelmente para o caixa e disse:

— *Buenas tardes.*
— *Buenas tardes, señor.* O que deseja?

Jaime inclinou-se para o guichê, tirou do bolso o cartaz dobrado. Entregou ao caixa.

— Quer dar uma olhada nisso, por favor?

O caixa sorriu.

— Pois não, *señor.*

Ele desdobrou o cartaz, viu o que era, seus olhos se arregalaram. Fitou Jaime, o pânico estampado nos olhos.

— Não acha que está bem parecido? — murmurou Jaime. — Como está dito aí, já matei muitas pessoas. Portanto, mais uma não fará a menor diferença para mim. Estou sendo claro?

— Es... está sim, *señor*. Tenho família. Eu lhe suplico...

— Respeito famílias, e por isso vou lhe dizer o que quero que faça para poupar o pai de seus filhos. — Jaime empurrou a pasta de executivo para o caixa. — Quero que encha isso para mim. E depressa, discretamente. Se acredita sinceramente que dinheiro é mais importante do que sua vida, então vá em frente, acione o alarme.

O caixa sacudiu a cabeça.

— Não, não, não... — Ele começou a tirar dinheiro da gaveta e meter na pasta. As mãos tremiam. Quando a pasta ficou cheia, o caixa balbuciou:

— Aí está, *señor*. Prometo que não vou acionar o alarme.

— É uma atitude muito sensata — disse Jaime. — E vou explicar por que, *amigo*. — Virou-se e apontou para uma mulher de meia-idade, quase no final da fila, segurando um embrulho de papel pardo. — Está vendo aquela mulher? É do nosso grupo. Há uma bomba naquele pacote. Se o alarme soar, ela acionará a bomba no mesmo instante.

O caixa ficou ainda mais pálido.

— Não, por favor!

— É melhor esperar dez minutos, depois que ela for embora, antes de fazer qualquer coisa — advertiu Jaime.

— Pela vida dos meus filhos — sussurrou o caixa. — *Buenas tardes*.

Jaime pegou a pasta de executivo e encaminhou-se para a porta. Sentiu que os olhos do caixa o acompanhavam. Parou ao lado da mulher com o pacote e disse:

— Devo cumprimentá-la. Está usando um vestido muito bonito.

A mulher corou.

— Oh... obrigada, *señor*... *gracias*.

— *De nada*.

Jaime virou-se e acenou com a cabeça para o caixa, depois saiu do banco. Levaria pelo menos 15 minutos até a mulher terminar o que tinha de fazer e ir embora. A essa altura, ele e os outros já estariam longe.

No momento em que Jaime saiu do banco e aproximou-se do carro, Megan quase desfaleceu de alívio.

Felix Carpio sorriu.

— O filho da puta conseguiu escapar. — Ele olhou para Megan.
— Desculpe, irmã.

Megan nunca se sentira tão contente por ver alguém em toda a sua vida. *Ele conseguiu*, pensou. *E sozinho. Espere só até eu contar às irmãs o que aconteceu.* E depois se lembrou. Nunca poderia contar a ninguém. Quando voltasse ao convento, haveria apenas o silêncio, pelo resto da sua vida. E experimentou um estranho sentimento.

— Vamos embora, *amigo* — disse Jaime a Felix. — Pode deixar que eu dirijo. — Jogou a pasta no banco traseiro.

— Correu tudo bem? — perguntou Amparo.

Jaime riu.

— Não poderia ter sido melhor. Devo lembrar de agradecer ao coronel Acoca por seu cartão de visitas.

O carro desceu a rua. Na primeira esquina, na *calle* de Tudela, Jaime virou à esquerda. Um guarda postou-se na frente do carro e levantou a mão, fazendo sinal para que parasse. Jaime pisou no freio. O coração de Megan começou a bater forte.

O guarda aproximou-se do carro. Jaime perguntou calmamente:

— Qual é o problema, seu guarda?

— O problema, *señor*, é que está dirigindo na contramão, numa rua de mão única. A menos que possa provar que é legalmente cego, está numa situação difícil. — Ele apontou para uma placa na esquina. — A placa está bem visível. Espera-se que os motoristas respeitem as placas de sinalização. É para isso que são colocadas.

— Mil perdões — disse Jaime. — Meus amigos e eu estávamos numa discussão tão séria que nem percebi a placa.

O guarda apoiou-se na janela do motorista. Estudava Jaime, com uma expressão de perplexidade.

— Gostaria que me mostrasse seus documentos, por favor.

— Pois não. — Jaime estendeu a mão para o revólver que estava por baixo do paletó. Felix estava pronto para entrar em ação. Megan prendeu a respiração. Jaime fingiu vasculhar os bolsos. — Sei que estão em algum lugar.

Nesse momento, no outro lado da praça, soou um grito alto. O guarda virou-se. Um homem na esquina batia numa mulher, acertando-a com os punhos na cabeça e ombros.

— Socorro! — gritou a mulher. — Socorro! Ele está me matando!

O guarda hesitou apenas por um instante.

— Esperem aqui — ordenou.

O guarda correu na direção do homem e da mulher. Jaime engrenou o carro e pisou no acelerador. O carro disparou pela rua de mão única, dispersando os carros que vinham em sentido contrário, sob o barulho de buzinas furiosas. Chegaram à esquina, e Jaime fez a curva, seguindo para a ponte de saída da cidade, pela avenida Sanchez de Arjona.

Megan olhou para Jaime e fez o sinal da cruz. Tinha dificuldade para respirar.

— Você... você mataria o guarda, se aquele homem não agredisse a mulher?

Jaime não se deu ao trabalho de responder.

— A mulher não estava sendo agredida, irmã — explicou Felix. — Os dois eram dos nossos. Não estamos sozinhos. Temos muitos amigos.

A expressão de Jaime era sombria.

— Teremos de nos livrar deste carro.

Estavam deixando os arredores de Valladolid. Jaime entrou na estrada para Burgos, no caminho para Logroño. Tomou cuidado para não ultrapassar o limite de velocidade.

— Deixaremos o carro logo após passarmos por Burgos — avisou.

Não posso acreditar que isso esteja acontecendo comigo, pensou Megan. *Escapei do convento, estou fugindo do Exército, viajando num carro roubado, com terroristas que acabam de assaltar um banco. Senhor, o que mais me reservas?*

Capítulo 31

O CORONEL RAMÓN ACOCA e meia dúzia de membros do GOE encontravam-se no meio de uma reunião de estratégia. Estudavam um grande mapa da região. O coronel disse:

— É evidente que Miró segue para o norte, a caminho do País Basco.

— O que pode ser Burgos, Vitoria, Logroño, Pamplona ou San Sebastián.

San Sebastián, pensou Acoca. *Mas preciso pegá-lo antes que chegue lá.*

Podia ouvir a voz ao telefone: *Seu tempo está se esgotando.*

Não podia se permitir o fracasso.

ELES ATRAVESSAVAM as colinas ondulantes que anunciavam o acesso a Burgos. Jaime, ao volante, mantinha-se em silêncio. Só depois de um longo tempo é que falou:

— Felix, quando chegarmos a San Sebastián quero tomar providências para tirar Rubio das mãos da polícia.

Felix balançou a cabeça.

— Será um prazer. Isso os levará à loucura.

— E o que me diz de irmã Lucia? — indagou Megan.

— O que tem ela?

— Não disse que ela havia sido capturada também?

— Acontece que sua irmã Lucia é uma criminosa procurada pela polícia por homicídio — respondeu Jaime, irônico.

A notícia abalou Megan. Lembrou como Lucia assumira o comando e persuadira-as a se esconderem nas colinas. Gostava de irmã Lucia. Ela disse, obstinada:

— Já que vai salvar Rubio, deveria salvar os dois.

Mas que diabo de freira é essa?, especulou Jaime. Mas ela estava certa. Tirar Rubio e Lucia debaixo do nariz da polícia seria uma propaganda sensacional e daria manchetes.

Amparo mergulhara num silêncio mal-humorado.

Subitamente, ao longe, na estrada, surgiram três caminhões do Exército repletos de soldados.

— É melhor sairmos desta estrada — decidiu Jaime. No cruzamento seguinte ele pegou a rodovia e seguiu para leste.

— Santo Domingo de la Calzada fica logo à frente. Há ali um velho castelo abandonado, onde poderemos passar a noite.

Já de longe podiam avistar os contornos a distância, no alto de uma colina. Jaime pegou uma estrada secundária, evitando a cidade. O castelo foi se tornando cada vez maior, à medida que se aproximavam. Havia um lago não muito longe dali.

Jaime parou o carro.

— Saiam todos, por favor.

Depois que todos saltaram, Jaime apontou o carro para o lago, pela encosta abaixo, pisou no acelerador, soltou o freio de mão e pulou pela porta. Ficaram observando o carro desaparecer na água.

Megan já ia perguntar como chegariam a Logroño, mas se conteve. *Uma pergunta tola. Ele roubará outro carro, é claro.*

O grupo virou-se para examinar o castelo abandonado. Um enorme muro de pedra cercava-o, e havia torres em ruínas em cada canto.

— Nos tempos antigos — disse Felix a Megan — os príncipes usavam esses castelos como prisões para seus inimigos.

E Jaime é um inimigo do Estado, se for apanhado, não haverá prisão para ele, apenas a morte, pensou Megan. *E ele não tem medo.* Recordou as palavras de Jaime: *Tenho fé naquilo por que estou lutando. Tenho fé em meus homens e em minhas armas.*

Subiram os degraus de pedra que levavam ao portão da frente, que era de ferro. Estava tão enferrujado que conseguiram empurrá-lo e se espremeram pela abertura para um pátio calçado com pedra.

O interior do castelo pareceu enorme a Megan. Havia passagens estreitas e cômodos por toda parte, e aberturas viradas para fora, pelas quais os defensores do castelo podiam repelir os atacantes.

Degraus de pedra levavam ao segundo andar, onde havia outro *claustro*, um pátio interno. Os degraus estreitavam-se ao subirem para o terceiro e quarto andares. O castelo estava deserto.

— Bem, pelo menos há muitos cômodos para se dormir aqui — comentou Jaime. — Felix e eu vamos procurar comida. Escolham seus quartos.

Os dois homens começaram a descer. Amparo virou-se para Megan.

— Vamos, irmã.

Elas desceram pelo corredor, e todos os cômodos pareciam iguais para Megan. Eram cubículos de pedra vazios, frios e austeros, alguns maiores do que outros.

Amparo escolheu o maior.

— Jaime e eu dormiremos aqui. — Olhou para Megan e acrescentou, insinuante: — Não gostaria de dormir com Felix?

Megan não comentou nada.

— Ou talvez prefira dormir com Jaime. — Amparo deu um passo na direção de Megan. — Não fique com ideias, irmã. Ele é homem demais para você.

— Não precisa se preocupar. Não estou interessada. — Mesmo enquanto falava, Megan especulou se Jaime Miró seria mesmo homem demais para ela.

Quando Jaime e Felix voltaram ao castelo, uma hora depois, Jaime trazia dois coelhos, Felix carregava lenha e trancou a porta da frente. Megan observou os homens acenderem uma fogueira na enorme lareira.

Jaime limpou e assou os coelhos num espeto.

— Lamentamos não poder oferecer um autêntico banquete às damas — disse Felix —, mas comeremos bem em Logroño. Até lá... divirtam-se.

Depois que terminaram a frugal refeição, Jaime disse:

— Vamos dormir. Quero partir cedo pela manhã.

Amparo disse a Jaime:

— Venha, querido. Já escolhi nosso quarto.

— *Bueno*. Vamos.

Megan observou-os subirem, de mãos dadas.

Felix fitou-a.

— Já escolheu seu quarto, irmã?

— Já, sim, obrigada.

— Então vamos deitar.

Megan e Felix subiram a escada juntos.

— Boa-noite — disse Megan.

Felix entregou-lhe um saco de dormir.

— Boa-noite, irmã.

Megan queria interrogar Felix sobre Jaime, mas hesitou. Jaime podia pensar que ela queria bisbilhotar e por algum motivo inexplicável Megan queria que ele tivesse a melhor opinião a seu respeito. *Isso é mesmo muito estranho*, pensou Megan. *Ele é um terrorista, um assassino, um assaltante de banco e não sei o que mais, e me preocupo se ele pensa bem a meu respeito.*

Mesmo enquanto pensava nisso, porém, Megan sabia que havia outro aspecto. *Ele é um combatente da liberdade. Assalta bancos para financiar sua causa. Arrisca a vida por aquilo em que acredita. É um homem corajoso.*

Ao passar pelo quarto deles, ela ouviu risos de Jaime e Amparo. Entrou no quarto pequeno em que dormiria, ajoelhou-se no chão frio de pedra.

— Santo Deus, perdoai-me por...

Perdoai-me pelo quê? O que fiz? Pela primeira vez na vida, Megan foi incapaz de rezar. Deus estaria escutando?

Entrou no saco de dormir que Felix lhe entregara, mas o sono estava tão distante quanto as estrelas frias que podia avistar pelas estreitas janelas.

O que estou fazendo aqui?, perguntou-se Megan. Os pensamentos voltaram ao convento... ao orfanato. E antes do orfanato? *Por que fui deixada lá? Não acredito realmente que meu pai tenha sido um grande guerreiro ou um toureiro. Mas não seria maravilhoso saber quem ele foi?*

Já estava quase amanhecendo quando Megan resvalou para o sono.

NA PRISÃO, EM ARANDA de Duero, Lucia Carmine era uma celebridade.

— Você é peixe graúdo em nosso aquário — disse-lhe um guarda. — O governo italiano está enviando alguém para escoltá-la na viagem de volta. Eu gostaria de escoltá-la para minha casa, *puta bonita*. Qual foi a coisa terrível que você fez?

— Cortei os colhões de um homem por me chamar de *puta bonita*. Como está meu amigo?

— Vai sobreviver.

Lucia fez uma prece silenciosa de agradecimento. Correu os olhos pelas paredes de pedra de sua cinzenta cela lúgubre e pensou: *Como vou sair daqui?*

Capítulo 32

A NOTÍCIA DO ASSALTO ao banco passou pelos canais competentes da polícia e apenas duas horas depois do acontecimento é que um tenente da polícia fez contato com o coronel Acoca.

Uma hora depois, Acoca chegava a Valladolid, furioso com a demora.

— Por que não fui informado imediatamente?

— Lamento muito, coronel, mas não pensamos que...

— Vocês o tinham nas mãos e deixaram que escapasse!

— Não foi nossa...

— Mande o caixa do banco entrar.

O caixa estava se sentindo muito importante.

— Foi em meu guichê que ele apareceu. Percebi logo que era um assassino, pela expressão em seus olhos. Ele...

— Não tem a menor dúvida de que o homem que o assaltou era Jaime Miró?

— Absolutamente nenhuma. Até me mostrou um cartaz com a cabeça dele a prêmio. Era...

— Ele entrou no banco sozinho?

— Entrou. Apontou para uma mulher na fila e disse que pertencia à quadrilha, mas reconheci-a logo depois que Miró saiu. É uma secretária cliente nossa e...

O coronel Acoca interrompeu-o, impaciente:

— Quando Miró partiu, viu a direção em que ele seguiu?

— Saiu pela porta da frente.

A entrevista com o guarda de trânsito não foi mais proveitosa.

— Havia quatro pessoas no carro, coronel. Jaime Miró e outro homem, e duas mulheres no banco traseiro.

— Em que direção eles seguiram?

O guarda hesitou.

— Eles podem ter seguido por qualquer direção, senhor, depois que saíram daquela rua de mão única. — Seu rosto se iluminou. — Mas posso descrever o carro.

O coronel Acoca balançou a cabeça, irritado.

— Não precisa se incomodar.

ELA SONHAVA E PODIA ouvir as vozes de uma multidão, as pessoas chegavam para queimá-la na fogueira por assaltar um banco. *Não foi por mim. Foi pela causa.* As vozes se tornaram mais altas.

Megan abriu os olhos e sentou, olhando para as estranhas paredes do castelo. O som de vozes era real. Vinha de fora.

Megan levantou-se e correu para a estreita janela. Lá embaixo, na frente do castelo, havia um acampamento de soldados. Megan foi dominada por um pânico súbito. *Eles nos apanharam. Preciso encontrar Jaime.*

Correu para o quarto onde Jaime e Amparo dormiam e olhou. Estava vazio. Desceu a escada correndo para o salão no andar principal. Jaime e Amparo encontravam-se parados perto da porta da frente, que estava trancada, aos sussurros.

Felix correu para os dois.

— Verifiquei os fundos. Não há outra saída.

— E as janelas dos fundos?

— Muito pequenas. A única saída é pela porta da frente. *Onde estão os soldados*, pensou Megan. *Estamos encurralados.*

— É muito azar nosso que eles tenham escolhido este lugar para acampar — disse Jaime.

— O que vamos fazer? — sussurrou Amparo.

— Não há nada que possamos fazer. Temos de ficar aqui até eles partirem. Se...

E nesse instante soou uma batida forte na porta da frente. Uma voz autoritária gritou:

— Abram essa porta!

Jaime e Felix trocaram um olhar rápido e sem dizerem nada sacaram as armas. A voz tornou a gritar:

— Sabemos que há alguém aí dentro! Abra logo!

Jaime disse a Amparo e Megan:

— Saiam da frente.

É inútil, pensou Megan, enquanto Amparo se afastava para trás de Jaime e Felix. *Deve haver uns vinte soldados armados lá fora. Não temos a menor chance.*

Antes que os outros pudessem detê-la, Megan encaminhou-se rapidamente para a porta da frente e abriu-a.

— Graças a Deus que vocês apareceram! — exclamou ela. — Precisam me ajudar!

Capítulo 33

O OFICIAL DO EXÉRCITO olhou aturdido para Megan.
— Quem é você? O que está fazendo aqui? Sou o capitão Rodrigues e estamos à procura...
— Chegou bem a tempo, capitão. — Megan segurou-o pelo braço. — Meus dois filhos pequenos estão com tifo e preciso levá-los a um médico. Precisa entrar e me ajudar.
— Tifo?
— Isso mesmo. — Megan puxava-o pelo braço. — É terrível. Estão ardendo em febre. Cobertos de pústulas, muito doentes. Chame seus homens e me ajude a levá-los para...
— Deve estar louca, *señora*! É uma doença altamente contagiosa!
— Não importa. Eles precisam de sua ajuda. Podem estar morrendo. — Ela continuava a puxá-lo.
— Largue-me!
— Não pode me deixar! O que vou fazer?
— Torne a entrar e fique aí até podermos avisar à polícia para mandar uma ambulância ou um médico.
— Mas...

— É uma ordem, *señora*. Entre logo. — O capitão gritou: — Sargento, vamos sair daqui!

Megan fechou a porta, encostou-se nela, esgotada. Jaime fitava-a num espanto total.

— Por Deus, foi sensacional! Onde aprendeu a mentir assim?

Megan virou-se para ele e suspirou.

— Quando eu estava no orfanato, tínhamos de aprender a nos defender. Só espero que Deus me perdoe.

— Eu gostaria de ter visto a cara daquele capitão. — Jaime soltou uma risada. — Tifo! Santo Deus! — Ele viu a expressão de Megan. — Peço que me desculpe, irmã.

Lá fora, os soldados levantavam acampamento e partiam apressados. Depois que foram embora, Jaime disse:

— A polícia estará aqui em breve — disse Jaime ao perceber que tinham ido embora. — De qualquer forma, temos um encontro em Logroño.

QUINZE MINUTOS depois da partida dos soldados, Jaime anunciou:

— Acho que podemos ir embora agora. — Virou-se para Felix. — Veja o que consegue arrumar na cidade. De preferência um sedã.

Felix sorriu.

— Não há problema.

Meia hora depois eles estavam num velho sedã cinza, seguindo para o leste.

Para surpresa de Megan, ela sentava ao lado de Jaime. Felix e Amparo viajavam no banco traseiro.

Jaime olhou para Megan, sorrindo.

— Tifo! — exclamou, soltando outra risada.

Megan sorriu.

— Ele parecia ansioso para escapar, não é mesmo?

— Esteve num orfanato, irmã?

— Estive.
— Onde?
— Em Ávila.
— Não parece espanhola.
— Já me disseram.
— Deve ter sido um inferno para você ficar no orfanato.
Megan ficou surpresa com a súbita preocupação.
— Poderia ter sido, mas não foi.
Eu não deixaria que fosse, pensou ela.
— Tem alguma ideia de quem foram seus pais?
Megan recordou suas fantasias.
— Claro. Meu pai era um bravo inglês que guiava uma ambulância para os Legalistas na guerra civil espanhola. Minha mãe foi morta na luta, e me deixaram na porta de uma casa de fazenda.
— Ela deu de ombros. — Ou meu pai foi um príncipe estrangeiro que teve um romance com uma camponesa e me abandonou para evitar um escândalo.
Jaime lançou-lhe um olhar, sem dizer nada.
— Eu... — Megan parou abruptamente. — Não sei quem foram os meus pais.
Seguiram em silêncio por algum tempo.
— Por quantos anos esteve atrás dos muros do convento?
— Cerca de 15 anos.
Jaime ficou atônito.
— Meu Deus! — Ele se apressou em acrescentar: — Perdoe, irmã. Mas é como falar com alguém de outro planeta. Não tem a menor ideia do que aconteceu no mundo nos últimos 15 anos?
— Tenho certeza de que qualquer coisa que mudou foi apenas temporária. Tornará a mudar.
— Ainda quer voltar para um convento?
A pergunta apanhou Megan de surpresa.
— Claro.

— *Por quê?* — Jaime fez um amplo gesto. — Afinal... Há muita coisa que deve perder por trás dos muros. Aqui temos música e poesia. A Espanha deu ao mundo Cervantes e Picasso, Lorca, Pizarro, de Soto, Cortes. Este é um país mágico.

Havia uma surpreendente brandura naquele homem, um fogo suave. Inesperadamente, Jaime acrescentou:

— Desculpe ter querido abandoná-la antes, irmã. Não era nada pessoal. Tive as piores experiências com a sua Igreja.

— É difícil de acreditar.

— Mas pode acreditar. — A voz de Jaime era amargurada. Em sua imaginação, podia ver os prédios, estátuas e ruas de Guernica explodindo numa chuva de morte. Ainda podia ouvir os estrondos das bombas, misturando-se com os gritos das vítimas desamparadas. O único santuário era a igreja.

Os padres trancaram a igreja. Não nos deixaram entrar.

E a saraivada de balas que assassinara seu pai, mãe e irmãs. *Não, não foram as balas*, pensou Jaime. *Foi a Igreja.*

— Sua Igreja apoiou Franco e permitiu que coisas indescritíveis fossem feitas com inocentes civis.

— Tenho certeza de que a Igreja protestou — disse Megan.

— Isso não ocorreu. Só após as freiras estarem sendo estupradas pelos falangistas, os padres assassinados e as igrejas incendiadas é que o papa finalmente rompeu com Franco. Mas isso não ressuscitou meu pai, mãe e irmãs.

A veemência em sua voz era assustadora.

— Lamento, mas isso aconteceu há muito tempo. A guerra já acabou.

— Não. Para nós, ainda não acabou. O governo não nos permite hastear a bandeira basca, celebrar nossos feriados nacionais ou falar a nossa própria língua. Não, irmã. Continuaremos a lutar até conquistar a independência. Ainda sofremos opressão.

Há meio milhão de bascos na Espanha e mais 150 mil na França. Queremos a independência... mas seu Deus está ocupado demais para nos ajudar.

Megan respondeu muito séria:

— Deus não pode tomar partido, pois Ele está em todos nós. Somos todos uma parte de Deus e quando tentamos destruí-lo, estamos destruindo nós mesmos.

Para surpresa de Megan, Jaime sorriu.

— Somos muito parecidos, você e eu, irmã.

— É mesmo?

— Podemos acreditar em coisas diferentes, mas acreditamos com fervor. A maioria das pessoas passa pela vida sem se importar profundamente com qualquer coisa. Você devota sua vida a Deus; eu devoto a vida à minha causa. Nós nos importamos.

Megan pensou: *Eu me importo bastante? E se me importo, por que estou gostando da companhia desse homem? Eu deveria estar pensando apenas em voltar para o convento.* Havia uma força em Jaime Miró que era como um ímã. *Ele é como Manolete? Arriscando a vida, desafiando os maiores perigos, porque não tem nada a perder?*

— O que eles farão se os soldados o capturarem? — perguntou Megan.

— Vão me executar. — Falou com tanta indiferença que por um momento Megan pensou ter entendido mal.

— Não tem medo?

— Claro que tenho. Todos temos medo. Nenhum de nós quer morrer, irmã. Encontraremos seu Deus muito em breve.

Não queremos apressar esse momento.

— Fez coisas horríveis?

— Isso depende do seu ponto de vista. A diferença entre um patriota e um rebelde depende de quem está no poder no momento. O governo nos chama de terroristas. Nós nos chamamos de guerreiros da liberdade. De acordo com Jean-Jacques Rousseau, liberdade é a capacidade de escolher os próprios grilhões. Eu quero essa liberdade. — Estudou-a por um instante. — Mas você não precisa se preocupar com essas coisas, não é mesmo? Depois que voltar ao convento, não estará mais interessada no mundo exterior.

Seria verdade? Tornar a sair para o mundo virara-lhe a vida pelo avesso. Renunciara à sua liberdade? Havia muita coisa que queria saber, tanto que precisava aprender. Sentia-se como um pintor com uma tela em branco, pronta para começar a desenhar uma vida nova. *Se eu voltar para um convento*, pensou, *estarei outra vez excluída da vida*. E mesmo enquanto pensava, Megan ficou consternada pela palavra *se*. *Quando eu voltar*, ela se apressou em corrigir. *Claro que voltarei. Não tenho nenhum outro lugar para onde ir.*

ACAMPARAM NO bosque naquela noite.

— Estamos a cerca de 5 quilômetros de Logroño, mas só podemos nos encontrar com os outros daqui a dois dias. Será mais seguro para nós nos mantermos em movimento até lá. Assim, amanhã iremos em direção a Vitoria. No dia seguinte iremos a Logroño, e apenas algumas horas depois, irmã, você estará no convento em Mendavia.

Para sempre.

— Você ficará bem? — perguntou Megan.

— Está preocupada com minha alma, irmã, ou com meu corpo?

Megan ficou corada.

— Nada me acontecerá. Cruzarei a fronteira e passarei algum tempo na França.

— Rezarei por você — murmurou Megan.

— Obrigado — respondeu, solenemente. — Pensarei em você rezando por mim e isso me fará sentir mais seguro. E agora trate de dormir um pouco.

Ao se virar para deitar, Megan percebeu Amparo observando-a do outro lado da clareira. Havia uma expressão de ódio intenso no seu rosto.

Ninguém vai tirar meu homem. Ninguém.

Capítulo 34

Na manhã seguinte, ainda cedo, eles chegaram aos arredores de Nanclares, uma pequena aldeia a oeste de Vitoria. Pararam num posto de gasolina com uma oficina ao lado, onde um mecânico trabalhava num carro.

— *Buenos días* — disse o mecânico. — Qual é o problema?

— Se eu soubesse, consertaria pessoalmente e cobraria por isso — respondeu Jaime. — Este carro é tão inútil quanto uma mula. Gagueja como uma velha e não tem nenhuma força.

— Parece até minha mulher — sorriu o mecânico. — Pode ser o carburador, *señor*.

Jaime deu de ombros.

— Não entendo nada de carros. Tudo o que sei é que tenho um encontro muito importante em Madri amanhã. Pode consertar até esta tarde?

— Tenho dois serviços na frente do seu, *señor*, mas... — Deixou a frase inacabada pairando no ar.

— Terei o maior prazer em pagar o dobro.

O rosto do mecânico iluminou-se.

— Duas horas da tarde está bom?

— Está ótimo. Vamos comer alguma coisa e estaremos aqui às duas. — Jaime virou-se para os outros, que escutavam a conversa aturdidos. — Estamos com sorte. Este homem vai consertar o carro. Vamos comer.

Eles saíram do carro e seguiram Jaime pela rua.

— Duas horas — lembrou o mecânico.

— Duas horas.

Quando já estavam longe, Felix disse:

— O que vai fazer? Não há nada de errado com o carro.

Exceto que a esta altura a polícia está procurando-o, pensou Megan. *Mas procurarão na estrada, não numa oficina. É uma maneira esperta de se livrar do carro.*

— Às duas horas já estaremos longe daqui, não é mesmo? — disse ela.

Jaime fitou-a e sorriu.

— Preciso dar um telefonema. Esperem aqui.

Amparo pegou o braço de Jaime.

— Irei com você.

Megan e Felix observaram os dois se afastarem. Felix olhou para Megan e comentou:

— Você e Jaime estão se dando muito bem, hein?

— Estamos. — Subitamente sentiu-se inibida.

— Ele não é um homem fácil de se conhecer. Mas é muito honrado e corajoso. E se preocupa com os outros. Não há ninguém como ele. Já lhe contei como Jaime salvou minha vida, irmã?

— Não. Eu gostaria de ouvir a história.

— Há poucos meses o governo executou seis combatentes da liberdade. Em vingança, Jaime resolveu explodir a represa em Puente la Reina, ao sul de Pamplona. A cidade por baixo era o quartel-general do Exército. Avançamos à noite, mas alguém avisou ao GOE, e os homens de Acoca pegaram três dos nossos.

Fomos condenados à morte. Seria preciso um exército para invadir a prisão, mas Jaime encontrou um jeito. Soltou os touros em Pamplona e na confusão conseguiu libertar dois. O terceiro havia sido espancado até a morte pelos homens de Acoca. É verdade, irmã, Jaime Miró é muito especial.

Quando Jaime e Amparo voltaram, Felix perguntou:

— O que está acontecendo?

— Alguns virão nos buscar. Teremos uma carona até Vitoria.

Meia hora depois um caminhão apareceu, a traseira coberta por lona.

— Sejam bem-vindos — disse o motorista, jovialmente.

— Podem subir.

— Obrigado, *amigo*.

— É um prazer ajudá-lo, *señor*. Ainda bem que telefonou. Os malditos soldados estão por toda parte como pulgas. Não é seguro ficarem expostos.

Eles embarcaram na traseira do caminhão, que seguiu para nordeste.

— Onde ficarão? — indagou o motorista.

— Com amigos — respondeu Jaime.

E Megan pensou: *Ele não confia em ninguém. Nem mesmo em alguém que o está ajudando. Mas como poderia? Sua vida corre perigo.* Refletiu como deveria ser terrível para Jaime viver sob aquela sombra, fugindo da polícia e do Exército. E tudo porque acreditava tanto num ideal que estava disposto a morrer por ele. O que ele dissera? *A diferença entre um patriota e um rebelde depende de quem está no poder no momento.*

A VIAGEM FOI BASTANTE agradável. A tênue cobertura de lona parecia oferecer segurança, e Megan percebeu quanta tensão sentira nos campos abertos, sabendo que todos estavam sendo caçados. *E Jaime vive sob essa tensão constantemente. Como ele é forte!*

Ela e Jaime conversaram com tanto entrosamento que até pareciam velhos amigos. Amparo Jirón escutava sem dizer nada, o rosto impassível.

— Quando eu era pequeno — disse Jaime a Megan —, queria ser um astrônomo.

Megan ficou curiosa.

— O que o fez...?

— Vi meu pai, mãe e irmãs serem fuzilados, amigos assassinados, não podia suportar o que acontecia aqui, neste mundo sangrento. As estrelas eram uma fuga. Estavam a milhões de anos-luz de distância, e eu sonhava em visitá-las um dia, escapar deste planeta horrível.

Megan não disse nada.

— Mas não há escapatória, não é mesmo? Ao final, todos temos de encarar nossas responsabilidades. Por isso, voltei à terra. Pensava que uma única pessoa não poderia fazer qualquer diferença. Mas sei agora que isso não é verdade. Jesus fez uma diferença, assim como Maomé e Gandhi e Einstein e Churchill. — Ele sorriu, irônico. — Não me entenda mal, irmã. Não estou me comparando a nenhum deles. Mas, à minha pequena maneira, faço o que posso. Acho que devemos todos fazer o que podemos.

Megan especulou se aquelas palavras não visavam ter um significado especial para ela.

— Quando apaguei as estrelas dos olhos, passei a estudar para ser engenheiro. Aprendi a construir prédios. Agora eu os destruo. E a ironia é que alguns dos prédios que explodi são os que construí.

Chegaram a Vitoria ao anoitecer.

— Para onde devo levá-los? — perguntou o motorista do caminhão.

— Pode nos deixar aqui na esquina, *amigo*.

O motorista assentiu.

— Certo. Continuem a boa luta.

Jaime ajudou Megan a descer do caminhão. Amparo observou, os olhos em chamas. Não admitia que seu homem tocasse em outra mulher. *Ela é uma puta*, pensou Amparo. *E Jaime está com tesão pela sacana da freira. Mas isso não vai durar. Ele descobrirá em breve que o leite dela é muito ralo. Precisa de uma mulher de verdade.*

O grupo seguiu por ruas secundárias, atento a qualquer sinal de perigo. Vinte minutos depois chegaram a uma casa de pedra de um andar, numa rua estreita, protegida por uma cerca alta.

— É aqui — disse Jaime. — Passaremos a noite e partiremos amanhã, assim que escurecer.

Abriram o portão na cerca e se encaminharam para a porta. Jaime levou apenas um momento para abrir a fechadura e todos entraram na casa.

— De quem é esta casa? — perguntou Megan.

— Faz perguntas demais — disse-lhe Amparo. — Devia apenas se sentir grata porque a mantivemos viva.

Jaime fitou Amparo por um momento.

— Ela já provou seu direito a fazer perguntas. — Virou-se para Megan. — Pertence a um amigo. Você está agora no País Basco. Daqui por diante a viagem será mais fácil. Haverá camaradas por toda parte, observando e protegendo-nos. Estará no convento depois de amanhã.

Megan sentiu um pequeno calafrio que era quase de pesar. *O que há comigo? Claro que quero voltar. Perdoe-me, Senhor. Pedi que me levasse para sua segurança, e me atendeu.*

— Estou faminto — anunciou Felix. — Vamos dar uma olhada na cozinha.

Estava bem abastecida. Jaime disse:

— Ele nos deixou bastante comida. Farei um jantar maravilhoso. — Ele sorriu para Megan. — Não acha que merecemos?

— Não sabia que os homens cozinhavam — comentou Megan.
Felix riu.

— Os homens bascos orgulham-se de seu talento na cozinha. Prepare-se para um banquete. Vai ver só.

Jaime recebeu os ingredientes solicitados, e os outros ficaram observando-o preparar um *piperade* de pimentões verdes assados, fatias de cebola branca, tomates, ovos e presunto, tudo misturado.

Quando começou a cozinhar, Megan comentou:

— Tem um cheiro delicioso.

— E isso é apenas para abrir o apetite. Vou fazer um prato basco famoso para você — *pollo al chilindrón*.

Ele não disse "para nós", notou Amparo. *Disse "para você". Para a sacana.*

Jaime cortou pedaços de galinha, salpicou sal e pimenta-do-reino por cima, tostou em óleo quente, enquanto cozinhava cebolas, alho e tomates numa panela separada.

— Vamos deixar em fogo brando por meia hora.

Felix encontrara uma garrafa de vinho tinto. Distribuiu os copos.

— O vinho tinto de La Rioja. Vai gostar. — Estendeu um copo para Megan. — Irmã?

A última vez que Megan provara vinho fora na comunhão.

— Obrigada. — Lentamente, ela levou o copo aos lábios e tomou um gole. Era delicioso. Tomou outro gole e pôde sentir um calor espalhar-se pelo corpo. A sensação era maravilhosa. *Devo desfrutar tudo isso enquanto posso*, pensou. *Acabará em breve.*

Durante o jantar, Jaime parecia bastante preocupado.

— O que o deixa perturbado assim, amigo? — indagou Felix.

Jaime hesitou.

— Temos um traidor no movimento.

Houve um silêncio chocado.

— O que... o que o leva a pensar assim? — perguntou Felix.

— Acoca. Ele está sempre muito perto de nós.

Felix deu de ombros.

— Ele é a raposa, e nós somos os coelhos.

— É algo mais.

— Como assim? — perguntou Amparo.

— Quando íamos explodir a represa em Puente la Reina, Acoca foi avisado. — Ele olhou para Felix. — Preparou uma armadilha, pegou você, Ricardo e Zamora. Se eu não me atrasasse, teria me capturado também. E pense também no que aconteceu na estalagem.

— Você ouviu o recepcionista telefonando para a polícia — lembrou Amparo.

Jaime balançou a cabeça.

— É verdade... porque tive o pressentimento de que havia alguma coisa errada.

A expressão de Amparo era sombria.

— Quem você acha que é?

Jaime balançou a cabeça.

— Não tenho certeza. Alguém que sabe de todos os nossos planos.

— Então vamos mudar os planos — sugeriu Amparo. — Encontraremos os outros em Logroño e não iremos a Mendavia.

Jaime olhou para Megan.

— Não podemos fazer isso. Precisamos levar as irmãs ao convento.

Megan fitou-o e pensou: *Ele já fez demais por mim. Não devo submetê-lo a um perigo maior do que já enfrenta.*

— Jaime, eu posso...

Mas ele sabia o que ela pretendia dizer.

— Não se preocupe, Megan. Todos chegaremos lá sãos e salvos.

Ele mudou, pensou Amparo. *No começo, não queria nada com nenhuma delas. Agora, está disposto a arriscar a vida por ela. E a chama de Megan. Não é mais irmã.*

— Há pelo menos 15 pessoas que estão a par dos nossos planos — acrescentou Jaime.

— Temos de descobrir quem é o traidor — insistiu Amparo.

— Como faríamos isso? — indagou Felix, dobrando nervosamente as pontas da toalha da mesa.

— Paco está em Madri, verificando algumas coisas para mim — informou Jaime. — Combinei que ele telefonaria para cá.

Fitou Felix por um momento, depois desviou os olhos. Não dissera que apenas meia dúzia de pessoas conhecia os percursos exatos que os três grupos seguiriam. Era verdade que Felix Carpio fora aprisionado por Acoca. Era também verdade que isso proporcionaria um álibi perfeito para Felix. No momento propício, podia-se planejar sua fuga. *Só que eu o tirei de lá antes*, pensou Jaime. *Paco está investigando-o. Espero que me ligue logo.*

Amparo levantou-se e olhou para Megan.

— Ajude-me com a louça.

As duas começaram a tirar a mesa, e os homens foram para a sala de estar.

— A freira... ela está aguentando muito bem — comentou Felix.

— Tem razão.

— Gosta dela, não é mesmo?

Jaime descobriu que tinha dificuldade para fitar Felix.

— Gosto, sim. — *E você a trairia, junto com todos nós.*

— E você e Amparo?

— Somos iguais. Ela acredita na causa tanto quanto eu. Toda a sua família foi exterminada pelos falangistas de Franco. — Jaime levantou-se e espreguiçou-se. — Está na hora de deitar.

— Acho que não conseguirei dormir esta noite. Tem certeza de que há um espião entre nós?

Jaime fitou-o.

— Tenho.

QUANDO JAIME DESCEU para o desjejum, pela manhã, Megan não o reconheceu. O rosto fora escurecido, ele usava uma peruca e bigode postiço e vestia roupas andrajosas. Parecia dez anos mais velho.

— Bom-dia — disse ele.

E a voz que saiu daquele corpo deixou Megan aturdida.

— Onde você...?

— Uso esta casa de vez em quando. Mantenho aqui um estoque de coisas de que preciso.

Apesar do tom despreocupado de sua voz, isso forneceu a Megan uma percepção do tipo de vida que levava. De quantas outras casas e disfarces ele precisava para se manter vivo? Quantas fugas por um triz de que ela nada sabia? Megan recordou os homens brutais que haviam atacado o convento e pensou: *Se pegarem Jaime, não terão misericórdia. Eu gostaria de saber como protegê-lo.*

A mente de Megan foi povoada por pensamentos que ela não tinha o direito de acalentar.

AMPARO PREPAROU o café da manhã: bacalhau, leite de cabra, queijo, chocolate quente e grosso e churros.

— Quanto tempo ficaremos aqui? — perguntou Felix enquanto comiam.

Jaime respondeu calmamente:

— Partiremos assim que escurecer. — Mas não tinha a menor intenção de permitir que Felix usasse essa informação. — Tenho algumas coisas para fazer — acrescentou Jaime. — Precisarei de sua ajuda.

— Certo.

Jaime chamou Amparo lá fora.

— Quando Paco ligar, avise a ele que voltarei em breve. Anote o recado.

Ela assentiu.

— Tome cuidado.

— Não se preocupe. — Ele virou-se para Megan. — É seu último dia. Amanhã estará no convento. Deve estar ansiosa para chegar.

Ela fitou-o em silêncio por um longo momento.

— É verdade. — *Não ansiosa*, pensou Megan. *Aflita. E gostaria de não me sentir assim. Vou me afastar de tudo isso, mas pelo resto da vida ficarei especulando sobre o que aconteceu com Jaime, Felix e os outros.*

Ela observou Jaime e Felix partirem. Sentiu uma tensão entre os dois que não podia compreender.

Amparo a estudava, e Megan lembrou-se de suas palavras: *Jaime é homem demais para você*. Amparo disse bruscamente:

— Arrume as camas. Eu faço o almoço.

— Está bem.

Megan foi para os quartos. Amparo ficou parada ali por um momento, observando-a, depois entrou na cozinha.

Durante a hora seguinte Megan trabalhou, concentrando-se ativamente em varrer, tirar o pó e polir, tentando não pensar, tentando manter a mente afastada do que a incomodava.

Preciso tirá-lo da cabeça, pensou.

Era impossível. Ele era como uma força da natureza, arrastando tudo em seu caminho.

Megan poliu com mais vigor.

Quando Jaime e Felix voltaram, Amparo esperava-os na porta. Felix estava pálido.

— Não estou me sentindo muito bem. Acho que vou deitar um pouco.

Ele desapareceu num quarto.

— Paco ligou — anunciou Amparo, muito agitada.

— O que ele disse?

— Tem informações para você, mas não quis falar pelo telefone. Está enviando alguém para encontrá-lo. A pessoa estará na praça ao meio-dia.

Jaime franziu a testa, pensativo.

— Ele não disse quem é?

— Não. Falou apenas que era urgente.

— Droga. Eu... Ora, não importa. Muito bem, irei ao encontro. Quero que fique de olho em Felix.

Amparo ficou perplexa.

— Não com...

— Não quero que ele use o telefone.

Um brilho de compreensão surgiu no rosto de Amparo.

— Acha que Felix é...?

— Por favor. Faça apenas o que estou pedindo. — Jaime olhou para o relógio. — Quase meio-dia. Partirei agora. Estarei de volta dentro de uma hora. Tome cuidado, *querida*.

— Não se preocupe.

Megan ouviu as vozes.

Não quero que ele use o telefone.

Acha que Felix é...?

Por favor. Faça apenas o que estou pedindo.

Então Felix é o traidor, pensou Megan. Ela o vira entrar no quarto e fechar a porta. Ouviu Jaime sair.

Megan entrou na sala de estar. Amparo virou-se.

— Já acabou?

— Ainda não, mas... — Queria perguntar para onde Jaime fora, o que fariam com Felix, o que aconteceria em seguida, mas não sentia a menor vontade de discutir o assunto com aquela mulher. *Esperarei até a volta de Jaime.*

— Pois então acabe — disse Amparo.

Megan voltou para o quarto. Pensou em Felix. Ele parecera muito amigo e afetuoso. Fizera-lhe muitas perguntas, mas agora esse ato de aparente cordialidade assumia um significado diferente. O barbudo procurava informações para transmitir ao coronel Acoca. As vidas de todos corriam perigo.

Amparo pode precisar de ajuda, pensou Megan. Encaminhou-se para a sala de estar, mas parou abruptamente. Uma voz estava dizendo:

— Jaime acaba de sair. Estará sozinho num banco, na praça principal. Seus homens não devem ter dificuldades para pegá-lo.

Megan ficou imóvel, congelada.

— Ele está a pé, por isso deve levar uns 15 minutos para chegar lá.

Megan escutava com crescente horror.

— Lembre-se do nosso acordo, coronel — disse Amparo ao telefone. — Prometeu não matá-lo.

Megan recuou para o corredor. Sua mente estava em turbilhão. Então Amparo era a traidora. E enviara Jaime para uma armadilha.

Recuando sem fazer barulho a fim de que Amparo não a ouvisse, Megan virou-se e saiu correndo pela porta dos fundos. Não tinha a menor ideia de como ajudaria Jaime. Sabia apenas que precisava fazer alguma coisa. Passou pelo portão e começou a descer a rua, andando tão depressa quanto podia sem atrair atenção, seguindo para o centro da cidade.

Por favor, Deus, permita-me chegar a tempo, rezou Megan.

O PERCURSO ATÉ a praça central era aprazível, as ruas secundárias ensombreadas por enormes árvores, mas Jaime se mantinha alheio ao cenário. Pensava em Felix. Fora como um irmão para ele, dera-lhe sua total confiança. O que o transformara num traidor, disposto a pôr em risco as vidas de todos? Talvez o mensageiro de Paco tivesse a resposta. *Por que Paco não podia falar pelo telefone?*, especulou Jaime.

Ele aproximou-se da praça. No meio havia um chafariz e árvores frondosas, com bancos espalhados ao redor. Crianças brincavam. Dois velhos jogavam *boule*. Alguns homens estavam sentados em bancos, aproveitando o sol, lendo, cochilando ou alimentando os pombos. Jaime atravessou a rua, caminhou devagar e sentou-se num banco. Olhou para seu relógio no momento em que o relógio da torre começava a bater o meio-dia. *O emissário de Paco deve estar chegando.*

Pelo canto dos olhos, Jaime avistou um carro da polícia parar no outro lado da praça. Olhou na outra direção. Um segundo carro da polícia chegou. Guardas saíram, encaminhando-se para o parque. Seu coração começou a bater mais depressa. Era uma armadilha. Mas quem a promovera? Teria sido Paco, que enviara o recado, ou Amparo, que o transmitira? Ela o mandara para o parque. Mas por quê? Por quê?

Não havia tempo para se preocupar com isso agora. Tinha de escapar. Mas Jaime sabia que os guardas atirariam no momento em que tentasse correr. Podia tentar um blefe, mas os guardas sabiam que ele estava ali.

Pense em alguma coisa! Depressa!

A UM QUARTEIRÃO DALI, Megan seguia apressada para o parque. Ao vê-lo, avaliou a situação num olhar. Avistou Jaime sentado num banco e os guardas se aproximando pelos dois lados.

A mente de Megan disparou. Não havia como Jaime escapar.

Ela estava passando por uma mercearia. À sua frente, bloqueando a passagem, uma mãe empurrava um carrinho de bebê. A mulher parou, encostou o carrinho na parede da mercearia e entrou para fazer uma compra. Sem um momento de hesitação, Megan pegou o carrinho de bebê e atravessou a rua, entrando no parque.

Os policiais passavam agora pelos bancos, interrogando os homens ali sentados. Megan passou por um guarda e aproximou-se de Jaime, empurrando o carrinho de bebê. E gritou:

— *Madre de Dios!* Aí está você, Manuel! Estive à sua procura por toda parte! Já não aguento mais! Prometeu que pintaria a casa esta manhã e vem sentar no parque como algum milionário! Mamãe tinha razão! Você é um vagabundo que não presta para nada! Eu nunca deveria ter casado com você!

Jaime levou menos de uma fração de segundo para reagir. Levantou-se.

— Sua mãe é mesmo uma especialista em vagabundos. Casou com um. Se ela...

— Quem é você para falar? Se não fosse por mamãe, nosso filho passaria fome. Você nunca leva pão para casa...

Os guardas pararam, acompanhando a discussão.

— Se fosse minha mulher — murmurou um deles —, eu a mandaria de volta para a mãe.

— Estou cansado de suas reclamações, mulher! — berrou Jaime. — Já avisei antes! Quando chegarmos em casa vai aprender uma lição!

— Bom para ele — comentou um dos guardas.

Jaime e Megan começaram a deixar o parque, discutindo furiosamente, empurrando o carrinho de bebê. Os guardas tornaram a concentrar sua atenção nos homens sentados nos bancos.

— Seus documentos, por favor?

— Qual é o problema, seu guarda?

— Não é da sua conta. Apenas mostre os documentos.

Por todo o parque, homens pegavam as carteiras e tiravam documentos para provar quem eram. No meio da confusão, um bebê começou a chorar. Um dos guardas olhou. O carrinho de bebê fora abandonado na esquina. O casal brigando desaparecera.

Meia hora depois, Megan entrou pela porta da frente da casa. Amparo andava nervosamente de um lado para outro.

— Onde você esteve, Megan? Não deveria ter deixado a casa sem me avisar.

— Precisei sair para cuidar de um problema.

— Que problema? — indagou Amparo, desconfiada. — Não conhece ninguém aqui. Se você...

Jaime entrou, e o sangue esvaiu-se do rosto de Amparo. Mas ela rapidamente recuperou o controle.

— O que... o que aconteceu? Não foi ao parque?

— Por que, Amparo? — murmurou Jaime.

Ela fitou-o nos olhos e compreendeu que estava tudo acabado.

— O que a fez mudar?

Ela balançou a cabeça.

— Eu não mudei. Você é que mudou. Perdi todas as pessoas que eu amava nessa guerra estúpida em que você luta. Estou cansada de tanto derramamento de sangue. É capaz de suportar ouvir a verdade a seu respeito, Jaime? É tão ruim quanto o governo que combate. Pior, porque eles estão dispostos a fazer a paz, e você não. Pensa que está ajudando nosso país? Pois está destruindo-o. Assalta bancos, explode carros e assassina pessoas inocentes, acha que é um herói. Eu o amava e acreditava em você, mas... — A voz tremeu. — O derramamento de sangue precisa acabar.

Jaime adiantou-se, os olhos como gelo.

— Eu deveria matá-la.

— Não! — balbuciou Megan. — Por favor! Não pode fazer isso!

Felix entrara na sala e escutara a conversa.

— Meu Deus! Então é ela! O que vamos fazer com essa miserável?

— Teremos de levá-la e ficar de olho nela — respondeu Jaime. Ele pegou Amparo pelos ombros e disse suavemente: — Se tentar mais alguma coisa, juro que morrerá. — Empurrou-a para longe, virou-se para Megan e Felix. — Vamos sair daqui antes que os amigos dela apareçam.

Capítulo 35

— Teve Miró em suas mãos e deixou-o escapar?

— Coronel... com todo respeito... meus homens...

— Seus homens são uns idiotas. E se intitulam policiais? São uma vergonha para seus uniformes!

O chefe de polícia ficou imóvel, encolhendo-se sob o desdém implacável do coronel Acoca. Não havia mais nada que ele pudesse fazer, pois o coronel era bastante poderoso para obter sua cabeça. Acoca ainda não acabara com ele.

— Eu o considero pessoalmente responsável. Providenciarei para que seja afastado do cargo.

— Coronel...

— Saia! Você me deixa enojado.

O coronel Acoca fervilhava de frustração. Não houvera tempo suficiente para ele chegar a Vitoria e pegar Jaime Miró. Tivera de confiar a missão à polícia local, e eles haviam estragado tudo. Só Deus sabia para onde Miró seguira agora.

O coronel Acoca aproximou-se do mapa aberto sobre uma mesa. *Eles estão indo para o País Basco, é claro. Pode ser Burgos, Logroño, Bilbao ou San Sebastián. Vou me concentrar no nordeste. Terão de aparecer em algum lugar.*

O coronel recordou a conversa com o primeiro-ministro naquela manhã.

— Seu tempo está se esgotando, coronel. Leu os jornais desta manhã? A imprensa mundial está fazendo com que pareçamos palhaços. Miró e essas freiras nos converteram em alvo de risos.

— Primeiro-ministro, tem a minha garantia...

— O rei Juan Carlos ordenou-me que criasse uma comissão de inquérito oficial para investigar toda a questão. Não posso protelar por mais tempo.

— Adie o inquérito só por mais uns poucos dias. Pegarei Miró e as freiras até lá.

Houve uma pausa.

— Quarenta e oito horas.

Não era o primeiro-ministro que o coronel Acoca tinha medo de desapontar. Nem o rei. Era a OPUS MUNDO. Quando fora convocado à sala de um dos mais eminentes industriais da Espanha, as ordens que recebera eram expressas: "Jaime Miró está criando um clima prejudicial à nossa organização. Detenha-o. Será bem recompensado."

E o coronel Acoca conhecia a parte da conversa que não ocorrera: *Fracasse e será punido*. Agora, sua carreira estava em perigo. E tudo porque alguns policiais idiotas haviam deixado Miró escapar debaixo de seus narizes. Jaime Miró podia se esconder em qualquer parte. Mas as freiras... Uma onda de excitação invadiu o coronel Acoca. As freiras! Elas eram a chave de tudo. Jaime Miró podia se esconder em qualquer lugar, mas as irmãs só poderiam encontrar santuário em outro convento. E quase certamente seria um convento da mesma ordem.

O coronel Acoca virou-se para estudar o mapa outra vez. E lá estava: Mendavia. Havia um convento da Ordem Cisterciense em Mendavia. *É para lá que estão indo*, pensou Acoca, triunfante. *E eu também.*

Só que chegarei lá primeiro, e ficarei à espera deles.

A JORNADA CHEGAVA ao fim para Ricardo e Graciela.

Os últimos dias haviam sido os mais felizes que Ricardo já conhecera. Estava sendo caçado pelo Exército e pela polícia, a captura significava a morte certa, mas nada disso parecia importar. Era como se ele e Graciela tivessem construído uma ilha no tempo, um paraíso em que nada podia alcançá-los. Transformaram a viagem desesperada numa aventura maravilhosa que partilhavam.

Conversavam sem parar, as palavras eram tentáculos que os uniam ainda mais. Falaram do passado, presente e futuro. Particularmente do futuro.

— Casaremos na igreja — disse Ricardo. — Você será a mais linda noiva do mundo...

E Graciela podia visualizar a cena, ficava emocionada.

— E viveremos na casa mais bonita...

E ela pensou: *Nunca tive uma casa minha, um quarto meu.*

Tivera apenas a casa pequena que partilhara com a mãe e todos os tios, depois a cela no convento, vivendo com as irmãs.

— E teremos filhos encantadores...

E eu lhes darei todas as coisas que nunca tive. Eles serão muito amados.

E o coração de Graciela exultava.

Mas havia uma coisa que a perturbava. Ricardo era um soldado, lutando por uma causa em que acreditava fervorosamente. Poderia se contentar em viver na França, retirando-se da batalha? Ela sabia que precisava discutir o assunto com ele.

— Ricardo... quanto tempo mais você acha que esta revolução vai durar?

Já durou por tempo demais, pensou Ricardo. O governo apresentara propostas de paz, mas o ETA fizera pior do que rejeitar. Respondera às propostas com uma sucessão de ataques terroristas. Ricardo tentara discutir o problema com Jaime.

— Eles estão dispostos a fazer um acordo, Jaime. Não deveríamos conversar?

— As propostas não passam de um truque... eles querem nos destruir. Estão nos forçando a continuar a lutar.

E porque Ricardo amava Jaime e acreditava nele, continuara a apoiá-lo. Mas as dúvidas não desapareceram. Enquanto aumentava o derramamento de sangue, o mesmo acontecia com sua incerteza. E agora Graciela queria saber: *Quanto tempo mais você acha que esta revolução vai durar?*

— Não sei — respondeu Ricardo. — Eu gostaria que já tivesse acabado. Mas posso lhe dizer uma coisa, minha querida: nada jamais poderá se interpor entre nós... nem mesmo uma guerra. Nunca haverá palavras suficientes para lhe dizer o quanto a amo.

E os dois continuaram a sonhar.

Viajavam durante a noite, atravessando verdes campos férteis, passando por El Burgo e Soria. Ao amanhecer, do alto de uma colina, avistaram Logroño ao longe. À esquerda da estrada havia um bosque de pinheiros, e mais além uma floresta de cabos de eletricidade. Graciela e Ricardo desceram a estrada sinuosa até os arredores da cidade fervilhante.

— Onde vamos nos encontrar com os outros? — perguntou Graciela.

Ricardo apontou para um cartaz num prédio por que passavam. Dizia:

CIRQUE JAPON!
O MAIS SENSACIONAL
CIRCO DO MUNDO! RECÉM-CHEGADO DO JAPÃO
ESTREIA DIA 24 DE JULHO — CURTA TEMPORADA
AVENIDA CLUB DEPORTIVO.

— Aí. Vamos nos encontrar no circo esta tarde.

Em outra parte da cidade, Megan, Jaime, Amparo e Felix também olhavam para um cartaz do circo. Havia um sentimento de enorme tensão no grupo. Amparo nunca ficava longe das vistas dos outros. Desde o incidente em Vitoria que os homens a tratavam como um pária, ignorando-a na maior parte do tempo e falando-lhe apenas quando necessário. Jaime consultou seu relógio.

— O espetáculo do circo deve estar começando. Vamos embora.

No quartel-general da polícia em Logroño, o coronel Ramón Acoca estava dando os retoques finais em seu plano.

— Os homens estão postados em volta do convento?
— Estão, sim, coronel. Está tudo pronto.
— Ótimo.

O coronel Acoca estava expansivo. A armadilha era infalível, e dessa vez não haveria policiais desastrados para estragar-lhe os planos. Comandaria pessoalmente a operação. A OPUS MUNDO se orgulharia dele. Repassou os detalhes com seus oficiais.

— As freiras estão viajando com Miró e seus homens. É importante que peguemos todos *antes* de entrarem no convento. Ficaremos à espera nos bosques ao redor. Não façam qualquer movimento até eu dar o sinal para atacar.

— Quais são as nossas ordens se Jaime Miró resistir?
— Torço para que ele tente resistir — disse suavemente o gigante de cicatriz.

Um ordenança entrou na sala.

— Com licença, coronel. Há um americano aqui que deseja lhe falar.
— Não tenho tempo agora.
— Está bem, senhor. — O ordenança hesitou. — Ele diz que é sobre uma das freiras.

— É mesmo? Falou que ele é americano?
— Isso mesmo, coronel.
— Mande-o entrar.
Um momento depois Alan Tucker entrou na sala.
— Desculpe incomodá-lo, coronel. Sou Alan Tucker. Espero que possa me ajudar.
— De que maneira, Sr. Tucker?
— Fui informado que está à procura de uma das freiras do convento Cisterciense... uma certa irmã Megan.
O coronel recostou-se na cadeira, estudando o americano.
— E por que isso o interessa?
— Também estou à procura dela. E é muito importante que eu a encontre.
Interessante, pensou o coronel Acoca. *Por que é tão importante que esse americano encontre uma freira?*
— Não tem ideia de onde ela se encontra?
— Não. Os jornais...
A maldita imprensa outra vez.
— Talvez pudesse me explicar por que está à procura da freira.
— Lamento, mas não posso discutir esse assunto.
— Então também lamento, mas não poderei ajudá-lo.
— Coronel... poderia me avisar se a encontrasse?
Acoca sorriu.
— Você saberá.

O PAÍS INTEIRO acompanhava a fuga das freiras. A imprensa noticiara a quase captura de Jaime Miró e uma delas em Vitoria.
Então eles estão seguindo para o norte, pensou Alan Tucker. *A melhor possibilidade que eles têm de sair do país é provavelmente San Sebastián. Preciso encontrá-la. Podia sentir que sua situação com Ellen Scott era difícil. Cuidei muito mal do problema*, pensou ele. *Mas poderei compensar se levar Megan.*
Ele telefonou para Ellen Scott.

O Cirque Japon estava instalado numa enorme tenda num bairro nos arredores de Logroño. Dez minutos antes do início do espetáculo, as arquibancadas já estavam lotadas. Megan, Jaime, Amparo e Felix desceram pelo corredor apinhado até os lugares reservados. Havia dois lugares vazios ao lado de Jaime. Ele deu uma olhada e disse:

— Alguma coisa está errada. Ricardo e irmã Graciela já deveriam ter chegado. — Ele virou-se para Amparo. — Você...?

— Não. Juro que não. Nada sei sobre isso.

As luzes diminuíram, e o espetáculo começou. A multidão gritou e eles olharam para o picadeiro. Um ciclista circulava pelo picadeiro e, enquanto ele pedalava, um acrobata pulou em seus ombros. Depois, um a um, um enxame de outros acrobatas também pulou, segurando-se na frente, atrás e nos lados da bicicleta até que ela ficou completamente invisível. A plateia aplaudiu.

Um urso treinado foi o número seguinte, depois um equilibrista na corda bamba. Todos estavam adorando o espetáculo, mas Jaime e os outros sentiam-se muito tensos para prestarem atenção. O tempo se esgotava.

— Esperaremos mais 15 minutos — decidiu Jaime. — Se não tiverem aparecido até lá...

Uma voz disse:

— Com licença... esses lugares estão ocupados?

Jaime levantou os olhos, viu Ricardo e Graciela e sorriu.

— Não. Sentem, por favor. — Num sussurro aliviado, ele acrescentou. — Estou muito contente por vê-los.

Ricardo acenou com a cabeça para Megan, Amparo e Felix. Olhou ao redor.

— Onde estão os outros?

— Não tem lido os jornais?

— Jornais? Não. Estivemos nas montanhas.

— Tenho más notícias — disse Jaime. — Rubio está num hospital penitenciário.

— Como...? — Ricardo ficou aturdido.

— Foi esfaqueado numa briga de bar. A polícia prendeu-o.

— *Mierda!* — Ricardo ficou em silêncio por um momento, depois suspirou. — Teremos de tirá-lo de lá, não é mesmo?

— É esse o meu plano — concordou Jaime.

— Onde está irmã Lucia? — perguntou Graciela. — E irmã Teresa?

— Irmã Lucia foi presa — respondeu Megan. — Ela era... era procurada por homicídio. Irmã Teresa morreu.

Graciela fez o sinal da cruz.

— Oh, meu Deus!

No picadeiro, um palhaço andava na corda bamba, com um *poodle* debaixo de cada braço e dois gatos siameses nos enormes bolsos. Os cães tentavam morder os gatos, e a corda balançava violentamente, o palhaço fingia fazer o maior esforço para manter o equilíbrio. Todos vibraram. Era difícil ouvir alguma coisa com tanto barulho. Megan e Graciela tinham muita coisa para contar uma à outra. Quase simultaneamente, elas começaram a falar na linguagem de sinais do convento. Os dois homens olharam, espantados.

Ricardo e eu vamos nos casar...
Isso é maravilhoso...
O que aconteceu com você?

Megan começou a responder, mas logo compreendeu que não havia sinais para transmitir as coisas que queria dizer. Teria de esperar.

— Vamos embora — disse Jaime. — Há um furgão à espera lá fora para nos levar a Mendavia. Deixaremos as irmãs no convento e seguiremos viagem.

Eles começaram a subir pela passagem, Jaime segurando o braço de Amparo.

Quando chegaram ao estacionamento, Ricardo anunciou:

— Jaime, Graciela e eu vamos nos casar.

Um sorriso iluminou o rosto de Jaime.

— Isso é maravilhoso! Parabéns! — Ele virou-se para Graciela. — Não poderia escolher um homem melhor.

Megan abraçou Graciela.

— Fico muito feliz por vocês dois. — E ela pensou: *Foi fácil para ela tomar a decisão de deixar o convento? Estou pensando em Graciela? Ou em mim mesma?*

O CORONEL ACOCA acabava de receber uma informação excitada de um ajudante.

— Eles foram vistos no circo há menos de uma hora. Quando chegamos com os reforços, já haviam ido embora. Partiram num furgão azul e branco. O senhor estava certo, coronel. Eles seguiram na direção de Mendavia.

Então finalmente está acabado, pensou Acoca. A caçada fora emocionante, e devia admitir que Jaime Miró fora um inimigo à altura. *A OPUS MUNDO terá agora planos ainda maiores para mim.*

ATRAVÉS DE UM POTENTE binóculo, Acoca observou o furgão azul e branco aparecer no alto de uma colina e se encaminhar para o convento lá embaixo. Soldados fortemente armados escondiam-se entre as árvores, nos dois lados da estrada e em volta do convento. Não havia a menor possibilidade de alguém escapar.

Enquanto o furgão se aproximava da entrada do convento e parava, o coronel Acoca gritou pelo rádio:

— Agora! Fechem o cerco!

A manobra foi executada com perfeição. Dois pelotões de soldados, empunhando armas automáticas, assumiram as posições, bloqueando a estrada e cercando o furgão. Acoca permaneceu imóvel por um momento, observando a cena, saboreando seu momento de glória. Depois, lentamente, aproximou-se do furgão, com a pistola na mão.

— Vocês estão cercados! — gritou. — Não têm a menor chance! Saiam com as mãos levantadas! Um de cada vez! Se tentarem resistir, todos morrerão!

Houve um longo momento de silêncio, e depois a porta do furgão foi aberta, bem devagar, três homens e três mulheres saíram, trêmulos, as mãos levantadas acima da cabeça.

Eram estranhos.

Capítulo 36

No alto de uma colina, por cima do convento, Jaime e os outros observaram Acoca e seus homens se aproximarem do furgão. Viram os passageiros apavorados saltarem, as mãos levantadas.

Jaime quase podia ouvir o diálogo:

Quem são vocês?

Trabalhamos num hotel perto de Logroño.

O que estão fazendo aqui?

Um homem nos deu 5 mil pesetas para entregar este furgão no convento.

Quem é o homem?

Não sei. Nunca o tinha visto antes.

É este aqui no retrato?

É sim. É ele.

— Vamos sair daqui — disse Jaime.

Eles estavam numa caminhonete branca, de volta para Logroño. Megan olhava admirada para Jaime.

— Como soube?

— Que o coronel Acoca estaria à nossa espera no convento? Ele me disse.

— *Como assim?*

— A raposa precisa pensar como o caçador, Megan. Coloquei-me no lugar de Acoca. Onde ele aprontaria uma armadilha para mim? Ele fez exatamente o que eu faria.

— E se ele não aparecesse?

— Então seria seguro você entrar no convento.

— O que faremos agora? — perguntou Felix.

Era o que todos queriam saber.

— A Espanha não é segura para qualquer um de nós por algum tempo — disse Jaime. — Seguiremos para San Sebastián, e de lá iremos para a França. — Ele olhou para Megan.

— Há conventos Cistercienses na França.

Era mais do que Amparo podia suportar.

— Por que não se entrega? Se continuar assim, haverá mais sangue derramado, mais vidas perdidas...

— Você perdeu o direito de falar — interrompeu-a Jaime, bruscamente. — Deve apenas se sentir grata por continuar viva. — Ele virou-se para Megan. — Há dez passagens nos Pireneus que levam de San Sebastián à França. Será o nosso caminho.

— É muito perigoso — protestou Felix. — Acoca estará à nossa procura em San Sebastián. Esperará que cruzemos a fronteira para a França.

— Se é tão perigoso assim... — começou Graciela.

— Não precisa se preocupar — garantiu Jaime. — San Sebastián é território basco.

A caminhonete aproximava-se outra vez dos arredores de Logroño.

— Todas as estradas para San Sebastián estarão vigiadas — advertiu Felix. — Como planeja nos levar até lá?

Jaime já decidira a questão.

— Iremos de trem.

— Os soldados revistarão os trens — objetou Ricardo.

Jaime lançou um olhar pensativo para Amparo.

— Acho que não. Nossa amiga aqui vai nos ajudar. Sabe como entrar em contato com o coronel Acoca?

Ela hesitou.

— Sei.

— Ótimo. Vai ligar para ele.

Pararam numa cabine telefônica na estrada. Jaime entrou com Amparo na cabine e fechou a porta. Empunhava uma pistola.

— Sabe o que dizer?

— Sei.

Observou-a discar um número. Quando atenderam, ela disse:

— Aqui é Amparo Jirón. O coronel Acoca está à espera da minha ligação... Obrigada. — Ela olhou para Jaime. — Estão transferindo a ligação. — A arma se comprimia contra suas costelas. — Precisa mesmo...?

— Limite-se a fazer o que estou mandando.

A voz de Jaime era fria. Um momento depois ele ouviu a voz de Acoca ao telefone.

— Onde você está?

A arma se comprimiu contra Amparo com mais força ainda.

— Eu... eu... estamos deixando Logroño.

— Sabe para onde nossos amigos vão?

— Sei.

O rosto de Jaime estava bem próximo do dela, os olhos duros.

— Eles decidiram inverter o rumo para despistá-lo. Estão a caminho de Barcelona. Ele está guiando um Seat branco. Seguirá pela estrada principal.

Jaime acenou com a cabeça para ela.

— Eu... eu... tenho de desligar agora.

Jaime desligou.

— Muito bem. Vamos embora. Nós lhe daremos meia hora para tirar seus homens daqui.

Meia hora depois eles estavam na estação ferroviária.

Havia três tipos de trens de Logroño para San Sebastián: o TALGO era o trem de luxo; o trem de segunda classe era o TER; e o pior e mais barato, desconfortável e sujo, era erroneamente chamado de expresso — parava em cada estação, por menor que fosse, de Logroño a San Sebastián.

— Pegaremos o expresso — anunciou Jaime. — A esta altura, os homens de Acoca estão empenhados em parar cada Seat branco na estrada para Barcelona. Compraremos as passagens separadamente e nos encontraremos no último vagão. — Virou-se para Amparo. — Você vai primeiro. Estarei logo atrás.

Ela sabia o motivo, odiou-o por isso. Se o coronel Acoca tivesse montado uma armadilha, ela seria a isca. Muito bem, era Amparo Jirón. Não vacilaria.

Ela entrou na estação, enquanto Jaime e os outros observavam. Não havia soldados.

Todos estão na estrada para Barcelona, pensou Jaime, *ironicamente. Aquilo vai virar um hospício. Um em cada dois carros é um Seat branco.*

Um a um, eles compraram as passagens e se encaminharam para o trem. Embarcaram sem incidentes. Jaime sentou ao lado de Megan. Amparo sentou na frente, ao lado de Felix. Ricardo e Graciela sentaram juntos no outro lado do corredor.

Jaime disse a Megan:

— Chegaremos a San Sebastián em três horas. Passaremos a noite ali, e no início da manhã cruzaremos a fronteira para a França.

— E depois que chegarmos à França? — Ela pensava no que aconteceria a Jaime.

— Não se preocupe — respondeu ele. — Há um convento Cisterciense a poucas horas da fronteira. — Jaime hesitou. — Se ainda é isso o que você quer.

Portanto, ele compreendia suas dúvidas. *É isso o que eu quero?* Encaminhava-se para algo mais do que uma fronteira a dividir dois países. Aquela fronteira dividiria sua vida antiga da vida futura... que seria... o quê? Sentira-se ansiosa para voltar para um convento, mas agora se descobria dominada pelas dúvidas. Esquecera como o mundo além dos muros podia ser emocionante. *Nunca me senti tão viva.* Olhou para Jaime e admitiu para si mesma: *E Jaime Miró é uma parte disso.*

Jaime percebeu seu olhar e fitou-a. Megan pensou: *Ele sabe disso.*

O expresso parava em cada povoado e aldeia ao longo dos trilhos. O trem estava repleto de camponeses e suas esposas, mercadores e vendedores, em cada parada havia o embarque e desembarque de ruidosos passageiros.

O expresso avançou bem devagar, lutando com os íngremes aclives.

Quando o trem finalmente parou na estação em San Sebastián, Jaime disse a Megan:

— O perigo acabou. Esta é nossa cidade. Providenciei para que um carro nos esperasse.

Um grande sedã aguardava na frente da estação. O motorista, usando uma *chapella*, a boina enorme, de aba larga, dos bascos, saudou Jaime com um abraço apertado. O grupo entrou no carro.

Megan notou que Jaime permanecia perto de Amparo, pronto para agarrá-la, se ela tentasse fazer alguma coisa. *O que ele fará com Amparo?*, especulou Megan.

— Estávamos preocupados com você, Jaime — disse o motorista. — Segundo a imprensa, o coronel Acoca está comandando uma grande caçada à sua procura.

Jaime riu.

— Que ele continue a caçar, Gil.

Desceram pela avenida Sancho el Savio, na direção da praia. Era um dia de verão, sem nuvens, as ruas estavam cheias de casais passeando, interessados apenas no prazer. A enseada estava repleta de iates e embarcações menores. As montanhas distantes formavam um pitoresco pano de fundo para a cidade. Tudo parecia muito pacífico.

— Onde ficaremos? — perguntou Jaime ao motorista.

— O Hotel Niza. Largo Cortez está à espera.

— Será bom rever o velho pirata.

O NIZA ERA UM HOTEL de classe média, na *plaza* Juan de Olezabal, sempre movimentada, perto da *calle* de San Martín. Era um prédio branco, com janelas marrons e um enorme letreiro azul no alto. Os fundos do hotel davam para a praia.

O carro parou na frente do hotel, o grupo saltou e seguiu Jaime para o saguão.

Largo Cortez, o proprietário do hotel, correu para cumprimentá-los. Era um homem grandalhão. Tinha apenas um braço, em decorrência de uma façanha ousada, e movia-se meio desajeitado, como se lhe faltasse equilíbrio.

— Sejam bem-vindos! — exclamou, radiante. — Estou esperando-os há uma semana.

Jaime deu de ombros.

— Houve alguns imprevistos, amigo.

Largo Cortez sorriu.

— Li a respeito. Os jornais não falam de outra coisa.

Virou-se para fitar Megan e Graciela.

— Todos estão torcendo por vocês, irmãs. Os quartos já estão reservados.

— Passaremos a noite aqui — disse Jaime. — Partiremos pela manhã bem cedo e cruzaremos para a França. Quero um bom guia, que conheça todas as passagens... Cabrera Infante ou José Cebrián.

— Darei um jeito — assegurou o dono do hotel. — Vocês serão seis?

Jaime olhou para Amparo.

— Cinco.

Amparo desviou os olhos.

— Sugiro que nenhum de vocês se registre — acrescentou Cortez, sorrindo. — O que a polícia não sabe não fará mal. Por que não me deixam agora levá-los a seus quartos, onde poderão descansar um pouco? E, depois, teremos um magnífico jantar.

— Amparo e eu vamos ao bar tomar um drinque — disse Jaime. — Subiremos depois.

Largo Cortez balançou a cabeça.

— Como quiser, Jaime.

Megan observava Jaime, aturdida. Imaginava o que ele planejava fazer com Amparo. *Será que pretendia... a sangue-frio...?* Não podia suportar sequer pensar a respeito.

Amparo especulava também, mas era orgulhosa demais para perguntar.

Jaime levou-a para o bar, na outra extremidade do saguão, e sentaram-se a uma mesa no canto. Quando o garçom se aproximou, Jaime disse:

— Um copo de vinho, por favor.

— Um só?

— Isso mesmo.

Amparo observou Jaime tirar um pequeno pacote do bolso e abri-lo. Continha um pó fino.

— Jaime... — Havia desespero na voz de Amparo. — Por favor, escute-me! Tente compreender por que agi assim. Você está destruindo o país. Sua causa é perdida. Precisa parar com essa insanidade.

O garçom voltou e pôs o copo de vinho na mesa. Depois que ele se afastou, Jaime despejou o pó no copo e mexeu. Empurrou-o para a frente de Amparo.

— Beba.

— Não!

— Não são muitas as pessoas que têm o privilégio de escolher a maneira como morrem — comentou Jaime, suavemente. — Assim, será rápido e sem dor. Se eu entregá-la ao meu pessoal, não posso prometer nada.

— Jaime... houve um tempo em que o amei. Tem de acreditar em mim. Por favor...

— Beba.

A voz era implacável. Amparo fitou-o em silêncio por um longo momento, depois pegou o copo.

— Beberei à sua morte.

Observou-a levar o copo aos lábios e beber o vinho de um só gole. Amparo estremeceu.

— O que acontece agora?

— Eu a ajudarei a subir. E a porei na cama. Você dormirá.

Os olhos de Amparo se encheram de lágrimas.

— Você é um tolo — sussurrou ela. — Jaime... estou morrendo e lhe digo que o amava tanto...

As palavras começavam a sair engroladas. Jaime levantou-se e ajudou-a a ficar de pé. Estava trôpega. O bar parecia balançar.

— Jaime...

Levou-a para o saguão, amparando-a. Largo Cortez esperava com uma chave.

— Eu a levarei para seu quarto — disse Jaime. — Cuide para que ela não seja incomodada.

— Certo.

Megan observava enquanto Jaime quase carregava Amparo pela escada.

Em seu quarto, Megan pensava como era estranho se encontrar num hotel de veraneio. San Sebastián estava repleta de pessoas em férias, casais em lua de mel, amantes se divertindo em uma centena de outros quartos de hotel. E, subitamente, Megan desejou que Jaime estivesse ali, em seu quarto, especulou como seria se fizessem amor. Todos os sentimentos que reprimira por tanto tempo afloraram em sua mente, como uma torrente impetuosa de emoções.

Mas o que Jaime fizera com Amparo? Seria possível... não, ele nunca poderia fazer isso. Ou poderia? Eu o quero, pensou.

Oh, Deus, o que está acontecendo comigo? O que posso fazer?

Ricardo assoviava enquanto se vestia. Sentia-se maravilhoso. *Sou o homem mais afortunado do mundo,* pensou. *Casaremos na França. Há uma linda igreja logo depois da fronteira, em Bayonne. Amanhã...*

Em seu quarto, Graciela tomava um banho, deleitando-se com a água quente e pensando em Ricardo. Sorriu para si mesma e refletiu: *Vou fazê-lo muito feliz. Obrigada, Deus.*

Felix Carpio pensava em Jaime e Megan. *Um cego pode ver a eletricidade entre os dois,* pensou. *Vai trazer azar. As freiras pertencem a Deus. Já é bastante ruim que Ricardo tenha afastado irmã Graciela de sua vocação. Mas Jaime sempre fora afoito. O que faria com aquela?*

Os cinco reuniram-se para o jantar no restaurante do hotel. Ninguém mencionou Amparo. Olhando para Jaime, Megan sentiu-se subitamente embaraçada, como se ele pudesse ler seus pensamentos.

É melhor não fazer perguntas, decidiu ela. *Sei que ele nunca faria qualquer coisa brutal.*

Descobriram que Largo Cortez não exagerara sobre o jantar. A refeição começou com *gazpacho* — a sopa fria e grossa, feita com tomates, pepinos e pão encharcado na água —, seguida por uma salada de folhas e um enorme prato de *paella* — arroz, camarão, galinha e legumes num molho delicioso — e encerrada com um saboroso pudim. Era a primeira refeição quente que Ricardo e Graciela faziam em muito tempo.

Megan levantou-se ao terminar de comer.

— Preciso me deitar.

— Espere um pouco — disse Jaime. — Quero falar com você. — Levou-a para um canto deserto do saguão. — Sobre amanhã...

— O que tem? — Sabia o que Jaime ia perguntar. O que não sabia era o que ela responderia. *Eu mudei*, refletiu Megan. *Tinha certeza absoluta sobre a minha vida antes. Acreditava ter tudo o que queria.*

— Não quer realmente voltar para um convento, não é mesmo? — indagou Jaime.

Será que eu quero?

Ele esperava uma resposta.

Preciso ser sincera com ele, pensou Megan. Fitou-o nos olhos e disse:

— Não sei o que quero, Jaime. Estou muito confusa.

Ele sorriu. Hesitou por um instante, escolhendo as palavras com todo cuidado:

— Megan... esta luta acabará em breve. Conseguiremos o nosso objetivo, porque o povo está do nosso lado. Não posso lhe pedir para partilhar o perigo comigo agora, mas eu gostaria que esperasse por mim. Tenho uma tia que mora na França. Estará segura com ela.

Megan fitou-o em silêncio por um longo tempo, antes de dizer:
— Jaime... me dê algum tempo para pensar a respeito.
— Então não está dizendo não?
— Não estou dizendo não — respondeu ela suavemente.

Ninguém do grupo dormiu naquela noite. Tinham muito em que pensar, vários conflitos a resolver.

Megan permaneceu acordada, reconstruindo o passado. Os anos no orfanato e o santuário no convento... Então a súbita expulsão para um mundo a que renunciara para sempre. Jaime Miró arriscava a vida lutando por aquilo em que acreditava. *E em que eu acredito?*, perguntou-se Megan. *Como quero passar o resto da minha vida?*

Uma vez fizera uma opção. Agora, era obrigada a optar de novo. Precisaria decidir-se até a manhã seguinte.

Graciela também pensava no convento. *Foram anos muito felizes e tranquilos. Sentirei falta?*

Jaime pensava em Megan. *Ela não deve voltar. Quero-a ao meu lado. Qual será sua resposta?*

Ricardo estava agitado demais para dormir, absorto nos planos para o futuro. A igreja em Bayonne...

Felix especulava sobre como se livrar do corpo de Amparo. *É melhor deixar que Largo Cortez cuide disso.*

Na manhã seguinte, bem cedo, o grupo reuniu-se no saguão, Jaime aproximou-se de Megan.
— Bom-dia.
— Bom-dia.

— Pensou em nossa conversa?

Ela não pensara em outra coisa durante a noite inteira.

— Pensei sim, Jaime.

Ele fitou-a nos olhos, tentando encontrar a resposta.

— Vai esperar por mim?

— Jaime...

Nesse momento, Largo Cortez encaminhou-se para eles, apressado. Estava acompanhado por um homem de aparência sofrida, de cerca de 50 anos.

— Lamento, mas não haverá tempo para o café da manhã — disse Cortez. — Devem partir logo. Este é José Cebrián, o guia. Ele os levará através das montanhas para a França. É o melhor guia de San Sebastián.

— Prazer em conhecê-lo, José — disse Jaime. — Qual é o seu plano?

— Faremos a primeira parte do percurso a pé — respondeu José Cebrián. — Já providenciei para que carros nos esperem no outro lado da fronteira. Devemos nos apressar. Vamos embora agora, por favor.

O grupo saiu para a rua, invadida pelos raios do sol da manhã.

— Boa viagem — desejou Largo Cortez na entrada do hotel.

— Obrigado por tudo — respondeu Jaime. — E voltaremos, amigo. Mais cedo do que imagina.

— Seguiremos por aqui — ordenou José Cebrián.

O grupo começou a se virar na direção da praça. E nesse momento soldados e agentes do GOE surgiram de repente nos dois lados da rua, fechando-a. Havia pelo menos uma dezena, todos fortemente armados. Os coronéis Acoca e Sostelo comandavam o grupo.

Jaime olhou rapidamente para a praia, à procura de um caminho de fuga. Mais uma dezena de soldados aproximava-se vindo daquela direção. Não havia escapatória. Teriam de lutar. Instintivamente, Jaime estendeu a mão para a arma.

O coronel Acoca gritou:

— Nem pense nisso, Miró, ou fuzilaremos todos vocês aqui mesmo.

A mente de Jaime estava em turbilhão, à procura de uma saída. Como Acoca soubera onde encontrá-lo? Jaime virou-se e avistou Amparo parada na porta, com uma expressão de profundo pesar.

— Mas que merda! — exclamou Felix. — Pensei que você...

— Dei a ela um sonífero forte o suficiente para mantê-la desacordada até cruzarmos a fronteira.

— A sacana!

O coronel Acoca aproximou-se de Jaime.

— Está acabado. — Ele virou-se para um dos seus homens. — Pode desarmá-los.

Felix e Ricardo olhavam para Jaime, à espera de uma orientação. Relutante, ele entregou a arma. Felix e Ricardo seguiram o exemplo.

— O que vai fazer conosco? — perguntou Jaime.

Várias pessoas haviam parado para assistir à cena. O coronel Acoca respondeu em tom ríspido:

— Levarei você e sua quadrilha de assassinos para Madri. Concederemos a todos um julgamento militar justo e depois os enforcaremos. Se dependesse de mim, eu o enforcaria aqui mesmo.

— Deixe as irmãs partirem — pediu Jaime. — Elas não têm nada a ver com isso.

— Elas são cúmplices; tão culpadas quanto vocês.

O coronel Acoca voltou-se e fez um sinal. Os soldados gesticularam para que a crescente multidão de pedestres se afastasse, a fim de dar passagem aos três caminhões militares.

— Você e seus assassinos irão no caminhão do meio — informou o coronel a Jaime. — Meus homens estarão na frente e na retaguarda. Se algum de vocês fizer um movimento em falso, eles têm ordens para matar todos. Está me entendendo?

Jaime assentiu.

O coronel Acoca cuspiu-lhe no rosto.

— Ótimo. E agora entrem no caminhão.

Houve um murmúrio irado da multidão agora grande.

Amparo observava impassível da porta do hotel, enquanto Jaime, Megan, Graciela, Ricardo e Felix subiam no caminhão, cercado por soldados empunhando armas automáticas. O coronel Sostelo foi até o motorista do primeiro caminhão.

— Seguiremos direto para Madri. Nada de paradas pelo caminho.

— Está bem, coronel.

Àquela altura, muitas pessoas agrupavam-se nas duas extremidades da rua, assistindo ao que estava acontecendo.

O coronel Acoca começou a subir no primeiro caminhão. Gritou para os que estavam no caminho:

— Saiam da frente!

Mais pessoas chegavam das ruas transversais.

— Afastem-se! — gritou de novo Acoca. — Saiam da passagem!

E as pessoas continuavam a chegar, os homens usando as enormes *chapellas* bascas. Era como se respondessem a algum sinal invisível. *Jaime Miró está em perigo.* As pessoas vinham de lojas e casas. Donas de casa largavam os seus serviços e saíam para a rua. Comerciantes prestes a abrirem suas lojas eram informados do acontecimento e corriam para a rua do hotel. E mais pessoas chegavam. Artistas, encanadores e doutores, mecânicos, vendedores e estudantes, muitos carregando espingardas e rifles, machados e foices. Eram bascos, e aquela era sua pátria. Começou com poucos, logo havia uma centena e em poucos minutos cresceu para mais de mil, lotando as calçadas e ruas, cercando os caminhões militares. Mantinham um silêncio ameaçador.

O coronel Acoca observava a enorme multidão em desespero. Gritou:

— Saiam todos da frente ou começaremos a atirar!

Jaime advertiu, do caminhão do meio:

— Eu não o aconselharia a fazer isso. Essas pessoas o odeiam pelo que está tentando fazer. Uma palavra minha e o liquidarão com seus homens. Há uma coisa que esqueceu, coronel. San Sebastián é uma cidade basca. É a minha cidade. — Ele virou-se para seu grupo. — Vamos sair daqui. — Jaime ajudou Megan a descer, e os outros os seguiram.

O coronel Acoca ficou olhando, impotente, o rosto contraído em fúria. A multidão aguardava, hostil e silenciosa.

Jaime encaminhou-se para o coronel.

— Pegue seus caminhões e volte para Madri.

Acoca olhou ao redor, contemplando a multidão, que continuava a aumentar.

— Eu... não vai escapar impune, Miró.

— Já escapei. E agora saia daqui. — Ele cuspiu no rosto de Acoca.

O coronel fitou-o em silêncio por um longo momento, com uma expressão de ódio assassino. *Não pode acabar assim*, pensou, desesperado. *Eu estava tão perto... Era o xeque-mate.* Mas Acoca sabia que, para ele, era pior do que a derrota. Era uma sentença de morte. A OPUS MUNDO estaria à sua espera em Madri. Olhou para a multidão ao redor. Não tinha opção. Virou-se para o motorista e disse, a voz sufocada de fúria:

— Vamos embora.

A multidão recuou, observando os soldados embarcarem nos caminhões. Um momento depois os veículos começaram a se afastar descendo a rua, e a multidão aclamou delirante. Começou com uma aclamação por Jaime Miró e foi se tornando mais e mais alta, e logo estavam aclamando por sua liberdade e a luta contra a tirania, a vitória iminente, as ruas ressoando com o barulho da celebração.

Dois adolescentes gritaram até ficarem roucos. Um virou-se para o outro.

— Vamos nos juntar ao ETA.

Um casal idoso abraçou-se, e a mulher murmurou:

— Talvez agora devolvam a nossa fazenda.

Um velho estava parado sozinho no meio da multidão, observando em silêncio, enquanto os caminhões partiam. E comentou:

— Eles voltarão um dia.

Jaime pegou a mão de Megan e disse:

— Já acabou. Estamos livres. Atravessaremos a fronteira dentro de uma hora. Eu a levarei para a casa de minha tia.

Ela fitou-o nos olhos.

— Jaime...

Um homem abriu caminho pela multidão e aproximou-se de Megan.

— Com licença — disse, ofegante. — Você é a irmã Megan?

Ela virou-se para ele.

— Sou, sim.

Ele soltou um suspiro de alívio.

— Levei muito tempo para encontrá-la. Meu nome é Alan Tucker. Posso lhe falar por um momento?

— Claro.

— A sós.

— Desculpe, mas estou de partida para...

— Por favor. É muito importante. Vim de Nova York para encontrá-la.

Megan ficou ainda mais perplexa.

— Para me encontrar? Não compreendo. Por que...?

— Explicarei tudo, se me conceder um momento.

O estranho pegou-a pelo braço e conduziu-a pela rua, falando depressa. Megan olhou para trás uma vez, para o lugar em que Jaime Miró continuava parado, à sua espera.

A CONVERSA DE MEGAN com Alan Tucker virou seu mundo pelo avesso.

— A mulher que represento gostaria de conhecê-la.

— Não estou entendendo. Que mulher? O que ela quer comigo?

Eu gostaria de saber essa resposta, pensou Alan Tucker.

— Não estou autorizado a falar sobre isso. Ela a espera em Nova York.

Não fazia sentido. *Deve haver algum equívoco.*

— Tem certeza de que encontrou a pessoa certa... irmã Megan?

— Tenho, sim. Só que seu nome não é Megan... é Patricia.

E, num relance súbito e vertiginoso, Megan soube de tudo. Depois de tantos anos, sua fantasia estava prestes a se consumar. Finalmente descobriria quem era. A mera perspectiva era emocionante... e aterradora.

— Quando... quando terei de partir? — Sua garganta estava de repente tão seca que ela mal conseguia falar.

Quero que descubra onde ela está e a traga para mim o mais depressa possível.

— Imediatamente. Providenciarei seu passaporte.

Ela virou-se e avistou Jaime parado na frente do hotel, à sua espera.

— Dê-me um minuto, por favor. — Megan voltou para Jaime atordoada, com a sensação de que vivia um sonho.

— Você está bem? — perguntou Jaime. — Aquele homem a está incomodando?

— Não. Ele é... não.

Ele pegou-lhe a mão.

— Quero que venha comigo. Pertencemos um ao outro, Megan.

Seu nome não é Megan... é Patricia.

Ela fitou o rosto bonito e forte de Jaime e pensou: *Também quero ficar junto de você. Mas teremos de esperar. Primeiro, preciso descobrir quem eu sou.*

— Jaime... quero ir com você. Mas há uma coisa que tenho de fazer primeiro.

Ele estudou-a, com uma expressão transtornada.

— Vai embora?

— Por algum tempo. Mas voltarei.

Jaime permaneceu em silêncio, a contemplá-la, por um longo momento, depois balançou a cabeça lentamente.

— Está certo. Pode fazer contato comigo por intermédio de Largo Cortez.

— Voltarei para você. Prometo.

Megan tinha toda a intenção de voltar. Mas isso foi antes de se encontrar com Ellen Scott.

Capítulo 37

— *Deus Israel conjugat vos; et ipse sit vobiscum, qui, misertus est duobus unicis... plenius benedicere te...* O Deus de Israel vos une e está convosco... e agora, Senhor, faça com que eles Vos abençoem ainda mais. Abençoados sejam todos os que amam o Senhor, que andem por Seus caminhos. Glória...

Ricardo desviou os olhos do padre e contemplou Graciela, de pé ao seu lado. *Eu tinha razão. Ela é a noiva mais linda do mundo.*

Graciela mantinha-se imóvel, escutando as palavras do padre ecoarem pela vasta igreja abobadada. Havia uma profunda sensação de paz naquele lugar. Parecia a Graciela que estava lotada com todos os fantasmas do passado, todos as milhares de pessoas que por ali haviam passado, geração após geração, em busca de perdão, realização e alegria. Lembrava-a muito do convento. *Sinto como se tivesse voltado para casa,* pensou Graciela. *Ao lugar a que pertenço.*

— *Exaudi nos, omnipotens et misericors Deus; ut, quod nostro ministratur officio, tua benedictione potius impleatur Per Dominum...* Escutai-nos, Todo-Poderoso e misericordioso Deus, para que tudo o que seja feito por nosso ministério possa se realizar abundante com Vossa bênção...

Ele me abençoou, mais do que mereço. Que eu seja digna d'Ele.

— *In te speravi, Domine: dixi: Tu es Deus meus: in manibus tuis tempora mea...* Em Vós, ó Senhor, tenho esperado; eu disse: Vós sois meu Deus; meus tempos estão em Vossas mãos...

Meus tempos estão em Vossas mãos. Prestei um juramento solene de devotar o resto de minha vida a Ele.

— *Suscipe, quaesumus, Domine, pro sacra connubii lege munus oblatum...* Recebei, nós Vos suplicamos, ó Senhor, a oferenda que Vos fazemos, em nome da santa união do matrimônio...

As palavras pareciam reverberar na cabeça de Graciela. Tinha a sensação de que o tempo parara.

— *Deus qui potestate virtutis tuae de nihilo cuncta fecisti...* Ó Deus que com Seu poder e força fez todas as coisas do nada... Ó Deus, que saudastes o matrimônio para prenunciar a união de Cristo com a Igreja... olhai em vossa misericórdia para esta donzela que se une em matrimônio e Vos suplica proteção e força...

Mas como Ele pode ter misericórdia comigo quando O estou traindo?

Graciela descobriu-se de repente com dificuldade para respirar. As paredes pareciam comprimi-la.

— *Nihil in ea ex actibus suis ille auctor praevaricationis usurpet...* Concedei que o autor do pecado não lance sobre ela seu mal...

Foi nesse instante que Graciela soube. E sentiu como se um pesado fardo fosse removido. Foi inundada por uma alegria intensa.

O padre continuava:

— Que ela possa ganhar a paz do reino dos céus. Vos pedimos para abençoar este casamento e...

— Já sou casada — declarou Graciela, em voz alta.

Houve um momento de silêncio chocado. Ricardo e o padre fitavam-na, aturdidos. O rosto de Ricardo estava pálido.

— Graciela, o quê?

Ela pegou-lhe o braço e murmurou gentilmente:

— Sinto muito, Ricardo.

— Eu... eu não entendo. Deixou de me amar?

Ela balançou a cabeça.

— Eu o amo mais do que minha vida. Mas minha vida não me pertence mais. Entreguei-a a Deus há muito tempo.

— Não! Não posso permitir que sacrifique sua...

— Ricardo, querido... Não é um sacrifício. É uma bênção. Encontrei no convento a primeira paz que conheci. Você é uma parte do mundo a que renunciei... a melhor parte. Mas renunciei. Devo voltar ao meu mundo.

O padre ouvia imóvel, em silêncio.

— Por favor, perdoe-me pelo sofrimento que estou lhe causando, mas não posso voltar atrás em meus votos. Estaria traindo tudo em que acredito. Sei disso agora. Nunca poderia fazê-lo feliz, porque eu nunca poderia ser feliz. Compreenda, por favor.

Ricardo fitava-a aturdido, abalado, não foi capaz de dizer coisa alguma. Era como se algo nele tivesse morrido.

Graciela contemplou seu rosto abatido, e o coração se angustiou por ele. Beijou-o no rosto e murmurou:

— Eu amo você. — Seus olhos se encheram de lágrimas. — Rezarei por você. Rezarei por nós dois.

Capítulo 38

Ao fim de uma tarde de sexta-feira, uma ambulância militar parou na entrada de emergência do hospital em Aranda de Duero. Um atendente, acompanhado por dois guardas uniformizados, passou pelas portas de vaivém e aproximou-se do supervisor, por trás de uma mesa.

— Temos uma ordem aqui para buscar um tal de Rubio Arzano — disse um dos guardas, estendendo um documento.

O supervisor examinou o documento e franziu o rosto.

— Acho que não tenho autoridade para liberar o paciente. O administrador é que deve resolver.

— Está certo. Vá chamá-lo.

O supervisor hesitou.

— Há um problema. Ele estará ausente pelo fim de semana.

— Não é problema nosso. Tenho uma ordem de entrega, assinada pelo coronel Acoca. Quer ligar para ele e comunicar que não vai cumpri-la?

— Claro que não — apressou-se o supervisor em dizer. — Isso não será necessário. Mandarei aprontarem o prisioneiro.

A MENOS DE UM quilômetro de distância, na frente da cadeia da cidade, dois detetives saíram de um carro da polícia e entraram no prédio. Aproximaram-se do sargento de plantão. Um dos detetives mostrou sua identificação.

— Viemos buscar Lucia Carmine.

O sargento fitou os dois detetives.

— Ninguém me disse nada a respeito.

Um dos detetives suspirou.

— A droga da burocracia. A mão esquerda nunca diz o que a direita está fazendo.

— Deixem-me ver a ordem de transferência.

O detetive entregou-a.

— Assinada pelo coronel Acoca, hein?

— Isso mesmo.

— Para onde vão levá-la?

— Madri. O coronel quer interrogá-la pessoalmente.

— É mesmo? Bom, acho melhor eu confirmar com ele.

— Não há necessidade — protestou um dos detetives.

— Temos ordens para manter uma vigilância rigorosa sobre essa mulher. O governo italiano está fazendo tudo para conseguir sua extradição. Se o coronel Acoca a quer, terá de me dizer pessoalmente.

— Está perdendo seu tempo e...

— Tenho muito tempo, amigo. O que não tenho é outro rabo se perder o meu. — Pegou o telefone e disse: — Ligue-me com o coronel Acoca, em Madri.

— Meu Deus! — exclamou um dos detetives. — Minha mulher vai me matar se eu chegar atrasado para o jantar outra vez. Além do mais, o coronel provavelmente não está e...

O telefone na mesa tocou. O sargento atendeu.

— O gabinete do coronel está na linha.

O sargento lançou um olhar triunfante para os detetives.

— Aqui é o sargento da delegacia de polícia em Aranda de Duero. É importante que eu fale com o coronel Acoca.

Um dos detetives olhou para seu relógio, impaciente.

— *Mierda!* Tenho coisas melhores a fazer do que ficar por aqui e...

— Alô? Coronel Acoca?

A voz trovejou pelo telefone:

— Sou eu mesmo. O que é?

— Tenho dois detetives aqui, coronel, querendo que eu entregue uma prisioneira sob a sua custódia.

— Lucia Carmine?

— Isso mesmo, senhor.

— Eles apresentaram uma ordem assinada por mim?

— Apresentaram, senhor. Eles...

— Então por que está me incomodando? Entregue-a!

— Mas pensei...

— Não pense! Cumpra as ordens!

A ligação foi cortada. O sargento engoliu em seco.

— Ele... ahn...

— Ele tem um pavio curto, não é mesmo? — comentou um dos detetives, sorrindo.

O sargento levantou-se, tentando conservar a dignidade.

— Vou mandar trazer a prisioneira.

Na viela por trás da delegacia, um menino observava um homem num poste telefônico desligar um grampo e descer.

— O que está fazendo? — perguntou o menino.

O homem passou a mão pelos cabelos do menino, desmanchando-os.

— Ajudando um amigo, *muchacho*, ajudando um amigo...

Três horas depois, numa isolada casa de fazenda, ao norte, Lucia Carmine e Rubio Arzano se reencontraram.

Acoca foi despertado às 3 horas da madrugada pelo toque do telefone. Uma voz familiar lhe disse:

— O comitê gostaria de encontrá-lo.

— Pois não, senhor. Quando?

— Agora, coronel. Uma limusine irá buscá-lo dentro de uma hora. Esteja pronto, por favor.

Ele desligou e ficou sentado na beira da cama. Acendeu um cigarro e deixou que a fumaça lhe penetrasse pelos pulmões.

Uma limusine irá buscá-lo dentro de uma hora. Esteja pronto, por favor.

Ele estaria pronto.

Foi para o banheiro e examinou sua imagem no espelho. Contemplava os olhos de um homem derrotado.

Eu estava tão perto, pensou, amargurado. *Tão perto...*

O coronel Acoca começou a fazer a barba, com todo cuidado. Depois de terminar, tomou um demorado banho de chuveiro, escolheu as roupas que usaria.

Exatamente uma hora depois, ele saiu pela porta da frente e deu uma olhada na casa que sabia que nunca mais tornaria a ver. Não haveria nenhuma reunião, é claro. Os homens não tinham mais nada a discutir com ele.

Uma limusine preta e comprida esperava na frente da casa. Uma porta foi aberta quando ele se aproximou. Havia dois homens na frente e dois atrás.

— Entre, coronel.

Ele respirou fundo e entrou no carro, que no mesmo instante partiu pela noite escura.

É como um sonho, pensou Lucia. *Estou olhando pela janela para os Alpes suíços. Cheguei realmente.*

Jaime Miró providenciara um guia para que ela chegasse sã e salva a Zurique. E lá chegara tarde da noite.

Pela manhã irei ao Banco Leu.

O pensamento deixou-a nervosa. E se alguma coisa saísse errada? E se o dinheiro não estivesse mais lá? E se...?

Enquanto a primeira claridade do novo dia avançava pelas montanhas, Lucia ainda estava acordada.

NO INÍCIO DA MANHÃ, ela deixou o Baur au Lac Hotel e aguardou na frente do banco pelo início do expediente. Um homem de meia-idade, de aparência gentil, abriu a porta.

— Entre, por favor. Está esperando há muito tempo?

Apenas uns poucos meses, pensou Lucia.

— Não.

Os dois entraram.

— Em que podemos servi-la?

Podem me tornar rica.

— Meu pai tem uma conta aqui. Pediu-me que viesse e... assumisse a conta.

— É uma conta numerada?

— É, sim.

— Pode me fornecer o número, por favor?

— B2A149207.

Ele balançou a cabeça.

— Um momento, por favor.

Lucia observou-o desaparecer num cofre nos fundos do banco. Os clientes começavam a entrar. *Tem de estar lá*, pensou Lucia. *Nada deve sair...*

O homem retornava. Ela nada podia perceber por sua expressão.

— Esta conta... disse que estava em nome de seu pai?

Lucia sentiu um aperto no coração.

— Isso mesmo. Angelo Carmine.

Ele estudou-a por um instante.

— A conta tem dois nomes.

Isso significava que ela não poderia movimentá-la?

— O que... — Ela mal conseguia falar. — ... qual é o outro nome?

— Lucia Carmine.

E naquele instante ela possuiu o mundo.

Na conta estavam depositados pouco mais de 13 milhões de dólares.

— O que deseja que façamos? — perguntou o homem.

— Pode transferir para uma de suas filiais no Brasil? No Rio?

— Claro. Mandaremos a documentação para a senhorita esta tarde.

Era simples assim.

A parada seguinte de Lucia foi numa agência de viagens, perto do hotel. Havia um cartaz grande na vitrine, anunciando o Brasil.

É um presságio, pensou Lucia, feliz. Ela entrou.

— Em que posso servi-la?

— Gostaria de comprar duas passagens para o Brasil. *Não há leis de extradição lá.*

Mal podia esperar para contar tudo a Rubio. Ele estava em Biarritz, aguardando seu telefonema. Viajariam juntos para o Brasil.

— Poderemos viver em paz lá pelo resto de nossas vidas — dissera-lhe Lucia.

Agora, tudo estava finalmente acertado. Depois de tantas aventuras e perigos... a prisão de seu pai e irmãos, a vingança contra Benito Patas e o juiz Buscetta... a polícia à sua procura, e a fuga para o convento... os homens de Acoca e o falso frade... Jaime Miró, Teresa e a cruz de ouro... E Rubio Arzano. Acima de tudo, o querido Rubio. Quantas vezes Rubio arriscara a vida por ela? Salvara-a dos soldados no bosque... das águas impetuosas nas corredeiras... dos homens no bar em Aranda de Duero. O simples ato de pensar em Rubio deixava-a enternecida.

Voltou ao seu quarto no hotel, pegou o telefone e aguardou que a telefonista atendesse.

Haverá alguma coisa para ele fazer no Rio. Mas o quê?

O que ele pode fazer? Provavelmente vai querer comprar uma fazenda em algum lugar do Brasil. E o que eu faria então?

— Número, por favor — falou a telefonista.

Lucia ficou olhando em silêncio para os picos nevados dos Alpes. *Temos duas vidas diferentes, Rubio e eu. Sou a filha de Angelo Carmine.*

— Número, por favor?

Ele é um camponês. Adorava a vida numa fazenda. Como eu poderia separá-lo disso? A telefonista começava a ficar impaciente.

— Em que posso ajudá-la? O que deseja?

— Nada. Nada, obrigada — respondeu Lucia lentamente. Ela desligou.

No início da manhã seguinte, embarcou num voo da Swissair para o Rio.

Sozinha.

Capítulo 39

A reunião teria lugar na luxuosa sala de estar da casa de Ellen Scott. Ela andava de um lado para outro, ansiosa pela chegada de Alan Tucker com a menina. Não. Não uma menina. Uma mulher. Uma freira. Como ela seria? O que a vida lhe fizera? *O que eu fiz com ela?*

O mordomo entrou na sala.

— Seus visitantes chegaram, madame.

Ela respirou fundo.

— Mande-os entrar.

Um momento depois, Megan e Alan Tucker estavam na sala.

Ela é linda, pensou Ellen.

Tucker sorriu.

— Sra. Scott, esta é Megan.

Ellen fitou-o e disse suavemente:

— Não vou mais precisar de você.

Suas palavras tinham uma finalidade inequívoca. O sorriso de Tucker desapareceu.

— Adeus, Tucker.

Ele continuou parado ali por um momento, indeciso, depois balançou a cabeça e se retirou. Não podia reprimir a impressão de que perdera alguma coisa. E importante. *Muito tarde*, pensou. *Tarde demais.*

Ellen Scott estudava Megan.

— Sente-se, por favor.

Megan se sentou, e Ellen Scott também, as duas ficaram se examinando.

Ela parece com a mãe, pensou Ellen. *Cresceu para se tornar uma linda mulher.* E Ellen recordou a noite terrível do acidente, a tempestade e o avião em chamas...

Você disse que ela estava morta... Podemos dar um jeito... O piloto disse que estávamos perto de Ávila. Deve haver muitos turistas por lá. Não há motivo para alguém relacionar a criança com o desastre de avião... Vamos deixá-la numa linda casa de fazenda nos arredores da cidade. Alguém a adotará e ela crescerá para levar uma vida maravilhosa aqui... Você tem de optar, Milo. Pode ter a mim ou pode passar o resto de sua vida trabalhando para a filha de seu irmão.

E agora o passado estava ali, confrontando-a. Por onde começar?

— Sou Ellen Scott, presidente da Scott Industries. Já ouviu falar?

— Não.

Claro que ela não poderia conhecer, Ellen censurou-se. Seria mais difícil do que ela previra. Inventara uma história sobre uma velha amiga da família que morrera, e uma promessa de tomar conta de sua filha — mas no momento em que olhara pela primeira vez para Megan, Ellen compreendera que não daria certo. Não tinha escolha. Devia torcer para que Patricia... Megan... não destruísse tudo. Refletiu sobre o que fizera com a mulher sentada à sua frente, e seus olhos se encheram de lágrimas. *Mas é tarde demais para lágrimas. É hora de corrigir tudo. É hora de contar a verdade.* Inclinou-se e pegou a mão de Megan.

— Tenho uma história para lhe contar — disse, calma.

Isso acontecera três anos antes. Durante o primeiro ano, até ficar doente demais para continuar, Ellen Scott mantivera Megan sob sua proteção. Megan fora trabalhar na Scott Industries, e sua aptidão e inteligência encantaram a velha senhora, dando-lhe uma aparência mais nova e reforçando-lhe a vontade de viver.

— Terá de trabalhar com afinco — avisara Ellen. — Aprenderá, como eu tive de aprender. No começo será difícil, mas no final se tornará a sua vida.

E fora o que ocorrera.

Megan trabalhava em horas que nenhum de seus empregados podia conceber.

— Você tem de chegar ao escritório às 4 horas da manhã e trabalhar o dia inteiro. Será capaz?

Megan sorria e pensava: *Se eu dormisse até 4 horas da manhã no convento, irmã Betina me repreenderia.*

Ellen Scott morrera, mas Megan continuara a aprender, observando a companhia crescer. *Sua* companhia. Ellen a adotara.

— Assim não teremos de explicar por que você é uma Scott — dissera ela.

Mas havia um tom de orgulho em sua voz.

É irônico, pensara Megan. *Todos aqueles anos no orfanato, e ninguém quis me adotar. Agora, sou adotada por minha própria família. Deus tem um maravilhoso senso de humor.*

Capítulo 40

Um novo homem estava ao volante do carro de fuga, e isso deixava Jaime Miró nervoso.

— Não confio nele — explicou Jaime a Felix. — E se ele for embora e nos deixar?

— Relaxe. Ele é o cunhado do meu primo. Fará tudo certo. Há muito que suplica por uma oportunidade de sair conosco.

— Tenho um terrível pressentimento — insistiu Jaime.

Eles haviam chegado a Sevilha no início daquela tarde e examinado meia dúzia de bancos, antes de escolherem o alvo. Era um banco numa rua transversal, pequeno, não havia muito movimento, perto de uma fábrica que efetuava seus depósitos ali. Tudo parecia perfeito. Exceto pelo homem no carro de fuga.

— Ele é tudo o que o preocupa? — perguntou Felix.

— Não.

— O que mais?

Era difícil responder.

— Digamos que é uma premonição.

Jaime falou jovialmente, escarnecendo de si mesmo. Felix levou a sério.

— Quer que eu suspenda a operação?

— Porque estou hoje com os nervos de uma velha lavadeira? Nada disso, amigo. Tudo correrá tão suave quanto seda.

E, no começo, fora o que acontecera.

Havia poucos clientes no banco, e Felix mantivera-os imobilizados com uma arma automática, enquanto Jaime esvaziava as gavetas dos caixas. Suave como seda.

Quando os dois saíam, encaminhando-se para o carro de fuga, Jaime gritou:

— Lembrem-se, amigos, que o dinheiro é para uma boa causa.

Foi na rua que tudo começou a desmoronar. Havia guardas por toda parte. O motorista do carro de fuga estava ajoelhado na calçada, a pistola de um guarda encostada em sua cabeça.

No momento em que Jaime e Felix apareceram, um detetive ordenou:

— Larguem as armas!

Jaime hesitou por uma fração de segundo. E depois levantou a arma.

Capítulo 41

O 727 ADAPTADO VOAVA a 35 mil pés de altitude, sobre o Grand Canyon. Fora um dia longo e árduo. *E ainda não acabou*, pensou Megan.

Ela seguia para a Califórnia, a fim de assinar os contratos que dariam à Scott Industries 400 mil hectares de terras florestais, ao norte de San Francisco. Megan discutira muito o negócio e saíra levando vantagem.

A culpa é deles, pensou Megan. *Não deveriam tentar me enganar. Aposto que sou a primeira guarda-livros de um convento Cisterciense que eles já enfrentaram.*

Soltou uma risada.

A aeromoça aproximou-se.

— Deseja alguma coisa, Srta. Scott?

Ela viu uma pilha de jornais e revistas numa prateleira.

Andara tão ocupada com a transação que não tivera tempo de ler coisa alguma.

— Deixe-me ver o *The New York Times*, por favor.

A notícia estava na primeira página, e saltou a seus olhos.

Havia uma fotografia de Jaime Miró. E abaixo a notícia: "Jaime Miró, líder do ETA, o radical movimento separatista basco na

Espanha, foi ferido e preso pela polícia durante um assalto a banco, ontem à tarde, em Sevilha. Felix Carpio, outro acusado de terrorismo, foi morto no assalto. As autoridades procuravam Miró desde..."

Megan leu o resto da matéria e ficou imóvel por um longo tempo, recordando o passado. Era como um sonho distante, fotografado através de uma cortina de gaze, enevoado e irreal.

Esta luta acabará em breve. Conseguiremos o que queremos porque o povo está do nosso lado... Gostaria que você esperasse por mim...

Há muito tempo ela lera sobre uma civilização em que se acreditava que, quando se salvava a vida de uma pessoa, passava-se a ser responsável por ela. Pois ela salvara Jaime duas vezes... uma no castelo e outra no parque. Não posso deixar que o matem agora. Estendeu a mão para o telefone ao lado da poltrona e disse ao piloto:

— Mude a rota. Retornaremos a Nova York.

UMA LIMUSINE ESPERAVA por ela no aeroporto La Guardia. Quando ela chegou ao escritório, às 2 horas da madrugada, Lawrence Gray Jr. estava à sua espera. O pai dele fora o melhor advogado da companhia por muitos anos, e se aposentara. O filho era inteligente e ambicioso. Sem qualquer preâmbulo, Megan disse:

— Jaime Miró. O que sabe a seu respeito?

A resposta foi imediata:

— É um terrorista basco, líder do ETA. Creio que acabei de ler a notícia de que foi capturado há um ou dois dias.

— Certo. O governo terá de submetê-lo a julgamento. Quero alguém lá. Quem é o melhor advogado criminal do país?

— Eu diria que é Curtis Hayman.

— Não. Ele é fino demais. Precisamos de alguém implacável. — Megan pensou por um instante. — Chame Mike Rosen.

— Ele já está ocupado pelos próximos cem anos, Megan.

— Desocupe-o. Quero-o em Madri para o julgamento.

Gray franziu o rosto.

— Não podemos nos envolver num julgamento público na Espanha.

— Claro que podemos. *Amicus curiae*. Somos amigos do réu.

Ele estudou-a por um momento.

— Importa-se se eu lhe fizer uma pergunta pessoal?

— Claro que me importo. Faça o que estou dizendo.

— Farei o melhor que puder.

— Larry...

— O que é?

— Quero mais que o melhor nesse caso. — A voz de Megan era dura como aço.

Vinte minutos depois, Lawrence Gray Jr. voltou à sala de Megan.

— Mike Rosen está ao telefone. Acho que o acordamos. Ele quer falar com você.

Megan pegou o telefone.

— Sr. Rosen? É um prazer lhe falar. Nunca nos encontramos pessoalmente, mas tenho a impressão de que vamos nos tornar grandes amigos. Muitas pessoas processam a Scott Industries para tentar nos arrancar alguma coisa, e tenho procurado por alguém para assumir nosso departamento jurídico. Seu nome sempre aflora. Claro que estou disposta a lhe pagar muito bem...

— Srta. Scott...

— Pois não?

— Não me importo de pegar um trabalho que é uma fria, mas você está me jogando uma geada.

— Não entendi.

— Pois então permita-me usar o jargão legal. Sem rodeios. São 2 horas da madrugada. Ninguém contrata ninguém às 2 horas da madrugada.

— Sr. Rosen...

— Mike. Vamos ser grandes amigos, está lembrada? Mas amigos devem confiar um no outro. Larry me disse que você quer que eu vá à Espanha e tente salvar um terrorista basco que está em poder da polícia.

Ela já ia dizer "Ele não é um terrorista", mas se conteve.

— É isso mesmo.

— Qual é o seu problema? Ele está processando a Scott Industries porque sua arma emperrou?

— Ele...

— Sinto muito. Não posso ajudá-la. Estou com a agenda tão cheia que desisti de ir ao banheiro há seis meses. Posso recomendar alguns advogados...

Não, pensou Megan. *Jaime Miró precisa de você*. E ela foi subitamente dominada por um senso de desespero. A Espanha era outro mundo, outro tempo. Quando falou, a voz era cansada:

— Não importa. É um assunto pessoal. Desculpe tê-lo incomodado.

— Ei, é para isso que servem os amigos! Uma questão pessoal é diferente, Megan. Para dizer a verdade, estou ansioso para saber por que a presidente da Scott Industries se interessa em salvar um terrorista espanhol. Está livre para o almoço amanhã?

Megan não permitiria que nada a atrapalhasse.

— Estou.

— Le Cirque, às 13 horas?

Megan sentiu-se mais animada.

— Combinado.

— Faça a reserva. Mas devo alertá-la para uma coisa.

— O que é?

— Tenho uma mulher muito bisbilhoteira.

Os dois se encontraram no Le Cirque. Depois que Sirio deixou-os à mesa, Mike Rosen disse:

— Você é mais bonita do que nas fotografias. Aposto que todo mundo lhe diz isso.

Ele era bem baixo e vestia-se de maneira descuidada. Mas não havia nada de descuidado em sua mente.

— Despertou minha curiosidade — declarou Mike Rosen. — Qual é o seu interesse por Jaime Miró?

Havia muito para dizer. Coisa demais para contar. Megan limitou-se a responder:

— Ele é um amigo. Não quero que morra.

Rosen inclinou-se para a frente.

— Examinei os arquivos de jornal sobre ele esta manhã. Se o governo de Don Juan Carlos executar Miró apenas uma vez, ele estará levando vantagem. Eles ficarão roucos só de ler as acusações contra seu amigo. — Ele percebeu a expressão de Megan. — Desculpe, mas preciso ser franco. Miró tem andado muito ocupado. Assalta bancos, explode carros, assassina pessoas...

— Ele não é um assassino, mas um patriota. Está lutando por seus direitos.

— Está bem, está bem. Ele é meu herói também. O que deseja que eu faça?

— Salve-o.

— Megan, somos tão bons amigos que vou lhe dizer a verdade absoluta. O próprio Jesus Cristo não poderia salvá-lo. Está à procura de um milagre que...

— Acredito em milagres. Vai me ajudar?

Ele estudou-a por um momento.

— Para que servem os amigos? Já experimentou o patê? Ouvi dizer que eles o fazem *kosher*.

O fax de Madri dizia: "Falei com alguns dos maiores advogados europeus. Todos se recusam a defender Miró. Tentei ser admitido no julgamento, como *amicus curiae*. O tribunal não me aceitou. Gostaria de poder realizar o milagre para você, amiga, mas Deus ainda não se levantou. Estou voltando. Você me deve um almoço. Mike."

O julgamento estava marcado para começar dia 17 de setembro.

— Cancele todos os meus compromissos — ordenou Megan a um assistente. — Tenho alguns negócios a tratar em Madri.

— Quanto tempo vai demorar?

— Não sei.

Ela planejou sua estratégia no avião, enquanto sobrevoava o Atlântico. *Deve haver uma maneira,* pensou Megan. *Tenho dinheiro e poder. O primeiro-ministro é a chave. Preciso entrar em contato com ele antes do início do julgamento. Depois disso, será tarde demais.*

Megan teve uma reunião com o primeiro-ministro Leopoldo Martínez 24 horas depois de chegar a Madri. Ele convidou-a para almoçar no Palácio Moncloa.

— Agradeço por me receber tão prontamente — disse Megan. — Sei que é um homem ocupado.

Ele levantou a mão num gesto de protesto.

— Minha cara Srta. Scott, quando a presidente de uma organização tão importante quanto a Scott Industries voa para meu país querendo me falar, só posso me sentir honrado. Por favor, diga-me em que posso ajudá-la.

— Para ser franca, vim até aqui para ajudá-lo. Ocorreu-me que temos algumas fábricas na Espanha, mas não estamos aproveitando todo o potencial que seu país tem a oferecer.

Martínez escutava agora com toda atenção, os olhos brilhando.
— É mesmo?
— A Scott Industries está pensando em instalar uma enorme fábrica de material eletrônico. Deve empregar entre mil e 1.500 pessoas. Se for bem-sucedida, como esperamos, abriremos fábricas subsidiárias.
— E ainda não decidiu em que país deseja instalar essa fábrica?
— Isso mesmo. Pessoalmente, sou a favor da Espanha. Mas, para ser franca, Excelência, alguns dos meus executivos não estão satisfeitos com a situação dos direitos civis aqui.
— É mesmo?
— É, sim. Acham que as pessoas que protestam contra as políticas do Estado são tratadas com muito rigor.
— Está pensando em alguém em particular?
— Para dizer a verdade, estou, sim. Jaime Miró.
Ele fitou-a em silêncio por um momento.
— Entendo. E se formos clementes com Jaime Miró, teríamos a fábrica de material eletrônico e...
— E muito mais — assegurou Megan. — Nossas fábricas elevarão o padrão de vida em todas as comunidades em que se instalarem.
O primeiro-ministro franziu o rosto.
— Receio que haja um pequeno problema.
— Qual? Podemos negociar tudo.
— Trata-se de algo que não pode ser negociado, Srta. Scott. A honra da Espanha não está à venda. Não pode nos subornar, comprar ou ameaçar.
— Pode ter certeza de que não estou...
— Chega aqui com suas esmolas e espera que ignoremos nossos tribunais para agradá-la? Pense bem, Srta. Scott. Não precisamos de suas fábricas.

Piorei a situação, pensou Megan.

O JULGAMENTO DUROU seis semanas, num tribunal sob forte guarda, fechado ao público.

Megan permaneceu em Madri, acompanhando todos os dias as notícias do julgamento. Mike Rosen telefonava-lhe de vez em quando.

— Sei pelo que está passando, amiga. Acho que deveria voltar para casa.

— Não posso, Mike.

Ela tentou se encontrar com Jaime.

As visitas estavam terminantemente proibidas.

No último dia do julgamento, Megan postou-se diante do tribunal, perdida na multidão. Repórteres saíram correndo do prédio, e Megan deteve um deles.

— O que aconteceu?

— Ele foi considerado culpado de todas as acusações. E condenado à morte pelo garrote.

Capítulo 42

No dia marcado para a execução de Jaime Miró, às 5 horas da manhã uma multidão começou a se concentrar diante da prisão central em Madri. A guarda civil ergueu barricadas para manter as pessoas no outro lado da ampla rua, longe da entrada principal da prisão. Soldados e tanques bloqueavam os portões do presídio.

Lá dentro, no gabinete do diretor Gomez de la Fuente, ocorria uma reunião extraordinária. Ali estavam o primeiro-ministro Leopoldo Martínez, Alonzo Sebastián, o novo comandante do GOE, e os dois assistentes do diretor, Juanito Molinas e Pedro Anango.

O diretor De la Fuente era um homem corpulento, de meia-idade, expressão taciturna, que devotara sua vida a disciplinar os criminosos que o governo entregara a seus cuidados. Molinas e Arrango, seus inflexíveis assistentes, trabalhavam com ele havia vinte anos.

O primeiro-ministro Martínez estava falando:

— Eu gostaria de saber que providências foram adotadas para evitar que haja problemas na execução de Miró.

O diretor De la Fuente respondeu:

— Estamos preparados para todas as emergências possíveis, Excelência. Como constatou ao chegar, foi colocada uma companhia inteira de soldados armados em volta da prisão. Seria preciso um Exército para se entrar aqui.

— E dentro da prisão?

— As precauções são ainda mais rigorosas. Jaime Miró encontra-se numa cela de segurança máxima no segundo andar. Os outros prisioneiros do andar foram temporariamente transferidos. Dois guardas estão postados na frente da cela de Miró, e há mais dois em cada extremidade do corredor. Ordenei que todos os presos permaneçam em suas celas até o término da execução.

— A que horas será?

— Ao meio-dia, Excelência. Adiei o almoço para as 13 horas. Isso nos dará tempo suficiente para tirar o corpo de Miró daqui.

— Que planos fez para a disposição do corpo?

— Estou seguindo sua sugestão, Excelência. O sepultamento na Espanha poderia causar dificuldades ao governo, se os bascos convertessem a sepultura numa espécie de santuário. Entramos em contato com a tia dele na França. Ela vive numa pequena aldeia, nos arredores de Bayonne. Concordou em enterrá-lo lá.

O primeiro-ministro levantou-se.

— Excelente. — Ele suspirou. — Ainda acho que um enforcamento em praça pública seria mais apropriado.

— É possível, Excelência. Mas, nesse caso, eu não poderia mais ser responsável pelo controle da multidão lá fora.

— Acho que você tem razão. Não há sentido em atiçar a multidão mais do que o necessário. O garrote é mais doloroso e mais lento. E se algum homem merece o garrote, é Jaime Miró.

— Com licença, Excelência — disse o diretor De la Fuente —, mas fui informado de que uma comissão de juízes está reunida para considerar um último apelo dos advogados de Miró. Se for aceito, o que devo...

O primeiro-ministro interrompeu-o:

— Não será aceito. A execução será realizada de acordo com o previsto.

A reunião estava encerrada.

Às 7h30, o caminhão da padaria parou na frente dos portões da prisão.

— Entrega.

Um dos guardas da prisão examinou o motorista.

— Você não é novo?

— Sou, sim.

— Onde está Julio?

— Está doente, de cama.

— Por que não vai para junto dele, amigo?

— Como?

— Não há entregas esta manhã. Volte à tarde.

— Mas todas as manhãs...

— Nada entra, e apenas uma coisa vai sair. E agora dê marcha a ré, faça a volta e saia depressa daqui, antes que meus companheiros fiquem nervosos.

O motorista olhou para os soldados que o fitavam fixamente.

— Claro.

Eles observaram o caminhão fazer a volta e desaparecer pela rua. O comandante da guarda comunicou o incidente ao diretor. A história foi investigada e descobriu-se que o entregador regular estava no hospital, vítima de um atropelamento, tendo o responsável fugido.

Às 8 horas, um carro-bomba explodiu no outro lado da rua, em frente à prisão, ferindo meia dúzia de pessoas. Em circunstâncias normais, os guardas deixariam seus postos para investigar e ajudar os feridos. Mas tinham ordens rigorosas. Permaneceram em seus postos, e a guarda civil foi chamada para cuidar da situação.

O incidente foi imediatamente comunicado ao diretor De la Fuente, que comentou:

— Eles estão ficando desesperados. Dispostos a qualquer coisa.

ÀS 9H15, UM HELICÓPTERO sobrevoou a área da prisão. Pintadas nos lados estavam as palavras *La Prensa*, o maior jornal da Espanha.

Dois canhões antiaéreos haviam sido instalados no telhado da prisão. O tenente no comando acenou uma bandeira de sinalização, avisando para o aparelho se afastar. O helicóptero continuou a sobrevoar o local. O tenente pegou um telefone de campanha.

— Diretor, temos um helicóptero sobrevoando a prisão.

— Alguma identificação?

— Diz *La Prensa*, mas parece ser recém-pintado.

— Dê um tiro de advertência. Se o helicóptero não se afastar, pode derrubá-lo.

— Está certo, senhor. — O tenente acenou com a cabeça para seu artilheiro. — Dispare um tiro próximo.

O disparo explodiu a 5 metros do helicóptero. Eles puderam ver o rosto espantado do piloto. O artilheiro tornou a carregar. O helicóptero subiu e desapareceu no céu de Madri.

O que virá em seguida?, especulou o tenente.

ÀS 11 HORAS, Megan Scott apresentou-se na sala de recepção da prisão. Estava abatida e pálida.

— Quero falar com o diretor De la Fuente.

— Tem um encontro marcado?

— Não, mas...

— Lamento muito, mas o diretor não receberá ninguém esta manhã. Se telefonar esta tarde...

— Avise a ele que é Megan Scott.

O homem examinou-a mais atentamente. *Então esta é a rica americana que está tentando libertar Jaime Miró. Eu não me importaria se ela trabalhasse em mim por algumas noites.*

— Está bem. Vou avisá-lo que está aqui.

Cinco minutos depois, Megan estava sentada na sala do diretor De la Fuente. Alguns dirigentes da prisão também estavam presentes.

— Em que posso ajudá-la, Srta. Scott?

— Eu gostaria de ver Jaime Miró.

O diretor suspirou.

— Lamento, mas não é possível.

— Mas estou...

— Srta. Scott, todos sabemos quem é. Se pudéssemos atendê-la, garanto que teríamos o maior prazer — disse com um sorriso. — Nós, espanhóis, somos muito compreensivos. E também somos sentimentais, de vez em quando não hesitamos em ignorar determinados regulamentos. — O sorriso desapareceu. — Mas não hoje, Srta. Scott. De jeito nenhum. Este é um dia muito especial. Levamos anos para capturar o homem que deseja ver. Por isso, hoje é o dia em que todos os regulamentos estão em vigor. Agora, só quem pode ver Jaime Miró é seu Deus... se é que ele tem algum.

Megan estava desesperada.

— Eu não poderia... vê-lo apenas por um instante?

Um dos membros da diretoria da prisão, comovido pela angústia de Megan, sentiu-se tentado a interferir. Mas se conteve.

— Sinto muito, mas não é possível — respondeu o diretor De la Fuente.

— Poderia mandar um recado para ele?

A voz de Megan era trêmula.

— Mandaria um recado para um morto. — O diretor olhou para o relógio. — Ele tem menos de uma hora para viver.

— Mas ele está apelando da sentença. Uma comissão de juízes não está se reunindo para...

— O apelo foi rejeitado. Recebi o comunicado há 15 minutos. A execução vai acontecer. E agora, se me dá licença...

Ele levantou-se, e os outros seguiram seu exemplo.

Megan olhou ao redor, deparando com rostos frios. Estremeceu.

— Que Deus tenha misericórdia de todos vocês — murmurou ela.

Eles ficaram observando, em silêncio, enquanto Megan deixava a sala.

Dez minutos antes do meio-dia a porta da cela de Jaime Miró foi aberta. O diretor Gomez De la Fuente, acompanhado por seus dois assistentes, Molinas e Arrango, e pelo Dr. Miguel Anunción, entraram na cela. Quatro guardas armados mantinham-se de prontidão no corredor.

— Está na hora — disse o diretor.

Jaime levantou-se. Estava algemado, os pés acorrentados.

— Torci para que se atrasasse. — Ele exibia um ar de dignidade que o diretor De la Fuente não podia deixar de admirar.

Em outro tempo, em outras circunstâncias, poderíamos ser amigos, pensou.

Jaime saiu para o corredor deserto, os movimentos desajeitados, por causa das correntes nos pés. Foi escoltado pelos guardas, Molinas e Arrango.

— O garrote? — perguntou ele.

O diretor acenou com a cabeça.

— O garrote.

Terrivelmente doloroso, desumano, ainda bem que a execução ocorreria numa sala fechada, longe dos olhos do público e da imprensa, pensou o diretor.

O grupo avançou pelo corredor. Podiam ouvir o brado da multidão na rua lá fora:

— Jaime... Jaime... Jaime...

Era uma explosão de mil vozes, tornando-se cada vez mais alta.

— Estão chamando por você — disse Pedro Arrango.

— Nada disso. Estão chamando a si mesmos. Chamando a liberdade. Amanhã eles terão outro nome. Eu posso morrer... mas sempre haverá outro nome.

Eles passaram por duas portas de segurança e chegaram a uma pequena câmara na extremidade do corredor, com uma porta de ferro verde. Um padre com uma batina preta surgiu de uma curva do corredor.

— Graças a Deus que cheguei a tempo. Vim dar os últimos sacramentos ao condenado.

Quando ele se encaminhou para Miró, dois guardas bloquearam-lhe a passagem.

— Lamento, padre — disse o diretor De la Fuente —, mas ninguém chega perto dele.

— Mas eu sou...

— Se quer dar os últimos sacramentos, terá de fazê-lo através de portas fechadas. E agora saia da frente, por favor.

Um guarda abriu a porta verde. Parado lá dentro, ao lado de uma cadeira presa no chão, com grossas tiras saindo dos braços, estava um homem enorme, usando uma meia máscara. O garrote estava em suas mãos.

O diretor acenou com a cabeça para Molinas, Arrango e o médico, que entraram na sala atrás de Jaime. Os guardas ficaram no lado de fora. A porta verde foi fechada e trancada.

Lá dentro, os assistentes Molinas e Arrango levaram Jaime para a cadeira. Tiraram-lhe as algemas, amarraram-no na cadeira com as tiras de couro, enquanto o Dr. Anunción e o diretor De la Fuente observavam. Através da porta fechada, mal podiam ouvir o murmúrio do padre. De la Fuente olhou para Jaime e deu de ombros.

— Não tem importância. Deus compreenderá o que ele está dizendo.

O gigante com o garrote postou-se atrás de Jaime. O diretor Gomez de la Fuente perguntou:

— Quer um pano para cobrir o rosto?

— Não.

O diretor olhou para o gigante e acenou com a cabeça. O homem levantou o garrote e estendeu-o para a frente.

Os guardas que estavam junto da porta podiam ouvir os gritos da multidão na rua.

— Querem saber de uma coisa? — resmungou um dos guardas. — Eu gostaria de estar lá fora com eles.

Cinco minutos depois, a porta verde foi aberta.

— Tragam o saco para o corpo — disse o Dr. Anunción.

De acordo com as instruções, o corpo de Jaime Miró saiu por uma porta nos fundos da prisão. O saco foi jogado na traseira de um furgão sem qualquer identificação. Mas no momento em que o veículo deixou a área da prisão, a multidão na rua adiantou-se, como se atraída por algum ímã místico.

— Jaime... Jaime...

Mas os gritos eram mais suaves agora. Homens e mulheres choravam, seu filhos olhavam espantados, sem entenderem o que se passava. O furgão passou pela multidão e finalmente alcançou a estrada.

— Meu Deus! — murmurou o motorista. — Foi fantástico. O cara devia ter alguma coisa.

— É verdade. E milhares de pessoas sabiam disso!

Às duas horas daquela tarde, o diretor Gomez de la Fuente e seus dois assistentes, Juanito Molinas e Pedro Arrango, entraram no gabinete do primeiro-ministro.

— Quero dar-lhes meus parabéns — disse o primeiro-ministro. — A execução foi perfeita.

— Senhor primeiro-ministro, não estamos aqui para receber os parabéns — disse o diretor. — Viemos apresentar nossos pedidos de demissão.

Martínez ficou espantado.

— Eu... eu não compreendo. O que...

— É uma questão de humanidade, Excelência. Acabamos de ver um homem morrer. Talvez ele merecesse morrer. Mas não daquele jeito. Foi... bárbaro. Não quero mais fazer parte disso ou de qualquer outra coisa parecida, e meus colegas pensam da mesma maneira.

— Talvez devessem pensar mais um pouco no assunto. Suas pensões...

— Temos de viver com nossas consciências. — O diretor De la Fuente entregou três cartas ao primeiro-ministro. Aqui estão nossas renúncias.

Tarde da noite, o furgão cruzou a fronteira com a França e seguiu para a aldeia de Bidache, perto de Bayonne. Parou diante de uma casa de fazenda imaculada.

— É aqui. Vamos nos livrar do corpo antes que comece a feder.

A porta da casa foi aberta por uma mulher de 50 e poucos anos.

— Vocês o trouxeram?

— Trouxemos, senhora. Onde gostaria que o deixássemos?

— Na sala de visitas, por favor.

— Pois não, senhora. Eu... ahn... não esperaria muito tempo para enterrá-lo. Entende o que estou querendo dizer?

Ela observou os dois homens carregarem o saco com o corpo para o interior da casa e largarem no chão da sala.

— Obrigada.

— De nada.

Ela ficou parada, observando o furgão se afastar. Outra mulher veio dos fundos da casa e correu para o saco. Abriu-o rapidamente.

Jaime Miró estava encolhido lá dentro, sorrindo.

— Aquele garrote podia ter me deixado com torcicolo.

— Vinho branco ou tinto? — perguntou Megan.

Capítulo 43

No Aeroporto Barajas em Madri, o ex-diretor Gomez de la Fuente, seus antigos assistentes, Molinas e Arrango, o Dr. Anunción e o gigante que vestira a máscara estavam no salão de espera para viajar.

— Ainda acho que estão cometendo um erro ao não irem comigo para Costa Rica — disse De la Fuente. — Com cinco milhões de dólares poderiam comprar toda a porra do país.

Molinas sacudiu a cabeça.

— Arrango e eu vamos para a Suíça. Estou cansado do sol. Vamos comprar algumas dezenas de bonequinhas de neve.

— Eu também — disse o gigante.

Eles se viraram para Miguel Anunción.

— O que vai fazer, doutor?

— Vou para Bangladesh.

— O quê?

— Isso mesmo. Usarei o dinheiro para abrir um hospital ali. Pensei muito a respeito, antes de aceitar a oferta de Megan Scott. Cheguei à conclusão de que se pudesse salvar uma porção de vidas inocentes por deixar um terrorista viver, então seria uma boa troca. Além do mais, devo lhes dizer, eu gostava de Jaime Miró.

Capítulo 44

Fora uma estação das melhores na região rural da França, proporcionando aos fazendeiros colheitas abundantes. *Eu gostaria que todos os anos pudessem ser tão maravilhosos como este*, pensou Rubio Arzano. *Fora um bom ano sob mais de um aspecto.*

Primeiro, seu casamento, depois, há um ano, o nascimento dos gêmeos. *Quem jamais sonhou que um homem pudesse ser tão feliz?*

Estava começando a chover. Rubio fez a volta com o trator e seguiu para o celeiro. Pensou nos gêmeos. O menino seria grande e robusto. Mas a menina... Ela seria impossível. *Vai dar muito trabalho a seu homem*, pensou Rubio, sorrindo. *Saiu à mãe.*

Ele deixou o trator no celeiro e foi para casa, sentindo a chuva fria no rosto. Abriu a porta e entrou.

— Chegou bem na hora — disse Lucia. — O jantar está pronto.

A reverenda madre Betina despertou com a premonição de que alguma coisa maravilhosa estava prestes a acontecer.

Mas é claro que muitas coisas boas já aconteceram, pensou ela.

O convento Cisterciense fora reaberto há bastante tempo, sob a proteção do rei Don Juan Carlos. Irmã Graciela e as freiras levadas para Madri estavam de volta ao convento, sãs e salvas, refugiando-se mais uma vez na abençoada solidão e no silêncio.

Pouco depois do desjejum, a reverenda madre entrou em sua sala e parou abruptamente, aturdida. Em sua mesa, faiscando com um brilho ofuscante, estava a cruz de ouro.

Foi considerado um milagre.

Posfácio

Em 1978, Madri tentou comprar a paz, oferecendo aos bascos uma autonomia limitada, permitindo-lhes que tivessem sua bandeira, sua língua e um departamento de polícia basco. O ETA respondeu com o assassinato de Constantin Ortin Gil, o governador militar de Madri, e depois de Luis Carrero Blanco, o homem escolhido por Franco para seu sucessor.

Num período de três anos, terroristas do ETA mataram mais de seiscentas pessoas.

Não faz muitos anos, o ETA contava com a simpatia dos dois milhões e meio de bascos, mas o terrorismo continuado minou o apoio. Em Bilbao, o próprio coração do País Basco, cem mil pessoas saíram às ruas para uma manifestação contra o ETA. O povo espanhol sente que chegou o momento para a paz, o momento para curar as feridas.

A OPUS MUNDO está mais poderosa do que nunca, mas poucas pessoas se mostram dispostas a discutir o assunto.

Quanto aos conventos Cistercienses da Estrita Observância, há hoje 54 espalhados pelo mundo, sete deles na Espanha.

O antigo ritual de eterno silêncio e isolamento permanece inalterado.

Este livro foi composto na tipologia Minon Pro Regular, em corpo 11/15, e impresso em papel off-white no Sistema Digital Instant Duplex da Divisão Gráfica da Distribuidora Record.